KB206083

Jane Eyre 2

The Classic Books

제인 에어 2

샬럿 브론테

북로드

제22장

로체스터 씨와 약속한 휴가는 일주일밖에 되지 않았는데 벌써 한 달 넘게 게이츠헤드에 머물고 있었다. 장례식이 끝나면 곧바로 떠나려 했으나 조지아나가 런던으로 출발할 때까지 있어달라고 청했다. 누이의 장례를 감독하고 집안일을 정리하러 왔던 외삼촌 깁슨 씨가 런던으로 초대했던 것이다. 조지아나는 일라이자와 단둘이 있기가 무섭다고 했다. 자신이 절망에 빠져 있어도 가여워하지 않고, 무서움에 떨어도 아무런 위로도 해주지 않으며, 또 여행 준비도 거들어주지 않는다고 했다. 그래서 나는 풀이 죽어 있는 그녀의 기분을 달래주고, 이기적인 한탄을 잘 들어주고, 그녀를 위해 바느질을 해주고, 짐 싸는 것을 성심껏 도와주었다. 내가 이런 일을 하는 동안 그녀는 아무것도 하지 않고 빈둥빈둥 놀기만 했다. 나는 조용히 생각했다.

'사촌, 내가 오랫동안 너와 함께 지내야 한다면 지금과 같은 행동을 그냥 보고만 있지 않을 거다. 고분고분 받아주지는 않을 거야.

네가 할 일은 네가 끝까지 하게 하고, 그렇지 않으면 하든지 말든지 그냥 내버려두었을 거야. 또 나른하게 내뱉는 너의 무책임한 불평은 네 가슴속에만 묻어두라고 했을 것이다. 그런데도 내가 참고 너의 불평을 들어주는 것은 우리가 곧 헤어질 것이고, 더구나 슬픈 상중이기 때문이다.'

드디어 조지아나를 떠나보내고 나니 이번에는 일라이자가 일주일 더 있어달라고 청했다. 그녀는 시간을 두고 신중하게 자신의 계획을 실천해야 한다고 했다. 그녀는 미지의 나라로 떠날 준비를 하고 있었다. 온종일 방문을 걸어 잠근 채 가방을 싸고 서랍을 정리하며 서류를 불살랐다. 누구와도 이야기를 나누지 않았다. 그러는 사이 나한테 집안일을 좀 봐주고, 손님을 맞이하고, 조문 편지에 답장을 보내달라고 부탁했다.

어느 날 아침 그녀는 나한테 이제 하고 싶은 대로 해도 된다고 하더니 이렇게 덧붙였다.

"그동안 꼼꼼하게 일을 처리해줘서 정말 고마워! 조지아나와 사는 거랑 참 많이 다르더구나. 너는 맡은 일을 잘해내고 남에게 폐를 끼치지 않아. 내일 난 유럽 대륙으로 떠나. 릴 근처 수도원에 들어가서 살 거야. 사람들은 수녀원이라고 부르겠지만. 거기에서는 누구의 간섭도 받지 않고 조용히 지낼 수 있겠지. 당분간 가톨릭 교리를 공부하고 그 교리와 제도가 어떻게 운용되는지 연구하는 데만 전념할 거야. 아직 마음을 굳힌 건 아닌데, 계획한 일들이 차례차례 잘 진행되어 가면 가톨릭 교의를 믿고 수녀가 될 거야."

나는 그녀의 결심을 듣고도 별로 놀라지 않았고, 그러면 안 된다고 말리지도 않았다.

나는 마음속으로 말했다.

'너한테 가장 잘 어울리는 삶이야. 아무튼 행복하기를 바라!'

작별할 때 그녀가 말했다.

"안녕, 제인 에어. 너는 참 지각 있는 사람이야!"

나도 말했다.

"일라이자 언니도 지각이 없지는 않아요. 하지만 1년만 있으면 언니가 가진 것들은 프랑스 수녀원 담장 밑에 산 채로 묻혀버리겠지요. 하지만 내가 관여할 문제는 아니죠. 언니에게 맞는 일이라면 그것으로 좋다고 생각해요."

"네 말이 맞아."

그녀가 말했다. 이런 말을 나눈 후 우리는 각자의 길로 떠났다. 일라이자와 조지아나에 대해서는 앞으로 얘기할 일이 없을 것 같아서 잠깐 말해두려고 한다. 조지아나는 부유하지만 도락에 빠진 상류층 남자와 결혼했다. 일라이자는 실제로 수녀가 되었다. 견습 기간을 거쳐 지금은 수녀원에서 꽤 높은 자리에 올랐고 자신의 재산을 수녀원에 기부했다.

길든 짧든 집을 떠났다가 다시 돌아갈 때 마음이 어떤지 나는 알지 못했다. 경험해본 적이 없기 때문이다. 어렸을 때 오래 산책을 하고 게이츠헤드로 돌아올 때의 기분은 안다. 그때 추워 보인다거나 침울한 표정을 짓고 있다고 핀잔을 들었다. 그리고 교회에 갔다가 로우드 학교로 돌아올 때의 기분도 알고 있다. 풍성한 음식과 따뜻한 불을 기대했지만 둘 다 이루어지지 않았다. 이와 같다면 집으로 돌아가는 것이 조금도 즐겁거나 반갑지 않을 것이다. 가까워질수록 더욱 강하게 끌어당기는 자석이 어디에도 없기 때문이다. 손필드로 돌아가는 기분이 어떤 것인지는 이제 겪어봐야 알 것이다.

여행은 몹시 지루했다. 첫날 50마일(약 80킬로미터—옮긴이)을 달려 여관에서 하룻밤 보내고 다음 날 또 50마일을 달려갔다. 처음 12시간 동안 나는 임종 직전 리드 부인의 모습을 생각했다. 보기 흉한 얼굴과 기묘하게 변한 그녀의 목소리를 떠올려보았다. 장례식이 있던 날, 관, 영구차, 소작인과 하인들의 검은 행렬(친인척은 별로 없었다), 입을 쩍 벌린 지하 납골당, 고요한 교회, 엄숙한 예배 등을 머릿속으로 다시 그려보았다. 그다음에는 일라이자와 조지아나를 생각했다. 무도회에서 주목받았던 사람과 수녀가 된 사람, 둘의 인간성과 성격을 분석해보기도 했다. 저녁이 되어 ○○주의 큰 도시에 도착해서야 이러한 생각을 멈췄다. 밤은 내 생각을 완전히 다른 방향으로 바꿔놓았다. 여관방 침대에 누워 나는 추억을 버리고 앞날을 생각했다.

나는 손필드로 돌아가는 길이었다. 하지만 내가 언제까지 그곳에 머물 수 있을까? 오래 있지는 않을 것이다. 그건 확실했다. 페어팩스 부인이 보내온 편지에는 내가 없는 동안 손필드 저택의 손님들이 모두 떠났다는 것과 로체스터 씨가 3주일 전에 런던에 가셨는데 2주일 있으면 돌아오실 예정이라는 내용이 들어 있었다.

페어팩스 부인은 로체스터 씨가 새 마차를 사려고 하는 것으로 보아 결혼식 준비로 런던에 가신 것 같다고 했다. 로체스터 씨가 잉그램 양과 결혼한다는 것이 믿기지는 않지만, 떠도는 소문도 그렇고 자기가 직접 눈으로 보기에도 머지않아 식을 올릴 것 같다는 것이었다.

'그걸 못 믿겠다니 당신도 꽤나 의심이 많은 사람이네요. 난 의심의 여지가 없는데.'

나는 속으로 생각했다.

그때 의문이 솟았다.

'나는 이제 어디로 가야 하지?'

그날 밤 꿈에 계속 잉그램 양이 나타났다. 새벽녘 꿈속에서 그녀가 나타나 손필드 저택의 대문을 잠그고 손가락으로 가리키며 다른 길로 가라고 했다. 그리고 로체스터 씨가 팔짱을 낀 채 비웃는 듯한 웃음을 지으며 그녀와 나를 바라보았다.

나는 밀코트로 마차를 보낼까 봐 페어팩스 부인에게 도착하는 날짜를 알리지 않았다. 나는 혼자 조용히, 정말 조용히 손필드까지 걸어가고 싶었다. 6월 어느 날 저녁 6시쯤 나는 조지 여관 마부에게 짐을 맡기고 손필드를 향해 늘 다니던 길을 걸어갔다. 지금 시간에는 밭 한가운데 난 이 길을 지나다니는 사람이 거의 없었다.

여름날의 밝고 화사한 저녁이 아니라 맑고 부드러운 바람이 부는 저녁이었다. 길옆 풀밭에서 사람들이 건초를 만들고 있었다. 엷은 구름이 퍼져 있었지만 하늘이 파란 것을 보니 내일 날씨가 화창할 것 같았다. 하늘이 보이는 부분은 부드럽고 차분한 푸른색을 띠었고, 구름은 높고 엷었다. 서쪽 하늘도 온화해 보였다. 차가운 물기로 싸늘해 보이지 않았다. 마치 대리석 빛깔의 수증기 장막 뒤에서 불이 활활 타오르는 제단 같았고, 엷은 구름 틈새로 붉은 황금빛 노을이 새어 나왔다.

목적지가 점점 가까워오자 나는 기뻤다. 너무 기뻐서 잠시 걸음을 멈추고 무엇 때문에 이렇게 기쁜가 하고 스스로에게 물어보기도 했다. 그러자 나의 이성이 지금 내가 집으로 가고 있는 것도 아니고 영원한 휴식처나, 벗들이 창밖으로 목을 빼고 나를 기다리는 곳도 아니라는 사실을 일깨워주었다.

나는 속으로 말했다.

'페어팩스 부인은 미소 지으며 너를 반겨줄 거야. 아델은 널 보고 좋아서 손뼉을 치며 팔짝팔짝 뛸 거야. 하지만 너는 그들보다 다른 이를 생각하고 있지. 하지만 그는 너를 생각하지 않는다는 것도 잘 알 거야.'

그러나 젊음처럼 외골수가 어디 있을 것이며, 경험이 없는 것만큼 맹목적인 것이 있겠는가? 이 두 가지로 인해 로체스터 씨가 나를 보든 말든 나는 그분을 다시 볼 수 있는 것만으로도 충분히 기뻤다.

'그럼, 어서 가야지. 서둘러! 허락될 때 최대한 옆에 있어야 해. 며칠, 아니면 잘해야 두서너 주 있으면 영영 헤어지게 된단 말이야.'

그러고 나서 나는 키우고 싶지도 않고 믿고 싶지도 않은 고약한 운명을 무시하고 달음박질쳤다.

손필드의 풀밭에서 사람들이 건초를 만들고 있었다. 아니, 내가 가까이 다가갔을 때 농부들은 벌써 일을 끝내고 어깨에 갈퀴를 둘러메고 집으로 돌아가는 중이었다. 이제 밭을 한두 개만 지나면 길 건너편 정문에 이를 것이다. 울타리에는 장미꽃이 한가득 피어 있었다. 그러나 한 송이조차 꺾을 시간이 없었다. 그만큼 빨리 집에 가고 싶었던 것이다. 잎이 무성하고 꽃이 만발한 키 큰 들장미 가지가 뻗어 있는 길을 지나자 좁은 돌층계가 보였다. 그리고 또 그곳에 앉아 연필로 종이에 무언가를 쓰고 있는 로체스터 씨가 보였다.

그것은 유령이 아니었다. 그런데도 나의 온 신경이 확 풀려버렸다. 한동안 마음을 억누를 수가 없었다. 왜일까? 그를 만나면 이렇게 떨리고, 그 앞에서는 말도 나오지 않고, 몸을 가누기도 힘들어질 거라고는 상상도 하지 못했다. 몸을 움직일 수 있다면 돌아서 가자. 바보같이 굴 필요 없어. 나는 다른 길로 집으로 들어갈 수 있었다. 그러나 집으로 들어가는 길이 20개가 있다고 한들 소용없었다. 이미 그가 나를 보았던 것이다.

"이야! 드디어 돌아왔군! 어서 이쪽으로 와요."

그가 소리치며 종이와 연필을 치웠다.

그에게 가려고 했지만 어떻게 해야 할지 몰랐다. 내 몸이 내 몸 같지 않았던 것이다. 나는 아무렇지 않은 듯 보이려고 애썼다. 특히 얼굴의 근육을 통제하려고 했지만 발칙하게도 내 말을 듣지 않고 감정을 드러낼 판국이었다. 내 모자에 베일이 달려 있어서 그나마 다행이었다. 나는 그것을 내리고 침착한 척했다.

"제인 에어, 어떻게 밀코트에서 여기까지 걸어올 생각을 했소? 역시 보통 사람이랑 다르다니까. 마차를 보내달라고 해서 덜거덕거리며 오는 게 아니라 꿈결이나 그림자처럼 황혼을 타고 집 근처에 슬며시 숨어들다니. 도대체 한 달 동안 뭘 했소?"

"외숙모께서 돌아가셔서 그곳에 계속 있었어요."

"정말 제인다운 대답이군. 착한 천사들이여, 나를 지켜주소서! 그녀는 저승에서 왔답니다. 죽은 자들이 사는 나라에서요. 황혼 속에 홀로 있는 나를 만나 그렇게 말하는군요. 내게 용기가 있다면 당신이 정말 사람인지 유령인지 만져볼 텐데 말이야, 이 요정 아가씨! 하지만 차라리 늪에 나타나는 파란 도깨비불을 잡는 게 낫겠소."

잠시 입을 다물었던 그가 다시 말을 이었다.

"꼬박 한 달 동안 나와 떨어져 있으면서 나라는 사람을 깡그리 잊고 있었겠군그래!"

다시 그를 만나면 몹시 기쁠 거라는 생각은 했다. 비록 머지않아 나의 주인이 아닌 남남이 될 거라는 불안과 그에게 나는 아무것도 아니라는 생각 때문에 찢어지는 듯 마음이 아팠지만, 그에게는 사람을 행복하게 만드는 마력이 넘쳐(적어도 나는 그렇게 느꼈다) 나처럼 길을 잃고 헤매는 새에게는 그가 던져주는 빵 조각을 맛보는 것이 멋진 잔칫상을 받는 것처럼 여겨졌다. 그가 마지막에 한 말이 적잖은 위안이 되었다. 내가 그를 잊고 말고 하는 것이 그에게 전혀 중요하지 않은 것만은 아니라는 생각이 들었던 것이다. 게다가 그는 내가 내 집에라도 온 듯 말했다. 아, 정말 내 집이라면 얼마나 좋을까!

그는 돌층계에 앉은 채 조금도 움직이지 않았다. 나는 지나갈 수 있도록 좀 비켜달라는 말을 하고 싶지 않았다. 그래서 런던에 다녀왔는지 물어보았다.

"그렇소. 당신은 천리안을 가졌나 보군."

"페어팩스 부인이 편지로 알려주셨어요."

"내가 무슨 일로 갔다 왔는지도 말해주던가?"

"네, 모든 사람들이 아는 일이잖아요."

"제인, 당신이 저 마차를 좀 봐줘야겠소. 로체스터 부인에게 잘 어울리는지 말이야. 저 마차의 자줏빛 쿠션에 기대앉으면 내 아내가 부디카(고대 로마의 지배에 저항해 반란을 일으킨 브리튼족의 여왕—옮긴이) 여왕처럼 보이지 않을까? 제인, 내가 그 여자와 어울리는 배필이 되려면 훨씬 더 잘생겨야 되겠소. 자, 당신은 요정이니까 말해줘요. 나를 미남으로 만들어줄 마력이나 영약, 뭐 그런 것들을 좀 줘요."

'그건 마법으로도 어쩔 수 없는 거예요. 당신을 사랑하는 눈으로 보면 충분히 매력이 넘치죠. 그런 눈으로 보면 당신은 정말 잘생긴 남자예요. 당신의 무뚝뚝한 태도가 잘생긴 것보다 훨씬 더 매력적이죠.'

나는 마음속으로 말했다.

로체스터 씨는 가끔 내가 입 밖에 내지 않는 생각을 꿰뚫곤 했다. 이번에도 그는 내가 아무렇게나 꾸며낸 대답에는 대꾸하지 않고, 아주 보기 드문 특유의 미소를 지으며 나를 바라보았다. 그는 대수롭지 않은 일에는 그 귀한 미소를 보여주기 아깝다고 생각하는 것 같았다. 그의 웃는 얼굴은 마음의 햇살처럼 나에게 내리쏟아졌다.

"자넷(제인의 별칭—옮긴이), 이제 지나가요."

그가 층계를 비켜주며 말했다.

"친구의 집에 들어가 지친 작은 발을 좀 쉬어요."

이때 내가 할 수 있는 일이란 그저 말없이 그의 말을 순순히 따르는 것뿐이었다. 그 이상 말할 필요 없었다. 나는 아무 말 없이 그의 옆을 지나가려고 했으나 이내 어떤 충동이 나를 사로잡았다. 그리고 어떤 힘이 내 발을 붙들었다. 내 안에 있는 그 무엇이 나 대신 말하는 것 같았다.

"로체스터 씨, 이렇게 친절히 맞이해주셔서 정말 고맙습니다. 다시 선생님께 돌아오니 왠지 기쁘네요. 선생님이 계신 곳은 어디나 제 집이에요. 저의 유일한 집이오."

설사 그가 나를 잡으려고 해도 도저히 따라올 수 없을 만큼 나는 부리나케 걸어 올라갔다. 아델은 나를 보더니 뛸 듯이 기뻐했다. 페어팩스 부인은 늘 그렇듯 진심으로 다정하게 맞이해주었다. 리어는 방긋 웃었고 소피도 기뻐하며 "안녕하세요."라고 인사했다. 나는 정말 기뻤다. 자신이 주변 사람들한테 사랑받고, 자기의 존재로 그들이 더욱 즐거워할 때만큼 행복한 일도 없다.

그날 밤, 나는 앞일에 대해 눈감아 버리기로 했다. 머지않아 다가올 이별과 슬픔을 경고하는 마음의 소리에 귀를 막았다. 차를 마시고 나서 페어팩스 부인은 뜨개질을 하고, 나는 그 옆 낮은 의자에 앉아 있었고, 아델은 나한테 바싹 붙어서 카펫 위에 무릎을 꿇고 앉아 쉬고 있었다. 황금빛 평온의 고리처럼 서로의 애정이 우리를 둘러싸고 있는 기분이었다. 나는 우리가 헤어지지 않도록 해달라고 마음속으로 기도를 올렸다. 그때 로체스터 씨가 소리 없이 불쑥 들어왔다. 그는 화기애애한 우리의 모습을 보고 기쁜 듯했다. 그는 페어팩스 부인에게 "양딸이 돌아와서 이제 마음 놓은 것 같다"고 말한 후 아델이 "자그마한 영국 엄마를 집어삼킬 듯이" 보고 있다고 했다. 이때 나는 그가 결혼한 후에도 우리를 멀리 쫓아버리지 말고, 태양 같은 자기 보호 아래 계속 살게 해줬으면 하는 희망을 품었다.

내가 손필드 저택으로 돌아온 지 2주일쯤 지났는데 이상하게도 조용한 나날이 이어졌다. 주인의 결혼에 대해 아무 말도 나오지 않았다. 결혼식을 준비하는 것 같지도 않았다. 나는 날마다 페어팩스 부인에게 결정된 거 없냐고 물었고, 그녀는 번번이 없다고 대답했다. 언젠가는 페어팩스 부인이 주인에게 직접 신부는 언제 맞이할 거냐고 물었는데 그저 묘한 표정을 지으며 웃어넘겨 도대체 무슨 생각을 하고 있는지 모르겠다고 했다.

특히 놀라운 것은 잉그램 양이 손필드에 오거나 로체스터 씨가 잉그램 저택을 방문하지도 않았다는 것이다. 물론 그곳은 20마일(약 32킬로미터—옮긴이)이나 떨어진 다른 주의 경계선에 있었다. 그러나 열렬히 사랑하는 사람들에게 20마일이 대수인가? 로체스터 씨처럼 건장하고 숙달된 기수라면 한나절에 갔다 올 수 있는 거리였다. 나는 그럴 권리조차 없으면서 엉뚱한 희망을 품어보았다. 결혼이 깨지고 모든 이야기가 헛소문이며 한쪽 아니면 둘 다 마음이 변했는지도 모른다는 것이었다.

나는 항상 주인이 슬픈지 화가 났는지 살펴보곤 했다. 하지만 요즘처럼 인상도 쓰지 않고 불쾌해하지 않은 날도 없었다. 나와 아델과 함께 있거나, 혹은 내가 기운 없이 실의에 빠져 있으면 오히려 그가 쾌활하게 굴었다. 게다가 요즘처럼 자주 나를 부른 적도 없었다. 그리고 이처럼 내게 친절한 적도 없었다. 그리고 아, 나 역시 이처럼 그를 사랑한 적이 없었다.

제23장

눈부신 한여름이 영국 전역에서 빛났다. 사면이 바다인 영국에서는 좀처럼 맑게 갠 하늘과 이글거리는 태양을 볼 수 없는데 어쩐 일인지 이때는 날마다 그런 날이 이어졌다. 마치 이탈리아의 철새가 남쪽에서 눈부신 태양을 물고 날아와 앨비언(잉글랜드의 별칭—옮긴이)의 절벽에 내려앉은 것 같았다. 건초 작업이 모두 끝난 손필드 들판은 파르라니 빛났다. 길은 하얗게 말라 있었고 나뭇잎은 울창하게 우거졌다. 잎이 무성해 짙은 빛을 띤 울타리와 숲은 말끔하게 풀을 벤 초원의 빛깔과 대조를 이루었다.

성 요한 축일(6월 24일—옮긴이) 저녁, 아델은 반나절 동안 헤이 오솔길에서 산딸기를 따느라 지쳤는지 해가 떨어지자마자 잠자리에 들었다. 나는 그녀가 잠드는 걸 지켜보다가 정원으로 나갔다.

하루 중 가장 기분 좋은 시각이었다. '낮의 강렬한 태양이 모든 것을 태워버리고', 목마름에 헐떡이는 들판과 그을린 산마루에 촉촉이 이슬이 내려앉았다. 태양이 조용히 사라진 구름 한 점 없는 하늘이 고상한 자줏빛으로 물들어 가고, 붉은 보석의 광채와 타오르는 용광로의 불꽃이 한데 뒤섞인 것처럼 찬란하게 타올라 하늘 한가운데까지 연한 빛깔이 부드럽게 퍼져 나갔다. 역시나 맑고 짙은 푸른색의 아름다운 동쪽 하늘에 하나의 보석, 즉 이제 막 떠오른 별 하나가 외로이 떠 있었다. 머지않아 달이 떠오르겠지만, 아직은 지평선 아래 숨어 있었다.

한참 동안 나는 포석이 깔린 길을 걸었다. 그때 묘하게 익숙한 여송연 냄새가 어느 창문에서 풍겨 나왔다. 살펴보니 서재 미닫이창이 손바닥만큼 열려 있었다. 그곳에서 내가 보일지도 모른다는 생각이 들어 나는 과수원으로 들어갔다. 저택 울타리 안에서 이곳만큼 아늑하고 조용한 곳도 없었다. 나무가 울창하게 잎을 피우고, 꽃이 만발한 이곳은 한쪽으로는 안마당을 가리는 꽤 높은 담으로 둘러쳐 있었고, 다른 한쪽으로는 잔디밭을 가로막은 너도밤나무 가로수 길이 있었다. 쓸쓸한 들판 쪽으로는 낮은 울타리가 경계를 치고 있었다. 그 울타리까지는 월계수가 늘어선 오솔길이 나 있었다. 그 길 끝에는 커다란 마로니에 한 그루가 있었고 그 아래에는 둥그렇게 앉을 만한 자리가 있었다. 여기라면 아무도 모르게 천천히 산책할 수 있었다.

이슬이 내리고 사방이 고요한 가운데 황혼이 짙어가는 동안 나는 언제까지나 걸을 수 있을 것 같았다. 그러나 지금 막 솟아오른 달빛이 다른 곳보다 더 널따란 공간을 비추는 쪽으로 발길이 이끌렸다.

나는 그렇게 울타리 위쪽의 꽃밭과 채소밭, 과수원을 거닐다가 어느 순간 걸음을 멈췄다. 무슨 소리가 들린 것도 아니고 뭔가를 봤기 때문도 아니었다. 그저 가슴 한쪽을 따끔하게 쑤시는 듯한 향기 때문이었다.

들장미, 개사철쑥, 재스민, 패랭이꽃, 장미꽃 향기는 저녁 공기의 제물이 된 지 오래였다. 그러나 이 새로운 향기는 관목의 향기도 꽃향기도 아닌 내가 익히 알고 있는 로체스터 씨의 여송연 향이었다. 나는 주위를 두리번거리고 귀를 쫑긋 세워보았다. 나뭇가지가 휠 정도로 익은 열매가 늘어진 것이 보였다. 반 마일 정도 떨어진 숲에서 나이팅게일이 노래하는 소리가 들렸다. 사람의 움직임이나 걸음소리는 들리지 않는데, 향기는 점점 더 진하게 풍겼다. 나는 마주치지 않으려고 관목 숲으로 난 샛문 쪽으로 걸어갔다. 그때 마주 들어오는 로체스터 씨가 보였다. 나는 담쟁이덩굴이 우거진 구석으로 몸을 숨겼다.

'오래 있지는 않겠지. 왔던 길로 돌아갈 거야. 조용히 있으면 미처 못 볼 거야.'

그러나 그렇지 않았다. 내가 해 질 무렵을 좋아하듯이 그도 마찬가지였다. 고색창연한 정원은 그에게도 매력적이었다. 그는 느릿느릿 걸어왔다. 그러면서 구스베리 나뭇가지를 들어 묵직하게 매달린 자두만 한 열매를 바라보았다. 그리고 담에서 익은 버찌를 땄고, 향기를 맡는지, 혹은 꽃잎에 맺힌 이슬에 감탄하는지 꽃송이 위로 몸을 굽히기도 했다. 그때 큰 나방 한 마리가 윙윙 소리를 내며 내 곁을 날아 로체스터 씨의 발밑 풀에 내려앉았다. 그는 그것을 보려고 허리를 굽혔다.

'저쪽으로 돌아섰다. 게다가 나방을 보느라 정신이 없을 때 슬쩍 지나가야겠어.'

나는 생각했다.

나는 자갈길로 가면 소리가 날 것 같아 잔디밭 언저리로 걸어갔다. 그는 내가 지나가는 곳에서 2야드(약 180센티미터—옮긴이)쯤 떨어진 꽃밭 한가운데 서 있었다. 나방에 마음을 뺏긴 것이 분명했다.

'무사히 지나갈 수 있을 거야.'

나는 생각했다.

아직 달이 높이 뜨지는 않았으나 정원에 그의 그림자가 길게 드리웠다. 그 그림자를 건너가려는데, 그가 내 쪽으로 돌아보지도 않고 나지막이 말했다.

"제인, 이 녀석 좀 봐요."

나는 전혀 소리를 내지 않았다. 그의 뒤통수에 눈이 달린 것도 아니고, 그림자가 감지할 줄을 아는 것인가? 나는 깜짝 놀라 걸음을 멈췄다.

그에게 다가가자 그가 말했다.

"이놈의 날개 좀 봐요. 서인도제도 나방 같다니까. 영국에서는 이처럼 크고 화려한 것이 밤을 배회하는 일은 매우 드물거든. 이런!

날아가 버렸네."

나방은 한 바퀴 빙 돌더니 멀리 날아가 버렸다. 그것을 보고 나도 자리를 떠나려고 슬며시 걸음을 옮겼다. 그러자 로체스터 씨가 내 뒤를 따라오더니 샛문 앞에 이르렀을 때 말했다.

"가지 말아요. 이렇게 시원하고 쾌적한 밤에 집 안에 있는 건 한심한 일이오. 그리고 막 달이 뜨는 이때 잠자는 사람이 어딨소?"

나는 때로는 민첩하게 대답하지만 도무지 대꾸할 말이 생각나지 않을 때도 있는데, 이것은 나의 결점 중 하나이기도 했다. 그런데 이 결점은 항상 난처한 상황에 처했을 때, 즉 그 어느 때보다 민첩한 말과 그럴싸한 핑계가 필요할 때 나타난다. 나는 이 어두운 시각에 로체스터 씨와 단둘이 한적한 과수원을 산책하고 싶지 않았다. 그러나 이 자리를 피할 만한 핑곗거리가 생각나지 않았다. 나는 계속 빠져나갈 궁리를 하며 내키지 않는 걸음으로 그의 뒤를 따라갔다. 그러나 아주 차분하고 위엄 있는 그의 태도를 보자 안절부절못하는 내 자신이 부끄러웠다. 나만 사악한 마음을─지금 사악한 마음을 품었거나 혹은 앞으로 품을 수 있다면─품은 듯했다.

그는 지극히 담담하고 평온해 보였다.

월계수가 늘어선 오솔길로 들어가 낮은 울타리와 마로니에가 서 있는 길 끝으로 천천히 걸어가면서 그가 말했다.

"손필드는 여름철에 참 좋은 곳 아니오?"

"네, 그래요."

"당신은 이제 이 집에 정이 들었을 거요. 자연의 아름다움을 느낄 줄도 알고, 또 애착심이 남달리 강하니 말이오."

"네, 정말 정이 많이 들었어요."

"그리고 속내는 어떤지 모르겠지만, 영리하지도 않은 어린 아델에 대한 애정도 꽤 깊은 것 같소. 그리고 저 단순한 페어팩스 할멈한테도 말이오."

"네, 둘 다 사랑해요. 의미는 각기 다르지만요."

"그들과 헤어지면 섭섭하겠지?"

"네."

"어쩌나!"

그가 한숨을 쉬며 말을 끊었다가 이내 말을 이었다.

"세상만사 다 그런 것 아니겠소. 마음에 드는 안식처에 자리를 잡았다 싶으면 쉬는 시간이 끝났으니 빨리 떠나라는 목소리가 들린단 말이오."

"제가 꼭 떠나야 하나요? 손필드를요?"

내가 물었다.

"그래야 할 거요. 미안하지만 떠나야겠소."

나는 가슴이 철렁 내려앉는 듯했다. 그러나 이 충격에 휘둘릴 수는 없었다.

"네, 그러죠. 나가라고 하시면 나가야죠. 언제든 말씀만 하세요."

"아무래도 오늘 밤 그 말을 해야겠소."

"그럼 정말 결혼하시는 거군요?"

"그렇소. 역시 예리하군. 정확히 맞혔소."

"곧 하시나요?"

"서둘러야 할 것 같소. 내…… 아니, 에어 선생, 기억하겠지? 처음에 내가 말한, 아니 소문이라고 할 수도 있지, 아무튼 노총각의 목에 성스러운 올가미를 씌울 것이라고 한 걸 말이오. 그러니까 성스러운 결혼을 하겠다고 솔직히 털어놓지 않았소? 다시 말해서 나는 잉그램 양과 결혼하기로 했소. 가슴에 안기에는 벅차지만 그게 문제겠소. 블랜치와 같은 미인은 아무리 함께 있어도 지겹지 않은데. 제인, 내 말 좀 들어요! 나방을 찾아 두리번거리는 건 아니겠지? 그건 '집으로 날아가는' 날벌레였소. 아무튼 이 점을 기억하라는 거요. 당신의 그 존경스러운 분별력으로, 즉 어딘가에 종속되어 어떤 책임을 맡고 있는 처치에 적합한 선견지명과 지각력과 겸손으로 그 이야기를 맨 먼저 당신이 꺼냈다는 거요. 잉그램 양과 결혼하면 당신이나 아델은 이 집에서 나가는 게 좋을 거라고 말이오. 이건 일견 내가 사랑하는 사람을 모욕하는 말이기도 하지만 그건 그냥 넘어갈 것이오. 자넷, 당신이 떠나고 나면 그런 것은 머릿속에 담아두지 않겠소. 다만 당신의 지혜는 염두에 두겠소. 당신의 슬기로운 지혜에 따라 행동에 옮기겠소. 아델은 학교에 가야 하고, 당신은 새 일자리를 구해야 할 것이오."

"네, 바로 광고를 낼게요. 그동안 저는……."

나는 '다른 집을 구할 때까지 여기 머물게 해주세요'라고 말하고 싶었다. 그러나 목소리가 나오지 않아 길게 말할 수 없을 것 같아 그만두었다.

"한 달 후에 나는 신랑이 되어 있을 거요. 그동안 나름대로 당신의 일자리와 거처할 곳을 알아보겠소."

"네, 고맙습니다. 그리고 죄송합니다. 제가 선생님께……."

"미안하게 생각할 것 없소! 당신처럼 책임과 의무를 다한 사람은 고용주가 제공할 수 있는 것이라면 아무리 사소한 것이라도 당연히 요구할 수 있는 것이오. 사실 나는 이미 장모 되실 분에게 적당한 일자리가 있다는 얘기를 들었소. 다행히 아일랜드의 코너트 주 비터너트 로지 장원에서 다이오니시어스 오골 부인의 다섯 딸들을 가르칠 사람을 찾고 있더군. 당신도 아마 아일랜드를 좋아하게 될 거요. 모두 좋은 사람들이라고 하니까."

"아주 먼 곳이네요."

"그 정도야, 뭐. 당신처럼 지각 있는 아가씨에게 항해나 거리가 대수겠소?"

"항해가 아니라 거리가 문제죠. 멀기도 먼 데다 바다로 가로막혀 있으니……."

"무엇이 가로막혀 있다는 것이오?"

"영국과 손필드와 그리고 또……."

"또 뭐요?"

"선생님요."

나도 모르게 이런 말이 튀어나왔다. 그러자 참을 새도 없이 눈물이 쏟아졌다. 그러나 나는 소리 내어 울지 않았고, 흐느끼지도 않았다. 오골 부인과 비터너트 로지 저택이 내 가슴을 서늘하게 했다. 그리고 지금 함께 걷고 있는 로체스터 씨와 나 사이에 흐르며 우리 둘을 갈라놓을 파도 치는 바다를 생각하니 더욱 소름이 돋았다. 나아가 내가 사랑하는 사람과 나 사이를 갈라놓은 재산, 계급, 인습 등의 더 넓은 바다는 내 마음을 얼어붙게 했다.

"정말 먼 곳이네요."

나는 다시 말했다.

"그렇지. 멀긴 하지. 당신이 아일랜드의 코너트 주 비터너트 저택으로 가면 나는 영영 당신을 못 만날 거요. 그건 분명하오. 더구나 난 그 나라를 별로 좋아하지 않으니 갈 일이 없겠지. 제인, 우린 좋은 친구였지 않소?"

"네, 그랬어요."

"친구 사이라면 헤어지기 전날 밤 얼마 남지 않은 시간을 함께 보내야 하지 않겠소. 이쪽으로 와요! 하늘 높이 별들이 반짝반짝 빛나기 시작했소. 30분 정도 항해나 이별에 대해 이런저런 이야기를 나눕시다. 여기 마로니에의 늙은 뿌리를 벤치 삼아 앉으면 되겠소. 자, 오늘 밤은 여기서 조용히 보냅시다. 우리가 함께 여기에 앉을 일은 두 번 다시 없을 테니."

그는 나를 앉히더니 자기도 앉았다.

"아일랜드는 너무 멀어, 자넷. 내 귀여운 친구가 그런 지루한 여행을 해야 하다니 너무 섭섭하군. 하지만 나로서는 그 이상 잘해줄 수가 없으니 어쩌면 좋단 말이오? 제인, 당신은 나와 많이 비슷하다고 생각하지 않소?"

이제 나는 어떤 대답도 할 수 없었다. 가슴이 미어질 듯했기 때문이다. 그가 계속 말했다.

"간혹 당신을 보면 묘한 기분이 들어요. 특히 지금처럼 내 옆에 있을 때는 더하지. 마치 내 왼쪽 갈비뼈 밑에 끈 하나가 달려 있는데 그 끈이 당신의 작은 몸 오른쪽 갈비뼈의 똑같은 부분과 단단히 묶여 있는 듯하단 말이지. 하지만 저 파도 거센 해협과 2백 마일이 넘는 육지가 우리 앞에 놓이면 그 끈은 끊어지겠지. 그러면 내 몸속에는 피가 넘쳐흐르겠지. 그 생각을 하면 나는 참을 수 없소. 물론 당신은…… 나를 잊겠지."

"절대 그럴 리 없어요. 아시잖아요……."

나는 더 이상 말을 이을 수 없었다.

"제인, 숲에서 나이팅게일 울음소리가 들려요. 자, 들어봐요."

나는 귀를 기울이다 결국 흐느껴 울고 말았다. 더 이상 참을 수 없었던 것이다. 감정에 굴복당하고 만 나는 너무 괴로워서 머리끝에서 발끝까지 부들부들 떨었다. 조금 진정하고 겨우 말을 한다는 것이 손필드에 오지 말걸 그랬다는 둥 애초에 이 세상에 태어나지 말았어야 했다는 둥 나 자신에 대한 격렬한 원망을 마구 지껄였다.

"이곳을 떠나고 싶지 않아서 그런 거요?"

슬픔과 사랑으로 인한 격렬한 감정이 나의 몸과 마음을 쥐고 흔들면서 지배하려고 했다. 즉 일어나 마지막 고삐를 잡으려 몸부림치다가 결국 나를 장악하고, 그리고 이야기했다.

"손필드를 떠날 생각을 하니 너무 슬퍼요. 손필드를 사랑하거든요. 한때였지만 여기서 만족하며 즐거운 생활을 했어요. 저는 멸시당하지 않고 냉대받지도 않았어요. 저보다 열등한 사람들 틈에서 살지도 않았어요. 따돌림을 받지도 않았고 함께 밝고 힘차고 고상한 것들을 볼 수 있었어요. 제가 존경하고 매우 좋아하는 독보적이고 활력이 넘치고 마음이 넓은 분과 마주 앉아 얘기도 하고요. 저는 손필드에서 선생님을 만났어요. 이제 영원히 헤어져야 한다고 생각하니 두렵고 외로워서 참을 수가 없어요. 헤어질 수밖에 없다는 건 알아요. 그것은 사람이 언젠가 죽게 마련인 것과 같은 것이죠."

"헤어질 수밖에 없다고?"

그가 불쑥 물었다.

"선생님께서 그렇게 말씀하셨잖아요."

"무엇을 말이오?"

"잉그램 양하고 결혼하신다고요. 고상하고 아름다운 여인, 선생님의 신부 말이에요."

"나의 신부? 어떤 신부? 나한테 신부가 어딨소?"

"머잖아 맞이하실 거잖아요."

"그야 그렇지! 그럴 작정이오!"

그는 이를 악물고 말했다.

"그러니까 저는 가야죠. 그러라고 하셨으니까요."

"아니, 당신은 여기 있어야 해. 내가 그걸 맹세하지. 그리고 그 맹세를 꼭 지킬 것이오."

"저는 가야 해요!"

나는 대꾸하면서 화가 치밀어 오르는 기분을 느꼈다.

"선생님께 아무것도 아닌 존재로 여기 남으라고요? 제가 자동인형이나 아무 감정도 없는 기계인 줄 아세요? 입속에 넣었던 빵 조각을 빼앗기고 마시던 생명수가 엎질러졌는데도 가만히 있으라고요? 제가 가난하고 신분도 낮고 얼굴이 못생긴 보잘것없는 여자라고 해서 영혼도 아무 감정도 없다고 생각하세요? 천만에요. 잘못 생각하셨어요. 저도 선생님처럼 영혼과 감정이 있다고요. 하느님께서 제게 아름다움과 재산을 조금만 더 주셨더라도 지금의 제 심정과 똑같이 선생님께서도 저와 헤어지는 고통을 맛보게 했을 거예요. 저는 지금 선생님께 관습이나 인습으로 말씀드리는 것도 아니고 제 육신으로 말하는 것도 아니에요. 제 영혼이 선생님의 영혼에게 말하는 거라고요. 마치 두 영혼이 죽은 뒤 하느님 앞에 섰을 때처럼 동등한 자격으로요. 물론 지금도 동등하지만요!"

"지금도 동등하다고?"

로체스터 씨가 되뇌었다.

그가 "그렇지."라고 말을 잇더니 두 팔로 나를 꽉 껴안고 내 입술에 입맞춤을 했다.

"그래요, 제인!"

"네, 그래요. 하지만 아니에요. 선생님은 결혼한…… 아니, 결혼하신 거나 다름없는 분이죠. 그것도 선생님보다 못한 분과…… 마음도 맞지 않는 분과, 진심으로 사랑하지도 않는 분과 결혼하시는 거죠. 저는 선생님이 잉그램 양을 무시하는 것을 직접 보고 들었거든요. 저는 그런 결혼을 경멸해요. 그러니까 선생님보다 제가 더 나아요. 저를 놓아주세요!"

"어디로 갈 거요, 제인? 아일랜드로?"

"네, 아일랜드로요. 이제 속마음을 다 털어놨으니 어디든 못 가겠어요."

"제인, 흥분을 가라앉히고 그대로 있어요. 꼭 화가 나서 자기 털을 뽑아대는 미친 새 같군."

"저는 새가 아니기 때문에 어떤 그물에도 걸려들지 않아요. 저는 자유의지를 가진 인간이에요. 저는 선생님을 떠날 거예요."

나는 다시 한번 몸부림쳐 그에게서 빠져나와 똑바로 섰다.

"그럼 당신의 의지로 당신 운명이 결정되겠군. 당신에게 내 손과 마음과 재산 일부를 주겠소."

"지금 장난하시는 거예요? 그런 건 웃어넘기면 그만이에요."

"평생 내 곁에 있어줘요, 제인. 내 분신이 되어, 다시없는 동반자로서 말이오."

"이미 운명이 정해졌잖아요. 그대로 해나가시면 돼요."

"제인, 잠깐 진정해요. 너무 흥분한 것 같소. 나도 진정할 테니."

한 차례 바람이 불어와 월계수 오솔길을 쓸고 지나가 마로니에 가지를 스쳤다. 그러고는 저 멀리 보이지 않는 곳으로 사라지더니 잠잠해졌다. 들리는 소리라고는 나이팅게일의 노랫소리뿐이었다. 그 노래에 귀를 기울이며 나는 다시 울었다. 로체스터 씨는 차분하고 진지한 표정으로 나를 바라보았다. 한참 뒤 그가 입을 열었다.

"제인, 내 옆으로 와요. 마음을 터놓고 얘기해봅시다. 서로의 마음을 알 수 있도록."

"저는 선생님 옆으로 가지 않을 거예요. 완전히 벗어났으니까요. 되돌아가지 않을래요."

"제인, 지금 난 당신을 내 아내로서 부르는 거요. 내가 결혼하고 싶은 사람은 당신이오."

나는 그저 듣고만 있었다. 나를 놀리는 것만 같았다.

"자, 이리 와요, 제인. 이리 오라니까."

"선생님의 신부가 우리 사이를 가로막고 있는걸요."

그가 일어나 재빨리 내 앞으로 걸어왔다.

"나의 신부는 여기 있소."

그가 다시 나를 끌어안으며 말했다.

"나와 동등한, 나와 똑같은 사람이 여기 있소. 제인, 나와 결혼해 주오!"

나는 여전히 아무 말도 하지 않았다. 그리고 그의 품에서 빠져나오려고 몸을 비틀었다. 나는 이 모든 것이 도무지 믿어지지 않았다.

"제인, 날 못 믿는 거요?"

"네, 못 믿겠어요."

"내 말을 못 믿는다는 거요?"

"전혀 못 믿겠어요."

"내가 거짓말하는 것처럼 보여요?"

그가 거칠게 소리치더니 설명하기 시작했다.

"의심 많은 아가씨를 믿게 해주지. 나는 잉그램 양에게 아무 감정이 없소. 전혀 사랑하지 않는단 말이오. 이건 당신도 잘 아는 일이지. 그럼 그녀는 나를 조금이라도 사랑할까? 전혀 그렇지 않소. 난 그걸 증명하려고 했소. 내 재산이 사실은 알려진 것의 3분의 1도 안 된다는 소문을 일부러 퍼뜨렸소. 그녀 귀에 들어가도록 말이야. 그러고 나서 어떻게 나오는지 직접 확인하러 갔소. 그랬더니 그녀와 그 어머니가 나를 차갑게 대하더군. 나는 잉그램 양과 결혼하지 않을 것이고 또 할 수도 없소. 당신을, 알 수 없는 당신을, 마치 이 세상 사람 같지 않은 당신을 나는 내 육신처럼 사랑해요. 가난하고 작은 몸집에 예쁘지도 않은 당신에게 내 아내가 되어달라고 청혼하는 거요."

"뭐라고요? 저를요?"

그의 진지한 태도와 특유의 거친 말투를 보고 그를 믿기 시작하면서 나는 크게 소리치고 말았다.

"이 세상에 친구라고는 선생님밖에 없는 저를 말이에요? 선생님도 친구라고 생각하실지는 모르겠지만……. 어쨌든 선생님께서 제게 주신 돈 말고는 한 푼도 없는 저를요?"

"제인, 당신을 내 사람으로, 완전한 내 사람으로 만들고 싶소. 내 사람이 되어주겠소? 그러겠다고 빨리 말해줘요."

"로체스터 님, 얼굴을 보고 싶어요. 달빛 쪽으로 얼굴을 돌려주세요."

"왜?"

"표정을 봐야겠어요. 돌려보세요!"

"그러지. 구겨지고 함부로 갈겨쓴 종이쪽지만큼이나 읽기 어려울 거요. 자, 빨리 봐요. 괴로우니까."

그의 얼굴은 잔뜩 상기되어 있었다. 얼굴 근육이 심하게 떨리고 두 눈은 묘한 광채가 났다.

"아, 제인, 당신은 나를 괴롭히는구려! 꿰뚫을 듯하면서도 진실하고 부드러운 눈빛으로 나를 괴롭히고 있어!"

"제가 어떻게 그럴 수 있겠어요. 선생님 말씀이 진심이라면 저는 감사하고 또 헌신하고픈 마음뿐이에요. 그런데 어떻게 당신에게 고통을 줄 수 있겠어요."

"감사하다고!"

그가 큰 소리로 외치더니 거칠게 덧붙였다.

"제인, 어서 허락해줘요. 나를 에드워드라고 불러줘. '에드워드, 당신과 결혼하겠어요'라고 말해달라니까."

"진심이세요? 정말 저를 사랑하세요? 정말 제가 선생님의 아내가 되기를 바라세요?"

"진심이오. 원한다면 맹세할 수도 있소."

"네, 선생님과 결혼하겠어요."

"에드워드라고 불러봐요, 내 귀여운 아내!"

"사랑하는 에드워드!"

"내 옆으로 와요. 이젠 내 곁으로 바짝 와요."

그가 자신의 뺨을 내 뺨에 갖다 대고는 그윽한 목소리로 내 귀에 속삭였다.

"나를 행복하게 해줘요. 나는 당신을 행복하게 해주겠소."

잠시 후 그가 말을 이었다.

"하느님, 용서하소서! 그 누구도 저를 방해하지 않도록 해주소서. 저는 이 여자를 제 사람으로 영원히 지키겠습니다."

"방해할 사람은 아무도 없어요. 저한테는 친척도 없으니까요."

"그거 정말 잘된 일이군."

내가 그를 덜 사랑했다면 기뻐서 어쩔 줄을 모르는 그의 말투나 표정을 보고 야비하다고 느꼈을지 모른다. 하지만 그의 옆에 앉아서 나는 이별이라는 악몽에서 깨어난 뒤 청혼이라는 낙원으로 들어가 내게 주어진 넘치는 축복만을 생각하고 있었다. 그는 몇 번이나 물었다.

"제인, 행복해?"

그 질문에 나는 몇 번이고 대답했다.

"네."

그러자 그가 중얼거렸다.

"이제 모든 것이 속죄될 거야. 친구도 없고 얼음 같은 마음으로 아무것도 즐길 줄 모르는 그녀를 발견하지 않았던가? 내 어찌 이 여인을 보호하고 사랑하고 위로해주지 않을 수 있단 말인가? 내 마음에 사랑이 있고, 내 결심은 끝까지 지킬 것이다. 내 죄는 하느님의 법정에서 속죄될 거야. 창조주께서 내가 하는 일을 허락해주실 거야. 세상 사람들이 뭐라고 비난하든 간에, 나는 세상 사람들과 인연을 끊을 거야. 사람들이 뭐라고 비난하든 나는 휩쓸리지 않을 거야."

그런데 그날 밤 무슨 일이 일어났던가? 달은 아직 지지 않았다. 우리는 계속 어두운 곳에 앉아 있었다. 나는 주인 옆에 있었으나 얼굴이 보이지 않았다. 무엇이 마로니에를 고통에 빠뜨렸던가? 마로니에가 몸부림치며 신음 소리를 냈다. 그때 바람이 월계수 오솔길로 휘몰아쳐 우리 머리 위로 지나갔다.

"집으로 들어가야겠어. 제인, 아침까지 당신과 함께 있고 싶지만 날씨가 심상치 않아."

로체스터 씨가 말했다.

'저도 그래요.'

나는 속으로 말했다. '저도 당신과 함께 있고 싶어요.'라고 말하려고 했는데 그때 갑자기 눈앞으로 보이는 구름 사이에서 푸른빛을 띤 잿빛 섬광이 번쩍이더니 콰르릉 하는 천둥소리가 가까이에서 들려왔다. 눈이 부신 나는 로체스터 씨의 어깨 뒤로 눈을 피했다.

그러더니 비가 쏟아지기 시작했다. 그는 나를 데리고 울타리 안쪽 오솔길을 지나 집으로 들어갔다. 그러나 우리는 문지방을 넘기도 전에 온몸이 흠뻑 젖었다. 그는 홀에 들어가자 내 숄을 벗기고 내 긴 머리카락의 물방울을 털어주었다. 그때 페어팩스 부인이 자기 방에서 나왔다. 처음에 나와 로체스터 씨는 그녀를 보지 못했다. 등불이 켜져 있었고, 시계종이 12시를 알렸다.

"빨리 젖은 옷을 갈아입어요. 그리고 가기 전에, 잘 자요, 내 사랑. 잘 자요!"

그는 몇 번이나 키스했다. 그의 품에서 나와 얼굴을 들었을 때 미망인의 창백하고 심각하고 어이없는 듯한 표정과 마주쳤다. 나는 그녀에게 미소를 지어 보이고 2층으로 뛰어올라 갔다.

'나중에 설명해야지.'

나는 속으로 생각했다. 그러나 방에 들어왔을 때 미망인이 한순간이나마 오해할 것을 생각하니 마음이 불편했다. 하지만 기쁜 마음이 다른 모든 감정을 씻어내 버렸다. 바람이 휘몰아치고, 가까운 곳에서 천둥이 치고, 끊임없이 번갯불이 번쩍이고, 2시간 동안이나 폭풍우가 몰아쳐도, 나는 전혀 무섭지 않았다. 로체스터 씨는 세 번이나 내 방문 앞에 와서 괜찮은지 물었다. 그러자 나는 안심이 되었고, 어떤 일이 일어나도 이겨낼 수 있을 것 같았다.

다음 날 아침, 내가 일어나기도 전에 아델이 달려와 간밤에 과수원 아래쪽에 벼락이 떨어져서 마로니에가 절반으로 쪼개졌다고 했다.

제24장

나는 옷을 갈아입으면서 어젯밤 일들이 혹시 꿈은 아닌가 하는 생각이 들었다. 로체스터 씨를 다시 만나 사랑의 맹세를 듣기 전에는 믿을 수 없을 것 같았다.

머리를 매만지며 거울에 비친 내 얼굴을 보니 이젠 못생겼다는 생각이 들지 않았다. 희망 찬 표정에 생기 넘치는 얼굴빛이었다. 눈은 기쁨의 샘을 바라보다가 반짝이는 물빛을 그대로 빌려온 듯했다. 사실 그때까지 나는 은근히 주인의 얼굴을 피해왔다. 왜냐하면 그가 내 얼굴을 보고 마음에 들어 할 리 없다고 생각했기 때문이다. 그러나 이제는 똑바로 그를 쳐다봐도 그의 사랑이 결코 식지 않으리라는 확신이 들었다.

나는 수수하지만 깨끗하고 밝은 여름옷을 꺼내 입었다. 어떤 옷도 이처럼 꼭 어울리지 않을 것이라는 생각이 들었다. 왜냐하면 지금까지 이처럼 행복한 마음으로 옷을 입어보기는 처음이었기 때문이다.

나는 홀로 뛰어내려 가서 간밤의 폭풍우 뒤에 눈부신 6월의 아침이 찾아온 것을 보고도 전혀 놀라지 않았다. 또한 열린 창문으로 신선하고 향긋한 산들바람이 불어와도 놀라지 않았다. 내가 이처럼 행복하니 대자연도 기쁨에 넘치는 것이라고 믿었다. 창백한 얼굴에 남루한 옷차림을 한 거지 여자 하나와 작은 사내아이가 길을 올라오고 있었다. 나는 달려가서 3, 4실링을 주었다. 그것은 지갑에 들어 있던 돈의 전부였다. 좋든 싫든 그들도 나의 기쁨을 함께 나누어야 했다. 까마귀 떼가 깍깍거리고 새들이 즐겁게 지저귀었다. 그러나 그 어느 것도 기쁨으로 넘치는 내 마음보다 더 즐겁게 노래하지 못했다.

슬픈 얼굴로 창밖을 내다보는 페어팩스 부인을 보고 나는 깜짝 놀랐다. 그녀는 딱딱하고 엄한 목소리로 말했다.

"에어 양, 아침 식사 하러 오세요."

아침을 먹는 동안 그녀는 냉랭한 태도로 아무 말도 하지 않았다. 그러나 나는 그녀의 오해를 풀어줄 수 없었다. 주인이 이야기할 때까지 기다려야만 했다. 그녀도 그래야 했다. 마침내 나는 식사를 끝내고 2층으로 올라갔다. 아델이 공부방에서 나왔다.

"공부할 시간인데 어디 가니?"

"로체스터 아저씨가 아이들 방으로 가래요."

"로체스터 님은 어디 계시니?"

"저기요."

아델이 방금 나온 방을 가리켰다. 내가 들어갔을 때 로체스터 씨가 서 있었다.

"이리 와서 아침 인사를 해요."

그의 말에 나는 흔쾌히 걸어갔다.

내가 받은 아침 인사는 차디찬 말도 아니고 악수도 아닌, 포옹과 키스였다. 이런 극진한 사랑과 애무는 자연스럽고 당연한 것이라는 생각이 들었다.

"제인, 당신 얼굴에 꽃이 활짝 핀 듯 아주 예쁜데. 미소가 넘치고 말이야. 오늘 아침 정말 예뻐. 그토록 창백하던 나의 작은 요정이 맞단 말인가? 이게 내 겨자씨(셰익스피어의 작품 〈한여름 밤의 꿈〉에 나오는 요정 이름─옮긴이)란 말인가? 보조개가 옴폭 팬 뺨, 장밋빛 입술, 비단결 같은 담갈색 머리칼에 담갈색 눈동자를 반짝이는 발랄한 아가씨?" (독자 여러분, 내 눈동자는 초록색이다. 잘못 말한 그를 이해해주기 바란다. 그에게는 내 눈이 새로 염색한 것처럼 보였던 듯하다.)

"제인 에어 맞아요."

"머지않아 제인 로체스터가 되겠지. 4주일 뒤에는 말이오. 제인, 그 이상은 하루도 더 늦출 수 없어. 알겠소?"

나는 듣고 있었으나 무슨 말인지 금방 이해하지 못했다. 그 말을 듣고 나는 아찔함을 느꼈다. 기쁨과는 조금 다른, 훨씬 더 강한 어떤 감정이었다. 마치 세게 얻어맞고 아연실색한 듯한, 공포에 가까운 감정이었다.

"제인, 상기됐던 얼굴이 다시 창백해졌소. 왜 그러지?"

"제인 로체스터라는 이름 때문이에요. 기분이 이상해요."

"그렇군, 로체스터 부인. 젊은 로체스터 부인, 페어팩스 로체스터의 귀여운 신부."

그가 말했다.

"그렇게 될 수 없을 것 같아요. 현실이라는 생각이 들지 않아요. 인간은 결코 이 세상에서 완전한 행복을 누릴 수 없어요. 저라고 남다른 운명을 타고났을 리도 없고요. 나한테 그런 행운이 찾아오다니, 정말 동화 같은 얘기예요. 한낮에 꾸는 꿈 말이에요."

"내가 그것을 실현할 수 있고, 곧 실현할 거요. 오늘부터 당장 시작할 거요. 나는 이미 아침에 런던의 은행에 맡겨둔 보석을 보내라는 편지를 보냈소. 손필드에 있는 로체스터 가 부인들에게 상속된 재산이지. 이삼 일 후에 그 보석들을 당신의 무릎에 쏟아놓을 거요. 내가 귀족의 딸과 결혼했을 경우 그녀에게 줄 모든 특권을 당신에게 안겨주고 성의를 다할 것이오."

"아, 보석 같은 것은 관심 없어요. 보석 얘기는 듣고 싶지 않아요. 제인 에어에게 보석이라니 어색하고 이상해요. 차라리 갖지 않는 것이 나아요."

"내가 직접 당신 목에 다이아몬드 목걸이를 걸어주겠소. 이마에는 보석 장식을 달아줄 거요. 당신에게 아주 잘 어울릴 거요. 조물주가 당신의 이마만큼은 귀족의 표적을 찍어놓았으니까. 제인, 이 아름다운 손목에 팔찌를 채워주겠소. 섬섬옥수에 반지를 가득 끼워주겠소."

"아니에요! 그런 것 말고 다른 걸 생각하세요. 다른 이야기를 말씀하세요. 그런 말투도 싫어요. 아름다운 여자한테 하는 듯한 말투 말이에요. 저는 퀘이커 교도 같은 그저 평범한 가정교사일 뿐이에요."

"내 눈에 당신은 너무너무 아름다워. 그것도 내 이상형으로 말이야. 세속적이지 않은 우아한 아름다움."

"보잘것없고 미천하다는 말씀이군요. 당신은 꿈을 꾸고 있어요. 아니면 저를 비웃는 거겠죠. 제발 놀리지 말아요!"

"나는 세상 사람들 눈에 당신이 아름다운 여자로 보이게 만들어줄 거요."

그의 말을 계속 듣고 있으려니 나는 왠지 불안감이 밀려왔다. 자신을 기만하거나 아니면 나를 기만하는 듯한 생각이 들었기 때문이다.

"나의 제인에게 비단과 레이스로 만든 드레스를 입히고 머리에 장미꽃을 꽂아줄 거요. 그리고 무엇보다 사랑스러운 그 머리에는 세상에서 가장 값비싼 베일을 씌워주겠소."

"그러고 나면 저를 몰라보시겠네요. 제인 에어가 아니라 광대 차림의 원숭이나 이솝 우화에 나오는 다른 새의 깃털로 단장한 어치 같겠죠. 로체스터 님, 제가 궁정 부인의 옷을 입는 것보다 차라리 당신이 무대 의상으로 분장한 모습을 보는 것이 낫겠어요. 저는 당신이 잘생겼다고 말하지 않을 거예요. 저는 진심으로 당신을 사랑하지만 당신에게 아부하고 싶지는 않아요. 그러니 저한테도 아부하지 마세요."

그러나 그는 내 말에 전혀 귀 기울이지 않고 자기 말만 했다.

"오늘 당장 마차를 타고 밀코트로 가요. 직접 드레스 몇 벌을 골라야 하니까. 4주일 뒤에 결혼한다고 했잖소. 결혼식은 저 언덕 아래 있는 교회에서 조촐하게 올릴 생각이오. 그리고 결혼식이 끝나자마자 함께 런던으로 가서 며칠 머문 다음 태양의 나라 프랑스의 포도밭이나 이탈리아의 평원으로 갈 거요. 그리고 옛날이나 현재도 유명하다는 것들은 다 보여주겠소. 도시 생활도 경험해보고, 다른 사람과 자신을 비교하며 스스로를 올바로 평가하게 해줄 거요."

"당신과 함께 여행한다고요?"

"파리, 로마, 나폴리, 피렌체, 베네치아, 빈 등에 갈 거요. 예전에 내가 다녔던 곳을 당신이 다시 돌아다니는 거지. 내 발바닥이 디뎠던 모든 곳을 실프(공기의 요정—옮긴이) 같은 당신의 발이 또다시 딛는 거요. 지금으로부터 10년 전에는 혐오와 증오와 분노를 벗 삼아 반미치광이처럼 유럽 전역을 쏘다녔지만, 이번에는 마음의 상처도 나았고 속죄되어 깨끗한 몸으로 나에게 위안을 주는 천사와 함께 다시 찾아가는 거요."

나는 웃으며 고집스럽게 말했다.

"저는 천사가 아니에요. 죽을 때까지 천사가 될 수 없어요. 로체스터 님, 저한테서 천사와 같은 것을 바라거나 강요하지 말았으면 해요. 당신에게도 없듯이 저에게도 그런 것은 없으니까요. 저는 당신한테 그런 것을 조금도 바라지 않아요."

"당신은 나한테 바라는 거 없소?"

"한동안, 그러니까 짧은 기간 지금과 같은 감정이 계속되겠죠. 그러다 냉정해지고, 변덕을 부리고, 엄한 분으로 돌아가겠죠. 그러면 저는 당신 비위를 맞추느라 갖은 애를 쓰겠죠. 하지만 저에게 익숙해지면 또다시 저를 좋아하게 될 거예요. 좋아한다는 것이지 사랑한다는 건 아니에요. 당신의 사랑은 길어봐야 6개월, 혹은 그 전에 식고 말 거예요. 남자들이 쓴 여러 책에서 남편으로서 사랑이 지속되는 최대한의 시간이 6개월이라고 했거든요. 그러나 저는 가장 사랑하는 주인님에게 친구로서나 동반자로서 싫어하는 존재가 되고 싶지 않아요."

"냉정해지다니! 그리고 다시 좋아한다니! 나는 계속 당신을 좋아할 거요. 그리고 사랑한다는 것을, 그냥 좋아하는 정도가 아니라 진심으로 열렬히 사랑한다는 것을 당신이 믿게 만들 거요."

"하지만 당신의 마음은 이랬다저랬다 잘 변하잖아요."

"예쁘장한 얼굴로 나한테 잘 보이려는 여자들한테는 그렇지. 영혼도 없고 진심도 아니라는 것을 아는 순간 나는 악당으로 변하지. 그들이 무미건조하고 어리석고 천박하고 성품이 나쁜 사람이라는 걸 알게 되면 말이야. 하지만 총기 있는 눈빛과 뛰어난 말솜씨, 불

같은 정열을 품은 사람, 휘어지기는 하나 부러지지 않고 온순하면 서도 믿음직스럽고, 연약하면서도 심지가 굳은 사람에게는 늘 변함 없이 부드럽고 진실하게 대하지."

"그런 분과 사귀어본 적이 있으세요? 그런 분을 사랑한 적이 있으세요?"

"지금 사랑하고 있소."

"아니, 저를 만나기 전에 말이에요. 저의 어떤 점이 당신의 그 까다로운 기준에 맞는다고 생각하세요?"

"당신 같은 사람을 한 번도 만난 적이 없소. 제인, 당신은 기쁨으로 나를 지배하지. 겉으로는 순순히 내 말을 들어주면서 복종하는 듯해. 나는 당신의 유순한 성품이 맘에 들어. 손가락으로 비단실을 감을 때와 같은 부드러운 전율이 내 팔을 거쳐 내 심장까지 퍼지는 것 같아. 나는 당신에게 정복당하고 종속되었소. 뭐라고 표현할 수 없을 만큼 감미로운 힘에 의해서 말이오. 그것은 내가 얻을 수 있는 그 어떤 승리로도 느끼지 못할 마력적인 정복이오. 제인, 왜 웃지? 그리고 그 이상한 표정은 무슨 의미지?"

"죄송하지만 문득 이런 생각이 떠오르네요. 남자의 애간장을 태울 만큼 아름다운 여자와 함께 있는 헤라클레스와 삼손 말이에요."

"그런 생각을 하다니, 장난꾸러기 아가씨……."

"들어보세요! 지금 당신은 저 용사들처럼 그다지 현명하지 못해요. 하지만 그들도 결혼했다면 청혼할 때의 달콤한 모습을 남편의 엄격한 태도로 되갚았을 거예요. 당신도 그렇게 될 거예요. 1년 후 당신이 들어주기도 힘들고 마음에 들지도 않는 일을 제가 원한다면 어떻게 대답하실지 궁금하네요."

"제인, 무엇이든 지금 부탁해봐요. 작은 것이라도 좋소. 난 당신이 어떤 것이든 부탁하면 좋겠소."

"그럼 부탁드릴게요. 이미 생각해둔 게 있거든요."

"말해봐요! 어쨌든 난 당신이 그런 표정으로 나를 바라보고 미소 지으면 말하기도 전에 무조건 들어주겠다고 맹세할 것 같아. 바보처럼 말이야."

"걱정 말아요. 부탁은 이것뿐이니까요. 우선 보석을 보내라고 한 것을 취소할 것과, 제 머리에 장미꽃을 꽂지 말아달라는 거예요. 지금 당신이 지니고 있는 민무늬 손수건에 황금 레이스를 둘러치는 것만큼이나 저한테는 어울리지 않아요."

"순금 위에 도금을 하는 셈이로군. 그러지. 당신의 부탁을 들어주지. 은행에 보낸 청구는 취소하리다. 하지만 당신은 지금까지 아무것도 원한 것이 없소. 선물을 하지 말라고 부탁했을 뿐이지. 자, 다시 말해봐요."

"그럼 한 가지 궁금증을 풀어주세요."

그러자 그가 불안스러운 표정으로 조급하게 물었다.

"그게 뭐요? 그건 위험한 부탁이야. 당신의 부탁을 무엇이든 다 들어준다고 약속하지 않은 게 다행이야."

"부탁을 들어준다고 해서 위험할 게 뭐예요?"

"말해봐요. 비밀을 묻느니 차라리 내 재산의 절반을 달라고 하면 좋겠소."

"아하스에로스 임금님(《구약성서》〈에스더〉 편에 아하스에로스 임금이 사랑하는 왕비 에스더에게 '그대 무엇을 원하는가, 그대가 원한다면 나라의 절반이라도 나누어 주리라'고 했다.—옮긴이), 저한테 당신 재산 절반이 무슨 필요 있겠어요? 제가 땅투기에 빠진 유대인 고리대금업자인 줄 아세요? 저는 그런 것보다 당신의 전적인 신뢰를 원해요. 당신이 진심으로 저를 받아들인다면 저를 전적으로 신뢰한다는 뜻이니 숨기지 않겠죠?"

"제인, 그럴 만한 것이라면 기꺼이 털어놓겠소. 그러나 제발 불필요한 걱정거리를 짊어지려 하지 말아요! 독이 든 잔을 받으려고 하지 말아요. 내 옆에서 진짜 이브가 되지는 말라는 얘기요!"

"왜 안 된다는 거죠? 방금 정복당하고 싶다, 저한테 지배되는 것이 얼마나 기쁜지 모른다고 말씀하셨잖아요. 그렇게 말씀하셨으니 제 능력을 시험해보기 위해 유도하기도 하고, 애원도 하고, 때에 따라 울거나 토라진 척할 수도 있지 않겠어요?"

"그런 시험을 하게 그냥 둘 수 없소. 나한테 대들거나 분수도 모르고 행동하면 다 끝장일 테니."

"그렇군요. 너무나 빨리 본색을 드러내시는군요. 당신 표정이 지금 얼마나 무서운 줄 아세요? 눈썹이 제 손가락만큼이나 굵어졌어요. 이마는 또 어느 시 구절이랑 똑같네요. '푸른 구름으로 겹겹이 쌓아

올린 천둥의 누각'. 결혼한 뒤의 당신 표정이 이렇지는 않겠지요?"

"지금 그것이 결혼한 뒤의 당신 얼굴이라면 하느님께 맹세하건대 요정인지 불도마뱀인지 모를 여자와 부부가 될 생각을 아예 버리겠소. 그런데 뭐가 궁금하다는 거지, 이 요물? 자, 말해보라고!"

"거봐요, 벌써 거칠게 나오잖아요. 하지만 아첨하는 것보다 차라리 함부로 대하는 게 더 좋아요. 천사라고 불리는 것보다 허물없이 '요물'이라고 불리는 것이 더 좋다고요. 그리고 제가 묻고 싶었던 것은 이거예요. 왜 저한테 잉그램 양과 결혼할 것처럼 말씀하셨냐는 거예요."

"그것뿐이오? 다행이군. 난 또 뭐라고!"

그는 이렇게 말하고는 검은 눈썹을 펴고 미소를 지으며 나를 내려다보았다. 마치 위기에서 빠져나와 다행이라는 듯이 내 머리를 쓰다듬었다.

그가 말했다.

"고백하리다. 당신이 화를 내더라도 말하지. 화나면 불의 요정처럼 변하는 것을 봤으니까. 어젯밤 그 서늘한 달밤에 당신 운명에 저항하며 나와 동등한 자격을 주장했을 때는 감정이 마치 불처럼 폭발하더군. 하지만 제인, 내가 청혼하게 만든 건 당신이오."

"그야 그렇죠. 제발 다른 얘기는 말고 묻는 말에 대답해주세요. 잉그램 양은요?"

"잉그램 양에게 구혼하는 척한 건 사실이오. 내가 당신을 미칠 만큼 사랑하듯이 당신도 그러기를 간절히 바랐으니까. 그리고 이 목적을 이루기 위해 질투심만큼 좋은 것도 없다는 것을 잘 알고 있었으니까."

"아주 대단하시네요. 쩨쩨해요. 그러고 보면 당신은 제 새끼손가락 끝보다 조금도 크지 않아요. 그건 정말 치사한 방법이에요. 점잖은 방법이 아니라고요. 잉그램 양의 마음은 안중에도 없는 건가요?"

"그녀의 마음속에는 오만함밖에 없소. 그것을 꺾을 필요가 있었지. 그래서 당신은 질투심을 느꼈소, 제인?"

"그걸 알아서 뭐 하시게요, 로체스터 님? 알아봤자 재미도 없을 텐데요. 진심으로 대답해보세요. 당신의 농락에 잉그램 양이 괴로워할 거라는 생각은 안 하셨나요? 버림받은 배신감에 고통스러워하지 않았을까요?"

"천만에! 오히려 그녀가 나를 버렸다고 하지 않았소. 내가 파산했다는 소문을 듣자마자 정열이 식었지. 아니, 완전히 꺼져 없어져버렸소."

"로체스터 님, 당신은 참 모략에 능한 분이에요. 당신의 행동 원칙은 일견 정상적이지 않은 구석이 있어요."

"원칙이라는 게 없어서 그렇소. 제멋대로 내버려두다 보니 좀 비뚤어진 모양이야."

"다시 한번 신중하게 생각해보세요. 제가 겪었던 고통을 그 누군가 겪고 있는데도 저에게 돌아온 크나큰 행복을 누려도 될까요?"

"그렇고말고, 내 착하고 귀여운 아가씨. 이 세상에서 당신처럼 순수하게 나를 사랑하는 사람도 없지. 제인, 당신이 나를 사랑한다는 확신이 드니 내 마음이 흥분되는군."

나는 고개를 돌려 내 어깨에 올려진 그의 손에 입맞춤을 했다. 나는 진정으로 그를 사랑했다. 뭐라고 말해야 할지 모를 만큼, 어떤 말로도 표현할 수 없을 만큼 사랑했다.

"무엇이든 더 물어봐요. 당신 부탁을 들어주는 것이 나의 기쁨이니까."

그가 말했다.

나는 이미 부탁할 것을 생각해두었다.

"당신이 하려는 일을 페어팩스 부인에게 말씀해주세요. 어젯밤 홀에서 당신과 함께 있는 걸 보고 매우 놀라셨어요. 제가 그분과 마주치기 전에 먼저 설명해주세요. 그처럼 착한 분에게 이상한 오해를 받기 싫어요."

"제인, 방에 가서 모자를 가지고 나와요. 오늘 아침 당신과 밀코트에 가야겠소. 당신이 떠날 채비를 하는 동안 난 저 노부인을 잘 설득하겠소. 자넷, 과연 그 노부인은 당신이 사랑을 위해 모든 것을 버려도 후회하지 않을 거라고 생각할까?"

"그분은 제가 내 신분은 물론 당신의 신분까지 망각하고 있다고 생각할 거예요."

"신분! 신분이라! 당신의 신분은 내 심장에 있소. 당신한테 무례하게 구는 자들을 가만두지 않을 거요. 자, 갑시다."

　나는 옷을 갈아입고 나서 로체스터 씨가 페어팩스 부인의 방에서 나오는 소리를 듣고 급히 그녀의 방으로 내려갔다. 성경이 그녀 앞에 펼쳐져 있고 그 위에 안경이 놓여 있는 것으로 보아 노부인은 그날 아침 읽을 부분(그날의 일과)을 읽고 있었던 것 같았다. 로체스터 씨의 공표로 그녀는 성경을 읽어야 한다는 사실을 완전히 잊은 듯했다. 예사롭지 않은 소식이 고요하던 그녀의 가슴에 돌을 던진 듯이 놀란 그녀는 아무것도 없는 벽을 멍하니 바라보고 있었다. 그녀는 나를 보자 애써 미소 지으며 축하의 말을 건네려는 듯했으나 이내 미소를 멈추고 입을 다물었다. 노부인은 안경을 치우고 성경을 덮더니 일어나면서 의자를 뒤로 밀었다.

　노부인이 말했다.

　"너무 놀라서 무슨 말을 해야 할지 모르겠군요, 에어 양. 내가 꿈을 꾸는 건 아니겠죠? 간혹 혼자 앉아 깜빡 졸 때면 꿈인지 생시인지 모를 광경이 나타나곤 하거든요. 꾸벅꾸벅 졸다가 15년 전 세상을 떠난 영감이 방 안으로 걸어 들어와 내 옆에 앉아 마치 생시처럼 앨리스, 하고 내 이름을 부른 게 한두 번이 아니랍니다. 그래, 로체스터 씨가 선생께 청혼한 것이 사실인가요? 웃지 마시고요. 분명히 그분이 5분 전에 이 방에 들어와 선생이 한 달 안에 자기 아내가 될 거라고 말씀하신 것 같은데."

　"저한테도 같은 말씀을 하셨어요."

"그래요? 그분은 진심인가요? 그래서 받아들이셨어요?"

"네."

부인은 당황한 표정으로 나를 바라보았다.

"꿈에도 생각지 못한 일이네요. 자존심이 워낙 강한 양반이거든요. 그 집안 핏줄이 그래요. 그분 선친께서는 돈에 애착이 많았어요. 하긴 주인 양반도 돈 문제에서는 아주 까다롭다는 말이 있긴 하지요. 그분이 진짜 선생하고 결혼하겠다는 거죠?"

"네, 저한테 그렇게 말씀하셨답니다."

그녀는 나를 머리끝에서 발끝까지 자세히 훑어보았다. 그녀의 눈이 내 모습 어디에도 이 수수께끼를 풀 만한 매력이 없다고 말하고 있었다.

"도무지 이해가 안 되는군요! 하지만 선생이 그렇게 말하는 걸 보니 맞나 보네요. 결국 어떻게 될지는 모르지만요. 정말 모르겠네요. 결혼에 있어서는 당사자들의 신분이나 재산이 어느 정도 맞아야 하는데 말이에요. 그리고 선생과 나이 차가 20년 넘게 나잖아요. 그분은 거의 선생의 아버지뻘이에요."

그녀가 말했다.

"아니에요, 페어팩스 부인! 그분은 결코 아버지 같지 않아요! 우리 둘이 함께 있는 걸 보면 절대 그렇게 생각하지 않을 거예요. 로체스터 님은 스물다섯 살처럼 젊어 보인단 말이에요."

내가 약이 올라 소리쳤다.

"그분이 선생을 진심으로 사랑해서 결혼하려는 걸까요?"

부인이 물었다.

그녀의 냉정한 태도와 의심스러운 말투에 마음이 상해서 나는 그만 눈물이 그렁그렁 맺혔다.

미망인이 계속 말했다.

"선생을 슬프게 해서 미안해요. 선생은 아직 젊어서 남자들을 잘 모르니까 조심하고 신중히 생각하라는 뜻이에요. '번쩍인다고 모든 것이 황금은 아니다'라는 속담도 있잖아요. 선생이나 내가 기대하는 것과 전혀 다른 결과가 일어나지 않을까 걱정돼서 그러는 거예요."

"왜요? 제가 무슨 괴물이라도 되나요? 로체스터 님이 진심으로 저를 사랑하는 게 불가능한 일인가요?"

내가 물었다.

"그런 뜻이 아니에요. 선생은 참 예뻐요. 요즘 더 예뻐졌어요. 로체스터 씨도 선생을 좋아하고요. 그렇지 않아도 그분이 선생을 마음에 두고 있다는 것을 진작에 눈치챘죠. 어떤 때는 그분이 대놓고 좋아하는 티를 내는 것을 보고 선생이 걱정되기도 했어요. 그래서 경계하라고 말하고 싶을 때가 한두 번이 아니었지만 남의 허물을 입 밖으로 꺼내고 싶지 않았어요. 설령 허물을 저지를 가능성이 있다고 해도 말이에요. 그런 말을 하면 틀림없이 선생은 놀라고 기분 나빠할 테니까요. 그리고 선생은 분별력이 남다르고 신중한 데다 지각 있는 분이니 알아서 잘 판단하리라 생각했어요. 어젯밤 집 안을 다 둘러봐도 선생이 보이지 않고 마침 주인 양반도 보이지 않아 걱정을 많이 했죠. 그러다 12시쯤 선생이 주인 양반이랑 같이 들어오는 것을 보고 얼마나 놀랐는지 몰라요."

"그랬군요. 하지만 염려 마세요. 아무 일도 없었으니 더 이상 신경 쓸 필요 없어요."

나는 더 이상 참을 수 없어서 그녀의 말을 잘랐다.

"제발 끝까지 별일 없었으면 좋겠군요. 하지만 내 말을 믿어줘요. 지나치게 조심해서 나쁠 건 없어요. 제발 로체스터 씨를 멀리하세요. 그리고 그분은 물론 자기 자신도 믿지 말아요. 그 정도 신분에 있는 남자가 자기 집 가정교사와 결혼하는 일은 좀처럼 없으니까요."

나는 화가 치밀었다. 그때 다행히 아델이 뛰어왔다.

"저도 데리고 가요! 저도 밀코트에 가고 싶어요! 새 마차에 자리가 많은데 저는 안 데려갈 거래요. 선생님, 저도 데려가자고 대신 말 좀 해주세요."

"그래, 아델. 말해볼게."

나는 불쾌한 훈계자한테서 벗어나게 되어 기뻤다. 나는 아델을 데리고 얼른 방을 나갔다. 마부가 마차를 현관 앞으로 돌리고 있었다. 로체스터 씨는 포석이 깔린 길을 걷고 있었다. 파일럿이 앞서거니 뒤서거니 하면서 주인 곁을 맴돌았다.

"아델을 데리고 가도 괜찮죠?"

"안 된다고 말했소. 귀찮아! 당신만 가요."

"부탁이에요. 그게 더 좋겠어요."

"그건 안 되오. 그 애가 있으면 불편할 뿐이오."

그가 단호한 표정과 목소리로 말했다. 그러자 페어팩스 부인의 냉정한 경고와 의심이 내 머릿속에 그늘을 드리웠다. 모호하고 공허한 기분이 밀려들면서 앞날에 대한 희망에 어둠이 깔렸다. 그에 대한 나의 지배력이 사라지는 듯했다. 나는 더 이상 부탁하지 않고 순순히 그의 말을 따랐다. 그가 나를 마차에 태우면서 내 얼굴을 보더니 말했다.

"왜 그러오? 시무룩해졌어. 정말 저 애와 같이 가고 싶은 거요? 저 애를 두고 가고 싶지 않소?"

그가 물었다.

"네, 함께 가고 싶어요."

"그럼 얼른 들어가서 모자를 쓰고 오너라. 번개같이 갔다 와야 해!"

그가 소리치자 아델이 온 힘을 다해 그의 지시를 따랐다.

"아침나절쯤 방해받는 게 대수인가. 이제 머지않아 평생 당신을, 당신의 생각, 당신과의 대화, 당신과 한자리에 앉는 것까지 다 내 것으로 만들 작정이니까."

아델은 번쩍 들려서 마차 안으로 들어오자 데리고 가줘서 고맙다며 내게 키스했다. 그러나 로체스터 씨는 이내 아델을 자기 옆 구석 자리에 앉혔다. 그래도 아델은 몸을 돌려 나를 바라보았다. 이처럼 엄한 사람이 옆에 앉으면 따분하기 그지없는 법이다. 아델은 무뚝뚝한 그에게 감히 말을 건네거나 뭔가를 물어볼 용기가 나지 않았다.

"아델을 제 쪽으로 보내주세요. 거기 있으면 귀찮게 굴지도 모르니까요. 여긴 자리가 넉넉해요."

내가 부탁하자 그는 아델을 강아지 다루듯이 내 쪽으로 넘겨주었다.

"이제 아델도 학교에 보내야겠군."

그가 말했다. 그러나 이번에는 웃고 있었다.

아델은 그 말을 듣고 선생님도 없이 학교에 가는 거냐고 물었다.

"그렇단다. 선생님은 절대 같이 가지 않아. 왜냐하면 내가 에어 선생을 달나라로 모시고 갈 거니까. 달나라 화산 꼭대기의 하얀 골짜기에서 동굴을 찾아 선생님과 함께 살 거란다. 나하고 단둘이 말이다."

그가 대답했다.

"그곳에는 선생님이 먹을 것이 없을 텐데요. 아저씨는 선생님을 굶겨 죽이려고 그래요?"

아델이 말했다.

"아델, 나는 선생님을 위해 아침저녁으로 만나(모세가 이스라엘 백성을 이끌고 황야에서 방황할 때 먹을 것이 떨어져 아사 상태에 빠지기 직전 하느님이 불쌍히 여겨 내려준 음식—옮긴이)를 주워 올 거다. 달나라에는 들판이며 산이 온통 만나로 하얗게 덮여 있단다."

"불도 쬐어야 해요. 불은 어떻게 하죠?"

"불은 달나라 산속에 있지. 선생님이 춥다고 하면 산꼭대기로 데려가서 분화구 옆에 눕혀드리면 된단다."

"어머나, 불쾌해라. 게다가 엄청 불편할걸요! 그리고 옷도 다 떨어지면 새 옷은 어떻게 해요?"

로체스터 씨가 얼떨떨한 표정을 지었다.

"어험! 아델, 너라면 어떻게 하겠니? 머리를 써보렴. 하얀 구름과 분홍 구름으로 옷을 만들까? 그리고 무지개를 잘라 아주 아름다운 스카프를 만드는 거지."

"선생님은 지금 이대로가 더 좋아요."

그렇게 말한 후 아델은 한참 생각하다가 다시 말을 이었다.

"그리고 달나라에서 아저씨와 단둘이 살면 싫증 날 거예요. 제가 선생님이라면 절대 아저씨와 함께 가지 않아요."

"아니, 선생님은 승낙했단다. 단단히 약속한걸."

"하지만 아저씨는 그곳에 선생님을 데려갈 수 없어요. 달나라로 가는 길이 없는걸요. 전부 공기뿐인 데다 아저씨와 선생님은 날지 못하잖아요."

"아델, 저 들판을 보렴."

이때 우리는 손필드의 정문을 빠져나와 밀코트로 뻗은 평평한 길을 경쾌하게 달렸다. 간밤에 몰아친 폭풍우 덕분에 먼지들이 씻겨나갔고, 길 양쪽으로 늘어선 낮은 산울타리와 키 큰 관목들이 비를 맞아 싱싱한 푸른빛이 되살아났다.

"2주일 전 저녁 무렵 아저씨가 저 들판에서 산책을 하고 있었단다. 네가 과수원 풀밭에서 풀을 베는 나를 도와주던 바로 그날 저녁이었지. 나는 베어놓은 풀을 모으다가 너무 힘들어서 좀 쉬려고 층계 위에 앉았지. 그러고는 수첩과 연필을 꺼내 지난날 나의 불행한 추억과 앞으로는 행복하게 살고 싶다는 소원 등을 적어나갔단다. 종이 위를 비추던 햇빛이 차츰 희미해지고 있었지만 나는 꽤 빨리 써 내려갔지. 바로 그때였단다. 누군가 길을 걸어오더니 2야드 정도 떨어진 곳에 멈췄어. 그건 자그마하고 머리에 거미줄 같은 얇은 베일을 쓰고 있었어. 내가 오라고 손짓하자 그것은 내 무릎 앞까지 와서 섰지. 나는 그것에게 한 마디도 건네지 않았고 그것도 아무 말 안 했어. 하지만 우리는 서로의 눈빛을 읽었지. 우리가 말없이 나눈 대화는 이런 것이었지. 그것은 자기가 요정의 나라에서 온 선녀라고 했어. 나한테 행복을 주려고 왔다는 거야. 그러면서 자기와 함께 이 세상을 떠나 다른 곳, 예를 들어 달나라 같은 곳에 가지 않으면 안 된다는 거야. 그러고는 헤이 언덕으로 솟아오르는 초승달을 향해 머리를 끄덕이더니 우리가 살게 될지도 모르는 설화석고(雪花石膏) 동굴과 은백색 골짜기에 대해 들려주었어. 내가 같이 가고 싶지만 네가 좀 전에 말한 대로 날개가 없다고 하자 선녀가 이렇게 말했어. '그런 건 아무것도 아니에요. 어떤 어려운 일이라도 막아낼 부적이 있어요.' 그러고는 선녀가 예쁜 금반지를 내밀며 말했어. '내

왼손 약지에 이걸 끼워주세요. 그러면 나는 당신의 것이 되고 당신
은 제 것이 된답니다. 그리고 이 세상을 떠나 저기서 우리만의 천국
을 만드는 거예요.' 그러면서 선녀는 다시 달을 향해 고개를 끄덕였
어. 아델, 그 반지는 지금 내 바지 호주머니 속에 1파운드짜리 금화
로 변해 있단다. 나는 반드시 금화를 반지로 바꿀 거야."

"그런데 그 이야기가 선생님과 무슨 상관이에요? 저는 선녀 같은
건 몰라요. 아저씨는 선생님을 달나라로 데려가신다면서요?"

"선생님이 바로 그 선녀란다."

그가 신비스러운 투로 속삭였다. 나는 아델에게 로체스터 아저씨
가 농담하는 거니까 곧이곧대로 믿지 말라고 말했다. 아델 또한 프
랑스인 특유의 의심증이 발동해 로체스터 씨를 '정말 거짓말쟁이'
라고 부르고, 그가 말한 '선녀 이야기'를 전혀 믿지 않았다. 그리고
'선녀는 실제로 있다 하더라도' 아저씨 앞에 나타나지도 않을뿐더
러 반지를 주거나 달나라에서 함께 살자는 말도 할 리 없다고 딱 잘
라 말했다.

밀코트에서는 꽤 곤혹스러운 시간을 보냈다. 로체스터 씨는 나
를 어느 비단 옷감 가게로 데리고 가더니 옷을 여섯 벌이나 고르라
고 명령했다. 나는 그런 일이 너무나 싫었다. 나중에 하자고 사정
했지만 소용없었다. 당장 해야 한다는 것이었다. 계속 애원해 여섯
벌을 겨우 두 벌로 줄였다. 그러나 그 두 벌도 자기가 직접 고르겠
다고 고집을 부렸다. 상점 안의 화려한 천들을 이리저리 살펴보는

그의 모습을 나는 걱정스럽게 쳐다보았다. 그는 가장 화려한 자줏빛 비단, 가장 비싼 분홍빛 비단을 가리켰다. 나는 차라리 황금으로 만든 옷과 은으로 만든 모자를 사 주는 것이나 마찬가지고, 그걸로 만든 옷은 도저히 입을 수 없다고 속삭였다. 그러나 그는 돌처럼 완강해서 끝없이 설득한 결과 겨우 수수한 검은색 비단과 진줏빛 비단으로 바꿨다.

"이번에는 그냥 넘어가지만, 앞으로 꽃밭처럼 화려하게 입혀줄 거야."

그가 말했다.

그를 비단 상점과 보석 상점에서 데리고 나오자 그제야 내 마음이 놓였다. 그가 나를 위해 물건을 사 줄수록 나는 곤혹스럽고 굴욕적인 기분에 뺨이 상기되었다. 마차로 돌아와 피곤한 몸을 기대자 희비가 엇갈리는 가운데 계속 시달렸던 일 때문에 까맣게 잊고 있던 일이 떠올랐다. 존 에어 숙부가 리드 부인에게 보낸 편지, 즉 나를 양녀로 삼아 유산을 상속하겠다는 내용을 생각해낸 것이다.

'얼마 안 되는 돈이라도 자립할 수 있다면 큰 도움이 될 텐데. 로체스터 씨의 인형처럼 사 주는 옷을 입거나 다나에(그리스신화에 나오는 여신. 그녀의 아버지가 그녀를 청동 방에 가두었을 때 제우스가 황금 비로 변신해 그녀를 찾아갔다.—옮긴이)처럼 황금 비를 매일 맞으며 지낼 수는 없어. 집에 돌아가면 곧 마데이라로 편지를 보내 존 숙부에게 결혼한다는 소식과 상대가 누구인지도 알려야지. 앞으로 로체스터 씨의 재산을

늘려줄 수 있다면 지금 그에게 신세 지는 것이 이렇게 괴롭지는 않겠지.'

이런 생각을 하니 마음이 편안해져 (나는 잊지 않고 그날 당장 편지를 써서 보냈다) 내 주인인 동시에 애인인 그의 눈을 다시 바라볼 용기가 났다. 그 눈은 내가 얼굴을 돌리고 있을 때도 끊임없이 내 눈을 찾고 있었다. 그가 미소 지었다. 마치 이슬람국의 술탄이 자신의 황금과 보석으로 치장한 노예를 바라보며 흐뭇하게 미소 짓는 것 같았다. 나는 계속 내 손을 만지고 있는 그의 손을 빨갛게 되도록 꽉 쥐었다가 밀쳐내고 말했다.

"그런 표정으로 보지 마세요. 계속 그렇게 보시면 저는 로우드의 낡은 제복만 입을 거예요. 보랏빛 줄무늬 무명옷을 웨딩드레스로 입고 말이에요. 그 진줏빛 비단으로 당신 잠옷이나 만들고 검정색 비단으로 조끼나 몇 벌 해 입으시든가요."

그가 껄껄 웃으며 두 손을 비볐다. 그리고는 큰 소리로 말했다.

"아, 당신을 보며 이야기를 듣고 있으니 재미있군! 이 여자는 별 쭝맞고 날카롭지 않은가? 그래도 난 영양처럼 부드러운 눈을 가진 천상의 여인 같은 터키 황제의 후궁 모두를 준대도 이 영국 아가씨와 바꾸지 않을 거야!"

나는 터키 후궁에 비하는 것에 마음이 상했다.

"저는 절대 당신의 후궁 대신 같은 건 하지 않아요. 그러니 그런 사람들처럼 취급하지 마세요. 그런 여자들이 좋으시면 지금 당장

이스탄불의 노예시장에나 가시죠. 주체할 수 없이 많은 돈으로 노예들이나 왕창 사들이시면 되겠네요."

"그럼 제인, 내가 검은 눈동자의 수많은 사람들을 사들이는 동안 당신은 뭘 할 거요?"

"당신의 노예와 후궁까지 그 모든 사람들에게 인간의 자유를 설파하는 전도사로 나설 준비를 하겠죠. 후궁들 처소에 들어갈 수 있는 허가를 받아서 그녀들에게 주인한테 반항하라고 선동하겠어요. 지체 높은 당신은 눈 깜짝할 사이 우리 동료들에 의해 족쇄가 채워지겠죠. 저는 어떤 폭군도 일찍이 인정한 전례가 없는 인권헌장에 서명할 때까지 당신을 풀어주지 못하게 할 거예요."

"당신의 자비심에 맡겨야겠군."

"로체스터 님, 그런 눈으로는 아무리 애원해도 자비를 베풀지 않을 거예요. 그런 얼굴로 바라보는 한, 강제로 헌장에 서명했다 하더라도 풀려나자마자 맨 먼저 헌장의 조항을 어길 테니까요."

"제인, 도대체 어떻게 하란 말이오? 교회도 아니고 비밀 결혼식이라도 하자는 거요? 이상한 조건을 요구할 것 같은데, 대체 그것이 무엇이오?"

"저는 그저 마음이 편했으면 해요. 저에게 과분한 은혜는 짐이 될 뿐이에요. 저는 은혜에 눌려 살고 싶지 않아요. 전에 당신이 셀린 바렝에 대해 말씀하신 것 기억하시나요? 당신이 그분에게 준 다이아몬드나 캐시미어에 관해 말씀하셨잖아요. 저는 영국인 셀린 바렝이 되고 싶지 않아요. 저는 아델을 가르치는 가정교사 일을 계속할 거예요. 저는 그걸로 제 끼니와 거처를 해결하고 연간 30파운드를 벌 거예요. 저는 그 돈으로 옷을 사 입을 수 있으니까 당신은 그저……."

"그저 뭐요?"

"그저 당신은 저를 좋아해주시면 돼요. 저도 그럴 테니까요. 그러면 서로 빚지지 않는 거예요."

"아무튼 타고난 냉정함과 콧대 높은 자존심은 당할 사람이 없을 거요."

그가 말했다.

이제 우리는 손필드에 거의 다 왔다.

대문 안으로 들어설 때 그가 물었다.

"오늘 나와 함께 식사하지 않겠소?"

"아니요. 고맙지만 거절할게요."

"고맙지만 거절한다니?"

"지금까지 우리는 함께 식사한 적이 없는걸요. 그런데 오늘 굳이 같이 식사해야 하는 이유를 모르겠어요. 그때까지……."

"그때까지? 당신은 말을 끊는 습관이 있는 모양이군."

"어쩔 수 없이 함께하지 않으면 안 될 때까지……."

"나와 함께 식사하는 걸 싫어하다니. 마치 나를 사람 잡아먹는 귀신이나 시체 파먹는 악귀처럼 생각하는 것 같군."

"그렇게 생각한 적 없어요. 하지만 한 달 동안은 평소처럼 지내고 싶어요."

"당장 가정교사 일을 그만둬요. 하인처럼 일하게 하고 싶지 않으니까."

"아뇨, 죄송하지만 하던 일을 계속할 거예요. 지금까지 그래 온 것처럼 낮에는 당신을 방해하지 않을 거예요. 저녁때 부르면 제가 갈게요. 낮에는 안 돼요."

"마음을 좀 진정하려면 담배 한 대 피워야겠어, 제인. 코담배라도 말이야. 아델이 자주 말하듯이 '체면을 지키기 위해'. 그런데 야속하게도 담배도 코담배도 없군. 자, 들어봐요. 귓속말로 할 테니. 지금은 당신 맘대로 할 수 있는 시기지. 하지만 이제 곧 내게도 그런 날이 올 거요, 귀여운 폭군. 그리고 당신을 완전히 소유하면, 이 시계처럼 (회중시계를 만지면서) 쇠줄에 매어둘 거요, 사랑스러운 작은 꼬마. 나는 내 보석을 잃어버리지 않기 위해 품고 다닐 거요."

그는 마차에서 내리는 나를 부축하며 말했다. 그러나 그가 아델을 내려주는 사이 나는 집 안으로 들어가 얼른 2층으로 올라가 버렸다.

그날 저녁 그는 어김없이 나를 불렀다. 나는 그에게 부탁할 것을 미리 생각해두었다. 사랑의 밀어만 나누지 않으리라 단단히 마음먹었다. 나는 그의 목소리가 아름답다는 것을 떠올렸다. 대개 뛰어난 가수들은 노래 부르기를 좋아한다는 것도 알고 있었다. 나는 성악

가도 아니고, 그의 수준으로 보자면 연주가도 아니었다. 그러나 훌륭한 연주나 노래를 듣는 건 좋아했다. 로맨틱한 황혼 무렵 창 너머로 반짝이는 별빛이 박힌 푸른 깃발이 드리울 때 나는 자리에서 일어나 피아노 뚜껑을 열고 부디 나를 위해 노래 한 곡을 불러달라고 청했다. 그는 나를 변덕맞은 마녀라고 하면서 다음에 불러주겠다고 했다. 그러나 나는 오늘 저녁처럼 노래 부르기 좋은 때가 없다며 떼를 썼다.

"내 목소리가 좋소?"

그가 물었다.

"너무 좋아요."

나는 그의 예민한 허영심을 북돋우고 싶지 않았으나 이번만은 어쩔 수 없이 그의 허영심을 자극하고 충족해주었다.

"그럼 제인, 당신이 반주해줘요."

"좋아요, 해볼게요."

나는 반주를 시작했다. 그러나 이내 '엉터리 아가씨'라는 핀잔을 들었다. 그는 나를 거칠게 밀치더니(내가 바라던 바였다) 피아노 앞에 앉아 직접 반주를 했다. 그는 노래 못지않게 피아노를 잘 쳤다. 나는 얼른 구석진 창가로 갔다. 거기 앉아 고요한 나무숲과 어두컴컴한 잔디밭을 바라보고 있으니, 아름다운 피아노 선율에 맞춰 부드러운 목소리가 울려 퍼졌다.

불타오르는 심장 한복판에
자리 잡은 참사랑은
생명의 물결처럼
온몸으로 퍼져 나가네.

날마다 그녀가 오는 것은 나의 소원,
그녀가 떠나는 것은 나의 고통,
그녀의 발걸음이 느리면
내 심장은 얼어붙네.

내가 그녀를 사랑하듯
사랑받는 것을 꿈꾸며,
그 꿈을 좇기 위해
무작정 달려가네.

그러나 우리 사이에 놓인
끝없이 넓은 공간에는 길이 없고
푸른 바다 거센 파도
끓는 물거품처럼 위험하구나.

황야의 숲을 가로지르는

강도가 들끓는 길처럼

권세와 도의, 비애와 분노가

우리의 영혼을 갈라놓나니.

위험도 겁내지 않고 장애도 비웃으며

불길한 예감도 물리쳤네.

위협도 괴로움도 경고도

나는 돌아보지 않았네.

나의 무지개는 빛처럼 빨리 걸리고

나는 꿈속처럼 달렸으니

눈부시게 내 앞을 가로막는 건

저 소나기와 빛의 후예.

고통의 어두운 구름 위에 빛나는

저 부드럽고 엄숙한 기쁨

어떠한 재앙이 닥쳐도

나는 두렵지 않네.

이 달콤한 순간

내가 일찍이 극복한 것이

복수를 부르짖으며 달려와도
나는 두렵지 않네.

거만한 증오가 나를 넘어뜨리고
도의와 장애가 내게 닥칠지라도
권세가 분노로 이를 갈며
영원한 적의를 맹세할지라도

나의 사랑은 나를 믿고
사랑스러운 손을 내 손에 얹으며
성스러운 혼인으로
우리가 하나 됨을 맹세하노니.

나와 함께 살고 함께 죽자고
나의 사랑 입맞춤으로 맹세했나니
내가 사랑하듯 사랑받는 지금
말할 수 없는 행복 내게 있나니.

그가 일어나 내게로 다가왔다. 얼굴은 찬란하게 빛났고, 매처럼
큰 눈은 반짝였으며, 온화한 사랑이 온 얼굴에 가득했다.
순간 나는 움찔했으나 곧 마음을 다잡았다. 나는 달콤한 사랑의

장면이나 대담한 사랑의 표현은 원치 않았다. 그런데 나는 이미 이두 가지 위험에 빠져 있었다. 방어할 준비를 해야 했다. 나는 목소리를 가다듬고, 그가 가까이 왔을 때 일부러 무뚝뚝하게 물었다.

"당신은 누구와 결혼하실 거예요?"

"가장 사랑하는 제인에게 그런 질문을 받다니, 이상하군."

"아뇨! 당연히 꼭 들어야 할 질문이에요. 미래의 당신 아내는 당신이 죽으면 따라 죽을 거라고 말씀하셨지요. 그런 이교도적인 사상을 갖고 계시면 어떡해요? 저는 함께 죽을 생각은 못 할 거예요. 그건 확실해요."

"내가 바라는 것, 내가 기도하는 것은 오로지 제인 당신이 나와 함께 사는 것이오. 당신의 죽음은 생각할 수 없소."

"그래요. 당신과 마찬가지로 저도 죽을 때가 되어 죽을 권리가 있어요. 그때까지는 기다릴 거예요. 남편이 죽었다고 죽음을 서두를 생각은 없어요."

"이기적인 생각으로 노래 부른 것을 용서하는 증거로 화해의 키스를 해주오."

"아뇨, 싫어요."

그러자 그가 '고집쟁이'라며 이렇게 덧붙였다.

"다른 여자들 같으면 자신을 찬양하는 노래를 듣고 너무 기쁜 나머지 뼛속까지 다 녹았을 텐데."

그래서 나는 날 때부터 부싯돌처럼 딱딱해서 앞으로도 간혹 그런 나를 보게 될 것이라고 말했다. 뿐만 아니라 거칠고 촌스러운 면을 보여줄 테니 취소할 수 있을 때 자신의 계약 사항을 신중히 다시 검토해보라고 말했다.

"좀 마음을 가라앉히고 이치에 맞는 얘기를 할 수 없소?"

"원하신다면 마음을 가라앉힐게요. 하지만 이치에 맞는 말이라면 지금 말씀드렸어요."

그가 "흥!" 하고 화를 내더니 못마땅한 듯 "쳇!" 소리를 냈다.

나는 내심 생각했다.

'그래, 됐어. 화도 내고 애 좀 태워봐야 돼요. 이것이 당신과 함께 살아가기 위한 최선의 방법이라고 나는 믿으니까요. 나는 말할 수 없을 만큼 당신을 사랑해요. 하지만 이 감정이 점점 옅어지게 하고 싶지 않아요. 그래서 재치 있는 대답이라는 바늘로 당신을 심연의 가장자리에서 떨어지지 않도록 지킬 거예요. 나아가 그 날카로운 바늘로 당신과 나 사이에 가장 좋은 거리를 유지할 거예요.'

내가 좀더 그의 마음을 자극하자 그는 꽤 화를 내며 방 맨 끝으로 가버렸다. 나는 일어나서 늘 하던 대로 태연하게 "로체스터 씨, 안녕히 주무세요."라고 공손히 인사하고 옆문으로 나왔다.

나는 약혼 기간 내내 이 방법을 썼고, 모두 성공했다. 분명히 그는 기분 나빠하고 무뚝뚝하게 대했다. 그러나 나는 그가 대부분 좋아한다는 것을 알고 있었다. 양처럼 온순하게 굴거나 산비둘기처럼 다정하게 대하면 오히려 그의 난폭함을 부추겨 그의 판단력을 흐리게 하고, 그의 지식을 충족하지도 못하고 그의 취미에도 맞지 않는다는 것도 알게 되었다.

나는 다른 사람들과 함께 있을 때는 예의 바르고 얌전하게 행동했다. 그러지 않을 이유가 없었다. 그의 기대를 무너뜨리고 그를 괴롭히는 것은 저녁에 단둘이 있을 때뿐이었다. 매일 괘종시계가 오후 7시를 알리면 그는 어김없이 사람을 보내 나를 불렀다. 이제 그는 나에게 '사랑하는 사람', '귀여운 사람' 같은 꿀처럼 달콤한 말을 하지 않았다. 그 대신 '극성맞은 꼭두각시', '짓궂은 꼬마 요정', '귀신 같은 아이' 또는 '꼬마 도깨비' 등으로 불렀다. 그리고 애무 대신 인상을 찌푸리고, 손을 잡는 대신 팔을 꼬집고, 뺨에 키스하는 대신 귀를 세게 잡아당기곤 했다. 그래도 나는 좋았다. 부드러운 사랑 표현보다 거친 사랑의 표현이 더 좋았다. 페어팩스 부인도 이제 나의 태도가 옳다고 생각하는 것 같았다. 나에 대한 불안한 기색이 사라졌던 것이다. 내가 잘하고 있는 것이었다. 반면 로체스터 씨는 나 때문에 뼈와 가죽만 남았다면서 앞으로 기회가 오면 단단히 복수하겠다고 별렀다. 나는 이 말을 듣고 마음속으로 웃으며 생각했다.

'이제 나는 당신을 적당히 억누를 수 있어요. 앞으로도 그럴 거예요. 한 가지 방법이 효과가 떨어지면 또 다른 방법을 강구하면 되겠죠.'

그렇지만 내 입장에서는 그러기도 결코 쉬운 일이 아니었다. 그를 놀리는 대신 즐겁게 해주고 싶은 적이 한두 번이 아니었다. 내 미래의 남편은 나의 전 세계, 아니 그 이상으로 천국의 희망이었다. 그는 마치 일식이 인간과 거대한 태양 사이를 가로막듯 나와 나의 종교관 사이를 가로막고 있었다. 그즈음 나는 하느님이 창조하신 한 인간을 우상으로 숭배하고 있었으므로 하느님이 보이지 않았다.

제25장

약혼 기간이 한 달 지나갔다. 몇 시간만 있으면 그날이었다. 이제 결혼식을 미룰 수도 없었다. 그리고 그날을 위한 준비가 거의 끝났다. 적어도 나는 더 준비할 것이 없었다. 나는 짐을 챙겨 트렁크에 넣고 자물쇠로 잠근 뒤 줄로 묶어서 내 방에 나란히 놓아두었다. 내일 이 시간이면 이 짐들은 런던으로 옮겨질 것이다. 나 역시 하느님의 뜻이 그렇다면 그리될 것이다. 아니, 내가 아니라 '제인 로체스터'라는 미지의 사람이 말이다. 이제 꼬리표만 달면 되었다. 작고 네모난 꼬리표 네 장이 서랍 속에 있었다. 로체스터 씨가 직접 '런던 ○○ 호텔, 로체스터 부인'이라고 썼다. 나는 아직 꼬리표를 직접 붙이거나 또는 남에게 달아달라고 부탁할 엄두도 나지 않았다. 로체스터 부인! 아직 그런 사람은 존재하지 않는다. 내일 오전 8시 이후에나 태어날 테니까. 그래서 나는 그녀가 이 세상에 태어난 것을 확인한 뒤에 로체스터 부인의 이름과 자격을 부여하기로 했다. 화장대 맞은편 옷장에 로우드에서 입었던 검은색 모직 옷과 밀짚모자

대신 로체스터 부인의 옷이 걸려 있는 것만으로 충분했다. 거기 있던 것들을 내쫓고 대신 걸려 있는 결혼 예복 한 벌, 진줏빛 드레스와 안개 같은 베일은 내 것이 아닌 것 같았다. 나는 기이하고 환영과도 같은 그 옷이 보이지 않게 옷장 문을 닫아버렸다. 그 옷은 밤 9시인 지금 어두운 내 방에 유령 같은 빛을 내뿜고 있었다. 나는 속으로 말했다.

'하얀 환영이여, 너를 잠시 혼자 두고 가련다. 몸이 뜨거워. 바람 소리가 들리네. 나가서 바람 좀 쐬어야겠어.'

내 가슴이 열에 들뜬 듯한 이유는 여행 준비 때문에 바빠 서둘러서 그런 것만은 아니었다. 큰 변화, 내일부터 새로운 생활이 시작되기 때문만도 아니었다. 물론 이 두 가지도 늦은 밤에 어두운 정원으로 뛰쳐나오게 만든 불안과 흥분의 원인이기도 했지만 다른 한 가지가 내 마음을 크게 흔들어놓았다.

이상하게 불안감이 밀려왔다. 내가 이해할 수 없는 사건이 일어났기 때문이다. 나 외에는 본 사람이 없었다. 그 일은 바로 어젯밤에 일어났다. 어젯밤 로체스터 씨는 외출하고 없었다. 오늘도 아직 돌아오지 않았다. 약 30마일 떨어진 곳에 있는 두서너 개의 농장에 볼일을 보러 간 것이다. 영국으로 출발하기 전에 해결해야 할 일이었다. 나는 그가 돌아오기를 기다리고 있었다. 마음을 가라앉히고 나를 괴롭히는 수수께끼의 답을 듣고 싶었다. 그러므로 독자 여러분, 그가 돌아올 때까지 기다려주시기를. 내가 그에게 비밀을 털어놓을 때 여러분도 알게 될 테니.

나는 바람이 휘몰아치자 우선 과수원으로 피했다. 하루 종일 남풍이 세차게 불어왔으나 비는 내리지 않았다. 밤이 되어도 바람은 가라앉지 않고 더 거세게 휘몰아쳤다. 나무들은 한쪽으로 치우쳐 꼼짝 못하고 나뭇가지는 한 시간 내내 거의 한 번도 고개를 들지 못했다. 강한 비바람 때문에 나뭇가지 끝은 계속 북쪽으로 구부러져 있었다. 구름은 극에서 극으로 한 덩어리씩 차례로 흘러갔다. 7월의 푸른 하늘은 어디에서도 찾아볼 수 없었다.

천둥이 치는 헤아릴 수 없는 대기의 흐름에 나의 괴로움을 떠넘기고, 바람에 쫓겨 달리면서 미쳐 날뛰는 듯한 희열을 느꼈다. 월계수 오솔길을 걸어가다가 나는 벼락 맞은 마로니에 앞에서 걸음을 멈췄다. 그 나무는 시커멓게 갈라진 채 참혹한 모습으로 서 있었다. 한가운데가 둘로 쪼개져 무시무시하게 입을 벌리고 있었다. 갈라진 반쪽은 완전히 떨어지지 않고 단단한 나무 둥치와 튼튼한 뿌리가 받쳐주고 있었다. 그러나 나무는 이미 생명이 끊어져 있었다. 수액이 흐르지 않았고 양쪽의 커다란 나뭇가지들은 이미 죽어서 다가오는 겨울 폭풍에 한쪽 혹은 양쪽 모두 쓰러지고 말 것이다. 그래도 어쨌든 아직은 온전한 형태를 갖춘 한 그루의 나무였다.

나는 마치 괴물처럼 쪼개진 나무가 살아 있어서 내 말을 알아듣기라도 하듯 속으로 말했다.

'서로 꽉 붙들고 있어서 다행이군. 너희는 그토록 부러지고 검게 그을렸지만 아직 충직한 뿌리에 붙어서 속으로는 생명을 느끼고 있겠지. 하지만 너희는 이제 푸른 잎을 피울 수 없고 가지에 새들이 둥지를 틀고 앉아 노래하지도 않을 것이다. 기쁨과 사랑의 시대는 이미 너희에게서 사라져버렸다. 하지만 너희는 외롭지 않으리라. 썩어가면서도 서로 위로할 친구가 있으니까.'

나무를 쳐다보고 있는데 갈라진 틈으로 보이는 하늘에 잠시 달이 걸렸다. 핏빛처럼 붉게 물든 달 표면이 반쯤 구름에 가려 있었다. 달은 불안하고 쓸쓸한 시선으로 나를 바라보다 이내 짙은 구름 속으로 자취를 감추었다. 바람은 손필드 근처에서 잠시 머물다가 저 멀리 숲과 냇물이 흐르는 골짜기에서 거칠고 슬픈 비명을 토해냈다. 그 소리를 듣고 있노라니 나도 슬퍼져서 또다시 달렸다.

과수원을 돌아다니며 나무 밑동 풀밭에 떨어져 있는 사과를 주워 익은 것과 덜 익은 것을 골라내 집에 가져가 식품저장실에 넣어두었다. 그러고 나서 난롯불을 피워놓았는지 알아보려고 서재로 들어갔다. 여름밤인데도 이처럼 을씨년스러울 때면 로체스터 씨는 방에 난롯불이 활활 타오르는 것을 좋아한다. 역시 불은 얼마 전부터 활활 타고 있었다. 나는 그의 안락의자를 난롯가에 갖다 놓고 탁자를 끌고 와서 그 옆에 놓았다. 그리고 커튼을 치고 초를 가져다 놓았다. 모든 준비가 끝나자 마음이 더욱 불안해서 그냥 앉아 있을 수도, 집 안에 있을 수도 없었다. 방에 있는 작은 탁상시계와 홀의 괘종시계가 동시에 10시를 알렸다.

나는 생각했다.

'밤이 꽤 깊었는데 왜 안 오시지? 대문까지 나가보자. 달빛이 있으니 멀리까지 보일 거야. 지금쯤 오고 계실지도 몰라. 마중을 나가면 좀 덜 불안하겠지.'

바람이 대문을 뒤덮고 있는 큰 나뭇가지를 세차게 흔들었다. 그러나 길이 보이는 곳까지는 고요하고 쓸쓸했다. 그저 달이 비치면 가끔 구름 그림자가 움직일 뿐 끝이 보이지 않는 하얀 선과 같은 길에는 아무것도 없었다.

그 길을 바라보고 있는데 갑자기 어린애처럼 눈물이 흘렀다. 실망감과 초조함의 눈물이었다. 나는 창피한 마음에 재빨리 눈물을 훔쳤다. 달이 완전히 자신의 밀실로 몸을 숨기고 짙은 구름이 장막을 쳤다. 밤은 점점 깊어갔고 한 차례 세찬 바람이 불더니 비가 쏟아졌다.

"빨리 돌아오셨으면! 제발 빨리 돌아오셨으면!"

나는 미칠 듯한 불안감에 소리쳤다. 사실 차 마시는 시간 전에는 돌아올 거라고 생각했다. 그런데 이렇게 늦은 시간까지 무엇이 그를 붙들고 있는 것일까? 사고가 난 것은 아닐까?

지난밤 일이 다시 머리에 떠올랐다. 그 일이 재앙의 전조가 아닌가 하는 생각이 들었다. 나아가 나의 희망이 너무 눈부셔서 실현되지 못하는 게 아닌가 하는 불안감이 들었다. 요즘 너무 많은 축복을 누렸는데, 이제 절정을 찍고 내리막길로 향하고 있는 것이 아닌가 하는 생각이 들었다.

"집에 들어갈 수 없어. 이 험한 날씨에 그분은 밖에 계시는데 나 혼자 난롯가에 앉아 있을 수는 없지. 가슴 졸이며 걱정하는 것보다 다리가 고달픈 게 나아. 좀더 걸어가 보자.'

나는 빨리 걷기 시작했다. 그러나 멀리 가지는 못했다. 4백 야드도 채 걷지 않았을 때 말발굽 소리가 들려왔다. 말은 전속력으로 달려오고 있었다. 개 한 마리가 그 옆을 달려왔다. 불길한 생각은 사라져버려! 그분이었다. 메스루어를 타고 파일럿을 거느리고 그분이 왔다. 그가 나를 알아보았다. 어느새 달이 푸른 들판을 희미하게 비추고 있었기 때문이다. 그가 모자를 벗어 들고 높이 흔들어 보였다. 나는 그를 향해 달려갔다.

그가 한 팔을 내밀고 몸을 숙이며 소리쳤다.

"당신은 이제 나 없이는 잠시도 못 있는군. 틀림없어. 자, 내 손을 잡고 내 구두 앞등을 밟고 올라타요!"

나는 그가 시키는 대로 했다. 기쁜 나머지 그의 앞에 날쌔게 올라탔다. 그가 열렬한 환영의 키스를 하고, 뿌듯한 승리감에 취한 듯했지만 그냥 내버려두기로 했다.

"그런데 이 시각에 마중을 나오다니, 무슨 일이오? 안 좋은 일이라도 있었소?"

"아니요. 왠지 당신이 안 오실 것 같아서요. 그래서 가만히 앉아 기다릴 수가 없었어요. 게다가 비바람이 휘몰아쳐서."

"지독한 날씨야! 당신은 인어처럼 흠뻑 젖었어. 내 외투를 당겨

덮어요. 그런데 열이 있는 것 같아. 제인, 뺨이랑 손이 너무 뜨거워. 대체 무슨 일이오?"

"이젠 괜찮아요. 무섭지도 않고 불안하지도 않아요."

"그럼 아까는 무섭고 불안했소?"

"조금요. 이따가 말씀드릴게요. 당신은 내 얘기를 듣고 웃어버리 겠지만."

"내일이 지나면 실컷 웃어주지. 그때까지는 웃을 수 없소. 사냥물 이 아직 내 손에 들어오지 않았거든. 지난 한 달 동안 당신은 미꾸 라지처럼 미끄럽고 들장미처럼 가시가 돋쳐 잡을 수가 없었소. 가 시에 찔리지 않고는 손가락 하나 대지 못했는데 오늘 밤에는 마치 길 잃은 새끼 양을 안은 것 같군. 제인, 당신은 마치 목동을 찾아 울 타리 밖으로 나온 것 같아."

"저는 당신이 보고 싶었어요. 그렇다고 우쭐거리지 마세요. 벌써 집에 도착했네요. 이제 내려주세요."

그는 나를 포석이 깔린 길에 내려주었다. 존이 말을 끌고 가자 그 가 나를 뒤따라 들어와 빨리 옷을 갈아입고 서재로 오라고 했다. 내 가 계단을 올라가려고 하자 그가 나를 붙들고 얼른 오라고 재차 다 짐을 받았다. 나는 오래 걸리지 않았다. 5분쯤 뒤에 그에게 갔다. 그 는 저녁 식사 중이었다.

"제인, 함께 들어요. 당분간 손필드 저택에서는 이 식사 말고 한 번밖에 안 남았으니까."

나는 식사는 됐다고 하며 그의 옆에 앉았다.

"여행을 앞두고 가슴이 벅차서 그런 거요? 런던으로 갈 생각을 하니 신경이 쓰여서 식욕이 떨어진 거요?"

"오늘 밤에는 내일부터 일어날 일 같은 건 생각도 안 나요. 제가 무슨 생각을 하고 있는지 나 자신도 모르겠어요. 모든 게 현실이 아니라 꿈인 것 같아요."

"나는 꿈이 아니고 현실이오. 자, 만져봐요."

"다른 무엇보다 당신이야말로 환영 같아요. 당신은 꿈 같아요."

그가 웃으며 내 눈앞으로 손을 뻗으며 말했다.

"이게 꿈이오?"

그의 팔은 길죽하고 힘이 셌으며, 손 또한 두툼하고 둥그스름하게 근육이 발달되어 있었다.

"그래요. 이렇게 만져봐도 여전히 꿈 같아요."

나는 그의 손을 내리며 말했다.

"식사는 다 하셨나요?"

"그렇소, 제인."

나는 종을 울려 식탁을 치우라고 일렀다. 다시 우리 둘만 남자 나는 난롯불을 돋우고 주인의 무릎께에 있는 낮은 의자에 앉았다.

"벌써 자정이 다 되어가네요."

내가 말했다.

"그렇군. 하지만 결혼 전날 밤 나와 함께 뜬눈으로 밤을 지새겠다고 한 약속을 잊지 말아요."

"기억하고 있어요. 적어도 한두 시간은 자지 않고 약속 지킬게요."

"준비는 다 했소?"

"네, 다 했어요."

"나도 마찬가지요. 모두 정리했소. 내일 교회에서 돌아와 30분 내로 여기를 떠나는 거요."

"네, 좋아요."

"방금 '좋아요'라며 웃는 당신 얼굴이 조금 이상한데? 양 볼도 빨개지고 눈빛도 이상하게 빛나잖아! 몸이 안 좋은 거요?"

"아무렇지 않은 것 같은데요."

"같다니! 대체 무슨 일인지 말해봐요."

"말할 수 없어요. 어떤 느낌인지 말로 설명할 수 없어요. 저는 그저 지금 이 순간이 영원했으면 좋겠어요. 다음 시간에 어떤 운명이 다가올지 알 수 없잖아요."

"제인, 그건 우울증이야. 너무 흥분했거나 지쳐서 그런 거요."

"당신은 마음이 편하고 행복하세요?"

"편하냐고? 그렇지는 않아. 하지만 진심으로 깊은 행복을 느끼고 있지."

나는 그가 정말 행복한지 표정을 읽어보려고 쳐다보았다. 그의 얼굴은 불타는 듯 상기되어 있었다.

"제인, 나를 믿고 신경 쓰이는 것이 있으면 무엇이든 털어놓아요.

마음의 짐을 나에게 덜어주고, 좀 편안해지란 말이오. 무얼 걱정하고 있소? 내가 좋은 남편이 못 될까 봐?"

"말도 안 돼요."

"이제부터 들어가려는 새로운 세계가 걱정되는 거요? 새로운 신분과 새로운 생활이 두려운 거요?"

"아니에요."

"정말 모르겠군. 당신의 슬픈 얼굴과 목소리를 보니 내가 불안해지는군. 말해봐요."

"그럴게요. 어젯밤에 집에 안 계셨죠?"

"그랬지. 좀 전에 당신은 내가 집을 비운 사이 무슨 일이라도 일어난 것처럼 행동했소. 물론 대수롭지 않은 일이겠지. 하지만 그것 때문에 당신 마음이 불안한 거야. 어디 들어봅시다. 페어팩스 부인이 뭐라고 했소? 아니면 하인들이 무심코 지껄이는 얘기를 듣기라도 한 거요? 그래서 예민한 당신 자존심이 상한 것이오?"

"그렇지 않아요."

시계가 12시를 알렸다. 나는 탁상시계가 은방울 같은 멜로디로, 그리고 홀의 커다란 괘종시계가 목이 쉰 듯한 소리로 요란하게 진동하며 열두 번을 다 칠 때까지 기다렸다가 다시 말을 이었다.

"어제는 하루 종일 바빴어요. 잠시도 쉴 틈 없이 바빴지만 저는 행복했어요. 당신이 생각하고 계시는 것처럼 새로운 신분이나 생활이 신경 쓰이거나 걱정되지 않았어요. 그저 당신과 함께 살아갈 희망에 더없이 기쁠 뿐이었어요. 진심으로 당신을 사랑하니까요. 아이, 안 돼요. 지금은 저를 만지지 마세요. 조용히 얘기하게 해주세요. 어제까지 저는 모든 것이 하느님의 섭리에 따라 순조롭게 진행되고 있다고 믿었어요. 기억하시겠지만 어제는 대기와 하늘이 고요하고 날씨가 화창해서 당신의 여행도 별로 걱정되지 않았어요. 차를 마신 후 저는 잠시 포석이 깔린 길을 산책했어요. 마음속으로 당신을 생각하고 있었기 때문에 당신 없이 혼자 하는 산책도 전혀 외롭지 않았어요. 저는 제 앞날과 나보다 훨씬 더 운신의 폭이 넓은 당신의 앞날을 생각했어요. 좁고 얕은 강바닥과 그 강물이 흘러들어 가는 바다의 깊이를 비교하는 것과 같았죠. 저는 철학자들이 왜 인생을 쓸쓸한 황야에 비유하는지 이해할 수 없었어요. 제 눈에는 인생이 온통 장미 꽃밭이었으니까요. 해 질 녘 공기가 차갑고 하늘이 구름으로 덮이기 시작했을 때 저는 집 안으로 들어왔어요. 때마침 소피가 방금 웨딩드레스가 도착했다고 2층으로 저를 불렀어요. 옷 밑에 당신의 선물이 들어 있었어요. 당신이 귀족과 같은 사치를 부려 런던에서 주문한 화려한 베일 말이에요. 제가 보석을 받지 않으니까 저 몰래 값진 것을 주려고 그러신 거겠죠. 베일을 펴보며 저는 웃었어요. 그리고 당신의 귀족적인 취향과 평민의 신부를 귀족처럼 차려입히려고 애쓰는 당신을 어떻게 놀려줄까 궁리했답니다. 제 미천한 머리에 쓰려고 직접 마련한 수놓지 않은 네모난 비단 레이스를 들고 가서 재산도 아름다움도 훌륭한 가문도 줄 수 없는 저

같은 여자에게는 이 정도로 충분하지 않냐고 물어볼까 생각했어요. 그렇게 말하면 당신이 어떤 표정을 지을지 머릿속에 선명하게 그려졌어요. 당신은 공화주의자처럼 성마르게 대답했을 거예요. 재산가나 귀족과 결혼해 재산을 늘리고 신분을 높이고 싶지 않다고 거만하게 말하는 소리가 마치 귀에 들리는 것 같았어요."

그때 로체스터 씨가 말을 가로막았다.

"내 마음을 잘 알아맞히는군, 이 요물 아가씨! 그런데 수놓은 베일 말고 또 무엇을 보았소? 그렇게 슬픈 표정인 걸 보니 독약이나 단도라도 본 것이오?"

"아니, 아니에요. 정교하고 아름다운 베일과 페어팩스 로체스터 님의 자부심밖에 안 보이던걸요. 물론 그런 것 때문에 놀란 것은 아니에요. 로체스터 님의 자부심이라는 괴물을 보는 데는 익숙하니까요. 그런데 날이 저물자 바람이 불기 시작했어요. 오늘처럼 거칠고 세찬 바람은 아니었지만 꽤 음산하고 신음 소리처럼 무서운 바람 소리가 들렸어요. 저는 당신이 집에 계시면 얼마나 좋을까 생각했죠. 이 방에 들어와 텅 빈 의자와 불을 피우지 않은 난로를 보고 온몸이 오싹했어요. 한참 뒤에 잠자리에 들었지만 잠이 오지 않았어요. 불안스러운 흥분이 밀려왔기 때문이죠. 바람은 점점 심해지는데 그 속에서 슬프고 낮은 목소리가 울려 퍼졌어요. 처음에는 그 소리가 집 안에서 나는 건지 밖에서 들려오는 건지 분간이 안 되었어요. 바람이 잠시 가라앉을 때마다 그 소리는 기이하고 슬프게 들려왔죠. 저는 그 소리가 저 멀리서 들려오는 개 짖는 소리라고 생각했어요. 잠시 후 그 소리가 들리지 않자 마음이 놓였어요. 잠이 든 뒤에도 바람이 휘몰아치는 어두운 밤이 계속 꿈에 나타났어요. 그리고 당신과 함께 있고 싶다는 열망과 동시에 우리를 갈라놓는 어떤 장벽이 있다는 슬픈 생각이 들었어요. 막 잠이 들었을 때는 알지도 못하는 어느 꼬불꼬불한 길을 따라 걷고 있었어요. 그때 캄캄한 어둠이 저를 둘러싸더니 비가 쏟아졌어요. 저는 아주 작고 너무 허약해서 걷지도 못하는 어린아이를 안고 있었어요. 그 아이가 제 차가운 팔에 안겨 떨면서 애처롭게 울었어요. 당신은 이미 저 멀리 가고 있다는 생각이 퍼뜩 들었어요. 그래서 저는 빨리 당신을 따라가서 기다려달라고 애원하려고 당신의 이름을 부르려고 했어요. 그런데 몸도 움직이지 않고 목소리도 나오지 않았어요. 그러는 사이 당신은 점점 멀어져 가는 것 같았죠."

"제인, 내가 이렇게 당신 옆에 있는 지금도 그 꿈이 당신의 마음을 짓누르고 있소? 그건 신경과민이오! 꿈속에서 느낀 슬픔 같은 건 다 잊고 현실의 행복만 생각해요! 나를 사랑한다고 하지 않았소. 제인, 나는 그 말을 잊지 않을 거요. 당신도 그건 부정하지 못하겠지. 그 말만은 당신의 입술에서 사라지지 않았으니까. 부드럽게 속삭이는 그 말을 분명히 들었소. 엄숙하지만 음악을 듣는 듯 아름다웠지. '진심으로 당신을 사랑하니까 당신과 함께 살아갈 희망에 더없이 기쁠 뿐이었어요'라고 말했지. 제인, 날 사랑하오? 그 말을 다시 한번 해줘요."

"사랑해요. 진심으로 사랑해요."

"그런데……."

잠시 그가 말을 멈추었다가 다시 이었다.

"이상하군. 그 말이 가슴 아프게 파고드는 것 같아. 왜지? 아마 당신이 종교적 열의로 말했기 때문일 거야. 나를 바라보는 당신의 눈은 믿음과 성심과 헌신으로 가득 차 있어. 마치 성령이 내 옆에 있는 것 같아. 짓궂은 표정 좀 지어봐요, 제인. 그런 표정 잘 짓잖아. 악착같고 수줍은 듯하면서도 밉살스러운 미소 한번 지어보구려. 내가 미워 죽겠다고 말해봐요. 나를 놀리고 화를 돋워봐요. 슬프지 않는 것이라면 무슨 짓이라도 좋소. 슬퍼하기보다 화내는 것이 오히려 나으니까."

"이야기가 끝나면 원하시는 대로 놀리고 화도 돋울게요."

"다 끝난 것 아니었소? 제인, 내 생각에 당신은 꿈 때문에 우울한 것 같소."

나는 머리를 저었다.

"뭐가 또 있소? 별 중요한 것은 아니겠지. 미리 얘기하는데 나는 믿지 않을 거요. 어쨌든 말해봐요."

그가 침착함을 잃고 불안해하며 초조하게 말하는 것을 보고 나는 적이 놀랐지만 계속 이야기했다.

"저는 또 다른 꿈도 꾸었어요. 손필드 저택이 으스스한 폐허가 되어 박쥐와 올빼미의 소굴이 된 꿈이었어요. 멋진 저택 정면에 남아 있는 것은 뼈대만 앙상한 높은 벽뿐이어서 금방이라도 무너질 것 같았어요. 달 밝은 밤 저는 풀이 무성한 집 안을 거닐었어요. 이쪽 에서는 대리석 벽난로에 걸려 넘어지고 저쪽에서는 떨어진 처마 모서리 파편에 걸려 비틀거렸죠. 그때까지도 저는 그 미지의 어린애를 숄로 감싸 안고 있었어요. 아무리 팔이 아파도 그 애를 내려놓지 않았어요. 너무 무거워 걸을 수 없을 것 같아도 끝까지 아이를 안고 있었어요. 그때 저 멀리서 길 위를 달려가는 말발굽 소리가 들렸어요. 분명 당신이었어요. 당신이 여러 해 동안 먼 나라로 여행을 떠나는 것이었어요. 당신을 단 한 번이라도 보고 싶은 간절함에 저는 위험을 무릅쓰고 미친 듯이 그 얇은 벽을 기어올라 갔어요. 발밑으로 돌멩이가 떨어져 나가고, 붙잡고 있던 담쟁이덩굴은 끊어졌어요. 어린아이가 무서운지 제 목에 매달리는 바람에 목이 졸렸어요. 겨우 꼭대기에 올라갔을 때 당신이 하얀 길 위에 아주 작은 점처럼 보였고, 그 점은 시시각각 작아졌죠. 돌풍이 불어와서 저는 더 이상 서 있을 수가 없었어요. 좁은 벽 가장자리에 앉아서 무서워하는 아이를 무릎 위에 올려놓고 달랬어요. 그때 당신은 길모퉁이를 돌고 있었어요. 마지막으로 한 번 더 당신을 보려고 몸을 굽혔는데 벽이 무너지면서 비틀거리는 바람에 아이가 무릎에서 떨어졌어요. 그리고 저도 같이 떨어지면서 잠이 깼어요."

"그래, 그것으로 이야기가 다 끝난 거로군."

"서론이 끝났을 뿐이에요. 이제 본론으로 들어가죠. 잠에서 깨어 났을 때 환한 빛 때문에 눈이 부셨어요. 날이 밝았나 생각했죠. 하지만 그것은 촛불이었어요. 그래서 소피가 들어왔나 생각했어요. 화장대 위에 촛불이 켜져 있었어요. 제가 잠들기 전에 웨딩드레스와 베일을 걸어두었던 옷장 문이 활짝 열려 있었고요. 옷이 스치는 소리가 나기에 '소피, 뭐 해요?'라고 물어보았지만 아무 대답이 없었어요. 그리고 옷장 쪽에서 누군가 나타나더니 화장대에 놓인 촛불을 집어 들고 높이 쳐들어 옷걸이에 걸린 옷을 자세히 살펴보고 있었어요. '소피! 소피!'라고 다시 불러보았지만 여전히 대답이 없었어요. 저는 일어나 앉아 몸을 앞으로 쭉 빼고 쳐다보았어요. 처음에는 경악했고, 그다음에는 당황스럽더니 차츰 온몸의 피가 얼어붙는 것 같았어요. 로체스터 님, 그녀는 소피가 아니었어요. 리어도 페어팩스 부인도 아니었어요. 그리고…… 그래요, 분명해요. 분명 그 이상한 여자 그레이스 풀도 아니었어요."

"그들 중 하나겠지."

주인이 내 말을 가로챘다.

"아니요, 확실히 아니에요. 제 앞에 서 있던 사람은 지금까지 이 손필드 저택에서 한 번도 본 적 없는 사람이었어요. 그 정도 키에 그런 실루엣은 없었어요."

"제인, 좀더 자세히 말해봐요."

"키가 크고 덩치도 크고 숱 많은 검은 머리를 어깨 너머로 길게 늘어뜨린 걸 보면 여자 같았어요. 어떤 옷을 입었는지는 잘 모르겠어요. 민무늬 하얀 옷을 길게 늘어뜨리고 있었는데 잠옷 같기도 하고 이불이나 수의 같기도 한 것이 잘 모르겠어요."

"얼굴은 보았소?"

"처음에는 못 봤어요. 그런데 그 여자가 옷장에 걸려 있던 베일을 높이 쳐들고 한참을 보다가 자기 머리에 쓰고 거울 쪽으로 돌아서는 순간 직사각형 거울에 비친 얼굴을 똑똑히 보았답니다."

"그래, 어떻게 생겼소?"

"소름이 끼칠 정도로 무섭게 생긴 얼굴이었어요. 아, 지금까지 그런 얼굴은 한 번도 본 적 없어요. 죽은 사람 같은 낯빛이었죠. 빨갛게 충혈된 눈알을 쉴 새 없이 굴리던 모습과 시커멓게 부어오른 얼굴을 머릿속에서 완전히 지울 수 있다면 얼마나 좋을까요."

"창백한 낯빛이라면 유령 아니오?"

"그건 푸르뎅뎅한 빛을 띤 붉은색이었어요. 입술은 검게 부어 있었고, 이마는 주름투성이에, 핏발 선 눈 위로 새까만 눈썹이 뻗어 있었지요. 그 모습을 보는 순간 뭐가 떠올랐는지 아세요?"

"뭐가 떠올랐소?"

"독일 민담에 나오는 도깨비하고 흡혈귀였어요."

"거참! 그래 그게 무슨 짓을 했다는 거요?"

"무시무시한 머리에 쓰고 있던 베일을 벗더니 두 갈래로 쭉 찢어서 마룻바닥에 패대기치고는 발로 마구 짓밟았어요."

"그러고 나서는?"

"커튼을 걷고 밖을 내다보더군요. 먼동이 트는 걸 보았겠죠. 촛불을 들고 문 쪽으로 가다가 제 침대 옆에서 잠시 멈춰 독살스러운 눈으로 저를 노려보았어요. 그리고 제 얼굴 앞으로 바짝 촛불을 들이대더니 훅 불어 껐어요. 그 무서운 얼굴이 제 눈앞에서 불타오르는 듯한 모습을 보는 순간 저는 기절해버렸어요. 세상에 태어나서 두 번째, 딱 두 번째로 기절한 거예요."

"깨어났을 때 누가 옆에 있었소?"

"아무도 없었어요. 날이 환하게 밝았더군요. 저는 자리에서 일어나 머리와 얼굴을 씻고 물을 마구 마셨어요. 기운이 없었지만 병이 난 것 같지는 않았어요. 그리고 저는 당신 말고는 아무에게도 이 허깨비 같은 이야기를 하지 않기로 결심했어요. 자, 그 여자가 누구인지 말씀해주세요."

"너무 흥분한 나머지 헛것을 본 거겠지. 나의 귀중한 보배인 당신을 잘 돌봐줘야겠군. 당신처럼 신경이 예민한 사람이 견디기에는 한계가 있지."

"신경이 예민해서 그런 게 아니에요. 이건 실제 일어난 일이에요. 실제로 본 거라고요."

"그럼 그 전에 꾸었다는 꿈도 사실이란 말이오? 손필드 저택이 폐허가 되었소? 내가 장애물을 뛰어넘지 못하고 당신과 헤어진 거요? 눈물 한 방울 흘리지 않고, 키스도 없이, 작별 인사 한 마디 없이 당신을 두고 떠났단 말이오?"

"아직은 아니에요."

"그 말은 앞으로는 그럴 거라는 말이오? 그게 무슨 말이오. 우리를 굳게 맺어줄 날이 이미 시작되었는데. 우리가 맺어지고 나면 그런 악몽 같은 것은 두 번 다시 꾸지 않을 거요. 내 말을 믿어요."

"악몽이라뇨! 저도 악몽이었으면 좋겠어요. 당신마저 그 무시무시한 방문객이 누구인지 설명해주지 않는다면 더더욱 그래요."

"제인, 내가 설명할 수 없는 일이니 틀림없이 사실이 아닌 거지."

"하지만 저도 오늘 아침에 일어났을 때는 그렇게 다짐하고 용기와 위안을 얻기 위해 환하게 쏟아지는 햇빛 아래서 방 안의 물건들을 둘러보았어요. 그러다가 거기에서…… 그 카펫 위에서…… 제 생각이 틀렸다고 확실하게 말해주는 물건 하나를 보고 말았답니다. 바로 두 갈래로 찢긴 베일이었어요."

나는 로체스터 씨가 몹시 놀라 몸을 부르르 떠는 것을 보았다. 그가 갑자기 나를 껴안으며 소리쳤다.

"오, 감사합니다! 지난밤 무시무시한 무언가가 당신 방에 들어갔지만 해를 입은 것은 베일뿐이라니. 큰일을 당할 뻔했다고 생각하면 소름이 돋는구려!"

그가 숨을 가쁘게 몰아쉬며 나를 세게 안는 바람에 나는 숨 쉬기가 힘들었다. 그렇게 말없이 몇 분 정도 있다가 그가 다시 명랑하게 말했다.

"제인, 내가 다 설명하리다. 그건 반은 꿈이요 반은 현실이오. 당신 방에 들어간 사람이 여자라면 의심할 것 없이 그건 그레이스 풀일 것이오. 언젠가 당신도 그 여자가 이상하다고 하지 않았소. 당신도 익히 보아왔으니 그렇게 말한 거지. 그 여자가 나와 메이슨에게 무슨 짓을 했지? 당신이 비몽사몽일 때 그 여자가 들어온 거야. 잠결에 그녀의 모습이 마귀처럼 보인 거지. 헝클어진 긴 머리칼과 검게 부어오른 얼굴, 큰 덩치는 모두 환영 속에서 만들어낸 거요. 앙심을 품고 베일을 찢은 것은 사실이고. 그런 짓을 하고도 남지. 당신은 어떻게 그런 여자를 집에 두느냐고 묻고 싶을 것이오. 우리가 결혼해서 1년이 지나면 그때 설명하리다. 하지만 지금은 할 수 없소. 제인, 이 정도로 만족할 수 없을까? 내 말을 믿어주겠소?"

나는 깊이 생각해보았다. 만족스럽지는 않지만 그 누구도 그렇게밖에 설명할 수 없을 것 같았다. 나는 그를 기쁘게 해주기 위해 안심한 듯 보이려고 애썼다. 사실 마음이 조금 놓이기는 했다. 나는 흡족한 표정으로 웃으며 대답했다.

"네."

그리고 1시가 넘은 지 꽤 되어 내 방으로 돌아가려고 했다.

"소피는 아델 방에서 함께 자나?"

내가 가지고 갈 초에 불을 붙이자 그가 물었다.

"네."

"그럼 오늘 밤은 아델과 함께 자요. 아델의 침대가 작긴 해도 당신이 누울 자리는 있을 거요. 당신은 지금 그 일 때문에 신경과민 상태이니 혼자 자지 않는 게 좋겠소. 그러겠다고 약속해요."

"네, 그럴게요."

"방에 들어가면 문을 꼭 잠가요. 그리고 2층에 올라가면 내일 제 시간에 꼭 깨워달라고 부탁하는 척하면서 소피를 깨워요. 내일 8시 전에 드레스를 입고 아침 식사까지 끝내야 하니까. 이제 우울한 생각은 절대 하지 말아요. 쓸데없는 걱정도 하지 말고. 제인, 몹시 부드러운 바람이 부는구려. 유리창을 두들기던 빗소리도 그쳤고. 여기 좀 봐요. 정말 아름다운 밤이오."

그가 커튼을 치며 말했다. 하늘의 절반은 맑고 구름 한 점 없었다. 정말 아름다운 밤이었다. 구름은 때맞춰 서풍으로 바뀐 바람에 밀려 긴 은색 대형을 이루며 동쪽으로 흘러갔다. 달은 평온한 빛을 비췄다.

"나의 제인, 이제 기분이 어떻소?"

로체스터 씨가 캐묻듯이 내 눈을 보며 물었다.

"고요한 밤이에요. 제 마음도 그렇고요."

"오늘 밤 당신은 이별이나 슬픈 꿈이 아닌 행복한 사랑과 축복받은 결혼을 꿈꿀 거요."

그러나 이 예언은 반밖에 들어맞지 않았다. 나는 슬픈 꿈도 행복한 꿈도 꾸지 않았다. 잠을 이루지 못했기 때문이다. 나는 어린 아델을 안고 평화롭게 잠든 천진난만한 아이의 모습을 바라보며 해가 뜨기를 기다렸다. 내 몸의 모든 세포가 깨어 있었다. 나는 해가 뜨자마자 곧바로 일어났다. 지금도 그때 아델이 내게 꼭 달라붙었던 기억이 난다. 나는 내 목을 감고 있는 그 애의 작은 손을 풀고 입맞춤을 했다. 나도 모르게 이상한 감정에 사로잡혀 눈물을 흘리고 말았지만 고요히 잠든 그 애가 깰까 봐 얼른 자리를 떠났다. 그때 어린 아델은 내 과거를 상징하는 것 같았다. 그리고 내가 화려하게 차려입고 만나러 가려는 그분은 두려운 마음으로 갈망하던 내 미래를 상징하는 듯했다.

제26장

7시가 되자 옷을 입혀주러 소피가 왔다. 그녀는 무척이나 꾸물거렸다. 너무 오래 걸리자 로체스터 씨가 기다리지 못하고 사람을 보내 왜 빨리 내려오지 않느냐고 물었다. 그때 소피는 수도 놓지 않은 민무늬의 하얗고 네모난 비단 레이스 베일을 내 머리에 씌워 브로치로 꽂고 있었다. 그 일이 끝나자 나는 부리나케 그녀의 손에서 벗어났다.

"잠깐, 거울 좀 봐요. 한번 보셔야죠."

소피가 프랑스어로 소리쳤다.

나는 문간에서 돌아섰다. 긴 드레스를 늘어뜨리고 베일을 쓴 모습이 평소 같지 않아서 몹시 낯설어 보였다.

"제인!"

나를 부르는 소리를 듣고 나는 황급히 내려갔다. 계단을 내려가자 로체스터 씨가 나를 맞아주었다.

"느림보! 마음이 조급해서 내 속에 불이 날 지경인데 이렇게 꾸물

거리다니!"

그는 나를 식당으로 데리고 가서 머리끝에서 발끝까지 찬찬히 살펴보고는 말했다.

"백합처럼 아름다워. 내 인생의 자랑이자 내 눈의 기쁨이오."

그렇게 말한 후 그는 10분 만에 아침 식사를 마쳐야 한다며 종을 울렸다. 최근 고용한 하인이 들어왔다.

"존은 마차를 준비하고 있나?"

"네, 주인님."

"짐은 내려놓았고?"

"지금 내려놓고 있습니다."

"자네는 지금 교회에 가서 우드 목사와 서기가 왔는지 알아보고 오게."

독자 여러분도 알다시피 교회는 정문 가까이 있었다. 하인은 곧 돌아와서 말했다.

"우드 씨는 법의를 입고 법의실에 계십니다."

"그럼 마차는?"

"마구를 달고 있습니다."

"교회에 갔다 오기 전에 준비를 다 끝내야 해. 상자와 짐을 다 실어서 끈으로 잘 매어놓고 마부는 자리에 앉아 대기하고 있어야 한다고."

"잘 알겠습니다."

"제인, 당신은 준비 다 됐소?"

나는 일어났다. 신랑 신부의 들러리도, 안내를 도와줄 친척도 없었다. 그저 로체스터 씨와 나뿐이었다. 홀을 지나갈 때 그곳에 서 있는 페어팩스 부인을 만났다. 나는 그녀와 몇 마디 나누고 싶었다. 그러나 내 손은 무쇠 같은 손에 붙들려서 끌려가고 있었다. 로체스터 씨는 어떠한 일이 있어도 단 1초도 지체할 수 없다는 표정이었다. 다른 신랑도 그와 같을까? 이렇게 하나의 목적에 심취해 무서우리만큼 결의에 불타는 눈빛일까? 단호한 눈썹 아래로 눈빛이 이글이글 타는 것일까?

그날 날씨가 개었는지 흐렸는지 기억나지 않는다. 마찻길을 내려가면서 나는 하늘과 땅을 보지 않았다. 나의 눈은 마음과 함께 로체스터 씨의 몸속으로 들어가 버린 듯했다. 그의 곁에 서서 걸어가면서 그가 무서우리만큼 강렬한 시선으로 바라보는, 눈에 보이지 않는 그 무언가를 나도 보고 싶었다. 그가 과감히 맞서고 있는 생각이 무엇인지 느껴보고 싶었다.

교회의 뜰로 이어진 샛문으로 들어섰을 때 그가 발길을 멈췄다. 그는 내가 숨이 차서 힘들어하는 것을 알아챘다.

"내 사랑이 너무 잔인했나 보군. 제인, 잠시 쉬었다 갑시다. 나한테 기대요."

내 앞에 고요히 솟은 오래된 잿빛 하느님의 전당, 그 뾰족한 탑 주위를 맴도는 땅까마귀 한 마리와 저 건너편으로 펼쳐진 붉은 아침 하늘이 아직도 기억난다. 또 풀로 뒤덮인 푸른 무덤도 기억난다. 그리고 낯선 사람 둘이 나지막한 언덕을 걸으면서 이끼 낀 비석들에 새겨진 비문을 읽고 있던 모습도 떠오른다. 그들이 눈에 띈 것은 우리를 보자 교회 뒤로 돌아가 버렸기 때문이다. 나는 그들이 교회 복도로 들어가리라 생각했다. 우리 결혼식의 증인이 되어주려고 말이다. 로체스터 씨는 내 얼굴을 살피느라 그들을 보지 못했다. 그때 잠시 내 얼굴이 핏기 없이 창백했기 때문이다. 이마가 땀에 젖고 뺨과 입술이 차가웠다. 잠시 후 내 기분이 나아지자 그가 나를 데리고 천천히 교회 현관 앞으로 걸어갔다.

우리는 조용하고 소박한 교회 안으로 들어갔다. 하얀 법의를 입은 목사가 낮은 성단에서 기다리고 있었다. 그 옆에는 서기가 서 있었다. 정적이 흐르는 가운데 구석에서 그 두 사람이 움직였다. 내 추측이 맞은 것 같았다. 낯선 두 남자는 우리보다 먼저 교회에 들어와 있었다. 그들은 우리를 뒤로한 채 로체스터 가의 납골당 옆에서 난간 너머로 오랜 세월의 때가 묻은 대리석 묘비를 바라보았다. 그 묘비에 새겨진 무릎을 꿇은 한 천사가 17세기의 내전 당시(찰스 1세와 영국 의회가 지휘하는 군대의 전쟁—옮긴이) 마스턴 무어에서 전사한 데이머 드 로체스터와 그의 아내 엘리자베스의 유해를 지키고 있었다.

우리는 성단 앞 성찬대 난간 앞에 섰다. 나는 등 뒤에서 신중하게 걸어오는 발소리에 뒤돌아보았다. 낯선 사람 중 하나가—분명히 신사였다―성단 쪽으로 걸어왔다. 드디어 예식이 시작되었다. 목사는 결혼의 의미를 설명하고 나서 한 걸음 앞으로 나아가 로체스터 씨 쪽으로 살짝 몸을 숙이고 말했다.

"나 그대들에게 요구하고 명하노라. 어느 누구든 이 결혼이 합법적으로 이루어질 수 없는 어떤 장애가 있다면 이를 숨기지 말고, 만인의 마음속 비밀이 탄로되는 무서운 심판의 날에 대답하듯이 지금여기에서 고백할지어다. 하느님의 말씀을 거역하고 맺어진 결혼은하느님의 뜻으로 이루어진 결합이 아니므로 불법이니라."

관례대로 목사는 여기서 말을 멈췄다. 이 말 다음에 이어지는 침묵이 어떤 대답으로 깨어진 적이 있던가? 아마 백 년에 한 번도 없을 것이다. 목사는 기도서에서 눈을 떼지 않고 잠시 숨을 멈췄다가로체스터 씨에게 손을 뻗고, "그대는 이 여자를 아내로 삼겠는가?"라는 질문을 하려는데 가까운 곳에서 또렷한 목소리가 들려왔다.

"이 결혼식은 더 이상 진행해서는 안 됩니다. 장애가 있음을 확언합니다."

목사는 발언한 사람을 바라보며 가만히 서 있었다. 서기도 마찬가지였다. 로체스터 씨는 마치 발밑에 지진이라도 일어난 것처럼몸을 움찔했다. 그는 돌아보지도 않고 발을 단단히 가다듬더니 말했다.

"계속 진행해주십시오."

그가 굵고 가라앉은 목소리로 말했을 때 교회 안은 깊은 침묵에 잠겼다. 조금 뒤 우드 목사가 말했다.

"방금 말한 것이 진실인지 확인하기 전에는 식을 진행할 수 없습니다."

"이 결혼식을 계속 진행해서는 안 됩니다. 저는 이 진술을 증명할수 있습니다. 이 결혼에는 결코 무너뜨리지 못할 장애가 있습니다."

등 뒤의 목소리가 말했다.

로체스터 씨는 이 말을 듣고도 전혀 동요하지 않았다. 내 손을 꽉잡은 채 꼼짝달싹하지 않고 서 있었다. 어쩜 그리도 뜨거운 손으로억세게 잡고 있었던가! 그 순간 그의 창백하고 단단한 넓은 이마는마치 깎아놓은 대리석 같았다. 조심스럽게 가만히 살피는 눈빛은광기로 폭발할 듯한 감정을 억누르며 번득이고 있었다!

우드 씨가 몹시 당황한 듯 물었다.

"그 장애가 무엇입니까? 혹시 없앨 수 있는 건가요? 설명하면 해결되는 것이겠지요?"

뒤에서 말하던 사람이 앞으로 나오더니 난간에 기대며 말했다.

"아닙니다. 무너뜨릴 수 없는 장애라고 이미 말씀드렸습니다. 저는 신중하게 고민하고 말씀드리는 겁니다."

한 마디 한 마디가 침착하고 힘이 있으면서도 나직했다.

"이전에 결혼한 적이 있으며 그 아내가 아직도 살아 있다는 사실입니다. 로체스터 씨한테 아내가 있습니다."

천둥소리에도 결코 몸을 떨어본 적이 없던 내 신경이 그 낮은 목소리에 부르르 떨렸다. 그 한 마디에 서릿발이나 불꽃으로도 표현할 수 없는 격한 감정이 솟구쳤다. 그러나 마음을 단단히 먹고 있어서 기절하지는 않았다. 나는 로체스터 씨의 얼굴을 쳐다보았다. 그도 나를 쳐다보았다. 그의 얼굴은 하얀 바윗돌 같았다. 눈은 불꽃이 튀는 부싯돌 같았다. 그는 한 마디도 부인하지 않았다. 마치 모든 일에 대놓고 맞서려는 듯했다. 내가 사람인 줄도 의식하지 못하는 듯 미소가 사라진 얼굴로 내 허리에 팔을 두르고 확 끌어안았다.

"당신 정체가 뭐요?"

그가 방해자에게 물었다.

"나는 런던의 ○○가에 사는 브리그스 변호사라고 하오."

"있지도 않은 아내를 억지로 만들 셈이오?"

"저는 당신에게 아내가 있다는 것을 상기시키는 겁니다. 당신이 인정하지 않아도 법률이 그것을 인정하고 있지요."

"그 여자가 누굽니까? 이름과 양친과 거주지를 말해보시오."

"그러지요."

브리그스 씨는 침착하게 호주머니에서 종이 한 장을 꺼내 비음이 섞인 직업적인 투로 읽어나갔다.

"잉글랜드 ○○주 펀딘 영지 및 손필드 저택의 소유자 에드워드 페어팩스 로체스터는 1800년 10월 20일(15년 전이었다) 본인의 누이동생이자 상인 조너스 메이슨과 서인도제도 출신 앙투아네트의 딸인 버사 앙투아네트 메이슨과 자메이카의 스패니시타운 ○○ 교회에서 혼인했음을 증명합니다. 결혼 사실은 해당 교회의 등록부에 기록되어 있습니다. 제가 지금 가지고 있는 것이 그 사본입니다. 서명, 리처드 메이슨."

"그 증명서가 진짜라 해도……, 내가 결혼했다는 것을 증명할 수는 있겠지만 그 여자가 아직 살아 있다는 걸 증명하는 건 아니오."

"부인은 석 달 전에도 살아 있었습니다."

변호사가 대답했다.

"당신이 그것을 어떻게 아시오?"

"증인이 있기 때문입니다. 그분이 증언하면 당신도 부인할 수 없을 겁니다."

"증인을 데려오시오. 아니면 지옥에 떨어질 것이오!"

"증인을 소개하지요. 바로 이곳에 있습니다. 메이슨 씨, 앞으로 나오십시오."

로체스터 씨는 메이슨이란 이름을 듣고 이를 악물었다. 그는 히스테릭하게 온몸을 떨었다. 그 옆에 있던 나는 분노와 절망으로 인한 경련이 그의 몸 전체에 퍼지는 것을 고스란히 느낄 수 있었다. 그때까지 뒤에서 서성이고 있던 낯선 사람이 가까이 다가왔다. 창백한 얼굴이 변호사의 어깨 너머로 이쪽을 바라보았다. 그랬다. 그는 분명 메이슨 씨였다. 로체스터 씨는 몸을 돌려 그를 노려보았다. 이전에도 여러 번 말했듯이 그의 눈동자는 새까맸다. 지금 그 새까만 눈에 핏발이 서 있었다. 뺨은 빨갛게 달아올라 올리브빛으로 변했고, 창백한 이마는 가슴에서 타오르는 불꽃을 받아 달아오르는 것 같았다. 그는 몸을 움직여 억센 팔을 처들었다. 그 즉시 메이슨 씨를 교회 바닥에 때려눕히고 잔인하게 일격을 가해 숨통을 끊어놓을 기세였다. 그러나 메이슨 씨는 움츠리며 나약하게 소리쳤다.

"하느님 아버지!"

로체스터 씨는 모멸감에 치를 떨었고, 그의 분노는 마치 병이 옮은 초목처럼 시들어버렸다.

"너 같은 놈이 무슨 할 말이 있다는 거냐?"

그가 묻자 메이슨 씨의 핏기 없는 입술에서 알아들을 수 없는 말이 새어 나왔다.

"똑바로 대답하지 못하면 악마에게 잡아먹힐 것이야. 다시 묻겠다. 대체 네가 무슨 할 말이 있다는 거냐?"

"이봐요, 여기가 신성한 교회라는 것을 잊지 마시오."

목사가 그의 말을 가로막고 메이슨 씨에게 점잖게 물었다.

"당신은 이분의 아내가 아직 살아 있다는 걸 아십니까?"

"용기를 내어 이야기하세요."

변호사가 그를 격려했다.

"그의 아내는 지금 손필드 저택에 살고 있습니다. 지난 4월 그곳에서 보았습니다. 제가 그녀의 오빠입니다."

메이슨 씨는 조금 전과 달리 또박또박 말했다.

그러자 목사가 소리쳤다.

"세상에! 손필드 저택이라니! 나는 오래전부터 이 지역에 살고 있소. 하지만 지금까지 한 번도 손필드 저택의 로체스터 부인에 관해 들어본 적이 없소."

나는 로체스터 씨의 입술이 험한 미소로 일그러지는 것을 보았다. 그가 중얼거렸다.

"그렇겠지! 내가 지금까지 그 여자 이야기가 새어 나가지 않게 얼마나 조심했는데."

10분여 동안 그는 깊은 생각에 빠져 있더니 결심한 듯 선언했다.

"좋소. 총신에서 총알이 튀어나오듯 모든 것을 털어놓겠소. 우드 씨, 기도서를 덮고 법의를 벗으시오. (서기에게) 존 그린 군, 자네는 이제 돌아가게. 오늘 결혼식은 없을 것이니."

서기는 그의 말대로 교회를 나갔다.

로체스터 씨는 대담하게 거침없이 말을 이었다.

"이중결혼은 추악한 것이오. 그런데도 나는 이중결혼을 하려고 했소. 그러나 운명은 내 계획을 엉망으로 만들었소. 아니면 나를 가로막은 것이 하느님의 뜻인지도 모르지. 아마 후자이겠지. 나는 이 순간 악마나 다름없는 사람이오. 여기 계신 목사님께서 말씀하시겠지만 하느님의 가장 혹독한 심판, 즉 영원한 불길과 죽지 않는 구더기가 들끓는 지옥에 떨어져 마땅한 사람이오. 여러분, 내 계획은 무너졌습니다. 이 변호사와 그 의뢰인의 말은 사실입니다. 나는 결혼한 적이 있고 아내도 아직 살아 있습니다! 목사님께서는 손필드 저택에 로체스터 부인이 산다는 말을 들은 적은 없겠지만 저 집에 감금된 미치광이가 있다는 소문을 들은 적은 있을 것입니다. 어떤 사람은 나의 배다른 누이동생이라고 속삭였을 것이고, 또 어떤 사람은 나한테 버림받은 정부라고 했을 겁니다. 이제 밝혀드리죠. 그 여자는 15년 전에 나와 결혼한 아내입니다. 이름은 버사 메이슨입니다. 창백한 얼굴로 벌벌 떨면서 용감한 사나이의 모습을 보여준 이 남자의 누이동생입니다. 딕, 정신 차리게. 나를 두려워할 필요 없네! 자네를 치느니 차라리 부녀자를 치겠네. 버사 메이슨은 정신이상자입니다. 그 여자는 삼대에 걸쳐 백치와 미친 사람이 나오는 집 안에서 태어난 여자입니다! 그의 모친은 서인도제도 크레올인인데 미친 데다 알코올중독자였죠! 이 모든 사실을 그 딸과 결혼한 후에야 알았습니다. 그들은 자기 가문의 비밀에 관해 저에게 침묵했습니다. 피는 못 속인다고 버사는 이 두 가지 점에서 모친과 꼭 닮았습니다. 어찌나 훌륭한 아내를 얻었는지 말입니다. 순결하고 현명하고 얌전한 아내를. 내 행복이 어떤 것인지 익히 짐작하시겠지요. 저는 온갖 흥미로운 일을 다 겪었답니다! 그러나 더 이상 설명하지 않겠습니다. 대신 브리그스 씨, 우드 씨, 메이슨 군, 여러분을 모두 집으로 모실 테니 풀 부인이 돌보는 환자, 즉 내 아내를 만나보시기 바랍니다. 내가 저들의 꾐에 넘어가 어떤 사람을 아내로 맞아들였는지 보여드릴 테니, 내가 혼인 약속을 어기고 적어도 인간적인 동정을 구할 권리가 있는지 없는지 판단해주시기 바랍니다. 그리고 이 아가씨는……."

그가 나를 보며 말했다.

"목사님과 마찬가지로 구역질 나는 이 비밀에 대해 전혀 모릅니다. 이 아가씨는 올바르고 합법적인 결혼을 믿었습니다. 그래서 미친 짐승 같은 여자한테 사기 결혼을 당하고 족쇄가 채워진 이 가련한 남자, 그 남자와 가짜 결혼을 할 뻔했다는 것을 꿈에도 모르고 있었습니다! 여러분, 따라오십시오!"

그는 내 허리를 끌어안은 채 교회를 나왔다. 신사 셋이 우리 뒤를 따라왔다. 저택 현관 앞에 도착했을 때 우리는 기다리고 있는 마차를 발견했다.

"존, 마차를 다시 차고에 넣어두게. 오늘은 쓸 일이 없을 거야."

로체스터 씨가 무뚝뚝하게 말했다.

우리가 현관에 들어가자 페어팩스 부인과 아델, 소피, 리어가 우리에게 축하 인사를 하러 다가왔다.

그러자 주인이 소리쳤다.

"모두 물러서요! 축하 같은 건 그만둬! 누구를 축하한단 말이야? 난 아냐! 15년이나 늦었다고!"

그는 여전히 내 손을 잡은 채 신사들에게 따라오라고 손짓하면서 층계를 올라갔다. 모두 따라왔다. 우리는 2층으로 올라가 복도를 지나 3층으로 갔다. 로체스터 씨는 큰 열쇠로 나지막하고 검은 문을 열고 들어갔다. 큰 침대와 그림이 새겨진 옷장이 있고 카펫이 깔린 방이었다.

"메이슨, 자네는 이 방에 들어와 본 적이 있지? 바로 그녀가 자네를 물어뜯고 찔렀던 곳이야."

안내자가 말했다.

그가 벽에 드리운 장막을 걷자 다른 문이 나타났다. 그가 문을 열자 창문이 전혀 없는 방에 높고 단단한 철망에 둘러싸여 난롯불이 타고 있었다. 천장에는 쇠사슬로 매달아 놓은 램프가 있었다. 그레이스 풀이 난롯불에 허리를 구부리고 냄비에 요리를 하고 있었다. 방 한쪽 어두컴컴한 구석에서는 뭔가가 펄쩍펄쩍 뛰어다녔다. 얼핏 보아서는 짐승인지 사람인지 알 수 없었다. 네 발로 기어 다니는 것 같기도 하고 괴이한 야수처럼 할퀴기도 하고 으르렁대기도 했다. 하지만 옷을 입고 있었고 머리와 얼굴에 거무튀튀하고 회색빛이 나는, 마치 말총 같은 거친 머리털이 덮여 있었다.

"풀 부인, 안녕하시오? 좀 어떠시오? 그리고 당신의 환자는 오늘 좀 어땠소?"

로체스터 씨가 말했다.

"그냥저냥 지내죠. 감사합니다."

그레이스는 대답한 후 끓고 있는 요리를 조심스럽게 선반 위에 올려놓으며 다시 말했다.

"좀 화가 나 있긴 하지만 난폭하게 굴지는 않네요."

그때 날카로운 비명이 그레이스 풀의 긍정적인 말을 거짓으로 만들어버렸다. 옷을 걸친 하이에나가 일어나 뒷발로 섰다.

"앗, 주인님, 주인님을 노려보네요! 여기 계시면 안 되겠어요."

그레이스가 소리쳤다.

"잠깐, 잠깐이면 돼요, 그레이스."

"그럼 조심하세요, 제발요!"

미친 여자가 울부짖었다. 헝클어진 머리칼을 쓸어 올리며 방문객들을 무섭게 노려보았다. 자주색 얼굴, 나는 부어오른 그 얼굴을 기억한다. 풀 부인이 앞으로 걸어 나오자 로체스터 씨가 그녀를 밀치며 말했다.

"저리 비켜요. 지금은 칼을 가지고 있지 않겠지? 나도 조심하고 있소."

"하지만 뭘 가지고 있는지 아무도 몰라요. 얼마나 교활한지. 인간의 머리로는 저 음흉한 흉계를 다 알아내지 못하죠."

"우리는 나가는 게 좋겠소."

메이슨 씨가 속삭였다.

"꺼져!"

메이슨의 매부가 말했다.

"조심하세요!"

그레이스가 소리치자 신사 셋이 동시에 물러났다. 로체스터 씨는 나를 자기 뒤로 돌려세웠다. 미친 여자가 로체스터 씨에게 달려

들어 목을 움켜잡고 그의 볼을 물었다. 두 사람이 몸싸움을 벌였다. 여자는 덩치가 크고 뚱뚱한 데다 키가 거의 남편과 맞먹었다. 게다가 힘은 성인 남자 못지않았다. 그처럼 힘이 센 그도 몇 번이나 목이 졸릴 뻔했다. 정확하게 일격을 가해 제압할 수도 있었지만 그는 때리지 않았다. 다만 힘으로 누르려고 할 뿐이었다. 그는 가까스로 미친 여자의 팔을 잡고 그레이스 풀이 건네준 끈으로 두 팔을 뒤로 묶었다. 그러고 나서 손 가까이 있던 밧줄로 의자에 붙들어 맸다. 이 일은 몹시 처참한 비명과 발악 속에서 이루어졌다. 로체스터 씨는 모든 것을 끝내고 방관자들을 향해 돌아서서 씁쓸한 미소를 지으며 말했다.

"이 여자가 바로 내 아내요. 이것이 바로 우리 부부의 유일한 포옹이고 또 내가 이 여자에게 할 수 있는 애무요! (내 어깨에 손을 얹으며) 그리고 여기 있는 이 아가씨야말로 내가 원하는 여자요. 지옥문 앞에서 엄숙하고 침착하게 악마의 소란을 지켜보고 있는 이 여자 말이오. 나는 끔찍한 스튜를 먹은 후 입을 헹궈내기 위해 이 아가씨를 원했던 것이오. 우드 씨, 브리그스 씨, 둘의 차이를 보시오. 이쪽의 맑은 눈과 저쪽의 붉은 눈을 비교해보시오. 이 얼굴과 저 상판을, 이 몸매와 저 몸뚱이를. 그러고 나서 복음을 전파하는 목사님과 법을 지키는 당신들이 나를 심판해주시오. 그리고 '너희의 그 비판으로 너희가 비판받을 것이오'(《마태복음》 7장 2절—옮긴이)라는 말씀을 기억하시오. 자, 이제 나갑시다. 나의 보물을 가둬야 하니까."

우리 모두 방에서 나왔다. 로체스터 씨는 그레이스 풀에게 무언가를 지시하느라 조금 더 있었다. 계단을 내려오면서 변호사가 나에게 말했다.

"이봐요, 아가씨. 아가씨의 결백은 입증되었소. 메이슨 씨가 마데이라로 돌아가서 아가씨의 숙부께 이 소식을 전하면 무척 기뻐하실 겁니다. 물론 살아 계시기 전에 말입니다."

"숙부라니요! 그분이 어떻게 되셨는데요? 그분을 아세요?"

"메이슨 씨가 알지요. 에어 씨는 푼살에서 무역회사를 경영하고 계셨답니다. 아가씨가 로체스터 씨와 결혼할 예정이라고 보낸 편지가 도착했을 때 마침 휴가차 마데이라에 체류하던 메이슨 씨가 우연히 당신의 숙부와 자리를 함께한 적이 있답니다. 에어 씨는 그 편지 내용을 말씀하셨답니다. 왜냐하면 여기 계신 의뢰인이 로체스터라는 이름을 가진 분과 친분이 있다는 걸 알고 계셨기 때문이죠. 메이슨 씨는 이야기를 듣고 매우 놀라고 걱정되어 사건의 진실을 당신의 숙부께 알렸지요. 그리고 좀 전에 말씀드렸듯이 안타깝게도 당신의 숙부께서는 지금 병중이십니다. 나이가 들어 쇠약한 데다 병세가 점점 심해져 회복하기는 어려울 것 같습니다. 당신의 숙부께서는 아가씨를 함정에서 구하기 위해 영국에 오려고 했지만 병 때문에 그럴 수 없어 메이슨 씨에게 부탁해서 거짓 결혼을 하지 못하도록 조치를 취한 것입니다. 그분은 메이슨 씨를 통해 내게 도움을 요청했습니다. 나는 신속하게 조치를 취했지요. 다행히 너무 늦지 않아서 감사할 따름입니다. 아가씨도 이제 마음이 놓이겠죠. 당신이 마데이라에 도착할 때까지 당신의 숙부께서 돌아가시지 않는다는 것이 확실하다면 메이슨 씨와 함께 가보라고 권하겠지만, 사정이 여의치 않으니 에어 씨로부터 직접, 혹은 메이슨 씨로부터 에어 씨에 관한 소식이 올 때까지 기다리는 게 낫겠군요."

그리고 그는 메이슨 씨에게 물었다.

"여기에 더 볼일이 남았나요?"

"아니요. 그만 돌아갑시다."

메이슨 씨가 걱정스러운 투로 대답했다. 그들은 로체스터 씨가 나올 때까지 기다리지 않고 그냥 현관문을 나가버렸다. 목사는 그의 거만한 교구민에게 훈계인지 꾸지람인지 몇 마디 하려고 남아 있었다. 목사도 소임을 다한 뒤 곧바로 돌아갔다.

나는 내 방으로 돌아가 반쯤 문을 열고 서서 목사가 돌아가는 소리를 들었다. 모두 돌아가자 나는 아무도 들어오지 못하게 빗장을 걸었다. 나는 울지도 않고 슬퍼하지도 않고 여전히 침착하게 손이 가는 대로 웨딩드레스를 벗고 어제 마지막이라고 생각하며 입었던 모직 옷으로 갈아입고 의자에 앉았다. 기력이 떨어져 몹시 피곤했다. 탁자에 괸 두 팔에 머리를 얹고 생각했다. 지금까지는 그저 시키는 대로 듣고 보고 움직였을 뿐이었다. 이끄는 대로 끌려다녔을 뿐이었다. 잇따른 사건과 꼬리를 물고 드러나는 비밀을 그저 보고

만 있었다. 그러나 이제는 스스로 생각해보았다.

이날 아침은 매우 조용했다. 미친 여자가 일으킨 짧은 소동을 제외하고는 모든 것이 조용했다. 교회에서도 조용히 끝났다. 분노로 소리치지도 않았고, 큰 소리로 싸우지도 않았으며, 논쟁도, 도전도, 결투 신청도, 눈물도, 흐느낌도 없었다. 몇 마디 말 뒤에 결혼에 대해 조용히 이의를 제기했다. 로체스터 씨의 엄중한 질문이 이어졌고, 그에 대한 답변과 설명, 증거가 제시되었다. 당사자가 공개적으로 인정했고, 그다음에는 생생한 증거가 공개되었다. 침입자들은 모두 떠났고 모든 것이 끝났다.

나는 평소와 마찬가지로 내 방에 있었다. 충격을 받았거나 해를 입었거나 바보처럼 되지도 않았다. 나는 변함없이 그대로였다. 그러나 어제의 제인 에어는 어디에 있는 것일까? 그녀의 앞날은 어떻게 되는 걸까?

신부가 될 뻔한 여자, 희망에 들뜨고 기대에 부풀었던 제인 에어는 이제 다시 쓸쓸하고 외로운 아가씨로 돌아왔다. 그녀의 삶은 퇴색하고 앞날은 거칠고 쓸쓸하기 그지없었다. 한여름에 크리스마스 서리가 내린 것이다. 12월의 하얀 눈보라가 7월에 몰아쳤고, 얼음이 익은 사과를 덮쳤으며, 눈보라가 막 피기 시작한 장미를 할퀴고 지나갔고, 푸른 콩밭과 보리밭은 서리로 뒤덮였다. 어젯밤 꽃이 활짝 피어 불그스레하던 오솔길이 오늘은 온통 눈으로 뒤덮여 길조차 보이지 않았다. 12시간 전까지만 해도 열대지방의 숲처럼 잎이 울창하고 향기를 내뿜던 숲이 지금은 겨울철 노르웨이의 소나무 숲처럼 쓸쓸하고 거칠며 하얗게 변해 있었다. 내 희망은 이제 완전히 죽어 버렸다. 마치 옛날 이집트 땅에서 맏아들들이 하룻밤 사이에 기묘한 운명의 장난으로 죽임을 당한 것처럼 말이다(〈출애굽기〉 12장 19절—옮긴이). 나는 어제까지 찬란하게 피어나던 내 희망을 생각해보았다. 그것은 이제 다시는 깨어날 수 없는, 차디차게 굳어버린 검푸른 시신이 되어 누워 있었다. 나는 나의 사랑을 생각해보았다. 내가 그에게 바쳤던, 그리고 그가 나에게 주었던 사랑을. 그것은 병에 걸려 차가운 요람에 고통스럽게 누워 있는 어린애 같았다. 하지만 이제 로체스터 씨의 품에 안길 수 없었다. 그의 품에서 따사로운 체온을 느낄 수 없었다. 아아, 이제 다시는 그를 사랑할 수 없었다. 믿음이 깨지고, 신뢰가 무너졌으니까! 이제 로체스터 씨는 어제의 로체스터 씨가 아니었다. 왜냐하면 내가 지금까지 생각하던 그가 아니었으니까. 나는 그의 부도덕한 행동을 책망하고 싶지 않았다. 나를 배신했다고 말하고 싶지 않았다. 그러나 더 이상 그가 한 점 거짓 없이 진실하다고 할 수 없었다. 나는 그를 떠나야 한다는 것을 잘 알고 있었다. 그러나 언제, 어떻게, 어디로 가야 할지 몰랐다. 그러나 그는 하루라도 빨리 나를 손필드에서 떠나보내고 싶을 것이다. 그는 나에 대해 진정한 애정을 품고 있지 않았다. 그저 일시적인 열정일 뿐이었다. 그것이 무너진 지금 더 이상 그는 나를 필요로 하지 않을 것이다. 이제 그의 앞을 지나가서도 안 된다. 그는 분명히 나를 보고 싶지 않을 것이다. 아아, 어쩜 그리도 눈이 멀었던가? 어쩜 그리도 무력하게 행동했던가?

나는 두 눈을 가리고 눈을 감았다. 어둠이 소용돌이치며 내 주위를 둘러쌌다. 탁류와 같은 성찰이 어수선하게 밀려왔다. 자포자기하여 기력이 빠진 나는 마치 말라버린 큰 강바닥에 몸을 내던진 기분이었다. 먼 산에서 고인 물이 터지는 소리가 들리면서 거센 물살이 밀어닥치는 듯했다. 그러나 나는 일어날 의지도 도망칠 힘도 없었다. 죽고 싶은 심정으로 의식을 잃은 채 누워 있었다. 단 한 가지 생각만이 내 안에서 살아 고동치고 있었다. 하느님에 대한 생각이었다. 나는 말없이 기도를 올렸다. 무언가 말해야 한다는 간절함이 빛을 잃어버린 마음속에서 맴돌았지만 소리를 낼 기력조차 없었다.

'나를 멀리하지 마시옵소서. 환난이 다가오고 도울 자 없나이다.'
(〈시편〉 22편 11절―옮긴이)

급류가 점점 가까이 다가왔다. 나는 이것을 피할 수 있도록 해달라는 기도를 올리지 못했다. 손을 모으지도 않았고, 무릎 꿇거나 입술로 중얼거리지도 않았다. 드디어 소용돌이치는 격류가 나를 대뜸 삼켰다. 기댈 곳 없는 나의 삶, 잃어버린 내 사랑, 사라진 내 희망, 무너진 신뢰 등 모든 것이 어마어마하게 큰 파도에 한데 섞여 내 몸을 무겁게 짓누르며 요동쳤다. 나는 그 무시무시한 시간을 말로 다 표현할 수 없었다. 그것은 참으로 이 말 그대로였다.

'물들이 내 영혼까지 들어왔나이다. 내가 설 곳이 없는 깊은 수렁에 빠지며 깊은 물에 들어가니 큰물이 내게 넘치나이다.'(《시편》 69편 1~2절─옮긴이)

제27장

몇 시쯤인지는 알 수 없었으나 그날 오후 나는 고개를 들고 주변을 살펴보았다. 서쪽으로 기운 해가 벽을 황금빛으로 물들이는 것을 보고 마음속으로 물었다.

'이제 어떻게 해야 하지?'

내 마음이 곧바로 '빨리 손필드를 떠나'라고 대답하자 나는 두려움에 귀를 막았다.

나는 속으로 중얼거렸다.

'지금은 그런 말을 참을 수 없어. 에드워드 로체스터의 아내가 되지 못한 것은 나에게 가장 작은 슬픔이야. 세상에서 가장 찬란한 꿈에서 깨어난 지금 모든 것이 허무하다는 것을 알지만 그것은 참을 수 있고 극복할 수 있어. 그러나 지금 당장 그의 곁을 떠날 수는 없어. 나는 그렇게 못 해.'

그러나 내 마음은 할 수 있다고, 그럴 수밖에 없다고 단언했다. 나는 스스로의 결심과 싸웠다. 나는 내 앞에 펼쳐진 두려운 고난의 길을 피할 수 있도록 차라리 내 의지가 약해지기를 바랐다. 폭군으로 변한 양심은 정열의 목덜미를 붙잡고 비웃었다.

'너는 겨우 깨끗한 발을 진흙 속에 담갔을 뿐이야. 나는 무쇠 같은 이 팔로 너를 한없이 깊은 고뇌의 밑바닥으로 밀어넣을 거야.'

'그럼 나를 손필드에서 나가게 해주세요! 누가 좀 떠밀어주세요.'

나는 마음속으로 외쳤다.

'아니, 네 스스로 이곳을 떠나야 해. 아무도 도와주지 않아. 네 스스로 네 오른쪽 눈을 파내고 오른팔을 잘라내야 한다. 네 심장을 산제물로 바치고, 네가 사제가 되어 그 심장의 목을 찔러라.'

그처럼 무자비한 심판관이 나타나는 고독과, 무서운 소리로 채워진 침묵이 두려워 나는 벌떡 일어났다. 똑바로 서자 머리가 핑 돌았다. 배가 고픈 상태에서 흥분하는 바람에 몸이 안 좋은 것 같았다. 그날은 아침도 먹지 않아 하루 종일 물 한 모금, 고기 한 점 먹지 못했던 것이다.

내가 이토록 오랜 시간 방 안에 틀어박혀 꼼짝도 하지 않는데도 좀 어떤지 물어보거나 아래층으로 내려오라는 사람 하나 없다는 사실이 떠올랐다. 게다가 어린 아델마저 방문을 노크하지 않았고 페어팩스 부인 또한 나를 찾아오지 않았다. 그러자 묘한 두려움이 엄습했다.

'친구들은 운명에 버림받은 자를 금방 잊어버린다.'

나는 속으로 중얼거리며 빗장을 열고 밖으로 나갔다. 그러나 무언가에 걸려 넘어지고 말았다. 머리는 어지럽고 눈앞은 흐리고 온몸에 힘이 빠졌다. 나는 곧바로 일어날 수 없었다. 그러나 마룻바닥에 쓰러진 것이 아니었다. 누군가 팔을 뻗어 나를 부축해준 것이다. 고개를 들고 올려다보니 로체스터 씨였다. 그는 내 방 앞에 의자를 가져다 놓고 앉아 있었던 것이다.

그가 말했다.

"마침내 나왔군. 긴 시간 당신이 나오기를 기다리며 귀를 기울였소. 그러나 움직이는 기색도, 흐느끼는 소리도 전혀 들리지 않더군. 죽음과 같은 적막이 5분만 더 계속되었다면 난 아마 강도처럼 자물쇠를 부쉈을 거요. 그래, 나를 피할 심산이오? 방에 혼자 틀어박혀 슬퍼하다니! 차라리 나한테 달려와 한바탕 화를 내고 욕을 퍼부어 주기를 바랐소. 열정적인 사람이니 무슨 일이 일어나리라 생각하고 단단히 마음먹고 있었지. 나는 뜨거운 눈물이 비처럼 쏟아지리라 생각했지. 다만 그 비를 내 가슴에 뿌려주기를 바랐소. 아무 감각도 없는 마룻바닥이나 젖은 손수건이 그 눈물을 모두 받았겠군. 그러나 그것도 잘못 알고 있었던 거야. 당신은 전혀 울지 않았어! 얼굴이 창백하고 눈빛은 흐릿하지만 눈물을 흘린 흔적은 없어. 그럼 당신 가슴으로 피눈물을 흘린 것이오? 제인, 나를 욕할 말이 전혀 없소? 모질고 악독한 말이라도 없소? 내 마음을 할퀴고 나를 화나게 할 말이 아무것도 없단 말이오? 당신은 내가 앉혀 놓은 그 자리에서 꼼짝도 하지 않고 앉아 피로에 지친 힘없는 눈으로 나를 보고 있군. 제인, 나는 결코 이런 식으로 당신에게 상처 주고 싶지 않았소. 어떤 남자가 자기의 빵을 나누어 주고 자기 잔으로 물을 먹여주고 자기 가슴에 안겨 잠드는 딸처럼 예쁘게 키운 새끼 양을 자칫 잘못해 도살장에서 죽이고는 피비린내 나는 실수를 뉘우친다 해도 지금 나만큼 통탄스럽지는 않을 것이오. 제인, 나를 용서해주겠소?"

독자 여러분! 나는 그 자리에서 그를 용서하고 말았다. 그의 눈에는 짙은 회한이, 그의 목소리에는 진실한 연민이 배어 있었고, 그의 태도에는 남자다운 정력이 있었다. 그의 표정과 모습에는 전과 다름없는 사랑이 넘쳐흘렀다. 나는 모든 것을 용서했다. 그러나 그것을 말로 표현하지는 않았다. 그저 마음속 깊이 용서했던 것이다.

"제인, 나를 악한이라고 생각하겠지?"

얼마 후 그는 생각에 잠긴 표정으로 물었다. 내가 계속 아무 말도 하지 않자 두려웠던 모양이었다. 하지만 난 일부러 말을 하지 않은 것이 아니라 말할 힘이 없었다.

"네."

"그럼 그렇다고 날카롭게 비난해줘요. 인정사정 봐주지 말고."

"그럴 힘이 없네요. 너무 지쳐서 아무 힘이 없어요. 물 좀 주세요."

그는 떠는 듯 한숨을 내쉬고 나를 안아 아래층으로 내려갔다. 처음에는 어느 방으로 가는지 몰랐다. 눈앞이 흐릿해서 모든 것이 몽롱해 보였다. 잠시 후 따뜻한 온기가 느껴지고 기운이 좀 나는 듯했다. 여름이었지만 내 방에 있는 동안 얼음장처럼 추웠던 것이다. 그가 포도주를 가져와 내 입술에 대어주었다. 나는 그것을 마시고 조금 기력을 차렸다. 그리고 나서 그가 가져다주는 것을 먹고 정신을 차렸다. 나는 그의 서재 의자에 앉아 있었고, 그는 내 옆에 있었다.

나는 생각했다.

'이렇게 고통 없이 죽을 수 있다면 얼마나 좋을까! 그렇다면 로체스터 씨의 가슴과 연결된 내 마음의 끈을 애써 잘라내지 않아도 될 텐데. 나는 이분과 헤어져야 한다. 그러나 나는 헤어지고 싶지 않다. 아니, 헤어질 수 없어.'

"제인, 좀 어떻소?"

"많이 좋아졌어요. 곧 괜찮아질 거예요."

"포도주를 좀더 마셔요."

나는 그의 말대로 했다. 그러자 그가 잔을 탁자에 놓고 내 앞에 서서 가만히 나를 바라보았다. 그러다 갑자기 감정이 격해졌는지 알 수 없는 소리를 외치며 돌아서서 방 저쪽으로 빠르게 걸어갔다가 되돌아와서는 마치 키스하려는 듯 몸을 숙였다. 그러나 나는 더 이상 애무 같은 것을 해서는 안 된다는 생각이 들어 얼굴을 돌리고 그를 밀쳤다.

"아니! 왜 그래요? 아아, 그렇군! 당신은 버사 메이슨의 남편에게 키스하고 싶지 않은 거지. 내 품은 이미 비어 있지 않고, 내 포옹은 다른 여자의 것이라고 생각하는 거지."

그가 재빨리 말했다.

"저는 그럴 힘도 권리도 없어요."

"왜 그렇게 생각하지, 제인? 당신이 길게 말하는 수고를 덜어주리다. 내가 대신 대답하지. '당신은 이미 아내가 있는 분이니까'라는 거지. 내 말이 맞지?"

"네."

"그렇다면 당신은 나를 이상하게 생각하는 것이오. 나쁜 짓이나 꾸미는 바람둥이, 함정을 파놓고 계획적으로 당신을 유인해서 명예를 실추하고 당신의 자존심을 무너뜨리고 순수한 사랑인 것처럼 꾸미는 비열하고 천박한 바람둥이라고 여기는 것이 분명하오. 뭐라고 대답해봐요. 물론 대답 못 하겠지. 왜냐하면 우선 당신은 기력이 떨어져 숨 쉬기도 힘들어하고, 그다음 당신은 나를 비난하고 질책하는 데 익숙하지 않기 때문이지. 또 눈물샘이 열려 있어서 말을 많이 하면 울음이 한꺼번에 터질 것이오. 지금 당신은 나에게 충고도 비난도 하고 싶지 않고, 아우성치고 싶지도 않은 것이오. 그저 어떻게 해야 할까 고민하고 있소. 무슨 말이든 다 소용없다고 생각하고 있소. 난 알고 있소. 나를 경계하고 있다는 것을."

"당신에게 대항하고 싶지 않아요."

나는 목소리가 머뭇머뭇하며 잘 나오지 않아 짧게 말할 수밖에 없었다.

"당신은 그렇지 않은지 모르지만 내가 볼 때 당신은 나를 파멸하려 하고 있소. '당신은 결혼했어요. 당신한테는 아내가 있으니 더 이상 가까이 하지 않겠어요'라고 말하는 거나 마찬가지요. 당신은 방금 내 키스를 거부했소. 이제 나하고는 영영 남남으로 지내고 그저 아델의 가정교사로 여기 살 작정이군. 내가 다정한 말을 건네도, 또 나의 따뜻한 사랑이 느껴진다 해도 이렇게 말하겠지. '저 남자는 나를 정부로 만들려고 했어. 앞으로 저 남자 앞에서는 얼음이나 바위가 되어야 해'라고. 그리고 말 그대로 당신은 얼음이나 돌덩이처럼 굴겠지."

나는 목소리를 가다듬고 힘주어 말했다.

"저를 둘러싸고 있는 모든 것이 변했어요. 그러니 저도 변해야죠. 그건 당연한 거예요. 그리고 감정이 흔들리지 않고, 회상과 연상으로 인한 끝없는 갈등을 피하기 위해서는 한 가지 방법밖에 없어요. 아델의 새 가정교사를 구하세요."

"아델은 이제 학교에 갈 거요. 이미 결정했소. 또 손필드 저택에서 겪은 무서운 기억이나 연상으로 당신을 괴롭히고 싶은 생각도 없소. 이 저주받은 고장, 아간(《여호수아》 7장에 나오는 이름. 여리고(예리코) 성을 함락하여 얻은 전리품을 몰래 자기의 천막에 감추는 바람에 이스라엘 군이 패했다.─옮긴이)의 천막, 저 넓은 하늘을 향해 산송장의 무시무시한 기운을 뿜어내는 교만으로 가득한 지하 동굴, 상상 속 악마의 대군보다 더 무서운 진짜 악마가 살고 있는 이 좁은 돌 지옥. 제인, 나는 당신을 이곳에 살게 하지 않을 것이오. 나도 그럴 것이고. 악마가 살고 있는 손필드에 당신을 머물게 한 것이 잘못이었소. 나는 당신을 만나기 전에 저주받은 이 집의 비밀을 절대 당신에게 말해서는 안 된다고 집안사람들에게 일러두었소. 왜냐하면 자신이 어떤 미친 사람과 함께 살고 있다는 걸 알면서 아델의 가정교사가 되어줄 사람은 하나도 없을 것이기 때문이오. 게다가 여러 가지 문제가 있어서 그 미친 사람을 다른 곳으로 옮기지도 못했소. 이곳보다 더 외지고 사람들 눈에 띄지도 않는 펀딘 영지에 오래된 집이 하나 있지만, 숲에 둘러싸여 있어 건강에 좋지 않은 환경이라는 점이 양심에 걸려 그러지 못했던 거요. 거기 옮겨놓았다면 습한 벽으로 인해 머잖아 그 성가신 존재를 치워버릴 수 있었을 거요. 그러나 악당도 악당 나름이라, 아무리 증오하는 여자라도 간접적으로 죽일 생각은 들지 않았소. 그러나 미친 여자와 같이 산다는 사실을 당신에게 숨기는 것은 마치 어린애를 외투에 싸서 무서운 독을 내뿜는 유퍼스 나무 밑에 놓아두는 것과 같소. 그 악마는 늘 독을 뿜어내니까. 늘 그랬지. 하지만 이제 손필드 저택을 폐쇄할 것이오. 현관문에 못질하고 아래층 창문은 판자로 막을 것이오. 나는 그레이스 풀에게 1년에 2백 파운드씩 주어 당신이 '내 아내'라고 부르는 그 무서운 마녀와 함께 살게 할 것이오. 돈을 주면 풀 부인이 잘 돌봐줄 거요. 그리고 그림스비 정신병원에서 간호사로 근무하는 그녀의 아들을 부를 것이오. 풀 부인이 적적하지 않게 말동무도 되어줄 수 있고, 또 발작이 일어나 '내 아내'가 마귀의 사주를 받아 밤중에 침대에서 자는 사람한테

불을 지르거나 칼로 찌르거나 살을 물어뜯으려 할 때 그녀를 도와

줄 사람이 필요하니까."

"주인님은……."

나는 그의 말을 가로막았다.

"그 불행한 분을 너무 잔인하게 대하는 거 아니에요? 증오와 원

한에 차서 말씀하시네요. 잔인해요. 그녀 자신도 어쩔 수 없이 미친

건데 말이에요."

"제인, 나의 귀여운 사람, 나는 이렇게 부를 것이오. 그러니까 당

신은 자기가 무슨 말을 하는지 모르고 있는 거요. 또 나를 오해하고

있소. 나는 그 여자가 미쳤기 때문에 미워하는 것이 아니오. 당신이

미쳤다고 내가 당신을 미워하겠소?"

"그렇겠죠."

"그러니까 오해하고 있다는 거요. 나에 대해 전혀 모르고 있소. 내

사랑이 어느 정도인지 당신은 전혀 몰라. 당신 몸을 이루는 원자 하

나하나가 다 내 몸처럼 귀중하오. 고통당하고 병들어 있어도 마찬

가지요. 당신의 마음은 내 보물이오. 설사 그것이 미쳤다 해도 변함

없는 내 보물이지. 당신이 미쳐 날뛰면 내 팔로 당신을 꼭 안을 거

요. 미친 사람을 구속하는 옷 같은 걸 입히지 않을 것이오. 당신이

미쳐 날뛰면서 나를 붙들고 놓지 않는다 해도 내게는 그 모든 것이

매력적일 것이오. 그 여자가 오늘 아침에 한 것처럼 당신이 내게 광

포하게 덤벼든다 해도 당신이 누그러질 정도로 부드럽게 포옹할 것

이오. 증오를 느끼며 그 여자를 피한 것처럼 당신에게서 물러서지는 않을 거요. 당신이 얌전히 있을 때는 나 말고 다른 감시인이나 간호사도 필요 없소. 설사 당신이 미소로 보답하지 않는다 해도 나는 끝없이 다정하게 대하며 당신 곁을 지킬 것이오. 당신이 내가 누구인지 모른다 해도 나는 끝까지 당신의 눈을 바라볼 것이오. 그런데 내가 왜 자꾸 이런 생각을 하는 거지? 아, 손필드 저택을 떠나는 문제를 얘기하고 있었지. 알겠소, 지금 당장이라도 출발할 수 있도록 준비해두었소. 내일 떠나도록 해요. 제인, 오늘 밤만 이 지붕 밑에서 있어줘요. 그다음에는 이 불행과 공포에서 영원히 벗어날 거요! 새로운 거처는 정해두었소. 몸서리나는 기억과 반갑지 않은 침입자로부터, 그리고 허위와 중상으로부터도 안전한 피난처가 될 거요."

"아델도 데리고 가세요. 아델이 말동무가 되어줄 거예요."

나는 그의 말을 가로막았다.

"제인, 그게 무슨 뜻이오? 아델은 학교에 보낸다고 했잖소? 내가 어린애하고 무슨 대화를 나눈단 말이오? 더구나 내 아이도 아닌 프랑스 무희의 사생아를. 왜 당신은 아델을 내 말동무로 거론하는 거요?"

"은둔 생활을 하신다고 말씀하셨잖아요. 홀로 계시면 외로울 거예요. 당신은 너무너무 지루할 거예요."

"외롭다? 지루하다?"

그는 화가 나는 듯 소리쳤다.

"굳이 설명해야겠소? 당신은 왜 스핑크스처럼 알 수 없는 표정을 짓는 거요? 당신은 나와 같이 외로운 생활을 해야 하오. 알겠소?"

나는 고개를 저었다. 그가 극도로 흥분해 있어서 거절의 표시를 하는 데도 많은 용기가 필요했다. 그는 잰걸음으로 방 안을 왔다 갔다 하더니 갑자기 한곳에 멈춰 서서 뿌리박힌 듯 꼼짝도 하지 않았다. 그는 한동안 나를 응시했다. 나는 그의 눈을 피해 난롯불을 보며 냉정을 유지하려고 노력했다.

"제인의 엉킨 성격이 드러났군."

그가 다시 입을 열었을 때는 흥분이 가라앉은 표정이었다. 그리고 그의 목소리는 더욱 차분했다.

"지금까지는 비단실을 만드는 물레가 아주 잘 돌아갔지. 그러나 나는 언젠가 매듭이 생기고 실이 엉킬 것이라고 예상했소. 이게 바로 그것이오. 마음먹은 대로 되지 않아 부아가 치솟는 골치 아픈 문제가 생긴 거지! 아, 삼손이 거친 삼을 끊어버린 것처럼 그 힘을 빌려 나도 이 엉킨 실을 끊어버리고 싶소!"

그는 다시 왔다 갔다 하다가 내 앞에 섰다.

"제인, 정당한 이야기를 해줄 테니 들어보겠소?"

그가 몸을 숙여 입술을 내 귀에 바싹 갖다 대고 덧붙였다.

"당신이 싫다고 하면 폭력을 써서라도 할 거요."

그는 쉰 목소리에, 더 이상 얽매이지 않고 방종의 세계로 무모하게 뛰어들려는 표정이었다. 그 순간 한 번만 더 난폭한 성격을 자극하면 나는 절대 그에게 저항할 수 없다는 걸 알았다. 지금 지나가는 이 1초의 순간만이 그를 제어하고 억누를 수 있는 유일한 시간이었다. 조금이라도 거절하거나 도망치려 들고 두려워하는 모습을 보였다면 아마 내 운명과 그의 운명이 결판났을 것이다. 그러나 나는 두려워하지 않았다. 나는 내 안에서 어떤 힘, 즉 좋은 생각과 감정으로 나를 이끌어주는 힘이 있음을 느꼈다. 급박한 위기 상황이 꼭 두렵기만 한 것은 아니었다. 조금은 마음을 끄는 뭔가가 있었다. 인디언이 카누를 타고 급류를 빠져나갈 때의 기분이 이럴까? 나는 꽉 움켜쥔 그의 주먹을 잡고 손가락을 펴면서 타이르듯 말했다.

"앉으세요. 당신이 원하는 대로 언제까지나 얘기하겠어요. 말이 되든 안 되든 당신 얘기를 들어볼게요."

그는 앉았지만 금방 입을 열지는 못했다. 나는 아까부터 눈물을 참느라 힘들었다. 내가 우는 모습을 그가 보고 싶어 하지 않으리라는 것을 알기에 애써 참고 있었다. 그러나 이제는 눈물을 마음껏 흘리는 편이 낫다고 생각했다. 그가 비처럼 흘러내리는 눈물을 싫어한다면 차라리 잘된 일이었다. 그래서 나는 눈물을 펑펑 쏟으며 마음껏 울었다.

그가 제발 눈물을 그치라고 간곡히 말했다. 그러나 나는 너무 감정이 격해서 눈물을 멈출 수 없다고 말했다.

"제인, 나는 화를 내는 게 아니오. 당신을 너무 사랑하기 때문에 그러는 거요. 당신의 창백한 얼굴이 결심을 굳힌 듯 얼음장처럼 굳어 있기에 난 견딜 수가 없었소. 자, 이제 그만 울음을 그치고 눈물을 닦아요."

그의 목소리가 차분한 것을 보니 흥분이 가라앉은 것 같았다. 그러자 나도 마음이 놓였다. 그가 머리를 내 어깨에 기대려고 했다. 그러나 나는 허락하지 않았다. 그러자 그가 나를 껴안으려 했다. 안 될 일이었다.

내 온 신경이 떨릴 만큼 아리고 슬픈 어조로 그가 말했다.

"제인, 제인! 당신은 나를 사랑하지 않는 거요? 당신이 사랑한 것은 오직 내 지위와 내 아내 자리였소? 내가 당신 남편이 될 자격이 없다고 여기는 거로군. 마치 두꺼비나 원숭이라도 되는 것처럼 내 손이 닿는 것조차 싫어하는 것을 보니."

그의 말이 내 가슴을 할퀴었다. 그러나 내가 무엇을 할 수 있고, 또 무슨 말을 할 수 있단 말인가? 나는 그 어떤 행동이나 말도 하지 말았어야 했다. 하지만 그의 마음에 상처를 준 것이 괴로워 내가 입힌 상처에 진통제를 떨어뜨리고 싶은 마음을 억누를 수 없었다.

"저는 그 어느 때보다 당신을 사랑해요. 전보다 더 사랑해요. 하지만 그 감정을 표현하거나 거기에 빠져서는 안 돼요. 마지막으로 이런 말씀을 드리는 거예요."

내가 말했다.

"제인, 마지막이라니 그게 무슨 말이오! 나를 사랑한다면서, 매일 내 얼굴을 보고도 냉정하게 거리를 둘 수 있다는 말이오?"

"아뇨, 당연히 그럴 수 없지요. 그러니 제가 할 수 있는 것은 한 가지밖에 없어요. 하지만 말씀드리면 당신은 분명 화내실 거예요."

"말해봐요! 내가 미친 듯이 화를 내더라도 당신은 눈물을 흘리는 것으로 나를 누그러뜨릴 수 있으니."

"로체스터 님, 저는 당신을 떠나야 합니다."

"얼마나? 몇 분? 잠깐 헝클어진 머리를 매만지고 달아오른 얼굴을 씻는 동안?"

"저는 아델과 이별하고 손필드를 떠나야 해요. 당신과도 영영 헤어져야 하고요. 저는 낯선 곳에서 낯선 사람들과 새로운 삶을 시작해야 해요."

"물론 그래야지. 나도 그렇게 말했잖소. 나와 헤어진다는 그 끔찍한 소리는 안 들은 걸로 하지. 그 말은 내 몸의 일부가 되어야 한다는 뜻으로 받아들이겠소. 새로운 삶, 좋아. 앞으로 당신은 내 아내가 될 테니까. 난 아내가 없으니까. 당신은 앞으로 로체스터 부인이 되는 거야. 우리가 살아 있는 한 나는 반드시 당신만을 보호하겠소. 당신을 남프랑스에 있는 내 집으로 데려가겠소. 지중해 연안에 있는 하얀 별장이오. 그곳에서 행복하고 안전하며 아주 떳떳한 삶을 살 수 있을 거요. 내가 당신을 나쁜 길로 유혹하거나 당신을 내 정부로 삼으려 든다는 두려움은 갖지 말아요. 왜 고개를 젓는 거지? 제인, 내 말 잘 들어요. 안 그러면 정말 화낼 테니까."

그의 목소리와 손이 떨렸다. 그의 커다란 콧구멍은 더 넓어졌고 눈은 이글이글 불타올랐다. 그래도 나는 용기를 내어 말했다.

"당신 아내는 살아 있어요. 오늘 아침 당신 스스로 시인하셨잖아요. 당신이 원하는 대로 내가 당신과 함께 산다면 자연스럽게 저는 당신의 정부가 되는 거예요. 그렇지 않다고 우기신다면 그건 궤설에 불과해요. 거짓말이죠."

"제인, 나는 유순한 사람이 아니라는 사실을 잊고 있소. 나는 인내심이 부족하오. 침착하고 냉철한 사람이 못 되지. 나를 가엾게 여기고, 또 당신 자신도 불쌍히 여긴다면 내 맥박을 짚어보시오. 얼마나 뛰는지 직접 확인하란 말이오. 조심하라는 뜻이오!"

그가 소매를 걷고 팔을 내밀었다. 그의 볼과 입술에서 핏기가 사라지더니 점점 납빛이 되었다. 나는 어찌할 바를 몰랐다. 그가 그토록 싫어하는 일, 즉 그에게 대항해 잔인하게도 그의 마음을 마구 흔들어놓고 말았다. 하지만 그의 말을 따르는 것은 더더욱 말이 안 되었다. 나는 인간이 마지막 궁지에 몰렸을 때 본능적으로 하는 행동을 했다. 인간보다 높은 존재에게 도움을 청했다.

"하느님, 도와주소서!"

나도 모르게 이 말이 튀어나왔다.

그러자 돌연 로체스터 씨가 소리쳤다.

"난 바보 천치야! 아내가 없다고 계속 말하면서도 그 이유를 설명하지 않았으니 말이야. 그 여자의 성격, 지옥 같은 결혼, 그 모든 사정을 당신이 전혀 모른다는 생각을 하지 못했어. 그렇지, 내가 알고 있는 것을 당신이 전부 알게 된다면 분명히 내 의견에 동의할 거요! 제인, 당신의 손을 내 손 위에 얹어요. 눈으로 보는 것처럼 손으로 만져보고 당신이 내 곁에 있다고 느끼고 싶어. 내 이야기를 들어주겠소?"

"네, 원하신다면 몇 시간이라도."

"몇 분밖에 걸리지 않을 거요. 제인, 내가 이 집의 장남이 아니라 형이 있었다는 이야기를 들은 적 있소? 혹시 알고 있소?"

"페어팩스 부인이 그렇게 말했던 기억이 나요."

"그럼 내 아버지가 탐욕스런 사람이었다는 말도 들었소?"

"뭐, 그저 그런 정도로요."

"그래, 선친은 재산을 분배하지 않고 한데 묶어두고 싶어 했소. 나한테 공평하게 재산을 분배할 생각이 없었지. 그래서 선친은 재산을 형 롤런드에게 넘겨주기로 결심했소. 그렇지만 당신의 아들 중 하나를 가난뱅이로 내버려둘 수도 없었지. 그래서 나를 부잣집 여자와 결혼시키려고 했지. 아버지는 곧바로 내 배우자를 찾아냈소. 서인도제도의 농장주이자 상인인 메이슨 씨는 오래전부터 아버지와 친분이 있었소. 아버지는 그 사람에게 막대한 재산이 있다는 것을 알고 조사해봤지. 그래서 메이슨 씨 슬하에 딸 하나와 아들 하나가 있다는 것을 알게 된 거요. 그리고 메이슨 씨가 3만 파운드의 재산을 딸에게 물려주려고 한다는 사실도 본인에게 직접 들어 알게 됐지. 그것으로 충분했소. 나는 대학을 졸업하자마자 이미 아버지가 나 대신 청혼을 넣은 신부와 결혼하기 위해 자메이카로 가게 되었소. 아버지는 신부의 재산에 관해서는 단 한 마디도 하지 않았지만, 스패니시타운의 자랑일 만큼 메이슨 양의 미모가 출중하다고 하더군. 그건 사실이었소. 블랜치 잉그램과 같은 유의 미인으로 키가 크고 거무스름한 피부에 몸매가 좋았소. 그녀의 집안 사람들은 훌륭한 가문 출신인 나를 놓치고 싶지 않았고, 그녀도 같은 생각이었지. 그들은 그녀를 화려하게 치장해 내가 참석하는 수많은 파티에 내보냈소. 나는 그녀와 단둘이 만난 일도 거의 없고 그녀와 따로 이야기를 주고받은 적도 없었소. 그녀는 내 마음을 사로잡기 위해 온갖 애교를 부리며 매력과 재능을 뽐냈소. 주변의 남자들은 그녀를 예찬하고 나를 부러워했소. 나는 매혹되었고 내 모든 감각이 그녀에게 빠졌소. 아직 철이 덜 들었고 경험이 없던 나는 그녀를 사랑한다고 믿었소. 아무리 못생긴 남자라도 사교계의 어리석은 경쟁, 젊은 혈기의 욕정, 경솔함과 맹목적인 감정에 휩쓸리면 쉽게 빠져나오지 못하는 법이오. 그녀의 친척들은 나를 격려하고 경쟁자들은 나를 자극했으며 그녀는 나를 유혹했소. 그러다가 나는 뭐가 뭔지도 모르는 상황에서 그만 결혼하고 말았소. 아, 그때만 생각하면 나 자신이 얼마나 경멸스러운지. 자신에 대한 경멸이 고통스럽게 나를 지배하지. 나는 전혀 그녀를 사랑하지 않았고 또 존경하지도 않았소. 나는 그녀가 어떤 여자인지도 전혀 모르고 결혼했던 거요. 나는 그녀가 좋은 성품을 단 한 가지라도 가졌다고 생각해본 적이 없소. 마음씨가 너그럽고 태도가 겸손하거나 정이 깊다거나 진솔하다거나 세련된 면이 전혀 없었소. 그런데 나는 그녀와 결혼했단 말이오. 어쩜 그리도 미련하고 우둔하고 천박하고 두더지처럼 눈이 어두운 바보 멍청이가 있을까? 어쩌면 죄를 덜 지을 수도 있었을 거요. 만일 내가……. 아니, 당신 앞이니 말을 삼가야지. 나는 신부의 어머니를 한 번도 본 적이 없어서 돌아가신 줄 알았소. 신혼여행을 마치고 돌아왔을 때 내가 잘못 알고 있었다는 것을 알았소. 신부의 어머니는 정신병원에 감금되어 있었소. 알고 보니 남동생도 있었는데 벙어리에 끔찍한 백치였소. 당신도 본 적 있는 그녀의 오빠도 언젠가 같은 운명을 걷게 될 거요. 나는 그 집안사람들이라면 모두 진저리가 나지만 그 오빠만은 미워할 수 없소. 왜냐하면 그는 참담한 삶을 사는 누이동생을 늘 사랑으로 대했고, 또 한때는 강아지처럼 나를 따랐던 것을 보면 저 연약한 마음속에 조금이나마 애정이 있는 것 같거든. 내 아버지와 형 롤런드는 이 모든 사실을 알면서도 오직 3만 파운드라는 돈에 눈이 멀어 내 의견 따위 아랑곳하지 않고 둘이 작당해 나를 얽어 넣었지. 이 사실을 알고 나서 나는 너무나 끔찍했소. 그러나 모든 걸 숨겼다는 사실에 배신감을 느꼈지만 아내를 비난하지는 않았소. 아내의 성격이 나와는 완전히 다르고, 그녀의 취미가 참을 수 없을 만큼 불쾌하며, 천박하고 품위 없고 속이 좁고, 무엇보다 더 높아질 수도 없고 더 넓어질 수도 없다는 것을 알았을 때도, 또 내가 단 하룻밤도, 아니 한 시간도 그녀와 함께 즐겁게 지낼 수 없다는 것을 알면서도 말이오. 말도 안 되는 심술을 끊임없이 부리고, 허무맹랑하고 잔인한 명령을 마구 지껄여대는 그녀를 받아줄 하인이 있을 수 없으니 평안하고 안정되게 가정을 꾸릴 수 없다는 걸 깨달았을 때도 나는 감정을 자제했소. 비난을 삼가고 충고도 짧게 했소. 후회와 증오를 남몰래 삼키려고 노력했소. 극심한 염증과 반감도 억누르려고 무던히 애썼소. 제인, 이런 진저리나는 일들을 시시콜콜 얘기해서 당신을 괴롭히고 싶지 않소. 꼭 해야 할 얘기만 하겠소. 나는 저 위에 있는 여자와 4년을 살았소. 그동안 그녀는 나를 몹시 괴롭혔소. 그녀의 성격은 놀라운 속도로 무르익고 발달했지. 악한 성질이 재빨리 싹을 틔워 강한 기세로 번성했소. 잔인하게 다루지 않으면 억누를 재간이 없을 정도로 말이오. 하지만 나는 잔인하게 대하고 싶지 않았소. 너무나 낮은 지능에 거인 같은 성질! 그것 때문에 내가 얼마나 무서운 화를 당했는지! 정신병자 어머니의 친딸 버사 메이슨은 술주정뱅이에다 부정한 아내에게 발이 묶인 남자가 겪는 온갖 소름 끼치고 수치스러운 고통 속으로 나를 끌고 다녔소. 그동안 내 형이 사망했고 결혼 4년 만에 아버지도 돌아가셨소. 그리고 나는 부자가 되었지. 그러나 말할 수 없이 불행했소. 결혼을 통해 살아생전 처음 보는 어이없고 야비하고 불순하고 타락한 여자와 법률적으로나 사회적으로 떼려야 뗄 수 없는 관계가 되었던 거요. 나는 법적으로 빠져나갈 방법이 전혀 없었소. 의사들이 내 아내가 미쳤다는 것을 알게 되었기 때문이지. 무절제한 성질이 발광의 씨 앗을 일찍 싹틔웠던 거요. 제인, 듣고 싶지 않나 보군. 기분이 안 좋은 것 같은데 오늘은 그만할까? 다음에 듣겠소?"

"아뇨, 지금 다 듣고 싶어요. 저는 진심으로 당신을 동정해요."

"제인, 사람들한테 동정을 받으면 아무런 도움이 안 될뿐더러 되레 화가 나지. 그 말을 한 사람의 입에 도로 처넣고 싶을 정도로 말이오. 남의 감정 따위는 안중에도 없고 이기적인 인간들 말이오. 고통스러운 일을 견뎌낸 사람에 대해 제대로 알지도 못하면서 경멸 어린 동정을 보내고, 남의 불행한 사정을 듣고 자기중심적인 연민을 느끼는 것 말이오. 그러나 당신의 동정은 다르지. 제인, 지금 이 순간 당신의 얼굴에 넘치는 감정, 즉 당신의 눈에 눈물이 가득 차고 가슴이 벅차오르고, 당신의 손이 내 손 안에서 떨고 있는 것을 보면 알 수 있소. 내 사랑이여, 당신의 동정은 수난의 고통을 겪는 사랑의 어머니요, 당신의 고통은 신성한 사랑을 낳으려는 진통 바로 그것이오. 나는 그것을 받아들이겠소. 딸(사랑)을 자유롭게 낳으시오. 내 팔이 그녀를 받을 준비가 되어 있으니."

"계속 이야기해보세요. 그분이 미쳤다는 것을 알고 어떻게 하셨나요?"

"나는 절망의 벼랑 끝에 이르렀소. 나와 심연 사이에 놓인 것은 이제 자존심의 찌꺼기뿐이었소. 세상 사람들의 눈에 나는 더러운 불명예를 뒤집어쓴 꼴이었지만, 내 눈을 깨끗하게 유지하기로 결심했소. 끝까지 그녀의 죄악에 물들지 않고, 그녀의 정신적 결함과 얽히지 않으려고 노력했소. 그러나 사회는 내 인격과 이름을 그녀와 연결시켰소. 나는 매일같이 그녀를 보고 그녀의 말을 들어야 했소. 그녀가 내쉰 숨이 (빌어먹을!) 내가 숨 쉰 공기에 섞였소. 게다가 내가 그녀의 남편이라는 사실을 지울 수 없었지. 그 생각은 그때나 지금이나 나를 진저리나게 하지. 더구나 그녀가 살아 있는 한 나는 다른 사람의 남편이 될 수 없고, 보다 나은 아내를 맞이할 수 없다는 것을 깨달았소. 그리고 그녀는 나보다 다섯 살이나 많고(그녀의 형제와 부친은 그녀의 나이조차 속였소) 정신적인 장애도 있었으나 건강한 체질이어서 나 못지않게 오래 살 것 같았소. 그 결과 나는 스물여섯 살에 이미 절망에 빠지고 말았소. 어느 날 밤 나는 그녀의 비명 소리에 잠을 깼소. 의사가 그녀의 정신이상을 진단한 후 그녀는 감금되었소.

그날 밤은 서인도제도 특유의 찌는 듯 무더운 밤이었소. 폭풍이 불기 전에 흔히 그렇지. 나는 잠이 오지 않아 침대에서 일어나 창문을 열었소. 마치 유황 증기 같은 공기에 기분이 상쾌해지지 않았소. 모기들이 음산하게 앵앵거리며 방 안으로 날아들었소. 방까지 들려오는 파도 소리가 지진처럼 우르르 울렸고, 시커먼 구름이 그 위를 뒤덮었소. 뜨거운 대포알처럼 크고 붉은 달이 바닷속으로 가라앉으며 요란한 폭풍에 떨고 있는 세상 위로 마지막 핏발 선 눈길을 보냈소. 나는 이 광경과 분위기에 압도되었고, 미치광이가 찢어지는 듯한 목소리로 퍼붓는 저주스런 악담이 내 귀에 가득 찼소. 그녀는 간혹 내 이름을 부르며 살기등등한 목소리로 더러운 상소리를 퍼부었소. 어떤 매춘부라도 그 여자만큼 더러운 상소리를 입에 올리지 못할 거요. 방이 두 칸이나 떨어져 있었지만 말 한 마디 한 마디가 또렷이 들렸소. 서인도제도의 얇은 칸막이벽이 그녀의 늑대 같은 울부짖음을 막아내지 못했지.

'이건 지옥이야!' 나는 드디어 외쳤소. '지옥의 소리, 끝없는 나락에서 들리는 소리다! 나는 이 지옥에서 빠져나갈 권리가 있다. 인간 세상의 지독한 고통도 내 영혼을 구속하고 있는 이 무거운 육체와 함께 사라질 거야. 광신도들이 믿는 영원히 불타는 지옥도 두렵지 않아. 현재보다 더 나쁜 미래는 없어. 여기에서 벗어나 하느님께 가게 해주소서!' 나는 무릎을 꿇고 이렇게 말했소. 그리고 총알을 잰 권총이 들어 있는 트렁크의 자물쇠를 열었소. 그때 자살할 생각이었지. 물론 잠시 그런 생각을 했을 뿐이오. 왜냐하면 나는 미치지 않았으니까. 자살하고 싶은 욕망과 계획을 일으킨 극단적인 위기와 절망은 순간적으로 지나갔소. 유럽 쪽에서 불어오는 바람이 대서양을 넘어 열린 창문으로 몰려왔소. 폭풍이 일어났소. 비가 쏟아지고 천둥이 치고 번갯불이 번쩍이고 공기는 맑아졌소. 그때 결심했소. 비에 젖은 정원으로 나가 물방울이 떨어지는 귤나무 아래나 축축한 석류나무, 파인애플 나무 사이를 거닐면서 열대지방의 찬란한 아침노을이 타오르는 동안 나는 이렇게 생각했소. 제인, 잘 들어요. 그때 나를 위로해주고 나에게 올바른 길을 알려준 것은 '참다운 지혜'였소. 유럽에서 불어오는 상쾌한 바람은 싱싱한 잎사귀 사이로 계속 속삭였소. 대서양은 자유롭게 맘껏 포효하고 있었소. 오랜 고민으로 타버린 내 가슴은 파도 소리에 맞춰 벅차오르고 핏속에는 생기가 넘쳤소. 내 생명은 다시 태어나기를 열망했소. 메마른 내 영혼은 깨끗한 물 한 모금을 간절히 원했소. 희망이 살아나고 다시 태어날 수 있다는 느낌이 들었소. 나는 정원 맨 아래 꽃으로 만든 아치 아래서 하늘보다 더 푸른 바다를 보았소. 과거는 저 멀리 사라지고 활기찬 앞날이 기다리고 있었소. '가라'라고 희망이 말했소. 그리고 '유럽으로 가라. 그곳이라면 네가 어떤 불명예를 떠안고 있는지, 어떤 더러운 짐을 짊어지고 있는지 아무도 모른다. 저 미친 여자를 영국에 데려가라. 손필드에 시중들 사람과 감시자를 붙여 감금하면 된다. 그리고 너는 네가 가고 싶은 곳으로 여행을 떠나고, 네가 좋아하는 새 인연을 찾는 것이다. 너의 인내력을 악용하고, 네 이름을 더럽히고 네 명예를 실추하고, 그토록 네 청춘을 시들게 한 그 여자는 네 아내가 아니다. 너는 그 여자의 남편도 아니다. 그 여자의 증상을 봐가며 적절히 간호하고 보살펴라. 그러면 너는 하느님이 요구하는 인간의 도리를 다하는 것이다. 그녀가 누구인지, 또 너와 어떤 관계인지 비밀에 부쳐라. 누구에게도 그 사실을 알려서는 안 된다. 그녀를 안전하고 편한 곳에 두고 그 여자의 수치스러움을 감춰주고, 너는 그 여자로부터 떠나라.'

나는 시키는 대로 했소. 아버지와 형은 내가 결혼한 사실을 주변에 알리지 않았소. 내가 결혼을 알리는 첫 번째 편지에서 결혼 사실을 다른 사람에게는 절대 알리지 말라고 간곡히 부탁했거든. 그때 이미 몹시 끔찍한 결혼을 했다는 것을 깨달았고, 그녀 가족의 성격과 체질로 보아 장차 무서운 장래가 기다리고 있음을 알았지. 게다가 아버지도 얼마 안 가 자기가 선택한 며느리의 행실이 좋지 못하다는 소문을 들었기 때문에 그녀를 며느리로 내세우기가 창피해서 더더욱 숨겼던 거요. 아버지는 결혼을 공표하지 않기로 한 것은 물론이고 나와 마찬가지로 비밀에 부치려고 노력했소.

나는 그녀를 데리고 영국으로 왔소. 그 괴물과 함께 배를 타고 몹시 힘든 항해를 했지. 손필드로 그 여자를 데리고 와서 저 3층 방에 안전하게 가두었을 때 기쁨의 한숨이 절로 나오더군. 3층 맨 앞쪽 비밀의 방이 야수의 동굴, 도깨비의 암실이 된 지 10년째요. 그녀를 시중들 사람을 구하기까지 몹시 힘들었소. 충직하고 믿을 만한 사람이어야 했으니까. 그렇지 않으면 그녀가 미쳐 날뛰는 모습을 폭로하고 말 테니까. 뿐만 아니라 그녀는 간혹 며칠 동안, 혹은 몇 주씩 정신이 나가 있을 때도 있었으니까. 그럴 때는 내게 마구 욕설을 퍼부었소. 마침내 그림스비 정신병원에서 일하던 그레이스 풀을 데리고 와 고용했소. 그녀와 외과 의사 카터가 유일하게 비밀을 아는 사람이오. 메이슨이 칼에 찔리고 물어뜯겼을 때 치료해준 사람 말이오. 페어팩스 부인도 약간 의심했는지는 모르지만 정확한 내막은 모르고 있소. 그레이스 풀은 참으로 충실한 간호사요. 물론 자기 자신도 어떻게 하지 못하는 결점도 있소. 아무래도 직업상 생긴 결점 같은데, 여러 번 밤에 경계를 소홀히 해 큰 낭패를 겪었소. 정신 병자는 교활하고 본성 자체가 악하지. 감시자가 잠시라도 한눈팔면 그 틈을 놓치지 않고 일을 치르지. 언젠가는 칼을 숨겨두었다가 자기 오빠를 찔렀고, 또 한 번은 방 열쇠를 어떻게 찾았는지 한밤중에 방에서 나왔소. 처음에는 침대에 누워 있는 나를 태워 죽이려고 했고, 그다음에는 당신의 침실을 찾아가 그 끔찍한 짓을 저질렀던 거요. 그때 그 여자가 당신의 결혼 예복에 분노를 쏟아부었을 때 당신을 지켜주신 하느님께 나는 감사하고 있소. 아마도 그 옷을 보고 자신이 결혼하던 때를 떠올린 것 같소. 그러나 어떤 일이 벌어졌을지 모른다고 생각하면 소름이 끼쳐. 오늘 아침 내 목을 향해 달려들던 그녀가 내 귀여운 비둘기의 둥지에 그 검붉은 얼굴을 들이밀었을 생각을 하면 내 피가 얼어붙는 듯하고……."

"그러면 부인을 이 집에 데려다 놓고 나서 당신은 뭘 하셨나요? 어디로 떠나셨죠?"

나는 그가 잠시 말을 멈추었을 때 물었다.

"뭘 했냐고? 난 도깨비불이 되었지. 어디로 떠났냐고? 4월의 바람처럼 이리저리 떠돌아다녔소. 대륙으로 건너가 온갖 나라를 돌아다녔지. 내 소망은 늘 변함없었소. 바로 내가 사랑하는 착하고 총명한 여자를 찾는 것이었소. 손필드에 있는 그 독살스러운 여자와는 전혀 다른 여인을 말이오."

"하지만 선생님은 결혼할 수 없잖아요?"

"나는 결심했소. 그리고 결혼할 수 있고, 결혼해야 한다고 확신했지. 결과적으로 당신을 속인 것이 되고 말았지만 본의는 아니었소. 당신을 속일 마음은 조금도 없었소. 솔직히 다 털어놓고 떳떳하게 청혼할 생각이었소. 나도 사랑하고 사랑받을 권리가 있다고 생각했으니까. 내가 그런 저주를 받고 있더라도 내 상황을 이해하고 나를 받아들일 수 있는 여자가 있을 거라고 믿었소."

"그래서요?"

"제인, 당신이 질문하면 나는 항상 미소 짓게 되오. 새가 모이를 기다리는 것처럼 눈을 크게 뜨고 불안한 몸짓을 하고 있거든. 그건 마치 대답이 너무 느리니까 직접 마음을 읽어내려고 하는 것처럼 말이오. 그런데 내가 계속 말하기 전에 당신이 말한 '그래서요?'가 어떤 의미인지 알려줘요. 당신이 자주 쓰는 말이잖소. 그 말을 들으면 나는 끊임없이 얘기하게 된단 말이오. 왜 그런지는 모르지만."

"그다음에는 어떻게 했나요? 결과적으로 어떻게 되었냐 하는 뜻이에요."

"그렇군. 지금은 무엇을 알고 싶소?"

"찾던 분을 만났는지, 만났다면 청혼을 했는지, 또 상대는 어떤 대답을 했는지요."

"그런 사람을 만났는지, 그리고 청혼했는지는 말하지 않겠소. 하지만 그 사람이 어떤 대답을 했는지는 앞으로 내 운명의 수첩에 기록될 거요. 나는 10년이라는 긴 세월 동안 각 나라의 수도를 돌아다녔소. 상트페테르부르크에 머물기도 하고, 파리에도 자주 머물렀지. 로마, 나폴리, 피렌체에서도 살았고. 많은 돈과 훌륭한 가문이라는 여권을 가지고 있었기 때문에 어느 나라를 가든 사교계에 출입할 수 있었고, 어떤 사교계도 나를 거부하지 않았소. 나는 영국의 귀부인들과 프랑스의 백작 부인들, 이탈리아의 귀부인들, 독일의 백작 부인들 중에서 내 이상형을 찾아봤소. 그러나 결국 찾을 수 없었지. 간혹 내 꿈을 이루어줄 것 같은 여자의 시선을 느끼고, 목소리를 듣고, 얼굴을 보았지만 금세 꿈이 깨졌지. 그렇다고 마음씨나 얼굴이 완벽한 여자를 바란 것은 아니었소. 나는 그저 나와 잘 어울리는 여자를 원했던 거요. 저 서인도제도 태생의 크레올인과는 완전히 다른 여자를 말이오. 그러나 결국 헛된 꿈이 되고 말았소. 설사 내가 얽매인 몸이 아니었다 해도 내가 청혼하고 싶은 여자를 찾을 수 없었소. 맞지 않는 여자와의 결혼이 얼마나 무섭고 지긋지긋하고 위험한 일인지 잘 알고 있었으니까. 실망은 나를 무분별하게 만들었소. 나는 돈을 물 쓰듯 하며 방황하기 시작했소. 음란하고 방탕한 생활에 빠지지는 않았소. 그런 건 지금도 질색이지. 그것은 서인도제도의 메살리나(로마 황제 클라우디우스의 세 번째 황후로, 방탕하고 사악한 행실로 유명했다.—옮긴이)의 특성이지.

방탕한 생활과 아내를 향한 깊은 혐오감은 내가 쾌락에 빠져 있을 때조차 나를 강하게 억눌렀소. 방탕에 가까운 것이라면 어떤 쾌락도 그 여자와 그녀의 나쁜 행실에 다가가는 것 같아서 피했소. 그러나 나는 혼자 살고 싶지 않았소. 그래서 애인을 두기로 했소. 처음에 선택한 상대가 셸린 바렝이었소. 생각해보면 지워버리고 싶은 또 하나의 여자이지. 그녀가 어떤 여자였는지, 그 여자와의 관계가 어떻게 끝났는지는 당신도 이미 알고 있는 바요. 그다음 만난 상대가 이탈리아 여자 자친타와 독일의 클라라였소. 두 사람 모두 상당한 미인이었지만 몇 주일 지나자 그 아름다움은 내게 무상한 것이 되고 말았소. 자친타는 파렴치하고 사나운 여자였소. 나는 석 달도 안 되어 그녀에게 싫증 났지. 클라라는 정직하고 다소곳했지만 미련하고 어리석었으며 취향이 전혀 맞지 않았소. 나는 그녀에게 장사를 할 수 있을 만큼 꽤 많은 돈을 주고 관계를 정리했소. 깨끗이 정리하고 나니 마음이 편하더군. 그런데 제인, 당신 표정을 보니 나를 좋지 않게 생각하는 것 같구려. 설마 나를 매정하고 행실이 나쁜 건달로 생각하는 것이오?"

"물론 이전만큼 당신을 좋아하지는 않아요. 이 여자 저 여자를 애인으로 삼으면서 살아가는 것이 조금도 나쁘지 않다고 생각하시나요? 마치 아무렇지도 않다는 듯이 말씀하시네요."

"그런 생활을 좋아한 것은 아니지만 당시 나에게는 자연스러운 일이었소. 사실 졸렬한 짓이었지. 두 번 다시 그런 생활을 하고 싶지 않소. 돈으로 애인을 얻는 것은 노예를 사는 것 다음으로 악한 짓이오. 정부나 노예는 둘 다 천성이 천박하기도 하지만 지위도 낮지. 그런 사람들과 어울린다는 것 자체가 타락이오. 셀린, 자친타, 클라라 등과 함께했던 시절은 두 번 다시 생각하기도 싫소."

그의 말에서 진심이 느껴졌다. 그리고 한 가지 결론을 얻었다. 내가 지금까지 얻은 모든 교훈을 무시하고, 어떤 구실이나 정당화 혹은 어떤 유혹에 넘어가 이 불쌍한 정부들의 뒤를 이을 정도로 나 자신을 잊는다면, 그는 그 여자들을 회상하며 모독하는 것과 똑같은 심정으로 나를 대하게 될 것이라는 사실이었다. 그러나 나는 이러한 생각을 말하지 않았다. 내가 느꼈다면 그것으로 되었다. 나는 언젠가 시련이 찾아왔을 때 마음을 다잡을 수 있도록 이러한 신념을 마음에 새겼다.

"그런데 제인, 왜 '그래서요?'라고 묻지 않는 거지? 아직 이야기가 끝나지 않았는데 표정이 안 좋소. 여전히 나를 악한으로 여기고 있군. 중요한 사실만 얘기하리다. 작년 1월에 모든 애인들과 관계를 끊고 쓸데없이 혼자 배회했소. 그러다 마음의 상처를 안고, 절망감으로 썩어 문드러지고, 이 세상의 모든 인간, 특히 여자에 대해 씁쓰레한 감정을 품고(총명하고 진실하고 사랑스러운 여성은 헛된 꿈일 뿐이라고 생각하기 시작했소) 영국으로 돌아왔소. 영국에서 처리해야 할 일이 있었거든.

몹시 추운 어느 겨울 오후, 나는 손필드 저택이 보이는 곳까지 말을 타고 달렸소. 이 진저리나는 고장으로! 이곳에서 평온하고 즐거운 생활을 하리라는 기대는 없었소. 그때 헤이 오솔길의 층계에 혼자 앉아 있는 사람을 보았소. 나는 건너편 가지치기한 버드나무 옆을 지나치듯 무심하게 그 앞을 지나갔소. 그 사람이 앞으로 내 인생에 어떤 영향을 미치리라는 것을 전혀 예감하지 못하고 말이오. 내 인생의 중재인이자 수호신(선인지 악인지는 알 수 없으나)이 수수한 모습으로 기다리고 있을 줄은 꿈에도 생각 못 했소. 메스루어가 미끄러지는 바람에 그 사람이 다가와 정중하게 도와줄 일이 없냐고 말했을 때도 나는 전혀 생각지 못했소. 어린애처럼 연약한 사람이었으니까! 마치 홍방울새가 내 발밑으로 날아와 그 조그만 날개에 나를 태워주겠다고 하는 것과 같았지. 내가 퉁명스럽게 말해도 그 사람은 가지 않았소. 묘하게도 참을성 있게 내 곁에 서 있는데 표정이나 말투가 왠지 위엄 있었지. 꼭 도와줘야겠다고 하더군. 그것도 자기 손으로 말이야. 그래서 나는 도움을 받을 수밖에 없었지.

가녀린 어깨를 짚었을 때 무언가 새롭고 상쾌한 생기와 감각이 내 몸에 스며드는 것을 느꼈소. 그리고 이 꼬마 요정이 나한테 되돌아올 거라는 것, 언덕 아래 내 집에 고용된 사람이라는 것을 알고 정말 기뻤소. 그 사람이 내 손에서 벗어나 어두운 울타리 너머로 사라지는 모습을 보며 묘한 아쉬움을 느낄 뻔했는데 말이오. 그날 밤 나는 당신이 들어오는 소리를 들었지. 당신은 내가 당신을 생각하며 지켜보고 있는 줄은 꿈에도 몰랐을 거요. 다음 날 나는 숨어서 당신이 2층 복도에서 아델과 노는 모습을 30분이나 살펴보았소. 눈이 내려 밖으로 나갈 수 없었던 거요. 나도 내 방에 있었소. 살짝 열린 문으로 나는 당신을 볼 수도 있었고, 목소리도 들을 수 있었지. 당신은 아델을 보면서도 마음은 다른 데 가 있는 듯했소. 당신은 참을성 있게 그 애와 놀아주더군. 나의 귀여운 제인, 당신은 오랫동안 그 애와 이야기를 나누고 즐겁게 놀아주었지. 마침내 아델이 당신 곁을 떠나자 당신은 무언가 깊은 생각에 빠졌소. 당신은 2층으로 올라가 복도를 천천히 걷기 시작했지. 창가를 걸으면서 수북이 쌓이는 눈을 바라보기도 했고, 흐느끼는 바람 소리를 듣다가 다시 천천히 걸으면서 공상에 잠기는 것 같았소. 어두운 공상은 아닌 것 같았소. 가끔 당신의 눈에는 기쁜 빛, 얼굴에는 흥분한 기색이 떠오르는 것으로 보아 아리거나 우울한 상념에 빠진 것 같지 않았소. 오히려 청춘의 혼이 의지의 날개를 한껏 펼치고, 희망을 좇아 이상의 천국으로 높이 날아오르는 듯한 젊은이의 감미로운 명상 같았소. 홀에서 페어팩스 부인이 하인을 부르는 소리에 당신의 공상은 멈췄소. 그때 당신은 혼자 묘한 미소를 지었지. 제인, 깊은 뜻이 담긴 미소였소. 잠시 넋을 놓고 있었던 자신을 신랄하게 비웃는 듯한 미소였소. '아름다운 꿈에 빠지는 것은 좋지만 현실이 아니라는 것을 명심해. 내 머릿속에는 장밋빛 하늘과 꽃이 활짝 핀 푸른 에덴동산이 펼쳐져 있어. 하지만 밖에는 내 앞으로 험한 길이 펼쳐져 있고 시커먼 폭풍이 몰려오고 있어'라고 말이오. 당신은 얼른 아래층으로 내려가 페어팩스 부인에게 할 일이 있으면 얘기하라고 말했소. 일주일치 출납장부 정리였던가, 아무튼 그 비슷한 일을 맡았던 것 같았는데, 당신이 보이지 않자 내 마음이 초조하고 불안하더군.

나는 애타게 밤을 기다렸소. 당신을 부르려고 말이야. 보통 사람하고 다른, 완전히 생소한 당신의 성격을 좀더 깊이 알고 싶었거든. 당신은 수줍은 기색을 보이면서도 자존심이 강한 표정으로 내가 있는 방에 들어왔지. 지금 입고 있는 그 옷을 입고 있었소. 나는 당신 이야기를 듣고 당신에게는 묘하게 상반된 점이 많다는 것을 알았소. 당신의 옷차림이나 태도는 관습에 얽매어 있었소. 점잖고 품위 있는 천성을 가지고 있었으나 사회성이나 사교성이 부족해서 어떤 잘못이나 실수로 사람들의 주목을 받아 곤란한 상황에 처하지 않을까 몹시 두려워했소. 그러나 말할 때는 날카롭고 대담한 시선으로 상대를 보았소. 당신의 눈빛에는 통찰력과 힘이 있었소. 어떤 것을 물어봐도 그 자리에서 솔직하게 대답했지. 당신은 머잖아 나를 편하게 대하는 것 같았소. 거칠고 까다로운 주인과 공감대가 있다는 것을 느낀 것 같았지. 편안하고 즐거운 분위기에서 당신이 금방 안정을 되찾는 것을 보고 나도 놀랐소. 나는 마구 화를 내고 큰소리도 치고 싶었지만 까다롭게 구는 내 모습을 보고도 조금도 두려워하거나 당황하거나 기분 나빠하지 않았소. 당신은 가끔 나를 주의 깊게 바라보면서 말할 수 없이 순수하고 총기 넘치는 애교를 보냈소. 당신의 그러한 미소에 내 마음은 흡족했고 흥분되었지. 당신이 하는 짓이 마음에 들어서 자꾸 보고 싶었소. 그러나 나는 부러 당신과 거리를 두고 별로 만나지 않았소. 지적인 미식가였던 나는 이 새롭고 톡 쏘는 맛을 가진 여자를 친구로 만들어가는 기쁨을 오래도록 느끼고 싶었소. 그리고 혹시 성급하게 굴다가 꽃이 금방 시들어버리면 어쩌나, 신선하고 달콤한 매력이 사라져버리면 어쩌나 하는 불안에 사로잡혔소. 그때 나는 그것이 잠깐 피었다 지는 꽃이 아니라 절대 깨지지 않는 눈부신 보석에 새겨놓은 꽃이라는 것을 미처 몰랐던 거요. 게다가 내가 당신을 멀리했을 때 당신이 나를 찾는지 알고 싶었소. 물론 당신은 나를 찾지 않았지. 당신은 책과 화구와 함께 공부방에 계속 머물렀소. 우연히 만나면 당신은 최소한의 존경을 담아 가볍게 인사하고 지나갔소. 그때마다 당신의 표정은 늘 생각에 잠겨 있었지. 아파서 기운이 없어 보인 것은 아니지만 어쨌든 쾌활하지는 않았소. 희망도 없고 즐거움도 없었으니까. 나는 당신이 나를 어떻게 생각하는지, 혹은 내 생각을 하기는 하는지 궁금해서 당신을 다시 주의 깊게 살펴보았소. 당신의 눈빛에는 기쁜 빛이, 태도에는 즐거움이 떠올랐소. 당신은 사교적이며 따뜻한 마음씨를 지녔다는 것을 알았소. 당신을 슬프게 한 것은 저 조용한 공부방과 지루한 일상이었소. 나는 당신에게 친절을 베푸는 기쁨을 맛보기로 했소. 친절하게 대하자 당신의 마음이 움직였소. 당신은 온화한 표정으로 부드럽게 말했지. 당신이 밝고 즐거운 목소리로 내 이름을 부르는 것을 듣고 무척 기뻤소. 그때 나는 당신을 만나는 시간이 항상 즐거웠소. 제인, 당신은 조금 주저하는 듯했소. 조금은 불안하고 의심스러운 눈길로 나를 쳐다보곤 했지. 당신은 내가 언제 어떤 식으로 변덕을 부릴지, 주인 행세를 하며 엄하게 나올지, 아니면 친구처럼 부드럽게 대할지 알 수가 없었던 거요. 하지만 나는 이미 주인 행세를 하며 엄하게 굴기에는 너무나 당신을 좋아했소. 그래서 진심으로 손을 내밀었을 때 당신의 젊은 얼굴이 환해지며 기쁨이 넘치는 것을 보고 나는 당장 당신을 껴안고 싶은 충동을 참느라 무척 힘들었지."

"제발 그때 얘기는 더 이상 하지 마세요."

나는 흐르는 눈물을 닦으며 그의 말을 가로막았다.

그가 얘기할수록 더욱 괴로웠던 것이다. 내가 해야 할 일, 그것도 지금 당장 해야 할 일이 무엇인지 알고 있었기 때문이다. 지난날을 회상하거나 당시 그의 마음을 고백할수록 나는 그 일을 하기가 더욱 힘들었던 것이다.

"알았소, 제인. 밝은 미래가 명확한데 과거에 얽매일 필요 없지."

분별없는 그의 말을 듣는 순간 나는 온몸이 떨렸다.

"이제 내가 어떤 상황에 처했었는지 알겠소? 청춘과 성년기의 절반은 비참한 삶에, 절반은 쓸쓸한 고독 속에서 보내고 나서 처음으로 진정한 사랑을 찾았소. 바로 당신을 말이오. 당신은 나와 성격이 꼭 맞는 반쪽이고, 나의 천사요. 나는 강렬한 사랑으로 당신에게 묶여 있소. 당신은 착하고 재능이 뛰어난 사랑스러운 사람이오. 내 가슴속에 깃든 뜨거우면서도 엄격한 열정이 오직 당신에게 쏠리고, 당신을 내 가슴 한복판, 생명의 원천으로 끌어들여서 온몸으로 당신을 감싸고, 순결하고 강렬한 불꽃으로 타올라 당신과 나를 하나로 녹여버리려 하고 있소. 내가 당신과 결혼하기로 마음먹은 것은 이러한 감정을 느꼈기 때문이오. 내게 이미 아내가 있다고 말하는 것은 무의미한 조롱에 불과하오. 그것은 그저 무시무시한 악마일 뿐이라는 것을 당신도 알고 있소. 물론 당신을 속인 것은 잘못이오. 하지만 난 당신의 완고한 성격이 두려웠던 거요. 편견부터 가질까 봐. 그래서 우선 당신을 완전히 내 것으로 만들고 나서 비밀을 털어 놓을 작정이었소. 물론 이것은 비겁한 행동이었지. 지금처럼 처음부터 당신의 고결하고 너그러운 마음에 호소해야 했소. 참담한 삶을 솔직히 털어놓고, 좀더 고상하고 가치 있는 삶을 갈망하는 모습을 보여주었어야 했소. 당신이 내게 그러듯이 나도 당신을 충실하고 깊이 사랑하고 싶다는 결심, 아니 이 말로는 부족하오, 그 저항할 수 없는 타고난 성향을 보여주었어야 했소. 그다음에 진심 어린 나의 맹세를 받아주고 당신도 진심 어린 맹세를 해달라고 부탁해야 했소. 제인, 지금 나한테 물어봐 줘요."

잠시 침묵이 흘렀다.

"제인, 왜 말이 없는 거요?"

나는 힘든 시련에 맞서고 있었다. 시뻘겋게 달궈진 무쇠 손이 내 숨통을 틀어쥐고 있는 듯했다. 사투와 암담함, 몸이 타들어 가는 고통에 휩싸인 무시무시한 순간이었다. 지금까지 이 세상에서 나만큼 큰 사랑을 받은 사람도 없을 것이다. 그리고 나를 사랑하는 사람을 나는 절대적으로 숭배했다. 그런데도 나는 사랑과 우상을 버려야 했다. '떠나라!' 쓸쓸한 이 한 마디가 바로 삼키기 힘든 내 의무였다.

"제인, 내가 원하는 게 뭔지 알겠소? 단 하나, '로체스터 씨, 나는 당신 것이에요'라는 한 마디요."

"로체스터 님, 저는 당신 것이 아니에요."

우리는 또다시 오랜 침묵에 빠졌다.

"제인!"

그가 다시 부드럽게 내 이름을 불렀다. 그 목소리에 내 가슴은 슬픔으로 무너져 내릴 것 같았고, 불길한 두려움이 나를 돌처럼 차갑게 만들었다. 마치 그 목소리는 자리에서 일어나려는 죽은 자가 힘에 부쳐 내는 소리 같았다.

"제인, 서로 각자의 길을 가자는 거요?"

"네."

"제인, 결심을 굳힌 것이오?"

그가 몸을 숙이고 나를 껴안으면서 말했다.

"네."

"지금도?"

그가 내 이마와 뺨에 부드럽게 키스하며 물었다.

"네."

나는 얼른 그의 손에서 빠져나와 말했다.

"오, 제인, 너무하오! 말도 안 돼. 나를 사랑하는 게 나쁜 일은 아니잖소."

"당신 말씀에 따르는 것은 나쁜 거예요."

순간 사나운 표정이 그의 얼굴을 스치더니 그의 눈썹이 치켜 올라갔다. 그가 일어났다. 그러나 아직은 감정을 억누르고 있었다. 나는 단단히 버티려고 의자 등을 잡았다. 몸이 떨리고 두려웠지만 내 결심은 변함이 없었다.

"제인, 당신이 떠난 후 내 삶이 얼마나 무시무시하게 변할지 생각해보구려. 당신과 함께 내 행복은 모두 사라지고 말 거요. 그러고 나서 남는 게 무엇이겠소? 저 위층에 있는 정신병자 아내뿐이오. 차라리 묘지에 누워 있는 시체랑 사는 게 낫지. 제인, 이제 난 어쩌란 말이오? 반려자도 없이 무슨 희망이 있단 말이오?"

"제 말대로만 하세요. 하느님과 자신을 믿으세요. 천국을 믿으세요. 그곳에서 다시 만날 수 있다는 희망을 가지세요."

"그럼 당신은 내 말대로 하지 않겠다는 거요?"

"네."

"그럼 지금 나더러 평생 비참하게 저주받은 삶을 살다 죽으라는 거요?"

그의 목소리가 커졌다.

"저는 당신이 죄를 짓지 않고 살기를 원해요. 그리고 평온한 죽음을 맞이하시길 원해요."

"당신은 지금 내 안에 깃든 사랑과 순결을 없애버리겠다는 거요? 애정 대신 정욕으로, 일 대신 타락으로 밀어 넣는 거요?"

"로체스터 님, 제가 그런 삶을 선택하지 않듯이 당신도 그런 삶을 선택하지 않기를 바라요. 당신이나 저나 이 세상에 태어난 이상 참고 노력해야 해요. 견뎌나가시면 돼요. 제가 당신을 잊기 전에 당신이 저를 먼저 잊을 거예요."

"당신은 나를 거짓말쟁이로 여기는군. 나를 불명예스러운 사람으로 여기고 있소. 내 마음은 변하지 않는다고 단언했잖소. 그런데도 당신은 내 앞에서 내 마음이 변할 거라고 말하고 있소. 당신의 판단이 얼마나 잘못되었고, 당신의 생각이 얼마나 틀렸는지는 당신의 행동으로 알 수 있소. 인간이 만든 법을 어기는 것보다 인간을 절망에 빠뜨리는 게 더 낫다는 얘기요? 법을 어긴다 해도 아무에게도 피해를 주지 않는데도 말이오? 당신이 나와 함께 산다고 해서 화낼 친척도 없지 않소."

그것은 사실이었다. 그리고 내 양심과 이성이 반기를 들어 내가 그의 말을 거스르는 것은 죄악이라고 힐난했다. 양심과 이성이 '감정' 못지않게 큰 소리로 미친 듯이 부르짖었다.

'자, 그의 제안을 받아들여! 비참하게 살아갈 그의 모습을 떠올려봐. 그가 어떤 위험에 처하게 될지 생각해보라고. 그가 혼자 남았을 때 어떤 상태가 될지, 그리고 무분별하게 거친 성격을 생각해봐. 절망에 빠져 무모한 짓을 저지를지도 몰라. 그러니 그를 위로하고 구해줘. 그리고 그를 사랑해줘. 그를 사랑하고 그의 사람이 되겠다고 말해. 도대체 이 세상에 그 사람 말고 너를 돌봐줄 사람이 있니? 네가 그렇게 한다고 해서 누가 피해를 입는 것도 아니잖아.'

그러나 대답은 아직 굴하지 않았다.

'나 스스로 돌보면 돼. 외로울수록, 의지할 친구가 없을수록 더욱더 스스로를 공경하라. 나는 하느님이 주시고 인간이 정한 법을 지키겠어. 지금처럼 미치지 않고 올바른 정신을 가졌을 때 내가 인정한 원칙대로 살아가겠어. 유혹이 없다면 법과 원칙도 필요 없겠지. 지금처럼 육체와 영혼이 준엄한 법과 원칙을 거역하려 들 때일수록 더욱 필요한 것이다. 법과 원칙은 침범해서는 안 되는 준엄한 것이다. 개인의 편의에 따라 지키지 않아도 되는 것이라면 법과 원칙이 무슨 필요가 있단 말인가? 나는 법과 원칙의 가치를 믿어왔다. 내가 이것을 믿지 않는다면 정신이 올바르지 않은 것이다. 실성한 것이며, 피가 뜨겁게 달아오르고 심장은 비정상적으로 빨리 뛰고 있기 때문이다. 이미 생각하고 결심한 것을 지켜야 한다. 거기에 굳건하게 발을 붙이고 있어야 해.'

나는 그대로 발을 붙였다. 로체스터 씨는 내 표정을 보고 내가 이미 결심했음을 짐작했다. 그의 분노는 극에 달했다. 그는 앞뒤 생각할 겨를도 없이 분노를 표출했다. 그는 방을 가로질러 오더니 내 팔을 잡고 허리를 끌어당겼다. 이글이글 타는 듯한 눈빛은 단숨에 삼켜버릴 듯이 나를 노려보았다. 그 순간 나의 몸은 펄펄 끓는 용광로의 불길과 뜨거운 열기 앞에 놓인 보릿대처럼 힘없는 것이었다. 하지만 아직 정신을 놓지 않고 있었으므로 아무 일도 없으리라는 확신이 들었다. 다행히 영혼에게는 눈이라는, 의식하지 않은 상태에서 움직이는 충실한 대변인이 있었다. 나는 그의 눈을 응시했다. 그리고 그의 얼굴을 보고 있으니 절로 한숨이 나왔다. 그는 고통스러울 정도로 나를 꽉 쥐고 있었다. 너무 큰 힘에 눌려 온몸의 힘이 다 빠져나가는 것 같았다.

그가 이를 갈며 다시 이야기하기 시작했다.

"일찍이……, 이처럼 연약하고도 고집 센 사람은 처음 봐. 내 손 안에서는 갈대 같은데!"

그가 나를 세게 흔들더니 다시 말했다.

"내 엄지손가락과 집게손가락만으로도 당신의 몸을 꺾을 수 있지만 꺾고 찢고 깨뜨린들 무슨 소용 있을까? 저 눈을 봐. 단호하고 격렬하고 자유로운 눈빛. 용기를 넘어선 엄격하고 올바른 승리감으로 내게 맞서고 있어! 내가 어떤 수단을 쓰더라도 우리 속에 들어 있는 야성적이고 아름다운 생명체를 잡을 수 없어! 우리를 부수고 허술한 감옥을 무너뜨린다 해도 오히려 그로 인해 포로를 놓치고 말 거야. 나아가 나는 그 집을 정복할 수는 있지만 흙으로 지은 그 집의 주인임을 선포하기도 전에 그곳에 살던 사람은 천국으로 달아나고 말겠지. 내가 원하는 것은 당신이오. 연약한 육신뿐 아니라 의지와 미덕과 순결을 지닌 당신의 정신까지 말이오. 당신은 스스로 원한다면 얼마든지 내 가슴에 둥지를 틀 수 있소. 그러나 당신의 뜻을 거스르는 일이라면 붙잡히더라도 당신의 영혼은 내 손아귀를 벗어날 것이오. 내가 당신의 향기를 맡기도 전에 말이오. 오! 이리 와요, 제인. 내게로 와요!"

그는 쥐고 있던 손을 놓고 나를 바라보았다. 그 표정은 거친 포옹보다 더 뿌리치기 어려운 것이었다. 그렇다고 해서 지금 굽히고 들어가는 것은 백치나 하는 짓이었다. 지금까지 나는 그의 분노를 꺾었다. 이제는 그의 슬픔에서 벗어나야 했다. 나는 문 쪽으로 갔다.

"제인, 가는 거요?"

"네, 가야겠어요."

"나를 두고?"

"네."

"오지 않을 건가? 나를 위로해주고 구원해주지 않겠소? 나의 깊은 사랑과 미칠 듯한 슬픔, 뜨거운 탄식, 거친 기도가 당신에게는 아무 의미 없단 말이오?"

그의 목소리에 말로 표현할 수 없는 슬픔이 배어 있었다.

"저는 가겠어요."

나는 또 한 번 단호하게 말하기까지 너무나 힘들었다.

"제인!"

"로체스터 님!"

"그렇다면 좋소. 가도록 해요. 그러나 기억하기 바라오. 당신은 나를 슬픔 속에 버리고 떠나는 것이오. 내가 한 말들을 처음부터 끝까지 다시 생각해봐요. 그리고 나의 고통을 좀 헤아려주오. 나를 생각해주오."

그는 돌아서서 소파에 쓰러져 얼굴을 파묻었다.

"오, 제인! 나의 희망, 나의 사랑, 나의 생명!"

그의 입에서 고통스러운 절규가 새어 나왔다. 그리고 나직하지만 격한 흐느낌이 쏟아졌다.

나는 이미 문 앞에 있었다. 그러나 독자 여러분, 나는 되돌아갔다. 문 앞으로 갈 때처럼 단호하게 돌아갔다. 나는 그의 옆에 무릎을 꿇고 그의 얼굴을 돌려 볼에 입맞춤하고 머리를 쓰다듬었다.

"하느님의 축복이 있으시기를 기도합니다. 나의 귀중한 주인님! 하느님께서 당신을 위험과 죄악으로부터 지켜주시기를, 당신을 위로하고 이끌어주시기를, 그동안 저에게 베풀어준 친절에 하느님의 보답이 있으시기를 기도할게요."

내가 말했다.

"가장 좋은 보답은 귀여운 제인의 사랑이오. 당신의 사랑 없이는 내 가슴은 터지고 말 거요. 다시 나를 사랑해주겠지? 그렇고말고, 고귀하고 너그럽게."

그의 얼굴이 불그레하게 변했고, 눈빛은 섬광처럼 빛났다. 갑자기 그가 벌떡 일어나 두 팔을 벌렸다. 그러나 나는 재빨리 그 방에서 나왔다.

그를 떠나면서 나는 마음속으로 소리쳤다.

'안녕히 계세요!'

그리고 절망이 덧붙였다.

'안녕히 계세요! 영원히!'

그날 밤 나는 잠을 자고 싶지 않았으나 침대에 눕자마자 바로 잠들어 버렸다. 그리고 어린 시절로 돌아가 게이츠헤드의 붉은 방에 누워 있는 꿈을 꾸었다. 어두운 밤이었고 이상한 공포에 휩싸여 있었다. 옛날 나를 실신하게 한 그 불빛이 꿈속에서 다시 나타나 벽을 타고 서서히 올라와 흐릿한 천장 중앙에서 어른거렸다. 나는 머리를 들고 쳐다보았다. 그러자 천장이 사라지고 높고 어두운 구름이 나타났다. 그 불빛은 구름을 갈라놓으려 하는 은은한 달빛이었다.

나는 구름을 뚫고 나오는 달을 바라보았다. 달 표면에 무슨 운명의 표시라도 있는 듯 묘한 기대감으로 달을 지켜보았다. 달은 이제까지 보지 못한 기이한 모습으로 나타났다. 한 손이 검은 구름 속으로 쑥 들어가 마구 흩트려놓자 달이 아닌 하얀 사람의 형상이 빛을 뿜는 것이었다. 눈부신 이마는 땅을 향해 있었다. 그것은 나를 쳐다보고 나도 그것을 쳐다보았다. 그러자 그것이 내 마음에게 말을 걸었다. 까마득히 먼 곳에서 들리는 목소리였지만 아주 가까이에서 속삭이는 것 같았다.

"내 딸아, 유혹에서 벗어나거라!"

"그럴게요, 어머니."

나는 어렴풋이 꿈에서 깨어 이렇게 말했다. 아직 밤이었지만, 7월의 밤은 길지 않았다. 자정이 지나고 조금 있으면 동이 터오른다.

'해야 할 일을 하는 데 있어 너무 빠른 법은 없어.'

나는 그렇게 생각하고 자리에서 일어났다. 나는 옷을 입고 있었다. 어젯밤에 신발만 벗고 잠이 들었던 것이다. 속옷, 로켓(사진이나 머리카락 등을 넣어 목걸이에 다는 작은 상자—옮긴이), 반지 등을 서랍에서 꺼내면서 며칠 전 굳이 사양하는데도 로체스터 씨가 억지로 선물한 진주 목걸이 상자에 손이 닿았다. 나는 그것을 그대로 두었다. 내 물건이 아니기 때문이었다. 그것은 이미 사라진 환상 속 신부의 것이었다. 다른 것들을 한 보따리에 챙기고 20실링(내가 가진 전부였다)이 들어 있는 지갑을 주머니에 넣었다. 밀짚모자를 쓰고 숄을 핀으로 고정한 후 보따리와 신발을 들고 조용히 방을 빠져나왔다.

"안녕히 계세요, 친절한 페어팩스 부인!"

나는 그녀의 방 앞을 재빨리 지나가며 속삭였다.

"잘 있거라, 사랑스러운 아델!"

아델의 방 쪽을 바라보며 말했다. 그 방으로 들어가 아델과 이별의 포옹을 하는 건 안 될 일이었다. 나는 귀가 예민한 사람에게 들키지 말아야 했다. 어쩌면 그가 지금 귀를 기울이고 있을지도 모르기 때문이었다.

나는 로체스터 씨의 침실 앞을 후다닥 지나치려고 했다. 그러나 그 방 앞에서 내 심장의 고동이 멈추자 자연히 걸음도 멈췄다. 잠을 자는 것 같지 않았다. 주인은 쉬지 않고 계속 방 안을 왔다 갔다 했다. 몇 번이나 그의 한숨 소리가 새어 나왔다. 내가 마음을 바꾸면 이 방 안은 천국이 되는 것이다. 비록 한순간이겠지만. 나는 들어가서 이렇게 말하기만 하면 된다.

'로체스터 님, 나는 당신을 사랑해요. 죽는 날까지 당신 곁을 떠나지 않겠어요.'

그러면 내 입술에서 기쁨의 샘물이 솟구칠 것이다. 나는 또 이런 생각도 해보았다. 잠 못 이루는 자상한 주인은 초조한 마음으로 날이 밝기를 기다리고 있다. 아침이 되면 나를 부르러 사람을 보내겠지. 그러나 나는 떠나고 없을 것이다. 찾아 헤매도 소용없는 것을 알고 그는 버림받았다고 생각할 것이다. 실연당한 슬픔에 괴로워하고 어쩌면 자포자기할지도 모른다. 나는 문손잡이로 손을 뻗었다. 그러나 손을 멈추고 발소리를 죽이며 걸어갔다.

나는 착잡한 마음으로 층계를 내려왔다. 내가 해야 할 일을 알고 있었기 때문에 기계적으로 움직였다. 우선 부엌에 가서 옆문 열쇠를 찾았다. 기름병과 깃털도 찾아 열쇠와 자물쇠에 기름칠을 했다. 먼 길을 걸어가야 하므로 근래 약해진 기력을 보충하려고 물을 마시고 빵을 좀 먹었다. 나는 이 모든 일을 소리 없이 처리했다. 나는 문을 열고 밖으로 나가 조용히 문을 닫았다. 마당에는 새벽 어스름이 깔렸다. 정문은 자물쇠로 잠겨 있었지만 샛문은 빗장만 질러놓았다. 나는 샛문을 열고 나와 다시 그것을 닫았다. 이제 나는 손필드 저택 밖으로 나왔다.

들판 너머 1마일쯤 가면 밀코트 반대쪽으로 가는 길이 있었다. 한 번도 가본 적 없지만 가끔 그 길을 따라가면 어디가 나올까 생각해본 적이 있다. 나는 그쪽으로 걸어갔다. 이제 지난일을 생각해서는 안 된다. 절대 뒤돌아봐서도 안 되고 앞을 봐서도 안 된다. 과거나 미래를 아예 생각하지 말아야 한다. 과거는 천국처럼 즐겁고 또 몹시 슬픈 페이지다. 그중 한 줄이라도 읽으면 내 용기는 꺾이고 의지는 무너질 것이다. 그리고 미래는 무시무시한 빈 페이지다. 큰 홍수가 휩쓸고 간 뒤와 같다고나 할까.

동이 틀 때까지 나는 들판과 산울타리, 오솔길을 따라 걸어갔다. 아름다운 여름날 아침이었다. 신발이 금세 아침 이슬에 젖었던 기억이 난다. 그러나 나는 그때 해가 뜨는 것도 보지 않고, 환하게 밝아오는 하늘과 잠에서 깨어나는 자연도 돌아보지 않았다. 단두대로 끌려가는 사람은 길가에 활짝 핀 꽃은 안중에도 없고 오직 단두대와 도끼날, 뼈와 혈관이 떨어져 나가는 순간과 입을 쩍 벌린 무덤만을 생각한다. 나도 외로운 도피와 정처 없는 방랑만을 생각했다. 그리고 저 뒤에 남겨두고 온 사람들을 생각하며 쓰라린 가슴을 쥐어뜯었다. 그 생각만큼은 물리칠 수 없었다. 지금쯤 방에서 해가 뜨는 것을 보고 있을 그를, 그와 함께 살며 그의 사람이 되겠다고 얘기하러 오기를 바라고 있을 그를 생각했다. 나는 그의 사람이 되고 싶었다. 돌아가고 싶은 마음이 간절했다. 지금이라도 늦지 않았다. 지금이라도 돌아가면 그에게 상실의 고통을 안겨주지 않을 수 있다. 아직 내가 떠난 것을 모를 테니까. 나는 돌아가서 그를 위안하고, 그의 자랑이 되어주고, 불행과 파멸에서 그를 구원해주고 싶었다. 아, 그가 자포자기하리라는 (나의 자포자기보다 훨씬 더 무서운) 생각에 얼마나 마음이 괴로웠던가. 마치 결코 뽑히지 않는 가시 돋친 화살촉에 가슴이 찔린 것 같았다. 뽑으려고 할수록 더욱 찢어지고, 회상에 의해 더욱 깊이 박혀 내 마음은 견딜 수 없을 만큼 괴로웠다. 풀숲과 덤불숲에 있던 새들이 노래하기 시작했다. 새들은 자기 짝에게 충실한 동물이다. 그래서 새들을 사랑의 상징이라 부른다. 나는 무엇인가? 마음의 고통을 감내하면서까지 도의를 지키려고 하는 나 자신을 증오했다. 자신의 행동을 정당화한들 위로가 되지 않았다. 자존심조차 아무런 위안이 되지 못했다. 나는 주인을 공격해 상처를 입히고 버렸다. 내가 생각해도 그런 나 자신이 싫었다. 그러나 나는 한 걸음도 되돌아서지 않았다. 이것이 하느님께서 인도해주신 길임을 믿었던 것이다. 격렬한 슬픔이 내 의지를 무너뜨리고 양심의 숨통을 틀어막았다. 외로이 걸으며 나는 미친 듯이 울부짖었다. 얼빠진 사람처럼 정신없이 걸어갔다. 그러다 안에서부터 서서히 쇠약해진 몸은 쓰러지고 말았다. 한동안 아침 이슬에 젖은 잔디에 얼굴을 묻고 있었다. 나는 여기서 죽을지도 모른다는 두려움,

아니 죽었으면 좋겠다는 희망을 가졌다. 그러나 나는 일어섰다. 가고자 했던 길에 닿고자 하는 결의로 손과 무릎을 짚고 기어가면서 다시 일어나 두 다리로 걸어갔다.

드디어 그 길에 도착했을 때 나는 산울타리 밑에 주저앉았다. 잠시 후 바퀴 소리가 들렸다. 마차 한 대가 다가오는 것이 보였다. 일어나 손을 들자 마차가 멈췄다. 어디까지 가는지 묻자 마부는 먼 고장의 이름을 말했다. 그곳은 분명 로체스터 씨와는 아무런 연고 없는 곳이었다. 얼마면 거기까지 갈 수 있느냐고 묻자 30실링이라고 했다. 내가 20실링밖에 없다고 했는데도 마부가 흔쾌히 태워주었다. 그리고 마차 안이 비어 있으니 거기에 들어가라고 했다. 내가 마차 안으로 들어가자 문이 닫히고 마차는 곧바로 달려갔다.

친애하는 독자 여러분, 그때의 내 심정을 여러분들은 절대 경험하지 않기를 바란다. 내 두 눈에서 폭풍처럼 흘러내리는, 가슴속에서 쥐어짜 낸 듯한 눈물을 결코 흘리지 않기를! 그때 내 입술에서 흘러나온, 좌절과 고뇌로 가득한 기도를 하지 않기를! 그리고 나처럼 진심으로 사랑하는 사람에게 재앙의 씨가 되었다는 두려움을 갖지 않기를!

제28장

이틀 뒤 저녁이었다. 마부는 나를 위트크로스라는 곳에 내려주었다. 내가 낸 돈으로는 더 이상 갈 수 없었던 것이다. 나는 그 돈 외에 1실링도 더 가진 게 없었다. 마차는 벌써 1마일이나 저 멀리 가버렸고, 나는 홀로 남았다. 그때 나는 안전하게 둔다고 마차 짐칸에 넣어두었던 보따리가 생각났다. 그것을 두고 내린 것이다. 나는 완전히 빈털터리가 되었다.

위트크로스라는 곳은 도시도 마을도 아니었고, 다만 사거리에 하얀 돌기둥 하나가 서 있을 뿐이었다. 아마 멀리서나 어둠 속에서도 눈에 잘 띄도록 하얗게 칠한 것 같았다. 돌기둥 위에 이정표 4개가 각각의 방향으로 뻗어 있었다. 가장 가까운 마을이 10마일(약 16킬로미터—옮긴이) 떨어져 있었고, 가장 먼 곳은 20마일(약 32킬로미터—옮긴이) 거리였다. 익숙한 지명으로 그곳이 어느 주라는 것을 알았다. 을씨년스러운 황무지가 끊임없이 펼쳐져 있고 기복이 심한 산맥이 둘러친 북쪽 내륙 지방이었다. 내 뒤와 양옆에도 넓은 황야가 펼쳐져 있었다. 발밑으로 보이는 깊은 골짜기 너머로 물결 모양처럼 산들이 겹겹이 놓여 있었다. 이곳은 주민이 얼마 안 되는지 길 가는 사람 하나 보이지 않았다. 동서남북으로 하얗고 넓고 쓸쓸한 길이 뻗어 있을 뿐이었다. 어느 길이든 양쪽으로 황야가 펼쳐져 있었으며 길가에는 히스가 무성하게 덮여 있었다. 나는 어느 누구의 눈에도 띄고 싶지 않았다. 사람들은 분명 길을 알리는 돌기둥 푯말 앞에서 서성이는 내 모습을 보고 이상하게 여길 것이다. 어쩌면 나에게 말을 걸지도 모른다. 그러면 나는 남이 납득할 만한 대답을 하지 못하고, 그들의 의심은 더욱 커질 것이다. 지금 이 순간 나에게는 인간 사회와 연결해줄 끈이 전혀 없었다. 인간이 사는 곳으로 이끌어줄 힘도 없었고, 희망도 보이지 않았다. 나에게 친절을 베풀어줄 사람 또한 없을 것이다. 내게는 '자연'이라는 크고 넓은 어머니 말고 다른 친척이 전혀 없다. 나는 그녀의 품에서 평안을 얻으리라.

나는 히스 벌판으로 들어갔다. 갈색 벌판에 깊은 도랑이 파인 구덩이가 보여 무릎까지 우거진 풀숲을 헤치며 그곳으로 걸어갔다. 굽이굽이 돌아가자 구석진 곳에 검은 이끼 돋은 커다란 화강암 바위가 보였다. 나는 그 바위 밑에 앉았다. 들판이 높은 둑처럼 주위를 막고 있었고, 바위가 머리를 가려주었으며 그 위에 하늘이 있었다.

여기서도 한참이 지난 뒤에야 겨우 마음의 안정을 찾을 수 있었다. 들소가 튀어나오지 않을까, 사냥꾼과 밀렵꾼이 발견하면 어쩌나 하는 불안감을 지울 수 없었다. 들판을 휘몰아치는 돌풍이 불면 황소가 달려드는 것 같아 획 돌아보곤 했다. 물떼새 울음소리만 나도 사람인 줄 착각했다. 그러나 날이 어두워지고 깊은 적막이 찾아오자 이 불안감이 모두 노파심이라는 걸 알고 마음이 서서히 안정되었다. 나는 그때까지 귀를 쫑긋 세우고 눈을 크게 뜬 채 불안에 떠느라 아무 생각도 나지 않았다. 하지만 이제 이런저런 생각을 할 수 있었다.

이제 어떻게 해야 하지? 어디로 가야 하나? 아무것도 할 수 없고, 갈 곳도 없는 지금 이 무슨 참을 수 없는 질문이란 말인가! 마을까지 가려면 지쳐 후들거리는 다리를 이끌고 한참을 가야 한다. 게다가 하룻밤 잠자리를 빌리려면 매몰찬 인정에 호소해야 한다. 또 사정 이야기를 하여 원하는 것 하나라도 얻으려면 동정을 구걸해야 하는데 아마 거절도 각오해야 할 것이다.

나는 히스를 만져보았다. 말라 있었지만 여름 낮의 열기로 아직 따스했다. 나는 하늘을 올려다보았다. 바위틈으로 별 하나가 반짝였다. 이슬이 내렸지만 적당히 촉촉했다. 바람 한 점 없었다. 자연은 내게 친절하고 고마운 것이었다. '자연'은 의지할 데 없는 나를 감싸주고 있다는 생각이 들었다. 인간에게 얻을 건 불신과 배타와 모욕뿐이라는 생각을 하면서 나는 자식이 부모를 사랑하는 마음으로 자연에 의지했다. 최소한 오늘 밤만은 자연의 손님이 되는 거다. 내 어머니인 자연은 돈을 받지 않고 재워줄 것이다.

나에게는 아직 빵 한 조각이 남아 있었다. 우연히 주머니에서 발견한 동전으로 한낮에 지나왔던 마을에서 빵을 샀다. 내 마지막 돈이었다. 나는 잘 익은 산앵두가 흑구슬처럼 히스 사이에서 반짝이는 것을 보고 한 움큼 따서 빵과 함께 먹었다. 극심한 허기가 완전히 채워진 것은 아니지만 은둔자의 음식으로 웬만큼 요기가 되었다. 나는 다 먹은 후 저녁 기도를 드리고 잠자리를 마련했다.

바위 옆 히스가 우거진 곳에 누우니 발이 히스에 묻혔다. 차가운 밤공기가 스며들 틈이 없을 만큼 양쪽으로 히스가 높이 솟아 있어다. 나는 솔을 반으로 접어 이불처럼 덮었다. 그리고 조금 불룩하게 솟아 이끼가 돋은 흙무더기를 베고 누웠다. 이렇게 잠자리를 마련하고 나니 초저녁까지는 춥지 않았다.

마음이 슬프지만 않았다면 아주 편하게 쉬었을 것이다. 나는 아물지 않은 상처와 마음속 출혈, 끊어진 인연의 고리를 탄식하며 슬퍼했다. 로체스터 씨와 그의 운명을 생각하며 떨었고, 애처로운 연민으로 그를 가엾게 여겼고, 그를 끊임없이 갈망했다. 날개가 부러져 아무것도 할 수 없었지만 부러진 날개를 부질없이 퍼덕거리며 그를 찾았던 것이다.

슬프고 쓰라린 생각에 지쳐서 나는 무릎을 짚고 일어나 앉았다. 밤이 깊어지자 별이 총총했다. 평온하고 고요한 밤, 너무나 맑아서 두려움을 느낄 수 없을 정도였다. 사람들은 이 세상 어디든 하느님이 계시다는 것을 알고 있다. 하지만 하느님의 역사(役事)가 우리 앞에서 아주 크게 펼쳐질 때 우리는 하느님의 존재를 느낀다. 또한 하느님께서 창조하신 수많은 세계가 궤도를 따라 조용히 움직이는 저 맑은 밤하늘을 보면서 하느님의 무궁하심, 전능하심, 무소부재를 가장 확실히 느끼는 것이다. 나는 로체스터 씨를 위해 기도하려고 무릎을 꿇었다. 눈물로 얼룩진 눈으로 하늘을 올려다보니 커다란 은하수가 떠 있었다. 은하란 무엇인가? 얼마나 많은 세계가 부드러운 빛의 흔적처럼 우주 공간에 퍼져 있는지 생각하고 나는 하느님의 위대함을 새삼 느꼈다. 하느님께서는 자신이 직접 창조하신 것을 구원하신다는 것을 나는 굳게 믿었다. 땅도, 그 땅이 소중히 지키고 있는 인간도 결코 멸망하지 않으리라는 것을 믿었다. 나는 감사의 기도를 올렸다. 생명의 창조주는 또한 영혼의 구세주이기도 하다. 로체스터 씨는 무탈할 것이다. 그는 하느님의 아들이므로 하느님께서 보호해주실 것이다. 나는 다시 언덕의 품에 안겼다. 잠시 후 나는 잠이 들었고, 슬픔을 잊을 수 있었다.

다음 날 창백하고 헐벗은 나에게 궁핍이 찾아왔다. 어린 새들이 둥지를 떠나고 아침 이슬이 마르기 전에 꿀벌이 히스의 꿀을 거두려고 상쾌한 아침 녘에 찾아온 지도 한참 지난 후, 긴 아침 그림자가 짧아지고 태양이 온천지에 가득했을 때 나는 일어나 주위를 둘러보았다.

얼마나 고요하고 따스하고 맑은 날이었는지! 끝없이 넓은 벌판은 황금빛 사막 같았다. 햇빛이 충만한 하루였다. 나는 그 빛을 받으며 산다면 얼마나 좋을까 하고 생각했다.

나는 바위 위를 지나가는 도마뱀과, 산앵두나무 사이를 바쁘게 날아가는 꿀벌을 보았다. 나는 벌이나 도마뱀이 되어 여기서 적당한 음식과 영원히 머물 수 있는 곳을 찾고 싶었다. 그러나 나는 인간이었고, 인간에게는 기본적인 욕구가 있었다. 그 욕구를 어느 하나도 채워줄 수 없는 곳에서 계속 머물 수는 없었다. 나는 일어나 간밤에 누웠던 잠자리를 보았다. 아무런 희망도 없이 나는 이것만을 원했다. 나를 창조하신 하느님께서 내가 잠든 사이에 내 영혼을 데려가셨다면, 그리고 지친 육체가 죽어서 더 이상 운명과 싸우지 않고 조용히 썩어 평안한 이 들판의 흙이 되었으면 하고 바랐다. 그러나 욕구와 아픔과 책임과 함께 나는 아직 살아 있었다. 나는 이 무거운 짐을 짊어지고 가야 했다. 욕구는 충족해야 하고 아픔은 견뎌야 하며 책임은 완수해야 했다. 나는 걷기 시작했다.

나는 다시 위트크로스로 돌아갔다. 이제는 높이 솟아 뜨겁게 내리쬐는 태양을 등지고 길을 갈 수 있었다. 나는 한동안 걸었다. 더 이상 나아가기 힘들고, 견딜 수 없이 지쳐 무릎을 꿇어도 마음의 거리낌은 없으리라. 나는 이제 쉬어야겠다는 생각에 걸음을 멈추고 마음도 손발도 무감각해진 몸으로 가까이 있는 돌 위에 앉았다. 그때 교회 종소리가 들려왔다.

나는 다시 일어나 소리 나는 곳으로 갔다. 그곳에는 한 시간 전부터 변화와 풍경을 볼 겨를이 없었던, 옛이야기에 나옴직한 낭만적이고 나지막한 산들 사이로 마을과 교회 첨탑이 보였다. 오른편 골짜기는 온통 풀밭과 보리밭과 숲이었다. 반짝이는 실개천은 온갖 푸른 그늘을 지나 잘 익은 곡식밭, 거무스름한 숲, 햇빛이 내리쬐는 풀밭 사이를 굽이굽이 흘러가고 있었다. 나는 눈앞에 펼쳐진 길에서 덜컹거리는 마차 바퀴 소리를 듣고 정신이 번쩍 들었다. 짐을 잔뜩 실은 마차가 허걱거리며 언덕길을 올라가고 있었다. 멀지 않은 곳에 암소 두 마리를 몰고 가는 사람도 있었다. 내 앞에 인간의 삶과 노동이 있었다. 나도 다른 사람들처럼 열심히 일하며 살지 않으면 안 된다.

오후 2시경, 나는 마을에 이르렀다. 외길 아래쪽에 빵가게가 있었다. 진열해놓은 빵을 보니 너무너무 먹고 싶었다. 그걸 먹으면 조금이나마 기운이 날 것 같았다. 그렇지 않으면 한 걸음도 걷지 못할 것 같았다. 사람이 사는 마을에 들어서자 의지와 기운을 되찾고 싶은 욕구가 되살아났다. 굶주림으로 마을 길바닥에 쓰러진다는 것은 창피한 노릇이라고 생각했다. 저 빵 하나와 바꿀 수 있는 것이 무엇일까? 나는 생각해봤다. 목에 두른 작은 비단 손수건과 장갑이 전부였다. 나는 남자든 여자든 극단적인 상황에 처했을 때 어떻게 하는지 몰랐다. 돈 대신 이런 물건을 받아줄 만한지 알지 못했던 것이다. 안 될 것 같았지만 한번 부딪혀보기로 했다.

나는 빵가게로 들어갔다. 한 여자가 앉아 있었다. 내 옷차림이 단정해 보여서 귀부인이라고 생각했는지 그녀가 공손하게 다가왔다.

"뭐가 필요하세요?"

나는 부끄러워서 미리 준비한 말이 나오지 않았다. 낡은 장갑이나 구겨진 손수건을 내밀 용기가 나지 않았다. 문득 바보 같은 짓이라는 생각이 들었다. 나는 피곤해서 그러니 잠시 앉아 있으면 안 되겠냐고 말했다. 손님인 줄 알았다가 실망한 그녀가 쌀쌀맞게 그러라고 하며 의자 하나를 가리켰다. 나는 의자에 털썩 주저앉았다. 금방이라도 눈물이 쏟아질 것 같았다. 그러나 여기서 울면 그야말로 우스워질 것 같아서 억지로 참았다.

잠시 후 나는 그녀에게 물었다.

"이 마을에 재봉사나 바느질꾼이 있습니까?"

"네, 두세 사람 정도 있어요. 일거리 정도 있는 거죠."

나는 생각했다. 나는 지금 막다른 골목에 와 있다. 궁핍에 처해 있다. 아무런 방법도, 친구도, 돈도 한 푼 없다. 무엇이든 해야 한다. 무엇을 해야 할까? 나는 일거리를 찾아야 한다. 어디서 찾을까?

"이 근처에 식모 구하는 집 없나요?"

"잘 모르겠네요."

"이 마을 사람들은 주로 어떤 일을 하나요?"

"농사도 짓고, 대부분 올리버 씨의 바늘 공장과 주물 공장에서 일해요."

"올리버 씨 공장에서는 여자도 일하나요?"

"아뇨, 남자들이 하는 일이에요."

"그럼 이 마을 여자들은 무슨 일을 하나요?"

"글쎄요, 이것저것 하죠. 없는 사람들은 아무 일이나 다 하죠."

그녀는 내가 이것저것 묻는 것이 귀찮은 모양이었다. 내가 무슨 권리로 귀찮게 묻는단 말인가? 마을 사람들이 한두 명 들어와서 나는 의자를 내주어야 했다.

나는 빵가게에서 나와 양쪽 집들을 자세히 살피면서 거리를 올라갔다. 그러나 어느 집에도 들어갈 구실을 찾을 수 없었다. 나는 이 작은 마을을 한 시간 넘게 돌아다녔다. 나는 너무 허기지고 지쳐서 오솔길로 들어가 산울타리 밑에 주저앉았다. 그러나 조금 있다가 다시 일어나 최소한의 수단이나 방도를 알려줄 사람을 찾아 나섰다. 오솔길 끝에 정원이 있는 아담한 집 한 채가 있었다. 정원은 잘 정리되어 있었고, 꽃도 활짝 피어 있었다. 나는 그 집 앞에서 걸음을 멈췄다. 나는 무슨 용건으로 그 하얀 대문의 번쩍이는 쇠고리에 손을 댄단 말인가? 내게 친절을 보인들 이 집에 사는 사람들에게 무슨 득이 있단 말인가? 그러나 나는 다가가 쇠고리를 두드렸다. 깔끔한 옷차림의 착해 보이는 젊은 부인이 문을 열었다. 나는 절망적인 마음과 피로에 지친 몸에서 나오는 불쌍하리만큼 낮고 더듬거리는 목소리로 식모를 구하지 않느냐고 물었다.

"우리는 식모가 필요 없어요."

그 여자가 대답했다.

"그럼, 혹시 일자리를 얻을 만한 곳을 알려주실 수 없을까요?"

그렇게 말한 후 나는 재빨리 말을 이었다.

"이 마을에 처음 온 건데 아는 사람이 없어서요. 무슨 일이라도 하겠습니다."

그러나 그녀가 아무 상관 없는 나를 생각해 일자리를 구해줄 이유가 없었다. 뿐만 아니라 그녀는 나의 사람 됨됨이나 신분, 말하는 것 등이 몹시 의심스러운 듯했다. 여자가 고개를 가로저으며 말했다.

"미안하지만 생각나는 곳이 없네요."

그녀는 하얀 문을 조용히 그리고 점잖게 닫았다. 그 문은 그렇게 나를 내쳤다. 그 문이 조금만 더 늦게 닫혔다면 나는 그 여자에게 분명 빵 한 조각을 구걸했을 것이다. 나는 그때 이미 천인처럼 체면 따위 생각하지 않았으니까.

야박한 마을로는 돌아갈 수 없었다. 도움을 받을 만한 곳도 전혀 없는 듯했다. 그래서 나는 가까운 숲으로 가고 싶었다. 울창한 숲이 피난처가 되어줄 것 같았다. 그러나 나는 너무 배가 고파서 맥이 빠졌다. 기분이 나쁘고 괴로웠던 나는 본능적으로 먹을 것이 있는 인가 주변을 끝없이 맴돌았다. 굶주림이라는 독수리가 부리와 발톱으로 내 옆구리를 쪼고 있는 동안은 고독도 고독이 아니었고, 쉬는 것도 쉬는 것이 아니었다.

나는 인가에 다가갔다가 멀어지기를 수차례 되풀이했다. 뭔가를 구걸할 권리도 없었고, 세상으로부터 홀로 떨어진 나에게 관심을 가져주기를 기대할 수도 없다는 생각을 하면 저절로 발길이 돌려졌다. 내가 마치 굶주린 개처럼 헤매는 사이 어느덧 해거름이었다. 들판을 가로질러 가고 있는데 교회의 첨탑이 보였다. 나는 얼른 그곳으로 걸었다. 교회 묘지 옆 정원 한가운데 작지만 멋진 집 한 채가 있었다. 목사관이 분명했다. 아는 사람이라고는 전혀 없는 낯선 고장에서 일자리를 구하고자 할 때 흔히 목사에게 도움을 청한다는 생각이 떠올랐다. 자신의 힘으로 살아가려는 사람들을 돕는 것이 목사의 의무이기도 했다. 이곳에서는 나도 도움을 청할 권리가 있다고 생각했다. 나는 용기를 내어 남은 힘을 다해 달려갔다. 집에 이르러 부엌문을 두드리자 노파가 나왔다. 나는 여기가 목사관이냐고 물었다.

"맞는데요."

"목사님을 뵙고 싶은데요."

"안 계시는데요."

"금방 돌아오실까요?"

"볼일 보러 가셨으니 좀 걸릴 거예요."

"멀리 가셨나요?"

"멀지는 않아요. 3마일 거리쯤 되죠. 목사님 부친께서 갑자기 돌아가셨거든요. 마시 엔드인데, 2주일 정도 계실 거예요."

"사모님은 안 계신가요?"

"네, 나밖에 없어요. 나는 가정부예요."

독자 여러분, 나는 배고파 기절할 지경이었지만 그녀에게 도와달라고 말할 수는 없었다. 차마 구걸할 수 없어서 다시 비실비실 걸어 나왔다.

또 한 번 나는 손수건을 풀었다. 그 작은 빵가게를 떠올렸던 것이다.

'아아, 딱딱한 빵 껍질이라도 좋아. 한 입이라도 먹으면 허기진 고통을 가라앉힐 수 있을 텐데.'

나는 본능적으로 발길을 돌려 마을의 빵가게로 들어갔다. 그 여자 말고 다른 사람들도 있었지만 나는 용기를 내어 부탁했다.

"이 손수건을 드릴 테니 빵 한 조각만 주실 수 있을까요?"

그 여자는 의심스러운 눈빛으로 나를 쳐다보았다.

"안 돼요. 난 그렇게 물건을 팔지 않아요."

나는 죽을힘을 다하는 심정으로 빵 반쪽이라도 줄 수 없느냐고 물었다. 여자는 거절하더니 덧붙였다.

"그 손수건이 어디서 났는지 알 게 뭐예요?"

"그럼 이 장갑은 어때요?"

"그걸 어디다 쓰겠어요?"

독자 여러분, 이런 소소한 일까지 생각해내는 것은 결코 즐거운 일이 아니다. 쓰라린 과거를 회상하는 것을 즐긴다는 사람도 있지만 내가 이렇게 쓰고 있는 그 당시의 일을 떠올리는 것 자체가 견디기 힘든 일이다. 육체의 고통에 따른 정신의 전락은 너무나 괴로운 기억이다. 나를 거절한 사람들을 나는 욕하지 않는다. 그것은 예상했고, 또 어쩔 수 없는 일이었기 때문이다. 허름한 거지들도 의심을 받는데 하물며 잘 입은 거지야 말할 것도 없었다. 내가 바랐던 것은 일자리였다. 그러나 누가 나한테 일자리를 구해준단 말인가? 그때 처음 만난 사람, 더구나 내가 어떤 사람인지 전혀 모르는 사람들이 그렇게 해야 할 하등의 책임이 없었다. 그리고 빵을 내 손수건과 바꿔주지 않은 여자도 내가 수상쩍고 자기에게 득 될 게 없는 일이라면 거절하는 것이 당연했다. 자, 이제 간단히 얘기하자. 나도 싫증나니까.

날이 어두워지기 직전에 나는 어느 농가 앞을 지나갔다. 열린 문으로 치즈 바른 빵을 먹고 있는 농부가 보였다. 나는 걸음을 멈추고 말했다.

"배가 너무 고파서 그러는데, 빵 한 조각만 주실 수 없을까요?"

농부는 놀란 눈으로 나를 바라보더니 아무 대꾸도 없이 들고 있던 빵을 두둑이 잘라 건네주었다. 그는 나를 거지라기보다 검은 빵을 먹는 모습을 보고 갑자기 자기도 먹고 싶어진 성격이 괴상한 여자라고 생각한 모양이었다. 나는 농가가 보이지 않는 곳으로 가서 쪼그리고 앉아 얼른 빵을 먹어치웠다.

지붕 밑에서 잠잔다는 것은 엄두도 못 낼 일이어서 앞서 말한 숲에서 잠자리를 찾았다. 그러나 그날 밤은 처량했다. 내 안식은 여지없이 깨졌다. 땅이 질퍽했고 밤공기가 싸늘했다. 게다가 침입자가 몇 차례나 내 곁을 지나가는 바람에 여러 번 잠자리를 옮겨야 했다.

안전이니 편안함은 바랄 수도 없었다. 새벽녘에 시작된 비가 하루 종일 내렸다. 독자 여러분, 그날의 이야기를 자세히 듣고 싶어 하지 마시라. 나는 전날과 다름없이 일자리를 찾아다녔고, 전날과 다름없이 거절당했고, 전날과 다름없이 굶주렸다. 그러나 단 한 번 음식을 먹었다. 어느 시골집 문 앞에서 한 소녀가 돼지 구유에 식은 보리죽을 쏟으려는 것을 보고 내가 물었다.

"애야, 그거 나한테 주면 안 되겠니?"

소녀가 나를 유심히 쳐다보더니 소리쳤다.

"엄마! 어떤 아줌마가 보리죽을 달라고 하는데요?"

집 안에서 여자 목소리가 들렸다.

"그래? 거지라면 줘버려라. 돼지는 좋아하지도 않으니까."

소녀가 내 손바닥에 뻑뻑하게 굳은 죽 덩이를 쏟아주었다. 나는 걸신들린 듯 먹었다.

날은 흐리고 짙은 황혼 무렵, 나는 한 시간 가량 걷고 있던 호젓한 마찻길에서 걸음을 멈추고 중얼거렸다.

"기운이 하나도 없어. 이제 더 이상은 못 걷겠어. 오늘 밤도 차가운 밤이슬을 맞으며 자야 한단 말인가? 이렇게 비가 쏟아지는데, 비에 젖은 차가운 땅을 베개 삼아야 한단 말인가! 그러나 달리 방법이 없다. 나를 재워줄 사람이 없으니까. 그러나 이런 굶주림, 피곤, 오한, 외로움…… 그리고 아무 희망도 없이 밤을 지새면 아침이 되기 전에 죽고 말 것이다. 그런데 왜 나는 죽음을 무릅쓰지 못할까? 왜 아무 가치 없는 생명을 이어나가려고 애쓰는가? 그것은 로체스터 님이 아직 살아 있다고 믿기 때문이다. 그리고 인간은 원래 굶주림 이나 추위로 인한 죽음을 순순히 받아들이지 않는다. 아아, 하느님! 저를 살려주시옵소서! 조금만 더 도와주시옵소서! 이끌어주세요."

나는 흐릿한 눈으로 어둠침침하고 뿌연 주위의 풍경을 둘러보았 다. 마을이 전혀 보이지 않는 것을 보면 꽤 멀리 온 것 같았다. 마 을을 둘러싸고 있는 밭조차 보이지 않았다. 나는 갈림길과 샛길을 지나 다시 넓은 들판으로 갔다. 이때 앞쪽의 어두컴컴한 언덕 밑에 개간한다고는 했으나 거의 히스 들판과 다름없는 황폐한 밭들이 보였다.

나는 생각했다.

'그래, 오솔길이나 사람이 많이 지나다니는 길바닥에서 죽느니 차라리 저기서 죽자. 빈민구제원의 관 속에 담겨 빈민 묘지에서 썩 는 것보다 까마귀나 갈까마귀—이 마을에 갈까마귀가 있다면—먹 이가 되는 편이 훨씬 나아.'

나는 언덕 쪽으로 가서 안전하지는 않아도 적어도 몸을 숨기고 누울 수 있는 우묵한 곳을 찾아보았다. 그러나 벌판은 평평했다. 빛 깔이 다른 부분은 있었으나 굴곡은 없었다. 골풀과 이끼가 무성하 게 덮인 늪지대는 녹색이었고, 히스만 무성한 마른 땅은 검은빛이 었다. 날은 점점 어두워졌지만 색깔은 구분할 수 있었다. 해가 완전 히 기울자 그것은 빛깔마저 사라져 명암만 드러낼 뿐이었다.

그러나 나는 여전히 황량한 어둠 속으로 사라진 음침한 언덕과 들판 주위를 살폈다. 그때 저 멀리 늪과 산등성이 사이에서 반짝이는 불빛이 보였다. 처음에는 도깨비불이 아닌가 했다. 곧 사라질 거라고 생각했으나 불빛은 그대로 있었다.

'그럼 방금 불을 붙인 모닥불인가?'

나는 그 불빛이 커지는지 지켜보았다. 그러나 불빛은 커지거나 작아지지 않았다.

'집에 켜놓은 촛불인가? 하지만 저곳까지 가기에는 너무 멀어. 저 불빛이 지척에 있다 한들 무슨 소용인가? 문을 두드린다 해도 쫓겨나고 말겠지.'

나는 자리에 주저앉아 땅바닥에 얼굴을 댔다. 한동안 움직이지 않고 그대로 있었다. 산등성이를 넘어온 밤바람이 나를 쓸고 신음 소리를 내며 지나갔다. 마구 내리는 비가 살갗을 적셨다. 이 몸이 얼음이 돼버리면, 죽어 아무 감각도 없다면 비에 맞아도 아무렇지 않겠지. 나는 그것을 느끼지 못할 테니까. 그러나 아직 살아 있는 내 육체는 추위에 부르르 떨었다. 나는 다시 일어났다.

그 불빛은 약간 흐려 보였지만 전과 다름없이 빗줄기 사이로 반짝이고 있었다. 나는 지친 다리를 질질 끌며 불빛을 향해 걷기 시작했다. 빛에 이끌린 나는 넓은 늪지대를 지나 경사진 언덕을 내려갔다. 겨울이었다면 그 늪을 건너가지 못했을 것이다. 이 무더운 한여름에도 늪은 질퍽하고 위험했다. 가다가 나는 두 번이나 넘어졌다.

그러나 힘을 내어 다시 일어났다. 그 빛은 나에게 한 줄기 가느다란 희망이었다. 나는 어떻게 해서든 그곳까지 가야만 했다.

늪을 건너자 벌판에 하얀 길이 나타났다. 나는 그 길로 다가갔다. 도로가 아니면 오솔길인 듯했다. 길은 불빛이 있는 곳까지 똑바로 뻗어 있었다. 비록 어두워서 희미하기는 했지만 전체적인 모습이나 잎 모양으로 보아 전나무 같은 숲 사이로 보이는 작은 언덕 같은 곳에서 불빛이 빛났다. 그러나 가까이 다가가자 나의 별은 사라졌다. 나와 불빛 사이에 장애물이 나타났던 것이다. 나는 손을 뻗어 더듬어봤다. 나지막한 돌담의 길쭉한 돌이었다. 그 위에 말뚝 같은 것이 있었고 안쪽에 높은 가시나무 울타리가 있었다. 나는 손으로 더듬으며 걸어갔다. 또 하얀 것이 내 앞에 나타났다. 쪽문이었다. 그것을 밀자 돌쩌귀가 움직였다. 양쪽으로 사철나무인지 주목인지 검은 숲이 우거져 있었다.

대문 안으로 들어가 관목을 지나가자 집 한 채가 어둠 속에서 나지막하고 기다란 윤곽을 드러냈다. 그러나 나를 여기까지 이끈 불빛은 보이지 않았다. 사방은 온통 어두웠다. 사람들 모두 잠든 걸까? 그런 생각이 들자 불안했다. 출입문을 찾아 집 모퉁이를 돌자 부드러운 불빛이 땅에서 1피트(약 30센티미터—옮긴이)도 안 되는 높이의, 창살이 달린 작은 마름모꼴 창문에서 다시 나타났다. 담쟁이덩굴 같은 것이 벽 전체를 뒤덮고 있어서 창이 더 작아 보였다. 덩굴 잎에 가려 좁아진 창구멍에는 커튼이나 덧문이 필요 없었다. 나는 몸을 숙여 창 위로 뻗은 잎투성이 나뭇가지를 밀치고 환한 집 안을 들여다보았다. 모래색의 마루가 깔린 깔끔하게 정돈된 방이 보였다. 활활 타오르는 토탄 불빛이 백랍 식기가 몇 줄로 가지런히 진열된 호두나무 찬장에 반사되었다. 괘종시계와 흰 전나무 식탁, 몇 개의 의자가 보였다. 내 등대였던 촛불이 탁자 위에 놓여 있었다. 그 옆에는 조금 촌스럽지만 주위의 모든 것처럼 깔끔한 차림의 노파가 의자에 앉아 양말을 뜨고 있었다.

나는 한 번 쓱 둘러보았다. 특별한 것이 없었다. 유난히 흥미를 끄는 것은 바로 장밋빛의 따스하고 평온한 분위기에 둘러싸여 난롯가에 앉아 있는 두 사람이었다. 젊고 우아한 숙녀(모든 면에서 귀부인이었다)였는데 한 명은 낮은 흔들의자에, 또 한 명은 좀더 낮은 의자에 앉아 있었다. 모두 크레이프와 능직물로 만든 상복을 입고 있었다. 검은 상복에 아름다운 그들의 목과 얼굴이 더욱 도드라졌다. 크고 늙은 포인터 한 마리가 한 아가씨의 무릎에 커다란 머리를 기대고 있었고, 다른 아가씨의 무릎에는 검정고양이가 폭 파묻혀 있었다.

이처럼 소박한 부엌에 이런 사람들이 앉아 있다는 것이 이상했다. 저 숙녀들은 어떤 사람들일까? 탁자 앞에 앉은 노파의 딸 같지는 않았다. 노파는 촌스럽지만 그녀들은 모두 우아하고 교양 있어 보였기 때문이다. 나는 그때까지 두 숙녀와 같은 모습을 한 번도 본 적이 없다. 그런데 왠지 그들 얼굴이 친근하게 느껴졌다. 아름답다고 하기에는 너무나 창백하고 숙연했다. 그들이 고개 숙여 책을 읽고 있을 때도 냉정해 보일 만큼 심각한 표정을 짓고 있었다. 두 여자 사이에 있는 탁자 위에도 촛불과 두꺼운 책이 두 권 놓여 있었다. 그녀들은 마치 번역할 때 사전을 찾아보듯 들고 있는 작은 책과 번갈아 읽었다. 사람들은 그림자 같았고 불빛이 환한 방은 한 폭의 그림처럼 고요했다. 너무 조용해서 난로에서 석탄재 떨어지는 소리, 어두운 구석에 놓인 시계의 시침 돌아가는 소리, 그리고 노파의 뜨개바늘이 부딪는 소리까지 들리는 듯했다. 이 고요함을 뚫고 누군가의 목소리가 내 귀에까지 또렷이 들려왔다.

"다이애나 언니, 좀 들어봐."

열심히 책을 읽던 한 사람이 말했다.

"프란츠와 늙은 다니엘은 함께 밤을 보냈어. 프란츠가 놀라서 잠을 깨었을 때의 꿈 이야기를 하고 있어. 들어봐."

그녀는 나지막이 뭔가를 읽었다. 그러나 알아들을 수 없는, 프랑스어도 라틴어도 아닌 내가 모르는 언어였다. 그리스어인지 독일어인지조차 알 수 없었다.

"정말 강렬한 대목이야. 난 이 구절이 맘에 들어."

다 읽고 나서 그녀가 말했다. 이야기를 듣느라 고개를 들고 있던 다른 숙녀가 난롯불을 응시하며 방금 들은 내용의 일부 구절을 암송했다. 훗날 나는 당시 그녀들이 구사했던 언어와 책 이름을 알았다. 그러므로 여기에 그 구절을 인용해보겠다. 사실 처음 들었을 때는 무슨 말인지 몰라 마치 놋쇠 두들기는 소리처럼 들렸다.

"'그때 별이 반짝이는 밤하늘을 보려고 한 사람이 걸어 나왔도다.' 너무 멋있어! 정말 멋있어! 위대한 천사장의 희미한 모습이 눈앞에 나타난 것 같아! 이 구절은 미사여구로 가득한 백 페이지보다 더 가치 있어. '나는 그 생각의 무게를 분노의 저울에 올려 그 행위의 무게를 분노의 추로 재어보노라.'(프리드리히 실러의 희곡 〈군도〉의 한 대목—옮긴이) 너무 멋진 구절이야!"

그녀는 푹 파인 검은 눈을 반짝이며 소리쳤다.

두 사람은 다시 조용히 책을 읽었다.

"그런 말을 사용하는 나라가 있어요?"

노파가 뜨개질감에서 얼굴을 들고 물었다.

"그럼요, 한나. 영국보다 훨씬 더 큰 나라예요. 그 나라 사람들은 모두 이런 말만 쓴답니다."

"이해가 안 되는군요. 어떻게 그런 말을 알아듣지? 아가씨들은 그 나라에 가면 그곳 사람들의 말을 다 알아들으시나요?"

"어느 정도는요. 완전히 알아듣지는 못해요. 게다가 독일어를 구사하지도 못하고, 또 사전이 없으면 읽을 수도 없어요. 한나가 생각하는 것만큼 똑똑하지 않아요."

"그럼, 독일어가 아가씨들한테 무슨 필요가 있어요?"

"나중에 독일어를 가르치려고요. 초보 수준 정도라도 익히면 지금보다 더 많이 벌 수 있거든요."

"그렇군요. 하지만 이제 그만하세요. 오늘 밤에는 공부를 많이 하셨잖아요."

"그래요, 좀 피곤하네. 메리, 넌 괜찮아?"

"나도 피곤해. 정말 가르쳐주는 사람 없이 사전만 가지고 어학 공부를 하기는 참 힘들어."

"맞아. 특히 멋있기는 하지만 어려운 독일어는 더 그렇지. 그런데 오빠는 언제 오지?"

"10시니까 곧 오겠지."

그녀는 허리띠에서 작은 금시계를 꺼내 보며 말했다.

"비가 많이 오네. 한나, 귀찮겠지만 거실 난롯불 좀 봐줄래요?"

노파가 일어나 문을 열자 어두운 복도가 보였다. 곧 노파가 안쪽 방에서 난롯불을 헤집는 소리가 들렸고, 잠시 후 그녀가 돌아왔다.

"아가씨들, 정말 이런 날은 저 방에 가기 싫네요. 한구석에 치워놓은 빈 의자가 너무 쓸쓸해 보여요."

노파가 앞치마로 눈물을 훔쳤다. 숙녀들의 숙연한 표정이 이내 슬픈 표정으로 바뀌었다.

"하지만 주인님께서는 여기보다 더 좋은 곳에 계시니까 돌아오셨으면 좋겠다는 생각은 하지 말아요. 게다가 그처럼 평안하게 임종하신 분은 아마 없을 거예요."

한나가 말했다.

"아버지께서는 우리 얘기를 한 마디도 안 하셨나요?"

한 숙녀가 물었다.

"갑자기 운명하셔서 그럴 겨를이 없었어요. 전날처럼 조금 편찮으시기는 했지만 위독한 건 아니었거든요. 세인트 존 도련님이 '두 분 아가씨 중 한 분이라도 불러올까요'라고 말씀드렸더니 아버님은 껄껄 웃기만 하셨어요. 그리고 다음 날, 그러니까 2주일 전이네요. 머리가 또 무겁다고 하시며 주무셨는데 다시 깨어나지 못하셨지요. 도련님이 방에 들어가 봤을 때는 몸이 거의 굳어 있었답니다. 그게 마지막이었어요. 아가씨들과 도련님은 어르신과 마님께 정말 각별한 자식들이었어요. 두 분은 어머님과 비슷하지요. 공부하는 것을 좋아하셨거든요. 메리 아가씨는 어머님을 쏙 빼닮았고, 다이애나 아가씨는 아버지를 좀더 많이 닮았어요."

나는 그들이 매우 닮았다고 생각했기 때문에 늙은 하인이 (나는 그렇게 생각했다) 어디서 다른 점을 찾아냈는지 알 수 없었다. 둘 다 아름다운 얼굴에 날씬한 몸매를 가졌고 품위와 지성미가 넘쳤다. 한쪽 숙녀는 확실히 다른 숙녀보다 머리 색이 약간 검고 머리 모양도 달랐다. 메리는 연갈색 머리를 양갈래로 땋아 늘어뜨렸고, 다이애나는 곱슬한 검은 머리를 목덜미까지 늘어뜨렸다.

"저녁 드셔야죠. 세인트 존 도련님도 오시면 바로 저녁 드실 텐데." 한나가 말했다.

노파는 식사 준비를 시작했다. 두 숙녀도 일어났다. 그들은 거실로 가려는 듯했다. 그녀들의 모습과 대화가 예사롭지 않아 흥미롭게 보는 동안 비참한 처지라는 것을 잊고 있던 나도 그제야 정신을 차렸다. 그런데 그들과 비교되어서인지 좀 전보다 비참함과 절망감이 한층 더했다. 그리고 이 집안사람들에게 내 사정과 지금 내가 얼마나 배가 고프고 힘든지 이야기하고 하룻밤 잠자리를 얻기는 불가능할 것 같았다. 나는 손을 더듬어 문을 찾아 잠시 머뭇거리다 두드렸을 때만 해도 나를 재워줄 것이라는 생각 자체가 망상이라고 여겼다. 노파가 문을 열었다.

"무슨 일이죠?"

노파가 손에 든 촛불로 나를 훑어보면서 놀란 목소리로 물었다.

"숙녀분들께 드릴 말씀이 있습니다만……."

내가 말했다.

"나한테 말씀해보시구려. 어디서 온 사람이오?"

"먼 지방에서 왔는데요."

"이 시간에 무슨 일이에요?"

"헛간이라도 좋으니 오늘 밤 좀 재워주시겠어요? 그리고 배가 너무 고파서 그러니 빵을 조금만 주셨으면 합니다."

분명 내가 두려워하던 의심스러운 빛이 노파의 얼굴에 떠올랐다.

"빵은 주겠지만 누구인지도 모르는 사람을 집에 들일 수는 없어요. 그건 절대 안 될 일이지."

"숙녀분들께 직접 말씀드리게 해주세요."

"아니, 그건 안 돼요. 아가씨들도 해줄 것이 없어요. 이런 시간에 돌아다니면 안 돼요. 사람들이 수상하게 여길 거예요."

"할머니께서 저를 내쫓으면 저는 어디로 가야 하죠? 정말 어떻게 해야 하죠?"

"어디로 가서 뭘 하든 그건 당신이 알아서 할 일이지. 나쁜 짓 하면 안 된다는 것만 명심해요. 자, 1페니 갖고 돌아가요."

"1페니로는 빵을 사 먹을 수 없어요. 더 이상 걸을 힘도 없고요. 제발 문을 닫지 마시고. 아, 제발 닫지 마세요!"

"비가 들이쳐서 문을 닫아야겠소."

"아가씨들께 말씀 좀 전해주세요. 만나게 해주세요."

"안 된다고 하지 않았소. 정말 이상한 여자네. 그렇지 않고서야 이렇게 소란을 피울 리가 없지. 어서 돌아가요."

"여기서 쫓겨나면 저는 죽을 거예요."

"말도 안 돼. 이렇게 밤늦게 동네를 돌아다니는 걸 보면 무슨 꿍꿍이가 있는 거 아냐? 강도든 뭐든 그런 놈들이 이 근처에 함께 있다면 가서 말해요. 이 집에는 여자들만 사는 게 아니라 남자도 있고 개도 있고 총도 있다고 말이오."

충직하지만 완고한 노파는 문을 닫고 들어가 빗장을 질렀다.

나는 이제 마지막이라는 생각이 들었다. 가슴이 찢어지는 듯하고 숨이 막히는 듯한 마지막 절망의 고통이 밀려왔다. 이젠 너무 지쳐서 한 걸음도 움직일 수 없었다. 나는 신음하면서 비에 젖은 출입문 앞에 쓰러졌다. 두 손을 비틀며 지독한 괴로움에 그만 울음을 터뜨렸다. 아, 눈앞에 다가오는 죽음의 환영. 무섭게 다가오는 마지막 순간! 아, 이 외로움! 사람에게 내쫓기다니! 이 순간 희망의 닻이 끊어지고 인내의 발판마저 무너졌다. 그러나 나는 마지막으로 힘을 내려고 애썼다.

"이제 죽음만이 있을 뿐이다. 나는 하느님을 믿어. 조용히 하느님의 뜻에 따르자."

나는 이 말을 입 밖으로 내어 말했다. 그리고 온갖 슬픈 생각을 가슴속에 묻어두고 그것들이 조용히 갇혀 있도록 애썼다.

그때 바로 옆에서 한 목소리가 말했다.

"인간은 누구나 다 죽습니다. 당신이 여기서 굶어 죽는다면 그것은 당신의 운명이지. 그러나 모든 사람이 당신처럼 방황하다가 천명을 단축하지는 않소."

"그렇게 말씀하시는 분은 누구신가요?"

나는 뜻밖에 사람 목소리가 들려 깜짝 놀랐다. 더 이상 어떤 구원도 받을 수 없다고 절망하던 나는 이 뜻밖의 소리에 겁먹은 얼굴로 물었다. 바로 옆에 사람의 형상이 서 있었다. 칠흑같이 어둡고 눈앞이 흐릿해서 어떤 모습인지 알아보지 못했다. 새로 나타난 사람이 요란하게 문을 두드렸다.

"세인트 존 도련님?"

노파의 목소리였다.

"그렇소. 빨리 문 열어요."

"아유, 이렇게 비 오는 날 밤에 얼마나 추우세요. 참 고약한 날이네요! 얼른 들어오세요. 아가씨들께서도 몹시 걱정하고 계신답니다. 이 주변에 이상한 사람들이 돌아다니나 봐요. 글쎄, 아까는 어떤 여자 거지가 와서…… 어머나, 아직 여기 있네! 저기 누워 있네요. 일어나! 세상에! 염치도 없지! 어서 가라니까!"

"한나, 그만해요! 저 여자한테 할 말이 있소. 저 여자를 한 번 내쫓은 것으로 한나의 임무를 다한 거요. 이번에는 내가 저 여자를 집에 들여놓을 임무를 다하겠소. 난 아까부터 여기서 한나가 저 여자와 나누는 대화를 다 들었소. 무슨 사정이 있는 것 같으니 일단 들어봐야겠소. 아가씨, 일어나서 안으로 들어갑시다."

나는 겨우 몸을 일으켜 안으로 들어갔다. 마침내 나는 깨끗하고 밝은 부엌, 난로 앞에 섰다. 비바람을 맞아 몹시 궁상맞을 내 모습을 생각하며 벌벌 떨고 있었다. 두 아가씨와 그들의 오빠인 세인트 존과 노파가 나를 바라보았다.

"오빠, 이 사람은 누구예요?"

한 사람이 물었다.

"모르겠어. 문 앞에 있더군."

"얼굴에 핏기가 하나도 없어요."

한나가 말했다.

"점토나 송장처럼 창백하네. 금방이라도 쓰러질 것 같아. 일단 앉혀야겠어."

누군가 대꾸했다.

정말 나는 머리가 핑 돌아 쓰러질 것 같았다. 그러나 다행히 누군가가 의자를 받쳐주었다. 나는 이때 말은 나오지 않았지만 정신을 잃지는 않았다.

"물을 마시면 조금 나을 거야. 한나, 물 좀 가져와요. 뼈밖에 안 남은 것 같아. 어쩜 이리도 비쩍 마르고 핏기 하나 없지?"

"마치 유령 같아요!"

"아파서 그런 걸까, 아니면 굶어서 그런 걸까?"

"굶어서 그렇겠지. 한나, 그거 우유지? 이리 줘요. 그리고 빵도 좀 가져와요."

다이애나는 (그녀가 내 쪽으로 몸을 숙였을 때 난로 앞으로 늘어진 긴 곱슬머리를 보고 다이애나라는 걸 알았다) 빵 조각을 우유에 적셔 내 입에 넣어주었다. 내 얼굴 바로 앞에 그녀의 얼굴이 있었다. 나는 그녀의 얼굴과 가쁜 숨소리에서 연민의 정을 느꼈다. 그녀의 목소리에도 마치 진통제같이 따뜻하고 부드러운 감정이 배어 있었다.

"좀 먹어요."

"그래요, 좀 먹어요."

메리도 다정하게 말했다. 그녀는 흠뻑 젖은 내 모자를 벗기고 머리를 받쳐주었다. 나는 그들이 주는 걸 먹었다. 처음에는 먹을 힘조차 없었지만 곧 걸신스레 먹었다.

"처음부터 빈속에 너무 많이 먹으면 안 돼……. 이제 그만 줘. 조금 있다 먹여."

세인트 존은 이렇게 말하며 우유 잔과 빵 접시를 치웠다.

"조금만 더 줘요. 더 먹고 싶어 하잖아요."

"지금은 안 돼. 이제 말할 수 있는지 물어봐. 이름을 물어보라고."

나는 말할 수 있을 것 같았다.

"제 이름은 제인 엘리엇입니다."

나는 본명을 알리기가 두려워 진작부터 가명을 쓸 생각을 했다.

"그래, 어디 사나요? 친지나 지인들은 있나요?"

나는 아무 대답도 하지 않았다.

"당신을 아는 분이 계시면 부르러 보낼까요?"

나는 고개를 저었다.

"어떻게 된 일인지 설명할 수 있겠어요?"

나는 일단 집 안으로 들어와 여기 사는 사람들을 만나고 보니, 쫓겨나지도 않고 여기저기 떠돌아다니지 않아도 되며, 이 넓은 세상에서 버림받은 것도 아니라고 느꼈다. 그래서 용기를 내어 거지 행색을 떨쳐버리고 내 본연의 태도와 성격으로 돌아가리라 마음먹었다. 나는 다시 한번 나 자신을 의식하기 시작했다. 그리고 세인트 존이 설명할 수 있겠냐고 했을 때 몹시 지쳐 잠시 침묵하다가 이렇게 말했다.

"저…… 오늘은 자세히 말씀드리기 힘드네요."

"그럼, 우리가 당신을 위해 무얼 해드리면 좋겠소?"

그가 말했다.

"아무것도 없어요."

나는 기운이 없어서 짧게 대답하고 말았다.

그러자 다이애나가 되물었다.

"이제 도움이 필요 없다는 건가요? 그럼 비 내리는 늦은 밤에 다시 황야로 나가도 괜찮다는 말인가요?"

나는 그녀를 바라보았다. 위엄 있고 선해 보이는 빼어난 용모였다. 나는 갑자기 동정 어린 시선에 용기가 나서 미소를 지으며 말했다.

"저는 믿어요. 설사 제가 주인도 없이 길 잃은 개라 해도 당신은 오늘 밤 저를 이 난롯가에서 내쫓지 않으리라는 걸요. 이렇게 대해주시니 이제 무섭지 않아요. 원하시는 대로 해주세요. 다만 길게 말을 시키지는 말아주세요. 말을 하자니 숨이 차고 온몸에 경련이 일어날 것 같아서요."

세 사람은 말없이 나를 살펴보았다.

드디어 세인트 존이 입을 열었다.

"한나, 이분이 계속 여기 있게 돼요. 아무것도 묻지 말고. 그리고 10분 뒤에 아까 먹다 남은 우유와 빵을 줘요. 메리, 다이애나! 우리는 거실에 가서 얘기 좀 하자."

세 사람이 같이 나갔다. 조금 뒤 한 아가씨가 다시 들어왔다. 나는 그녀가 누구인지 알아채지 못했다. 따뜻한 난롯가에 앉아 있으니 어느새 나는 기분 좋은 혼수상태에 빠지는 듯했다. 그녀는 목소리를 낮춰 한나에게 무언가를 지시했다. 조금 뒤 나는 노파의 부축을 받아 가까스로 층계를 올라갔다. 노파는 물이 뚝뚝 떨어지는 젖은 옷을 벗겨주었고, 따뜻하고 보송보송한 침대에 뉘어주었다. 나는 하느님께 감사드렸다. 나는 거의 탈진 상태로 누워 감사의 기쁨에 취해 잠들었다.

제29장

그날 이후 사흘간의 기억이 어렴풋하다. 어떤 기분이었는지는 어느 정도 기억난다. 하지만 내가 무슨 생각을 하고 무엇을 했는지는 전혀 기억에 없다. 작은 방 좁은 침대에 누워 있었던 기억은 난다. 그 침대에 뿌리라도 내린 듯 전혀 움직이지 않고 바위처럼 누워 있었다. 강제로 나를 침대에서 떼어놓는 것은 나를 죽이는 것과 같은 일인 듯했다. 시간이 지나가는 것, 아침이 되고 낮이 되고 저녁이 되는 것도 의식하지 못했다. 누군가 방으로 들어왔다가 나가는 것은 느꼈으나 그 사람이 누구인지는 몰랐다. 내 곁에서 무슨 말을 하는지는 알아들었지만 대답하지 못했다. 입을 뗄 수도 손발을 움직일 수도 없었다. 하녀 한나가 가장 많이 들어왔다. 나는 그녀가 편하지 않았다. 나를 쫓아내려 한다는 생각이 머릿속에 박혀 있었던 것이다. 그녀는 내 처지를 헤아려주지 않고, 편견을 갖고 있다고 생각했다. 다이애나와 메리는 매일 한두 번 나한테 와서 이런 말을 속삭이곤 했다.

"집에 들이기를 잘했어."

"그래, 밤새 밖에 있었으면 아마 아침에 문간에서 죽은 채 발견되었을 거야. 도대체 무슨 사연이 있는 걸까?"

"뭔지는 모르지만 힘든 일을 겪었겠지……. 이렇게 야위고 창백한 몰골로 거리를 헤매고 다녔다니."

"말투를 보면 교육을 전혀 못 받은 것 같지는 않아. 사투리도 쓰지 않고. 흙이 묻고 젖어서 그렇지 해지지도 않고 좋은 옷이야."

"그리고 개성 있게 생겼어. 파리하고 수척하지만 난 저렇게 생긴 사람이 좋아. 회복되어 기운을 차리면 얼굴도 좋아질 거야."

두 아가씨는 나에게 호의를 베푼 것을 후회하거나, 나를 이상하게 여기거나 미워하는 말은 한 마디도 하지 않았다. 그래서 나는 마음이 편했다.

세인트 존은 딱 한 번 내가 있는 방에 들어왔다. 그는 나를 살펴보고 나서 오랫동안 누적된 피로의 반작용으로 혼수상태가 온 것이라고 말했다. 의사는 부르지 않아도 될 것 같고, 자연스럽게 치유되도록 기다리는 것이 가장 좋다고 말했다. 그리고 신경이 지나치게 곤두서 있었으니 한동안 몸을 푹 쉬게 하는 것이 좋고, 병이 난 것은 아니며, 깨어나면 금방 기력을 회복할 수 있을 것이라고 했다. 그는 나지막한 목소리로 차분히 말하고 나서 잠시 침묵했다가 수다스럽게 이러쿵저러쿵하는 데 능숙하지 않은 사람의 말투로 덧붙였다.

"참 보기 드문 얼굴이야. 교양이 없거나 천박한 티가 전혀 없어."

"천박하고는 정반대죠. 오빠, 솔직히 불쌍한 저 사람한테 정이 가네요. 우리가 계속 도와주면 안 될까요?"

다이애나가 말했다.

"그럴 수는 없지. 양갓집 아가씨인지도 모르고. 아마 친구들 사이에 어떤 오해가 생겨서 무턱대고 뛰쳐나온 것일 수도 있어. 다시 집으로 돌려보낼 수 있을지도 몰라. 고집만 부리지 않는다면 말이야. 하지만 인상을 보니 순종적인 게 아니라 외고집인 것 같단 말야."

그가 내 얼굴을 내려다보고 한참 생각에 잠겨 있다가 덧붙였다.

"지각 있는 얼굴이지만 미인은 아니군."

"몸이 안 좋으니까 그렇게 보이는 거죠."

"아프건 건강하건 간에 예쁜 얼굴은 아니야. 우아하다거나 아름다운 조화 같은 건 없어."

사흘째 되는 날 몸이 좀 나아진 걸 느꼈다. 나흘째가 되자 입을 열 수도 있었고, 몸을 조금 움직일 수도 있었다. 침대에서 일어나 앉기도 하고 돌아눕기도 했다. 점심때쯤 한나가 오트밀과 버터를 바르지 않은 토스트를 갖다 주어 맛있게 먹었다. 음식 맛이 아주 좋았다. 그때까지 열 때문에 뭘 먹어도 입맛이 쓰기만 했다. 뭔가를 먹고 나니 한결 기운이 나고 다 나은 것 같았다. 조금 뒤 누워 있기가 지긋지긋하고 움직이고 싶은 생각이 들었다. 그러나 입을 옷이 없었다. 하나밖에 없는 옷은 땅바닥에 드러눕고 늪에서 굴러 넘어지는 바람에 축축하고 흙투성이였다. 그런 옷을 입고 은혜를 입은 사람들 앞에 나가기가 부끄러웠다. 그러나 나는 부끄러워할 필요 없었다.

침대 옆 의자에 깨끗이 빨아서 말린 내 소지품이 놓여 있었다. 내가 입었던 검정색 옷은 벽에 걸려 있었다. 진흙 자국 없이 깨끗했다. 비에 젖어 구겨졌던 부분도 깨끗이 다림질되어 있었다. 신발과 양말까지 깨끗하게 손질되어 있어서 어디를 가더라도 부끄럽지 않게 나설 수 있었다. 방 안에 세면 시설이 있었고, 머리를 손질할 빗과 솔도 있었다. 나는 5분마다 쉬어가면서 겨우 옷을 갈아입었다. 옷이 헐렁했다. 살이 빠진 탓이었다. 그러나 흉한 부분은 솔로 가리고, 깨끗하고 민망하지 않은 옷차림으로 방을 나갔다. 내가 너무너무 싫어하는, 천해 보이는 더러운 구석이나 칠칠치 못한 점도 전혀 없었다. 나는 난간을 잡고 복도를 지나 기다시피 층계를 내려가 부엌으로 갔다.

부엌에는 빵 굽는 냄새가 진동했고, 활활 타는 난롯불로 공기가 훈훈했다. 한나가 빵을 굽고 있었다. 익히 알려진 사실이지만, 편견이라는 것은 교육으로 고르게 일구거나 영양분을 주지 않은 마음 밭에서는 뿌리 뽑기가 어렵다. 그것은 바위틈에 자라는 잡초와 같은 것이다. 한나는 처음에는 정말 쌀쌀맞고 무뚝뚝하게 나를 대했지만 지금은 조금 부드러워졌다. 내가 단정한 차림으로 나타나자 미소까지 지어 보였다.

"어머, 일어나셨네! 많이 좋아지셨구려! 난롯가에 좀 앉아요."

나는 그녀가 가리킨 흔들의자에 앉았다. 그녀는 바쁘게 움직이면서도 가끔 곁눈질로 나를 보았다. 잠시 후 오븐에서 빵 덩어리를 꺼내면서 나를 돌아보며 불쑥 말했다.

"그전에도 거지 행색이었소?"

그녀의 말에 나는 화가 났다. 하지만 화를 낸들 소용없는 일이었고, 또 그녀 눈에는 내가 거지처럼 보였을지도 모른다고 생각되어 나지막한 목소리로 또박또박 말했다.

"오해예요. 나는 거지가 아니에요. 당신이나 이 댁의 아가씨들처럼 말이에요."

내 말에 아무 대꾸도 하지 않던 그녀가 잠시 후 입을 열었다.

"도무지 알 수가 없군. 집도 없고 돈도 없는 것 같은데?"

"집 없고 돈 없다고 다 거지는 아니죠."

"공부는 했소?"

"배울 만큼 배웠어요."

"그래도 학교는 안 다녔겠지?"

"8년이나 다녔어요."

한나가 눈을 휘둥그렇게 뜨면서 말했다.

"그런데 왜 자기가 벌어서 못 사는 거요?"

"지금까지 혼자 벌어서 살아왔고 앞으로도 그럴 거예요. 그런데 그 구스베리로 뭘 할 거예요?"

나는 그녀가 꺼내놓은 바구니를 보며 물었다.

"파이를 만들 거예요."

"이리 주세요. 제가 다듬어드릴게요."

"아니에요, 그런 걸 시킬 생각은 없어요."

"주세요. 뭐든 해야겠어요."

"그럼 옷 더러워질 수 있으니 이걸 깔아요."

그녀는 내 무릎을 덮을 깨끗한 수건을 주었다.

"부엌일을 많이 해본 손은 아닌데. 혹시 재봉사였소?"

노파가 물었다.

"아니에요. 부탁인데 제가 어떤 일을 했는지는 묻지 말아주세요. 더 이상 저한테 관심 두지 말았으면 해요. 그런데 이 집 이름은 뭔가요?"

"마시 엔드라고도 부르고, 무어 하우스라고도 해요."

"그리고 이 댁 신사분은 세인트 존 씨 맞죠?"

"그분은 이 집에 계속 사시는 건 아니라오. 잠시 다니러 오신 거예요. 원래 도련님 교구인 모턴에 계시죠."

"이삼 마일 떨어진 마을 말이죠?"

"네."

"뭐 하시는 분인데요?"

"목사님이지요."

여기 오기 전 목사관에 가서 목사님을 만나게 해달라고 했을 때 늙은 가정부가 했던 말이 떠올랐다.

"그럼, 여기는 그분 아버님 댁인가요?"

"네, 아버님이신 리버스 씨께서 사셨지요. 그분의 아버님과 할아버지, 또 증조할아버지께서도 여기 사셨고요."

"그럼, 그분의 이름은 세인트 존 리버스 씨인가요?"

"그래요, 세인트 존은 세례명 같은 거예요."

"그분의 누이동생들은 다이애나와 메리 리버스 양이고요?"

"그래요."

"아버님이 돌아가셨나요?"

"3주일 전에 뇌일혈로 돌아가셨어요."

"어머님은 안 계시나 봐요?"

"마님께서는 오래전에 돌아가셨어요."

"이 댁에서 오래 사셨어요?"

"30년이나 살았죠. 저 세 분 모두 내가 키웠어요."

"그 점 하나만으로도 정직하고 성실한 하인이라는 것을 알겠네요. 그 점을 높이 사서 저를 거지라고 결례를 범한 것을 용서해드리죠."

그녀가 다시 놀란 눈으로 나를 보았다.

"내가 정말 아가씨를 오해했나 보네요. 이 주변에는 워낙 이상한 사람들이 많아서요. 미안하구려."

"아무리 그래도 강아지조차 쫓아낼 수 없을 만큼 비가 내리는 밤에 저를 문밖으로 내쫓으셨어요."

내가 짐짓 엄한 투로 말했다.

"내가 생각해도 그건 좀 심했어요. 하지만 어쩔 수 없었어요. 난 누구보다 우리 아가씨들이 걱정됐으니까요. 가엾어라! 나 말고는 아가씨들을 돌봐줄 사람이 없어요. 그래서 늘 정신을 똑바로 차려야 한다니까요."

나는 한동안 입을 다물고 있었다.

"너무 나쁘게 생각하지 말아요."

또 노파가 말했다.

"나쁘게 하셨는걸요. 비 내리는 밤에 집 안에 들여 재워주지 않았다거나 불한당으로 오해했다고 그러는 게 아니에요. 집도 없고 돈도 없다고 손가락질했기 때문이에요. 예로부터 훌륭한 사람들 중에 저처럼 가난한 사람들이 얼마나 많았다고요. 게다가 기독교인이시라면 더구나 가난을 죄악으로 여겨서는 안 돼요."

"맞아요, 다시는 그러지 않으리다. 세인트 존 도련님께서도 그렇게 말씀하시더군요. 내가 잘못했소. 하지만 지금은 아가씨를 그렇게 생각하지 않아요. 아주 점잖고 바른 분이라고 생각해요."

"좋아요. 용서해드릴게요. 자, 악수해요."

한나가 밀가루 묻은 길쭉한 손을 내밀었다. 그녀의 거칠한 얼굴에 다정하고 진심 어린 미소가 번졌다. 이렇게 우리는 친구가 되었다.

한나는 얘기하는 것을 아주 좋아했다. 내가 구스베리 열매를 다듬고 있을 때 그녀는 파이 반죽을 하면서 돌아가신 집주인 부부 이야기며, 그녀가 늘 '아이들'이라고 부르는 그 자식들 이야기를 세세하게 들려주었다.

그녀의 말에 따르면 돌아가신 리버스 씨는 매우 검소하고 점잖은 신사로서 유서 깊은 가문 출신이라고 했다. 마시 엔드는 처음 지었을 때부터 리버스 가문 소유였다고 한다. 모턴 골짜기에 있는 올리버 씨의 훌륭한 저택에 비하면 작고 썩 좋지는 않지만 2백 년이나 된 저택이라는 것이다. 그리고 빌 올리버 씨는 바늘을 만드는 떠돌이 직공이었다고 한다. 반면 리버스 씨는 모턴 교회 등록부에도 나와 있듯이 헨리 왕 시대 때부터 신사 계급이었다. 그러나 돌아가신 주인어른은 보통 사람들처럼 사냥과 농사일을 좋아했다. 그러나 그 부인은 남편과 달랐다. 그녀는 책도 많이 읽고 공부도 많이 했다. '아이들'은 모두 어머니를 닮았다는 것이다. 한나 말로는 이 근방에 일찍이 그런 아이들이 없다고 한다. 전에도 그렇지만 지금도 말이다. 세 아이들은 말을 하면서부터 공부를 좋아했고 독학을 했다. 세인트 존은 대학을 나와 목사가 되었고, 딸들은 학교를 졸업한 후 곧바로 가정교사가 되었다. 부친이 믿었던 사람의 파산으로 큰돈을 잃어 자식들에게 물려줄 재산이 별로 없었기 때문이다. 그래서 스스로 돈을 벌지 않으면 안 되었다. 그들은 아버지 집에 오는 일이 좀처럼 드물었는데, 부친이 사망하여 몇 주일 머물게 된 것이라고 했다. 그러나 그들은 마시 엔드나 모턴, 그리고 근처의 들판과 산을 무척 좋아했다. 딸들은 런던이나 그 밖의 큰 도시에서 사는데 이곳 고향처럼 좋은 곳이 없다고 자주 말했다. 더구나 의좋은 남매들이

어서 싸우거나 말다툼 한 번 하지 않았다. 한나는 이들처럼 사이좋은 남매가 없다고 했다.

구스베리를 다듬고 나서 나는 두 숙녀와 오빠는 지금 어디 있느냐고 물었다.

"모턴으로 산책 나갔어요. 30분쯤 있으면 차를 마시러 올 거예요."

그들은 한나가 말한 시간에 부엌문으로 들어왔다. 세인트 존은 나를 보고 살짝 고개 숙여 눈인사를 하며 지나갔고, 두 숙녀는 걸음을 멈췄다. 메리는 아래층으로 내려올 만큼 나아서 기쁘다며 차분하고 살갑게 말했다. 다이애나는 내 손을 잡고 고개를 저으며 말했다.

"내가 내려와도 괜찮다고 할 때까지 거기 있지 그랬어요. 아직도 얼굴이 창백하고 수척해요. 가여워라! 정말 안됐어!"

다이애나의 목소리는 마치 구구대는 비둘기 울음소리처럼 정겹게 들렸다. 그녀는 상대방을 기분 좋게 만드는 눈빛을 가졌고, 얼굴은 매력이 넘쳐흘렀다. 메리도 다이애나처럼 지적이고 예뻤다. 그러나 다이애나보다 내성적인 인상이었다. 부드럽게 대해주기는 했지만 서먹한 느낌이 있었다. 다이애나는 위엄 있는 표정과 말투에 강한 의지가 엿보였다. 나는 그녀의 타고난 위엄에 순종하고, 양심과 자존심이 허락하는 한 그녀의 적극적인 의지를 기꺼이 따르고 싶었다.

다이애나가 계속 말했다.

"여기는 왜 들어왔어요? 당신이 들어올 곳이 못 돼요. 메리와 나도 가끔 부엌에 들어와 앉아 있을 때도 있지만 그건 우리 집이니까 자유롭게 있고 싶은 곳에 있는 거예요. 하지만 당신은 손님이에요. 그러니 거실로 가세요."

"저는 여기가 좋아요."

"아뇨. 한나가 부산스럽게 움직여서 옷에 온통 밀가루가 묻을 거예요."

"그리고 아직 당신은 너무 뜨거운 불 앞에 있으면 안 돼요."

메리도 끼어들었다.

"맞아요. 자, 이쪽으로 오세요. 내 말 들어요."

그녀의 언니가 맞장구를 치더니 내 손을 잡고 일으켜 안쪽에 있는 방으로 데리고 갔다. 그녀는 소파에 나를 앉히고 말했다.

"여기 가만히 앉아 있어요. 우리는 옷 좀 갈아입고 차 준비를 할게요. 우리는 가끔 들판에 자리 잡은 이 작은 집에서 직접 식사를 준비하는 특권을 누리죠. 그리고 싶을 때나 한나가 빵을 굽거나 반죽을 할 때, 빨래를 하거나 다림질을 할 때 말이에요."

그녀는 문을 닫고 나갔다. 나는 거실에서 세인트 존과 단둘이 있었다. 그는 맞은편 의자에 앉아 책을 읽고 있었다. 나는 거실을 둘러보다가 이 집 주인을 살펴보았다.

작은 거실은 몇 개 안 되는 가구로 소박하게 꾸며져 있었다. 정리가 잘되어 있고 깔끔해서 편하고 아늑했다. 예스러운 의자 몇 개와 호두나무 탁자가 거울처럼 반들반들했다. 진귀한 옛날 남녀 초상화 몇 점이 색칠한 벽에 걸려 있었다. 유리문이 달린 장식장에는 책 몇 권과 오래된 도자기 하나가 놓여 있었다. 굳이 필요 없는 장식물은 하나도 없었다. 반짇고리 한 쌍과 자단(紫檀)으로 만든 부인용 책상 말고 현대식 가구라고는 없었다. 카펫이며 커튼까지 오래전부터 잘 손질해 써온 것이었다.

세인트 존은 마치 벽에 걸린 어두운 초상화처럼 꼼짝도 하지 않았다. 입술을 앙다문 채 읽고 있는 책에서 눈을 떼지 않고 있어서 얼굴을 세세하게 살펴볼 수 있었다. 그가 인간이 아니고 조각상이 었다고 해도 이렇게 관찰하기 쉬울까 싶었다. 그는 스물여덟 살에서 서른 살 안팎의 젊은이였다. 키가 훤칠하고 호리호리했으며, 사람의 시선을 끌 만한 얼굴이었다. 그리스인처럼 이목구비가 또렷하고 고전미가 있는 곧은 콧날에 아테네인의 입과 턱을 가졌다. 영국인 중에 그처럼 고대풍의 얼굴도 드물 것이다. 본인의 얼굴이 그처럼 조화로우니 조화미라고는 없는 내 얼굴을 보고 놀라고도 남았으리라. 커다란 눈에 파란 눈동자와 갈색 눈썹을 가졌으며, 상아처럼 하얗고 넓은 이마 한쪽으로 금발의 곱슬머리가 흘러내렸다.

독자 여러분, 이러고 보니 꽤 점잖은 신사를 묘사한 것 같다. 그러나 그는 점잖고 부드럽고 감수성이 풍부한 인상도 아니었고 침착해 보이지도 않았다. 말없이 앉아 있었지만 콧구멍이나 입술, 눈, 눈썹 가장자리에서 어떤 불안감, 냉혹함, 격렬함이 엿보였다. 그는 누이동생들이 들어올 때까지 말 한 마디, 곁눈질 한 번 하지 않았다. 다이애나는 차를 준비하는 동안에도 몇 번이나 드나들면서 오븐에서 구운 작은 케이크 하나를 가져와 나에게 주었다.

"드세요. 배고프시죠? 아침부터 죽 몇 숟가락 말고 아무것도 안 드셨다던데."

나는 식욕이 민감하게 되살아나 케이크를 마다하지 않았다. 이때 세인트 존은 책을 덮고 탁자 앞에 앉더니 그림처럼 파란 눈으로 나를 유심히 바라보았다. 그 눈빛에서 건방지게 느껴질 정도의 솔직함, 무슨 일이 있어도 뭔가를 알아내고 말겠다는 완고한 집념 같은 것이 엿보였다. 지금까지 낯선 나를 한 번도 바라보지 않은 것은 무관심이 아니라 의도적인 것임을 알 수 있었다.

"배가 많이 고팠나 봐요."

그가 말했다.

"네."

간단한 질문에는 간단한 대답, 솔직함에는 솔직함으로 대응하는 것이 선천적인 내 성격이었다.

"미열 때문에 사흘 동안 못 먹은 게 더 나은 거였어요. 먹고 싶은 대로 다 먹었다면 위험했을 거예요. 이젠 좀 드셔도 괜찮을 겁니다. 그래도 너무 많이 먹으면 안 됩니다."

"너무 오래 신세 지지는 않을 거예요."

나는 어설픈 투로 대답했다.

"그래요. 친구분이나 친지분 주소를 알려주시면 편지를 보내드리죠. 그럼 댁으로 가실 수 있겠죠."

그가 쌀쌀맞게 말했다.

"분명히 말씀드리지만, 그럴 수 없습니다. 집도 없고 친구도 없거든요."

세 사람이 일제히 나를 보았지만 못 믿는 눈치는 아니었다. 그들의 눈빛을 보니 의심스럽다기보다 호기심이 생긴 듯했다. 특히 아가씨들이 그랬다. 세인트 존의 두 눈은 말 그대로 아주 맑았지만, 비유하자면 속을 알 수 없는 그런 눈빛이었다. 그의 눈은 자신의 생각을 드러내는 대변자가 아니라 타인의 마음을 읽는 도구 같았다. 날카로운 데다 뭔가를 숨기고 있는 듯한 그의 눈빛은 상대를 독려하는 것이 아니라 당황하게 만들었다.

"그럼 당신은 아무런 연고나 인간관계가 없다는 말입니까?"

그가 물었다.

"네. 살아 있는 사람 중에는 없습니다. 영국 어디에도 제가 찾아갈 만한 집이 없답니다."

"그 나이에 참 특이하군요!"

그때 그는 탁자 위에 올려진 내 손을 보았다. 그는 포개진 손에서 뭔가를 찾고 있었다. 다음 말이 그것을 말해주었다.

"아직 결혼은 안 하셨군요? 미혼이시죠?"

"이제 열일고여덟 살밖에 안 되었을 텐데요, 뭘."

다이애나가 웃으며 말했다.

"곧 열아홉 살이 돼요. 결혼 안 한 건 맞고요. 안 했습니다."

내 얼굴이 화끈 달아올랐다. 결혼이라는 말 때문에 괴롭고도 설레는 기억이 되살아났기 때문이다. 그들은 내가 당황하고 동요하는 것을 알아챘다. 내 얼굴이 새빨개졌다. 다이애나와 메리는 나를 위해 일부러 눈을 다른 쪽으로 돌렸다. 그러나 냉정하고 엄격한 그 오빠는 본인이 자극한 슬픔으로 내 얼굴이 붉어지고 또 눈물까지 흘리는 것을 빠짐없이 지켜보았다.

"여기 오기 전까지 어디서 살았습니까?"

그가 또 물었다.

"오빠, 불편해하는 것 같은데 그만하세요."

메리가 나지막이 말했다. 그러나 그는 탁자 앞으로 몸을 숙이고 또다시 강건하고 꿰뚫는 듯한 시선으로 대답을 기다렸다.

"제가 살았던 마을 이름이나 함께 살았던 사람의 이름은 말하지 않겠어요."

나는 간단히 대답했다.

"내키지 않으면 말하지 말아요."

다이애나가 말했다.

"하지만 당신이 어떤 사람인지, 또 어디서 어떻게 살았는지 모르면 당신을 도와줄 수 없습니다. 당신은 도움이 필요하지 않나요?"

그가 물었다.

"필요해요. 도움을 청하려고 해요. 어느 정직한 자선가가 저에게 일을 주시고 최소한의 생활을 할 만한 보수만 주신다면 더 바랄 것이 없어요."

"내가 정직한 자선가인지는 모르겠지만, 그 정도로 정직한 의도라면 최선을 다해 돕고 싶습니다. 그러니 지금까지 무슨 일을 했고, 어떤 일을 할 수 있는지 말해보세요."

나는 찻잔을 비웠다. 차 덕분에 술을 마신 거인처럼 기력이 회복되었다. 지쳐 있던 신경이 기운을 되찾아 예리한 젊은 재판관에게 침착하게 말할 수 있었다.

그가 나를 보듯 나도 거리낌 없이 그를 바라보며 말했다.

"리버스 씨, 당신과 누이동생들은 저에게 너무 많은 친절을 베풀어주었습니다. 인간이 인간에게 베풀 수 있는 가장 큰 친절이라고 생각합니다. 당신의 거룩한 호의 덕분에 저는 살 수 있었어요. 그 은혜를 어떻게 보답해야 할지 모르겠습니다. 그런 만큼 제가 어떤 사람인지 물어보시는 것도 당연합니다. 그럼 당신이 보살펴주신 부랑자의 과거를 마음의 평온을 유지하는 한에서, 도덕적으로나 육체적으로 나 자신과 또 다른 사람에게 해가 되지 않는 한에서 말씀드리겠습니다. 저는 목사의 딸로 어릴 때부터 고아로 자랐습니다. 제가 부모님을 알아볼 나이가 되기 전에 그분들은 차례로 세상을 떠나셨습니다. 친척 집에 맡겨진 저는 자선학교에서 교육을 받았습니다. ○○주 로우드 자선학교였습니다. 거기서 학생으로 6년, 교사로

2년 있었습니다. 혹시 들어보신 적이 있을지도 모르겠네요. 로버트 브로클허스트 목사가 그 학교 회계 감독입니다."

"브로클허스트 씨 얘기를 들은 적이 있고, 그 학교를 방문한 적도 있습니다."

"저는 1년 전 로우드 학교를 떠나 어느 집에 가정교사로 들어갔습니다. 다행히 좋은 자리를 구해 행복하게 지냈습니다. 그러다 여기 오기 나흘 전에 그곳을 떠나지 않으면 안 되는 상황에 처했습니다. 그 이유는 설명할 수도 없고 또 설명해서도 안 됩니다. 그래 봤자 아무 소용 없고, 위험할 수도 있기 때문입니다. 물론 미심쩍게 들리실 겁니다. 하지만 제가 잘못을 저지른 것은 아닙니다. 여기 계신 세 분과 마찬가지로 결백합니다. 그리고 저는 지금 매우 비참한 처지에 놓였고, 한동안 그렇게 지내겠지요. 왜냐하면 천국으로 여겼던 그 집을 떠날 수밖에 없었던 사건은 정말이지 상상할 수 없으리만큼 기괴하고 무시무시한 것이었기 때문입니다. 그 집을 떠날 때 제가 염두에 둔 것은 단 두 가지, 빨리 떠날 것과 아무도 모르게 떠나는 것이었죠. 그러다 보니 대부분의 물건을 그 집에 남겨두고 달랑 보따리 하나만 챙겨 나올 수밖에 없었습니다. 그런데 마음이 너무 심란하고 성급하다 보니 위트크로스에서 그만 보퉁이를 깜박하고 마차에서 내린 겁니다. 그래서 돈 한 푼 없이 여기까지 오게 된 거예요. 이틀 밤을 들판에서 노숙했어요. 사람이 사는 집 문턱을 넘어보지도 못한 채 배회했지요. 그동안 두 번밖에 음식을 먹지 못했습니다. 저는 굶주림과 피로와 절망으로 이제 다 끝났다고 생각했습니다. 그때 리버스 씨 당신이 굶어 죽어서는 안 된다고 말씀하시고 집 안으로 데리고 들어오셨어요. 그러고 나서 누이동생들이 저에게 어떻게 하셨는지 다 알고 있습니다. 혼수상태에 있으면서도 의식은 있었으니까요. 복음에 따른 당신의 자선과 동일하게 누이동생들의 자발적이며 진심 어린 따뜻한 도움에 큰 은혜를 입은 것입니다."

"오빠, 이제 그만 이야기하게 해요. 엘리엇 양, 아직 흥분하면 안 돼요. 소파에 가서 앉아요."

내가 말을 멈추자 다이애나가 말했다.

내 가명에 나도 모르게 흠칫했다. 가명을 깜빡 잊고 있었던 것이다. 빈틈없는 리버스 씨가 곧바로 눈치채고 물었다.

"당신 이름이 제인 엘리엇이라고 했죠?"

그가 물었다.

"네, 얼마 동안은 그 이름으로 불리는 게 편할 것 같아요. 하지만 본명은 아닙니다. 그래서 낯설게 들린 겁니다."

"본명은 말할 수 없다는 건가요?"

"네, 제가 있는 곳이 알려질까 두려워요. 무엇이든 단서가 될 만한 것은 피하고 싶어요."

"맞는 말이에요. 오빠, 이제 좀 쉬게 해요."

다이애나가 말했다.

그러나 세인트 존은 잠시 무언가 생각하더니 여전히 냉정하고 날카롭게 말했다.

"당신은 우리에게 계속 신세 지고 싶지는 않겠죠. 가능한 빨리 동생들의 도움이나 나의 자선에서 벗어나고 싶겠죠. 당신은 이 두 가지를 구분했습니다. 그렇다고 화가 난 건 아닙니다. 그럴 만하니까요. 어쨌든 우리 도움 없이 자기 힘으로 생활하고 싶다는 말이죠?"

"네. 좀 전에도 말씀드렸듯이 일자리를 구할 방법만 가르쳐주시면 됩니다. 제가 바라는 건 그것뿐이에요. 일자리가 있다면 어떤 비루한 오두막이라도 좋아요. 그때까지만 여기 있게 해주세요. 저는 집 없이 거리를 헤매는 공포를 두 번 다시 느끼고 싶지 않아요."

"당연하죠. 그때까지 여기 계세요."

다이애나가 하얀 손을 내 머리에 얹으며 말했다.

"그렇게 해드리고말고요."

메리도 수줍어하면서도 진실한 목소리로 말했다.

세인트 존이 다시 말했다.

"이처럼 동생들은 당신을 도와주고 싶어 합니다. 겨울날 추위에 떨던 새가 얼음장 같은 찬바람을 피해 창문으로 날아든 것처럼 말입니다. 당신 스스로 살아갈 수 있도록 도와드리겠습니다. 하지만 내가 도울 수 있는 것이 한정되어 있답니다. 나는 가난한 시골 목사일 뿐이니까요. 보잘것없이 작은 도움뿐일 겁니다. 당신이 '작은 일들의 날'(《스가랴서》 4장 10절—옮긴이)을 하찮게 여기신다면 좀더 큰 도움을 찾아 나서는 것이 좋겠네요."

그러자 다이애나가 나 대신 대답했다.

"아까 말했잖아요. 자기가 할 수 있는 일이라면 뭐든 하겠다고요. 그리고 이분은 사람을 가리고 말고 할 상황이 아니에요. 오빠처럼 무뚝뚝한 사람도 감내할 거예요."

"재봉사라도 좋고 품팔이 여공도 괜찮아요. 정 안 되면 하녀나 보모라도 할게요."

내가 대답했다.

"좋습니다. 그 정도 각오라면 기꺼이 도와드리죠. 다만 내가 편한 시간에 편한 방법으로 말입니다."

세인트 존은 아주 냉정하게 말했다. 그러고 나서 차를 마시기 전에 보던 책을 마저 읽었다. 나는 바로 거실을 나왔다. 내 몸 상태로 너무 오래 앉아 너무 많은 말을 했기 때문이다.

제30장

　무어 하우스 사람들은 알면 알수록 좋은 사람들이었다. 시간이 갈수록 나는 그들을 점점 더 좋아했다. 며칠 뒤 몸이 상당히 회복되어 온종일 앉아 있을 수도 있고 가끔 산책을 나갈 수도 있었다. 나는 무엇이든 다이애나와 메리와 함께할 수 있었다. 나는 그들이 원하는 만큼 얼마든지 이야기도 할 수 있었고, 그녀들이 받아들이기만 하면 무엇이든 도와주었다. 난생처음 이런 교제를 하면서 나는 다시 태어난 듯한 기쁨을 누렸다. 취미와 감정과 생각 등에서 완전한 공감대를 느끼고 기뻤던 것이다.

　나는 그녀들이 즐겨 읽는 책을 즐겨 읽었다. 그녀들이 즐기는 것을 나도 즐겼고, 그녀들이 인정하는 것에 나도 동의했다. 그녀들과 같이 나도 잿빛의 조그마하고 고풍스러운 이 집의 꿋꿋하고 영속적인 매력에 이끌렸다. 나지막한 지붕, 격자 창문, 허물어져 가는 벽, 거센 산바람에 가지가 옆으로 쏠린 늙은 전나무가 늘어선 길, 주목과 감탕나무가 꽉 들어차 어둡고 야생화밖에 피지 않은 정원. 그녀들은 집 뒤를 둘러싼 보랏빛 들판과 대문에서부터 자갈투성이 마찻길이 뻗어 있는 움푹한 골짜기에 애착을 느꼈다. 마찻길은 고사리가 무성하게 돋은 둑으로 구불구불 지나가다가 작은 풀밭들 사이를 관통했다. 이 풀밭은 히스 황야와 맞닿아 있어서 이끼처럼 번드러운 새끼 양을 거느린 황야의 회색 양 떼에게 좋은 사료밭이 되었다. 그녀들은 이 풍경을 굉장히 좋아했다. 나도 그녀들의 기분을 알수 있었고, 그 기분의 정도와 진정성에도 공감했다. 이 지방의 매력은 이런 것이었다. 신성한 고독이 느껴지는 곳이었다. 나는 멀리까지 펼쳐진 굴곡진 산언덕을 기분 좋게 바라보았다. 이끼나 히스꽃을 뿌려놓은 듯한 잔디밭, 번들거리는 고사리와 옅은 빛깔의 화강암 등이 산등성이와 골짜기를 이루는 자연의 색채에 감탄했다. 그녀들이 이런 풍광을 보면서 순수하고 감미로운 기쁨을 느끼듯이 나도 그랬다. 이 지방에 부드러운 바람이 불거나 폭풍이 부는 날, 그리고 평온한 날의 일출과 일몰, 달밤이나 구름 낀 밤 등, 그녀들과 똑같이 나도 이 고장의 날씨에 매력을 느꼈다. 그녀들의 마음을 사로잡은 것들이 내 마음도 사로잡았다.

집 안에서 우리는 마음이 잘 맞았다. 자매는 나보다 재능이 많았고 독서량도 훨씬 많았다. 그래서 나는 그녀들이 앞서간 지식을 열심히 좇았다. 나는 그들이 빌려준 책을 부지런히 읽었다. 낮에 읽은 책에 대해 밤에 이야기를 나누는 것은 더없는 즐거움이었다. 우리 셋은 서로 생각과 의견이 일치했다. 완벽하게 일치했다.

우리 셋 중에 더 뛰어난 지도자를 꼽으라면 단연 다이애나였다. 겉모습만 봐도 그녀는 나보다 훨씬 나았다. 아름답고 생기가 넘쳤다. 그녀의 몸속에는 생기 넘치는 활력이 끊임없이 솟구쳤다. 나는 그런 그녀가 감탄스러운 한편 어쩜 그럴 수 있는지 의아하기도 했다. 나는 초저녁에는 계속 이야기하다가 점차 유창하고 의욕적인 말투가 잦아들면 다이애나의 발께에 놓인 작은 의자에 앉아 그녀의 무릎에 머리를 기대고 두 사람의 이야기를 들었다. 그러면 그녀들은 내가 잠깐 꺼낸 문제에 점점 깊이 파고들어 진지하게 의논하는 것이었다. 다이애나는 자기에게 독일어를 배우지 않겠냐고 물었다. 나는 당연히 그녀에게 배우고 싶었다. 그녀는 남을 가르치는 데 적성이 맞고 또 매우 좋아했다. 반면 나는 배우는 데 적성이 맞고 또 즐거웠다. 그래서 우리가 서로 잘 맞는 것이었다. 그 결과 우리는 서로 가장 깊고 친밀한 애정을 느꼈다. 리버스 자매는 내가 그림을 그린다는 것을 알고는 자신들의 연필과 그림물감을 내주었다. 그림 솜씨만큼은 내가 그녀들보다 나았기 때문에 그녀들은 놀라워하며 관심을 보였다. 메리는 몇 시간이고 내 옆에 앉아 그림 그리는 것을 지켜보더니 자기도 그림을 배우고 싶다고 했다. 그녀는 말 잘 듣고 영리하고 열심히 배우는 학생이었다. 이렇게 시간을 보내며 서로를 즐겁게 해주는 동안 하루가 한 시간처럼, 일주일이 하루처럼 지나갔다.

자매들과는 이렇게 짧은 시간에 자연스럽게 친해진 것과 달리 그들의 오빠 세인트 존과는 그러지 못했다. 그 이유 중 하나는 그가 집에 있는 시간이 거의 없었기 때문이다. 그는 자기 교구의 환자와 가난한 사람들을 돌보느라 여념이 없는 듯했다.

그는 목사로서 궂은 날씨에도 구애받지 않고 사람들을 찾아갔다. 날이 맑건 비가 오건 간에 아침 공부를 마치면 모자를 들고 선친이 사랑했던 늙은 포인터 카를로를 데리고 사랑 혹은 의무(어느 쪽인지는 알 수 없었다)에 따른 사명을 다하려고 집을 나섰다. 날씨가 몹시 나쁠 때는 누이동생들이 가지 말라고 말렸는데, 그럴 때면 그는 엄숙한 미소를 짓고 말했다.

"바람 불고 비가 쏟아진다고 이처럼 쉬운 임무를 태만히 한다면 장래에 대해 어떤 준비를 할 수 있겠느냐?"

그러면 다이애나와 메리는 말없이 한숨을 쉬고 우울한 표정으로 생각에 잠겼다.

그러나 그와의 교제를 방해하는 것은 그의 잦은 외출 말고 또 있었다. 그는 내성적이며 항상 뭔가를 골똘히 생각하는 듯했다. 목사의 임무에 열과 성을 다하는 점이나 일상생활과 습관은 나무랄 데가 없었다. 그러나 독실한 기독교인이나 박애주의를 실천하는 사람들이 느끼게 마련인 정신적 평온이나 내적 만족감을 즐기지는 않는 것 같았다. 저녁때는 으레 창가 책상 앞에 앉아 있었는데, 책을 읽는 것도 아니고 앞에 놓인 종이에 뭔가를 쓰는 것도 아니었다. 다만 그는 턱을 괸 채 생각에 잠겼다. 눈을 자주 번득이고 불안스럽게 크게 떴다가 깜박거리는 것으로 보아 혼란스럽고 흥분되는 일을 생각하는 듯했다.

그뿐 아니라 누이동생들에게 기쁨의 원천인 자연이 그에게는 아무것도 아니었다. 딱 한 번, 거친 언덕이 주는 강한 매력과 그가 내 집이라고 부르는 검은 지붕과 회색 벽에 대해 어릴 때부터 가지고 있던 애정을 표출하는 것을 들은 적이 있다. 그러나 그렇게 말하는 그의 말투에는 기쁨보다 우울함이 더 짙게 배어 있었다. 그리고 고요한 가운데 마음의 평온을 얻으려고 들판을 거니는 일도 없었고, 들판에서 느끼는 평화로운 기쁨을 즐기려고 하지도 않았다.

이처럼 과묵한 그의 마음을 헤아리기까지 꽤 긴 시간이 걸렸다. 나는 모턴에 있는 그의 교회에서 그의 설교를 처음으로 듣고 그의 재능을 알았다. 나는 그 설교 내용을 기록하고 싶었지만 그럴 수가 없었다. 그 설교에서 느낀 감동을 말로 표현하기조차 불가능했다.

그는 차분한 목소리로 설교를 시작했는데, 마지막까지 그 높낮이를 유지했다. 그는 마음에 사무치면서도 엄격하게 절제된 열의로, 명확하고 강한 어투로 설교했다. 그것은 압축되고 요약되고 절제되어 더욱 힘이 있었다. 힘 있는 설교는 듣는 이의 가슴을 두근거리게 하고 충격을 주었으며, 그 감정이 쉬이 가라앉지 않았다. 뭔지 모를 냉정함이 느껴졌고, 사람의 마음을 부드럽게 어루만지는 그런 설교는 아니었다. 하느님의 선택, 숙명, 정죄(定罪)에 대한 칼뱅주의 교리가 자주 등장했고, 그것을 설파하는 한 마디 한 마디가 마치 최종

선고처럼 들렸다. 나는 그의 설교를 듣고 더욱 평온한 마음과 영적으로 한층 성숙된 기분을 느낀 것이 아니라 되레 뭐라고 표현할 수 없는 슬픔을 느꼈다. 왜냐하면 내가 경청한 설교가 깊은 절망의 심연, 끊임없는 동경과 불안정한 욕망으로 흔들리는 심연에서 우러나온 것 같았기 때문이다. 세인트 존 리버스는 순결한 삶을 살면서 양심에 따라 주어진 임무를 다했지만 '모든 깨달음을 넘어서는 하느님의 평안'(〈빌립보서〉 4장 7절─옮긴이)을 얻지 못했다. 깨진 우상과 잃어버린 낙원으로 인한 찢어지는 듯한 슬픔을 떨쳐버리고자 안간힘을 썼지만 여전히 나에게서 떨어지지 않고 모질게 나를 괴롭히는 슬픔에서 벗어나지 못하고 있듯이, 그도 여전히 하느님의 평화를 찾지 못하는 것이다.

이럭저럭 한 달이 지나갔다. 다이애나와 메리는 곧 무어 하우스를 떠나 남부의 번화한 대도시로 가서 가정교사를 할 계획이었다. 여기와는 판이한 생활이 기다리고 있는 것이었다. 그곳에서 자매는 거만한 부잣집에 들어가 미천한 고용인 취급을 받을 것이다. 그곳 사람들은 그녀들의 천부적인 아름다움은 전혀 알아주지 않고, 그녀들이 가진 재능과 기예를 요리사의 음식 솜씨나 하녀의 취미쯤으로 치부할 것이다. 세인트 존은 알아봐 주겠다던 내 일자리에 대해 아직 아무런 언급이 없었다. 그러나 나는 하루라도 빨리 일자리를 가져야 했다.

어느 날 아침, 잠시 거실에 단둘이 있을 때 나는 용기를 내어 바깥쪽으로 쭉 빠진 창가로 갔다. 그곳은 마치 서재처럼 탁자, 의자, 책상들이 놓여 있었다. 그와 같은 성격을 가진 사람의 차가운 침묵을 깨뜨리기란 좀처럼 쉽지 않은 일이라는 것을 잘 알고 있었던 나는 어떤 말부터 꺼내야 할지조차 모르면서도 그에게 다가갔다. 그런데 다행히 그가 먼저 말을 건넴으로써 내 고민을 덜어주었다.

내가 가까이 다가가자 그가 얼굴을 들고 물었다.

"나한테 무슨 할 말이라도 있습니까?"

"네, 제 일자리를 알아보셨는지 알고 싶어서요."

"3주일 전쯤 당신이 할 수 있는 일을 생각해둔 게 있었는데 이 집에 도움이 되고 또 당신도 행복해 보여서 일단 접어두었습니다. 동생들하고도 정을 나누고, 그 아이들이 당신하고 있는 걸 아주 좋아하더군요. 동생들이 마시 엔드를 떠날 때까지는 화목한 분위기를 깨뜨리지 않는 것이 좋겠다고 생각했습니다."

"그분들은 사흘 뒤에 떠나시나요?"

"네. 동생들이 떠나면 나도 모턴의 목사관으로 돌아갑니다. 한나도 함께 가요. 그리고 이 낡은 집은 그냥 비워둘 겁니다."

나는 그가 일자리 얘기를 더 할 줄 알고 한참 기다렸으나 그는 금세 다른 생각에 빠진 듯했다. 나나 내 일자리는 안중에도 없는 표정이었다. 하는 수 없이 나에게 절박한 문제를 다시 한번 상기시켜야 했다.

"생각해보셨다는 일이라는 게 어떤 건가요, 리버스 씨? 이렇게 연기하다가 놓치는 건 아닐까요?"

"아닙니다. 그런 일이 아니에요. 내가 제공하는 것이니 당신은 받아들이기만 하면 됩니다."

그가 다시 입을 다물었다. 계속 말하기가 망설여지는 모양이었다. 나는 안달복달이 날 지경이었다. 안절부절못하는 태도와 그의 얼굴을 뚫어지게 바라보는 진지하고 엄숙한 내 눈빛은 말보다 더 쉽게 내 마음을 전달했다.

그가 말했다.

"조급해하지 않아도 됩니다. 솔직히 당신에게 적합하고 유익한 일자리가 없습니다. 설명하기 전에 지난번 내가 했던 말을 기억하는지요. 내 도움이라고 해봐야 장님이 절름발이를 돕는 정도밖에 안 될 거라고 했던 말을요. 나는 가진 것이 없습니다. 선친의 부채를 갚고 나자 남은 유산이라고는 이 쓰러져가는 낡은 집과 뒤뜰에 줄지어 있는 벌레 먹은 전나무, 그리고 집 앞에 있는 주목과 감탕나무 숲이 있는 좁은 황무지뿐입니다. 게다가 나는 그리 유명한 사람도 아닙니다. 리버스 집안은 유서 깊은 가문이기는 하지만 현재 남은 혈통은 셋밖에 되지 않고, 그중 둘은 남 밑에 들어가 살아야 하고, 한 사람은 살아 있을 때뿐만 아니라 죽어서까지 스스로를 이방인으로 여기고 있습니다. 그런 운명을 영예롭게 여기고, 또 그래야 합니다. 세속적 굴레로부터 벗어나 십자가를 어깨에 걸머지고, 미천한 종들이 속한 교회 전사들의 우두머리 '그리스도'가 '일어나 나를 따르라!'고 명하실 그날만을 기다리고 있습니다."

세인트 존은 설교할 때처럼 침착하고 낮은 목소리로 낯빛은 상기되지도 않고 두 눈만 번득이며 말했다.

"나는 가진 것도 없고 능력도 없는 사람이라 이런 일자리밖에 줄수 없습니다. 창피해서 도저히 할 수 없는 일이라고 생각할지 모르겠습니다. 왜냐하면 내가 보기에 당신은 고상한 습관과 이상적인 취미를 가졌고, 교양 있는 사람들과 어울렸던 것 같기 때문입니다. 그러나 인류의 진보에 이바지하는 일이라면 어떤 것도 부끄러운 일이 아니라고 생각합니다. 기독교인이라면 경작해야 할 땅이 불모지일수록, 노동의 대가가 적으면 적을수록 그 농부와 노동자의 명예가 더욱 높아진다고 생각합니다. 이런 경우 그것은 개척자의 숙명을 타고난 것입니다. 복음서에서 최초의 개척자는 열두제자들이었고, 그들의 우두머리는 구세주 예수였습니다."

그가 다시 말을 중단하자 내가 말했다.

"그래서요? 계속 말씀해보세요."

그는 먼저 내 얼굴을 물끄러미 쳐다보았다. 마치 책의 글자를 읽듯 이목구비와 얼굴 윤곽을 하나하나 살펴보는 것이었다. 그는 자세히 읽어본 결과 다음과 같이 일부 결론을 들려주었다.

"당신은 내가 제공하는 일자리를 수락하리라 믿습니다. 언제까지나 계속하라는 것은 아닙니다. 당분간 그 일을 맡아주십시오. 내가 이 동떨어진 조용한 시골의 목사라는, 협소해서 정신마저 협소하게 만드는 직분에 영원히 매달릴 수 없는 것처럼 말입니다. 다른 종류이기는 하나 당신은 조용히 살 수 없는 기질을 가지고 있기 때문입니다."

"자세히 말씀해주세요."

또다시 그가 말을 멈추자 나는 채근했다.

"그러죠. 내가 당신에게 주고자 하는 일이 얼마나 작고 보잘것없고 따분한 일인지 말씀드리죠. 부친께서 이미 돌아가셨고, 어딘가에 얽매일 필요 없게 되었으니 나는 1년 내로 모턴을 떠날 생각입니다. 하지만 여기 있는 동안에는 모턴의 발전을 위해 전력을 다할 것입니다. 2년 전 모턴에 왔을 때는 학교도 없어서 가난한 아이들은 발전할 기회조차 얻지 못했죠. 그래서 나는 먼저 남자아이들이 다닐 수 있는 학교를 세웠습니다. 그리고 이번에는 여학교를 세울 계획입니다. 건물도 이미 빌려놓은 상태입니다. 그 건물 바로 옆에 방 두 칸짜리 작은 집이 딸려 있는데 여선생은 그곳에서 기거하면 됩니다. 여선생의 연봉은 1년에 30파운드이고, 올리버 양의 후원으로 간소하나마 가재도구까지 마련해두었습니다. 그녀는 내 교구에서 유일한 부호의 외동딸입니다. 올리버 씨는 골짜기에 있는 바늘 공장 겸 주물 공장의 사장입니다. 올리버 양은 선생의 심부름을 할 사람으로 구제원에서 고아를 하나 데려다가 교육비와 옷값을 대주기로 했습니다. 선생은 가르치는 일만으로 바빠서 사택과 교사에 관한 자질구레한 일까지 할 시간이 없을 테니까요. 그 학교의 선생이 되어주시겠습니까?"

그는 약간 서두르는 듯 말했다. 내가 화를 내거나 적어도 얕보는 투로 거절하리라 여기고 마음의 준비를 하는 모양이었다. 조금은 짐작했을지 몰라도 내 생각과 마음이 어떤지 모르기 때문에 이 제안에 어떤 반응을 보일지 종잡을 수 없었던 것이다. 실상 이것은 하찮은 일자리였다. 그러나 사람들 눈에 띌 염려는 없을 것이다. 나는 안전한 도피처가 필요했다. 이것은 고달픈 일이다. 하지만 부잣집 가정교사에 비하면 독립적이다. 그리고 모르는 사람들과 함께 살면서 남 밑에서 하녀처럼 일해야 하는 데 대한 두려움이 마음속에 쇠처럼 무겁게 박혀 있었다. 그러나 이 일은 명예롭지 못한 일도, 가치 없는 일도, 영혼이 타락하는 일도 아니다. 나는 바로 대답했다.

"리버스 씨, 정말 감사합니다. 기꺼이 하겠습니다."

"내가 말씀드린 의도를 이해하고 하는 말인가요? 시골 동네의 아주 작은 학교입니다. 가난한 사람들의 딸들을 가르치는 일입니다. 가난한 농부의 딸, 고작 자작농의 딸 정도입니다. 뜨개질, 바느질, 읽기, 쓰기, 산수 정도만 가르치면 됩니다. 당신이 그동안 습득한 학문과 기술들은 어떻게 하시겠습니까? 당신에게 있어 큰 부분을 차지하는 정서와 취미는 또 어떡하고요?"

"필요할 때까지 놔둬야죠. 없어지는 게 아니니까요."

"그럼, 당신이 어떤 일을 하게 될지는 알고 수락한 겁니까?"

"그럼요, 알고 있어요."

내 대답에 그가 빙긋 웃었다. 씁쓸하거나 애처로운 미소가 아니라 만족스럽고 기쁜 미소였다.

"그럼 언제부터 일을 시작하면 되겠습니까?"

"내일 당장 제가 살 집으로 갈게요. 괜찮으시다면 다음 주부터 학교 일을 시작할게요."

"좋습니다. 그렇게 하세요."

그는 일어나 방 안을 왔다 갔다 했다. 그리고 걸음을 멈추고 나를 쳐다보며 머리를 가로저었다.

"뭐가 잘못되었나요, 리버스 씨?"

"당신은 모턴에 오래 머물지 않을 것 같군요."

"어머나! 무슨 근거로 그런 말씀을 하시는 거죠?"

"당신을 보고 짐작한 겁니다. 단조롭고 아무 변화 없는 생활을 계속할 그런 눈빛이 아니니까요."

"저는 야심가가 아니에요."

'야심가'라는 말에 그는 흠칫 놀랐다.

"물론 아니겠죠. 그런데 왜 야심이라는 말을 떠올린 겁니까? 누가 야심가라는 거죠? 야심가는 나입니다. 그런데 당신이 그걸 어떻게 알았죠?"

"제가 그렇다는 거예요."

"당신은 야심가가 아니라면……."

그가 입을 다물었다.

"그럼 뭔가요?"

"정열가라고 하려 했어요. 하지만 이 말을 오해하고 기분 나쁘게 여기겠죠. 당신을 가장 강력하게 지배하는 것은 인간적인 사랑과 연민이에요. 당신은 자극이라고는 전혀 없는 단조로운 일을 하면서 남은 시간을 고독하게 사는 데 만족하지 않을 겁니다."

그쯤에서 그는 힘주어 말을 이었다.

"내가 늪지대와 산으로 둘러싸여 하느님이 부여하신 천성과 타고난 재능을 발휘하지 못할뿐더러 그런 재능 따위 아무 쓸모도 없는 이곳에 사는 데 만족하지 못하는 것처럼 말입니다. 당신은 지금 내가 얼마나 심각한 자기모순에 빠져 있는지 알 겁니다. 아무리 하찮은 일이라도 자기에게 주어진 일에 만족하라고 설교하는 내가, 하느님께 봉사하는 일이라면 나무꾼이나 물장수도 훌륭한 천직이라고 말하는 내가, 하느님의 명을 받드는 목사인 내가 평온한 마음을 찾지 못해 괴로운 지경이란 말입니다. 어쨌든 자신의 성향과 철학은 일치해야 합니다."

이렇게 말하고 그가 방을 나갔다. 이 짧은 대화에서 나는 지난 한 달 동안 그에 대해 알아낸 것보다 훨씬 더 많은 것을 알게 되었다. 하지만 여전히 그는 알 수 없는 사람이었다.

다이애나와 메리는 오빠와 작별하고 고향을 떠날 날이 다가오자 더욱 우울해하고 이야기도 별로 하지 않았다. 둘은 괜찮은 척하려 했지만 감내해야 할 슬픔을 도저히 이겨낼 수도 없고 숨길 수도 없었다. 다이애나는 이제까지와는 다른 작별이 되리라고 했다. 세인트 존과는 아마도 몇 해 아니면 평생 못 볼지도 모른다는 것이었다.

다이애나가 말했다.

"오빠는 오랫동안 계획했던 일에 모든 것을 바칠 거예요. 무엇보다 강한 혈육의 정까지 말이에요. 오빠가 조용한 사람으로 보이죠, 제인? 하지만 오빠의 가슴속에는 정열이 숨어 있어요. 따뜻한 사람으로 보이죠? 하지만 오빠는 어떤 면에서는 죽음처럼 차가워요. 그리고 정말 힘든 것은 내 양심상 오빠의 무서우리만큼 확고한 결심을 포기하라고 말할 수 없다는 거예요. 그 결심을 비난할 수 없어요. 올바르고 거룩한 기독교도적인 결심이니까요. 하지만 내 마음은 찢어질 듯이 아파요."

아름다운 그녀의 눈에서 눈물이 흘러내렸다. 메리는 일감 위로 고개를 푹 숙이고 중얼거렸다.

"이젠 아버지도 안 계시고, 머잖아 고향 집과 오빠마저 잃어버리겠죠."

그때 작은 사건이 또 일어났다. '불행은 혼자 오는 법이 없다'는 속담을 증명하듯이, 무슨 일이든 완전히 끝날 때까지는 절대 안심할 수 없다는 듯 고통에 고통을 더하려고 일부러 운명이 정한 사건 같았다.

세인트 존은 한 통의 편지를 읽으며 창밖을 걸어가더니 방으로 들어왔다.

"존 외삼촌이 돌아가셨다."

두 자매 모두 흠칫 놀랐다. 그러나 뜻밖의 충격을 받은 표정은 아니었다. 이 소식은 비보라기보다는 오히려 중요한 소식 같았다.

"돌아가셨다고요?"

다이애나가 되물었다.

"그래."

다이애나는 뭔가를 알아내려는 듯한 눈빛으로 오빠의 얼굴을 응시했다.

"그래서요?"

그녀가 나지막이 물었다.

"그래서 어떻게 되었냐 말이냐, 다이애나? 어떻게 되긴 뭐가 어떻게 돼. 별다른 거 없단다. 읽어보렴."

그는 대리석처럼 눈 한 번 깜빡하지 않고 대답했다.

그는 편지를 다이애나의 무릎 위로 던졌다. 그녀는 편지를 읽고 메리에게 건넸다. 메리 또한 묵묵히 읽고 나서 오빠에게 돌려주었다. 세 사람은 서로 쳐다보며 우울하고 슬픈 미소를 지었다.

한참 뒤 다이애나가 말했다.

"아멘! 그래도 우리는 살아갈 수 있어."

메리가 말했다.

"아무튼 지금보다 더 힘들어지지는 않을 거야."

"이러면 좋겠다 저러면 좋겠다 온갖 상상을 하게 해놓더니 현재와 또렷이 대비되는 상황이 만들어졌을 뿐이지."

리버스 씨가 말하더니 편지를 접어 책상 서랍에 넣고 나갔다.

잠시 침묵이 흐른 뒤 다이애나가 나에게 말했다.

"제인, 우리의 태도와 비밀스러운 대화를 듣고 이상하게 생각했을
거예요. 가까운 외삼촌이 돌아가셨는데도 슬퍼하지 않는 냉정한 사
람들이라고 생각하겠죠. 하지만 우리는 한 번도 엄마의 동생인 외
삼촌을 만난 적이 없어요. 어떤 분인지 들어본 적도 없고요. 오래전
에 아버지와 외삼촌이 크게 다투셨어요. 아버지는 재산을 전부 투
기사업에 투자했는데 그걸 권유한 사람이 외삼촌이었어요. 결국 아
버지는 파산하셨고, 책임 소재를 가지고 서로 싸우고 헤어진 다음
거의 인연을 끊으셨나 봐요. 결국 죽을 때까지 화해를 못 하신 거죠.
외삼촌은 그 후에 벌인 사업이 꽤 잘돼서 2만 파운드의 재산을 모
았대요. 외삼촌은 결혼을 하지 않아 슬하에 자식이 없고, 가까운 친
척이라고는 우리 셋하고 우리의 사촌 하나가 더 있을 뿐인가 봐요.
아버지께서는 외삼촌이 재산을 우리에게 상속하면 용서해줄 생각
이셨답니다. 그런데 편지를 보니 추모 반지 3개를 살 비용으로 세
인트 존, 다이애나, 메리에게 금화 30기니만을 남기고 나머지는 전
부 다른 사촌에게 상속했다는군요. 물론 외삼촌은 하고 싶은 대로
할 권리가 있죠. 하지만 막상 소식을 듣고 보니 잠시나마 섭섭한 마
음이 드는 거예요. 메리와 나는 각각 1천 파운드씩만 받아도 더 바
랄 것이 없다고 생각했고, 오빠에게도 그 정도면 꽤 가치 있는 액수

죠. 그 돈을 좋은 일에 쓸 수 있으니까요."

그 문제는 그 정도로 끝났다. 세인트 존과 그의 여동생들도 더 이상 이 얘기를 하지 않았다. 다음 날 나는 모턴으로 떠났고, 다이애나와 메리는 그다음 날 마시 엔드를 떠나 머나먼 B시로 갔다. 일주일 뒤 세인트 존과 한나가 목사관으로 돌아가자 오래된 마시 엔드는 텅 비게 되었다.

제31장

　마침내 들어가게 된 내 집은 하얀 칠을 한 벽과 모래색 바닥을 깐 작은 방이 있는 시골집이었다. 페인트칠을 한 의자 4개, 탁자 하나, 괘종시계 하나가 있었고, 찬장에는 큰 접시 두세 개와 작은 접시 하나, 델프트산(産) 찻그릇 한 벌이 놓여 있었다. 2층에는 부엌만 한 넓이의 침실이 있었는데 거기에는 전나무 침대와 옷장이 있었다. 크지 않은 옷장이었으나 몇 가지 안 되는 내 옷을 넣어두기에는 꽤 컸다. 그나마도 착하고 마음이 넉넉한 친구들이 준 것들이었다.

　저녁때가 되자 나는 허드렛일을 하는 고아 소녀에게 오렌지 하나를 들려 보냈다. 나는 난롯가에 혼자 앉아 있었다. 오늘 아침에 학교 문을 열었는데 학생이 20명이었다. 그러나 그중에 글을 읽을 줄 아는 아이는 3명, 글을 쓰거나 셈을 할 줄 아는 아이는 하나도 없었다. 두세 명은 뜨개질과 바느질을 할 줄 알았다. 아이들은 이 지역 사투리가 심해 나와 그들 사이에 의사소통이 쉽지 않았다. 서로의 말을 알아듣기 힘들었던 것이다. 어떤 아이들은 무지하고 무례하며 거칠어서 다루기가 쉽지 않았지만, 어떤 아이들은 고분고분하고 배우고자 하는 의지를 보여주어 나를 기쁘게 했다.

이처럼 허름한 옷차림을 한 가난한 농부의 아이들도 명문가 자제들 못지않은 품성을 가지고 있다는 사실을 나는 늘 머릿속에 담고 있어야 한다. 또한 좋은 가문에서 태어난 아이들 못지않게 훌륭한 재능과 품위, 지성, 착한 마음 씀씀이를 타고난 아이들도 있다는 것을 명심해야 한다. 내 할 일은 그 싹을 돋우는 일이었다. 틀림없이 나는 이 직분을 다하면서 행복을 느낄 것이다. 내 앞에 펼쳐진 이 생활에서 큰 기쁨을 기대하지는 않지만 올바른 생각으로 내 능력을 십분 발휘하다 보면 하루하루 보람을 느낄 수는 있으리라.

오늘 오전과 오후에 장식 하나 없이 볼품없는 교실에서 나는 과연 즐겁고 흐뭇하고 만족했던가? 나는 거짓 없이 대답해야 한다. 아니다. 나는 무척이나 우울했다. 그랬다. 바보처럼 전락한 기분이었다. 사회계층이 올라간 것이 아니라 한 단계 더 내려간 것 같았다. 나는 무지함과 가난 그리고 천한 신분에 대해 주변에서 보고 들은 것으로 나약하게도 절망스러웠던 것이다. 그러나 이러한 기분을 느낀 나 자신을 책망하거나 경멸하지는 않으려고 했다. 이것이 올바른 생각이 아니라는 사실을 깨닫고 있는 것만으로 큰 진전이었다. 나는 이런 기분을 떨쳐버리려고 노력할 것이다. 내일이 되면 조금은 더 극복할 수 있을 것이고, 몇 주 지나면 완전히 사라질 것이다. 그리고 몇 달 뒤에는 제자들의 발전과 변화를 보면서 기뻐하며 흡족해할 것이다.

　이젠 나 자신에게 한 가지 물어보자. 어느 편이 더 좋은가? 유혹에 빠져 정열의 노예가 되고, 치열하게 노력하거나 발버둥치지도 않고, 비단의 덫에 걸려 그 위에 덮인 꽃무더기에 쓰러져 잠들고, 남쪽 나라에 있는 향락의 별장에서 사치에 빠져 잠이 깨고, 로체스터 씨의 정부가 되어 프랑스에 머물며 삶의 절반을 그의 사랑을 받으며—한동안은 나를 열렬히 사랑할 것이다—정신없이 보내는 삶. 그는 나를 사랑했다. 어느 누구도 그처럼 나를 사랑하지는 못할 것이다. 이제 결코 아름다움과 청춘과 우아함을 찬미하던 황홀한 고백을 나는 듣지 못하리라. 그도 그럴 것이 어느 누구도 나에게서 그런 매력을 찾지 못할 테니까. 그는 나를 좋아하고 자랑스러워했다. 그 말고 누구도 그러지 못할 것이다. 그런데 나는 지금 어디에 있는 것인가? 나는 무슨 말을 하고 있는가? 아니 그보다도 나는 무엇을 느끼며 사는 것일까? 어느 편이 좋은가? 나는 스스로에게 물었다. 마르세유의 신기루의 낙원에서 노예로 살면서 잠시 허망한 행복에 취했다가 후회와 치욕의 쓰디쓴 눈물을 흘리는 것과, 영국 중부의 신선한 바람이 부는 소박한 산간 마을에서 어떠한 구속도 없이 여교사로 성실하게 살아가는 것.

　그렇다. 나는 도덕과 법을 준수하여 순간적인 열정과 충동을 억누르고 타파한 것이 옳았음을 느꼈다. 하느님은 올바른 길로 나를 이끌어주었다. 나는 하느님의 섭리에 감사할 뿐이었다.

황혼의 명상에 빠져 이런 생각에 이르자 나는 의자에서 일어나 문 앞으로 가서 추수기의 노을을 바라보기도 하고 마을에서 반 마일쯤 떨어진 시골집 앞에 펼쳐진 고즈넉한 들판을 바라보기도 했다. 새들은 오늘 하루 마지막 노래를 불렀다.

'대기는 부드럽고 이슬은 향기롭네.'(월터 스콧의 〈마지막 음유시인의 노래〉의 한 구절—옮긴이)

나는 주위 풍광을 바라보며 행복하다고 느꼈다. 그러나 잠시 후울고 있는 나 자신을 보고 놀랐다. 왜 우는가? 주인 곁을 떠날 수밖에 없는 내 운명이 안타까운 것인가. 이젠 그를 두 번 다시 볼 수 없게 되었으며, 내가 떠난 뒤 절망적인 슬픔에 빠지고 미친 듯이 분노할 그를 생각하며 울었다. 아마 지금쯤 그는 돌아올 수 있다는 희망도 가지지 못할 만큼 잘못된 길로 빠졌는지 모른다. 여기까지 생각이 미치자 나는 아름다운 저녁놀과 쓸쓸한 모턴 계곡을 더 이상 바라볼 수 없었다.

나는 쓸쓸했다. 왜냐하면 앞으로 보이는 굽은 골짜기에 나무에 반쯤 가려진 교회와 목사관이 있고, 그보다 더 멀리 있는 부호 올리버 씨와 그의 딸이 사는 베일 장원의 저택 말고는 보이는 건물이 없었기 때문이다. 나는 눈을 감고 돌로 된 문기둥에 머리를 기댔다. 그러나 곧 집 마당과 풀밭 사이 쪽문 근처에서 나는 기척을 듣고 고개를 들었다. 리버스 씨의 늙은 포인터 카를로가 코로 쪽문을 밀고 있었다. 리버스 씨는 팔짱을 끼고 쪽문에 기대서서 양미간을 찌푸리고 기분 나쁠 정도로 엄숙한 눈빛으로 나를 응시했다. 내가 들어오라고 하자 그가 말했다.

"아니요. 오래 있을 시간이 없어요. 동생들이 당신한테 전해달라고 작은 꾸러미를 하나 주기에 전해주러 온 것뿐입니다. 그림물감 상자, 연필, 종이 같은 것이 들어 있을 겁니다."

나는 그것을 받으러 다가갔다. 고마운 선물이었다. 내가 가까이 다가가자 그가 내 얼굴을 유심히 살펴보고 있다는 생각이 들었다. 눈물 자국이 뚜렷이 보였으리라.

"첫날인데 생각보다 힘들던가요?"

"아니에요! 오히려 학생들과 즐겁게 지냈어요."

"그럼 집이나 가재도구 같은 것이 기대했던 것과 많이 다르던가요? 사실 모두 열악하기 짝이 없으니까요. 그러나……."

나는 그의 말을 잘랐다.

"여기는 깔끔하고 비바람이 들이치지도 않아요. 가구도 충분하고 불편한 게 없어요. 모든 것이 고마울 뿐 실망스러운 것은 하나도 없어요. 카펫이나 소파나 은그릇 같은 것이 없다고 서운해하는 어리석은 사람도 아니고 쾌락주의자는 더더욱 아니에요. 5주일 전만 해도 저한테 아무것도 없었는걸요. 집도 없는 부랑아 거지였죠. 지금은 아는 사람도 있고, 계속 머물 수 있는 집도 있고, 더구나 일자리도 있어요. 저는 하느님의 은총과 친구들이 베풀어준 친절, 혜택받은 운명에 어리둥절할 뿐이에요. 불만이라니 당치도 않아요."

"하지만 고독이라는 무거운 짐을 지고 있지 않습니까? 저 작은 집은 어둡고 아무도 없어요."

"아직 고독을 느낄 마음의 여유도 없고, 더구나 외로워서 못 견딜 일은 더더욱 없어요."

"만족한다니 다행이네요. 아무튼 당신의 뛰어난 식견과 올바른 판단력으로, 과거를 돌아보다 소금 기둥이 된 롯의 아내(《구약성서》 〈창세기〉 19장 26절—옮긴이)처럼 갈피를 잡을 수 없는 불안감에 사로잡히기에는 아직 이르다는 것을 알게 될 겁니다. 당신에게 어떤 과거가 있는지는 알 수 없지만, 과거를 돌아보고 싶은 유혹을 꿋꿋이 물리치기 바랍니다. 적어도 몇 달 동안은 지금의 생활을 꾸준히 지속하기 바랍니다."

"저도 그럴 생각이에요."

그러자 세인트 존이 말했다.

"자기의 기질을 억누르고 천성을 바꾸기는 무척 어렵습니다. 그러나 할 수 있습니다. 내가 그것을 경험했으니까요. 하느님은 우리에게 자기 운명을 개척할 능력을 조금은 부여하셨죠. 우리의 능력으로 원하는 양분을 얻지 못하더라도, 또 우리의 의지로는 따라갈 수 없는 길을 갈구할 때도 우리는 영양실조로 죽을 이유도, 절망에 빠질 이유도 없습니다. 우리는 그저 마음이 갈망하는 양분 많은 옹

골찬 양식을 찾으면 되지요. 그리고 설령 더 험하다 할지라도 운명이 가로막은 것만큼 넓고 쭉 뻗은 길을 찾아 모험심으로 충만한 발걸음을 내디디면 되는 겁니다. 1년 전만 해도 나는 참으로 비참한 기분에 빠져 있었어요. 목사의 길에 들어선 것을 후회하며 아무런 변화 없는 단조로운 직무를 벗어나고 싶어 미칠 지경이었죠. 나는 좀더 정열적인 삶을 살고 싶었어요. 작가나 예술가, 웅변가들과 같은 좀더 자극적인 일을 동경했죠. 목사가 아니라면 어떤 일도 좋다는 생각이었어요. 그래요. 부목사의 법의 아래서 정치가와 군인의 심장, 명성과 권력에 대한 갈망이 숨 쉬고 있었던 겁니다. 그래서 나는 생각했죠. 내 삶은 더없이 불행하다, 따라서 목숨 걸고 바꾸지 않으면 안 되겠다. 한동안 어둡고 치열한 갈등 끝에 구원의 빛이 비쳤어요. 그동안 얽매였던 내 생활은 당장 끝없는 벌판을 향해 뻗어나가고, 하느님의 부름을 받아 일어나 온 힘을 다해 날개를 펴고 보이지 않는 저 먼 곳으로 날아갔어요. 하느님의 사명을 받은 겁니다. 머나먼 곳까지 그 사명을 전파하려면 군인, 정치가, 웅변가가 가진 재능과 의지, 용기와 설득력이 필요했죠. 모든 능력을 갖추었을 때 비로소 훌륭한 선교사가 될 수 있으니까요.

나는 선교사가 되기로 결심했습니다. 그 순간부터 내 마음은 혁명적으로 변했어요. 능력을 억압하던 사슬이 풀리고, 시간이 지나면 자연히 치유될 아픔만이 남아 있을 뿐 억압의 흔적은 전혀 남지 않았죠. 아버지는 반대하셨어요. 그러나 아버지가 돌아가시면서 부딪혀 극복해야 할 장애물이 사라졌습니다. 처리할 사무 몇 가지를 정리하고, 모턴의 계승자도 결정하고, 뒤엉킨 감정들을 헤쳐 나가거나 끊어버리면 나약한 마음과의 마지막 싸움에서 이길 수 있다고 생각합니다. 왜냐하면 무슨 일이 있어도 이기고 말겠다고 맹세했거든요. 그리고 나는 유럽을 떠나 동양으로 갈 겁니다."

그는 특유의 낮고 힘 있는 목소리로 말했다. 그는 말을 끝마치자 내가 아니라 기우는 해를 바라보았다. 나도 저무는 해를 바라보았다. 그와 나는 들판에서 쪽문으로 향하는 오르막길을 등지고 있었다. 그래서 풀로 뒤덮인 오솔길을 걸어오는 발소리를 듣지 못했다. 그 시간 그 풍경 속에서는 귓가에 울리는 골짜기의 물 흐르는 소리만이 우리의 마음을 어루만지는 것이었다. 그래서 은방울 소리처럼 곱고 밝은 목소리가 들려왔을 때 우리는 깜짝 놀랐다.

"안녕하세요, 리버스 씨. 잘 지냈니, 카를로? 목사님보다 개가 먼저 친구를 반기네요. 제가 들판을 걸어올 때부터 벌써 귀를 쫑긋 세우고 꼬리를 흔들던데요. 목사님은 아직도 저를 등지고 계시네요."

이것은 사실이었다. 처음에 리버스 씨는 음악과도 같은 목소리를 듣고 마치 머리 위에서 벼락이라도 친 듯 깜짝 놀랐다. 그런데 목소리가 멈췄는데도 깜짝 놀랐을 때 자세 그대로였다. 쪽문에 팔을 걸치고 서쪽 하늘을 바라보고 있었던 것이다. 마침내 그는 천천히 조심스럽게 돌아섰다. 환상 속에서나 봄직한 모습이 그의 곁으로 다가왔다. 그로부터 3피트(약 1미터—옮긴이)쯤 떨어진 곳에 온통 하얀

게 단장한 젊고 우아한 여자가 있었다. 풍만하면서도 곡선이 미끈하고 아름다웠다. 허리를 숙여 카를로를 쓰다듬고 나서 머리를 들고 긴 베일을 젖히면서 그의 앞에 꽃이 피어나듯 완벽하게 아름다운 모습을 보여주었다. 완벽한 아름다움이란 너무 과장된 표현 같지만 이 말을 취소하거나 바꿀 생각이 전혀 없다. 영국의 따뜻한 기후와 토지가 빚어낼 수 있는 가장 아름다운 용모, 축축한 바람과 안개 자욱한 대기가 정성껏 가꾼 장미와 백합의 빛깔이라는 게 꼭 알맞은 표현일 것이다. 매력이 넘치지 않는 구석이 없었고, 어떤 결점도 보이지 않았다. 이 젊은 여자는 조화롭고 반듯하고 섬세한 이목구비를 가지고 있었다. 명화에서나 봄직한 커다랗고 둥근 눈에 검은 눈동자였다. 예쁜 눈을 부드럽게 감싸고 있는 긴 속눈썹이 그늘을 드리우고, 눈 위의 눈썹은 또렷하게 그려져 있었다. 밝고 생기 넘치는 아름다운 빛깔과 조화로운 색채에 안정감을 더해주는 밝고 미끈한 이마, 갸름하고 맑고 반들반들한 볼, 건강해 보이는 싱싱하고 붉은 입술, 흠집 없이 가지런하게 반짝이는 이, 보조개가 팬 작은 턱, 머리 장식을 달고 길게 늘어뜨린 윤기 나는 머리칼, 한 마디로 이상적인 미인의 조건을 모두 갖추고 있었다. 나는 어쩜 이렇게 아름다운 여자가 있는지 믿어지지 않을 정도였다. 나는 진심으로 감탄했다. '자연'이 그녀를 편애한 것이 틀림없었다. 보통 사람들에게는 야박한 계모처럼 굴더니 이 아름다운 여자에게는 인자하고 너그러운 할머니처럼 아낌없이 베푼 것이다. 세인트 존 리버스는 지상에 내려온 천사를 보는 순간 어떤 생각이 들었을까? 돌아서서 그녀를 쳐다보는 그를 보며 나는 자연스레 이런 궁금증이 생겼다. 그리고 그 답을 찾기 위해 자연히 그의 얼굴을 보았다. 그러나 그는 어느새 아름다운 요정으로부터 눈길을 돌려 쪽문 옆에 핀 들국화 덩굴을 바라보고 있었다.

"상쾌한 저녁이기는 하지만 너무 늦은 시간에 혼자 나오셨네요."

그가 눈처럼 하얀 꽃봉오리를 지르밟으면서 말했다.

"S시에 갔다가 오늘 오후에 돌아왔는걸요."

S시는 20마일(약 32킬로미터—옮긴이)쯤 떨어진 큰 도시였다.

"목사님이 새 선생님을 모시고 와서 학교를 열었다고 아버지께서 말씀하시더군요. 그래서 목사님을 뵙고 싶어서 차를 마시자마자 모자를 쓰고 이렇게 골짜기를 건너온 거예요. 이분이 선생님이신가 봐요?"

"네."

세인트 존이 대답했다.

"모턴이 마음에 드세요?"

그녀는 솔직하고 꾸밈없는 몸짓과 태도로 나에게 물었다. 어린아이처럼 천진한 모습이 보기 좋았다.

"네, 좋아요. 마음에 드는 곳이 많아요."

"학생들은 기대하셨던 것만큼 열심히 따라오나요?"

"물론이에요."

"집은 어때세요?"

"만족해요."

"살림살이가 그 정도면 괜찮은지 모르겠네요."

"충분해요."

"그리고 심부름하는 앨리스 우드는 어때요?"

"참 착한 아이예요. 말도 잘 듣고 도움이 많이 돼요."

그렇게 대답하고 나는 생각했다.

'그럼 이분이 타고난 미모에 자산가의 상속자인 올리버 양이구나. 얼마나 많은 행운의 별들이 그녀의 탄생을 도왔을까?'

"제가 가끔 와서 가르치는 걸 도울게요. 기분 전환도 되고 좋을 거 같아요. 가끔 변화를 주고 싶거든요. 리버스 씨, 저는 S시에서 너무 즐거운 시간을 가졌어요. 어제저녁, 아니 오늘 새벽 2시까지 춤을 췄어요. 폭동 이후 제○○연대가 계속 주둔해 있는데, 정말이지 장교들은 너무너무 멋지더라고요. 이 마을의 칼 가는 사람이나 가위 장수는 그 발밑에도 못 미칠 거예요."

그때 세인트 존이 아랫입술을 내밀며 윗입술을 비죽거린 것 같았다. 올리버 양이 웃으며 이야기할 때는 그의 앙다문 입술 언저리가 특히 딱딱해 보였다. 들국화를 바라보던 그가 고개를 들어 그녀를 보았다. 미소도 짓지 않고 무뚝뚝하게 뭔가를 알아내려는 듯 의미심장한 눈빛이었다. 그런 그에게 그녀는 다시 웃음을 지어 보였다. 그녀의 젊음과 장밋빛 뺨, 보조개, 빛나는 눈동자에 너무나 잘 어울리는 웃음이었다.

그가 말없이 진지한 표정을 짓고 있자 그녀는 다시 한번 카를로를 쓰다듬으며 말했다.

"카를로는 나를 좋아하지, 그렇지? 카를로는 친구를 무뚝뚝하게 대하지도 않고 어색해하지도 않아. 말을 할 수 있다면 침묵하지 않고 무슨 말이든 건넬 거야, 그렇지?"

그녀가 타고난 아름다운 자태로 몸을 구부리고 개의 머리를 쓰다듬을 때 그 앞에 있던 젊고 엄격한 주인의 얼굴이 빨개지는 것을 나는 보았다. 근엄한 두 눈은 뜻하지 않은 불길에 휩쓸려 도저히 억누를 수 없는 감정을 번득이고 있었다. 그녀가 아름다운 여인의 모습을 보여주고 있듯이 얼굴이 불그레한 그는 아름다운 남자의 모습을 보여주었다. 그의 가슴이 갑자기 부풀어 올랐다. 그의 심장이 모진 압박을 견디다 못해 의지에 반해 부풀어 오르고, 자유를 갈구하며 세차게 고동치듯이. 그러나 그는 노련한 기수가 앞발을 들고 선 준마를 제어하듯이 튀어오르려는 자기의 심장을 억눌렀다. 부드럽게 다가가려는 그녀를 말로든 몸짓이로든 일절 받아주지 않았다.

"아빠 말씀이 리버스 씨께서 요즘 통 우리 집에 안 오신다던데요. 베일 장원에는 아예 발길을 끊으신 거예요? 지금 아빠 혼자 계시고 몸도 불편하신데, 저랑 같이 가서 뵙지 않으실래요?"

올리버 양은 그를 올려다보며 말했다.

"지금은 찾아뵙기에 적당한 시간이 아닙니다."

세인트 존이 대답했다.

"적당한 시간이 아니라뇨? 오히려 가장 좋은 시간이에요. 지금이 아빠에게 말동무가 가장 필요한 시간이에요. 공장 문을 닫고 나서 가장 한가한 시간이니까요. 리버스 씨, 같이 가세요. 왜 그렇게 망설이고 기분이 안 좋은 거죠?"

그가 대답하지 않자 그녀는 침묵의 틈을 스스로 메웠다. 그녀는 어이없는 표정을 짓고 우아한 곱슬머리를 흔들면서 말했다.

"참, 그렇지! 정신을 놓고 있었나 봐요. 주책이지! 죄송해요. 저하고 얘기할 기분이 아니라는 걸 미처 생각 못 했어요. 다이애나 양과 메리 양이 떠나고, 무어 하우스도 텅 비어서 무척 서운하시겠어요. 참 안타깝네요. 저랑 같이 아빠한테 가요."

"오늘 밤은 곤란할 것 같네요, 로저먼드 양."

세인트 존은 기계적으로 말했다. 거절하기가 얼마나 힘든지 그 자신은 알고 있으리라.

"그러시다면 할 수 없죠. 그럼 저는 이만 갈게요. 계속 여기 있을 수도 없으니까요. 이슬이 내리네요. 안녕히 계세요!"

그녀가 손을 내밀었으나 그는 살짝 손대는 것이 다였다.

"안녕히 가세요!"

그는 메아리처럼 공허한 목소리로 나지막이 말했다.

그녀는 돌아서서 가다가 다시 돌아보며 말했다.

"몸이 안 좋으신 건 아니죠?"

그녀가 그렇게 물어볼 만도 한 것이 세인트 존의 얼굴은 그녀의 옷만큼이나 창백했다.

"아닙니다. 괜찮아요."

그는 짧게 대답하고 나서 살짝 고개 숙여 인사한 다음 발길을 옮겼다. 두 사람은 서로 반대 방향으로 갔다. 그녀는 요정처럼 사뿐사뿐 들판을 걸어 내려가면서 두 번이나 그의 뒷모습을 돌아보았다. 그러나 그는 한 번도 돌아보지 않고 성큼성큼 걸어갔다.

다른 사람들이 자신의 감정을 억누르며 괴로워하는 모습을 보는 동안 정작 나의 괴로움을 잊고 있었다. 언젠가 다이애나가 자기 오빠를 두고 '죽음처럼 차가운 사람'이라고 말한 적이 있다. 이것은 결코 지나친 말이 아니었다.

제32장

　나는 할 수 있는 한 성심성의껏 열심히 시골 학교를 꾸려나갔다. 처음에는 무척 힘들었다. 최선을 다했지만 학생들의 품성을 이해하기까지 꽤 오랜 시간이 걸렸다. 교육을 받아본 적이 없는 그들은 희망이 보이지 않을 만큼 우매했다. 처음에는 모든 아이들이 한결같이 그렇게 보였다. 그러나 조금 지나자 내가 오해했다는 것을 깨달았다. 교육을 받은 사람들도 서로 격차가 있듯이 이 아이들도 그랬다. 그리고 내가 그 아이들을 이해하고 그들이 나를 이해하게 되자 그 차이는 더 확연히 드러났다. 나라는 사람 자체나 말씨, 규칙과 생활 방식에 익숙해지자 처음에는 놀라서 입만 벌리고 있던 더디고 무딘 소녀들이 아주 총명하고 재치 있는 소녀가 되었다. 대부분의 아이들이 착하고 사랑스러웠다. 뛰어난 재능과 예의 바른 성품을 타고난 데다 자존감이 강한 아이들이 꽤 많았고, 나는 그들에게 호의를 가지고 칭찬했다. 그런 아이들은 기꺼이 맡은 일에 충실하고 규칙적으로 공부했으며, 차분하고 예의 바르게 행동했다. 나는 빠른 속도로 발전하는 아이들을 보면 진심으로 행복하고 자랑스러웠다. 뿐만 아니라 특별히 예뻐하는 아이들도 몇 명 있었는데, 그 아이들도 나를 잘 따랐다. 농장을 일구는 집 딸들로 다 큰 처녀들도 있었는데, 그들은 이미 읽고 쓰는 것은 물론 바느질도 할 줄 알았다. 나는 이 아이들에게 기초적인 문법, 지리, 역사와 좀더 어려운 자수를 가르쳐주었다. 그녀들은 지식욕과 학구열 면에서 바람직한 아이들이었다. 나는 그녀들의 집에 저녁 초대를 받아 즐겁게 어울리기도 했다. 그들의 부모(농부와 그의 아내)는 지극정성으로 나를 대접해주었다. 그들의 순박한 친절을 받아들이고 그들의 기분을 세심하게 살펴 그 친절에 보답하는 것이 나의 즐거움 중 하나였다. 그들은 이런 일에 익숙하지 않았다. 그들은 이 일을 통해 기쁨과 더불어 다른 것을 얻기도 했다. 자신들의 품위가 높아지는 것을 느끼고, 존중받은 만큼 거기에 부합하는 사람이 되려고 노력하는 것이었다.

나는 마을 사람들에게 특별히 사랑받는 존재가 되었다. 밖에 나가면 지나가는 사람들이 진심 어린 인사말을 건넸고, 정겨운 미소로 반겨주었다. 설령 노동자의 존경심이라 할지라도 많은 사람들에게 존경받으며 산다는 것은 해가 잘 드는 곳에 편안히 앉아 있는 것과 같았다. 그러면 밝은 마음의 꽃이 햇빛을 받아 활짝 피어나는 것이다. 이 시절 내 삶은 실의에 빠질 때보다 감사한 마음으로 충만할 때가 훨씬 더 많았다.

그러나 독자 여러분, 솔직히 말하면 보람 있는 일을 하며 조용히 살아가면서도, 즉 학생들 사이에서 가치 있는 일을 하며 낮 시간을 보내고, 저녁 시간에는 흡족한 기분으로 그림을 그리거나 책을 읽으며 하루를 보내면서도 밤이 되면 기묘한 꿈에 시달리곤 했다. 다양하고 흥분되는 이상과 감동과 격정으로 가득한 꿈이었다. 가슴 떨리는 위기 상황과 모험이 등장하고 로맨틱한 사건 등으로 가득한 낯선 장면 속에서 으레 로체스터 씨가 나타났고, 그때마다 아슬아슬한 위기에 빠졌다. 그리고 그의 팔에 안겨 그의 목소리를 듣고 그와 눈을 맞추고 그의 손과 볼을 어루만지며 그를 사랑하고 그의 사랑을 받으며 평생 그와 같이 살고 싶은 욕망이 불길처럼 솟구치는 것이었다. 그러면 나는 퍼뜩 깨어나 내가 지금 어디에서 어떤 처지에 있는지 깨달았다. 나는 몸서리치면서 커튼 없는 침대 위에서 벌떡 일어나 앉았다. 그리고 적막한 어둠 속에서 홀로 절망감에 몸부림치며 격렬하게 흐느껴 울었다. 그러다 다음 날 아침 9시가 되면 나는 평소처럼 일과를 시작했다. 마음의 안정을 되찾고 충실하게 하루 일과를 수행하고자 하는 마음가짐으로 어김없이 정시에 학교 문을 열었던 것이다.

로저먼드 올리버 양은 나를 찾아오겠다던 약속을 지켰다. 그녀는 대개 아침 승마를 하는 중에 말을 탄 하인을 대동하고 학교를 방문했다. 그녀는 학교 문 앞까지 망아지를 타고 왔다. 자줏빛 승마복을 입고 뺨을 스치며 어깨 위로 나풀거리는 곱슬머리에 그리스 전설 속 여걸과 같은 검은 벨벳 승마 모자를 쓴 그녀의 모습은 너무너무 아름다웠다. 그녀가 누추한 건물 안으로 들어와 매끄러운 걸음걸이로 다가오면 줄지어 앉아 있던 시골 소녀들이 눈부신 듯한 표정으로 바라보았다. 그녀는 보통 리버스 씨가 주관하는 교리문답 시간에 방문했다. 이 방문자의 눈빛은 젊은 목사의 심장을 꿰뚫는 것 같았다. 그는 보지 않고도 본능적으로 그녀가 들어오는 것을 아는 듯했다. 그는 문을 등지고 있을 때도 그녀가 나타나면 얼굴이 붉게 물들었다. 대리석 같은 표정은 그대로였지만 미묘한 변화가 나타나는 것이었다. 그리고 억눌린 열정은 근육이 움직이거나 눈빛이 흔들릴 때보다 무표정한 얼굴에 훨씬 더 두드러졌다.

물론 그녀는 자신의 영향력을 알고 있었다. 그리고 그는 그녀 앞에서 그것을 숨길 수 없었다. 금욕적인 기독교인이라도 그녀가 다가가 부드러운 미소로 격려의 말을 건네면 그의 손은 파르르 떨리고 눈동자가 이글거렸다. 말로 표현하지는 않았지만 서글픈 결의에 찬 표정은 이렇게 말하는 것 같았다.

'나는 당신을 사랑하오. 당신 또한 나를 좋아한다는 것을 알고 있소. 내가 가만히 있는 까닭은 사랑의 결실을 맺을 수 없기 때문이 아니오. 내가 고백하면 당신은 내 마음을 받아줄 것이오. 그러나 내 마음은 벌써 신성한 제단에 바쳤소. 불은 이미 타오르고 있소. 내 마음은 산 제물이 되어 재가 될 것이오.'

그러면 그녀는 실망한 듯 어린애처럼 입술을 삐죽거렸다. 우수의 구름이 밝고 명랑한 그녀의 얼굴에 그늘을 드리우면, 그녀는 내키지 않은데도 얼른 그의 손에서 자기 손을 빼고 영웅적인 순교자 같은 그의 얼굴을 외면하는 것이었다. 이렇게 그녀가 돌아가 버리면 세인트 존은 틀림없이 온 세상을 버리더라도 뒤쫓아가 그녀를 다시 붙잡고 싶을 것이다. 그렇다고 그는 천국에 이르는 기회를 버리지 않았다. 사랑의 낙원을 위해 영원하고 참된 낙원에 이르는 희망을 버리지도 않았다. 더구나 그는 자기 안에 잠재된 방랑가, 야심가, 시인, 목사 등 여러 가지 기질을 하나의 정열에 쏟을 수는 없었다. 베일 장원의 거실과 안락한 삶을 위해 전도라는 거칠고 끊임없는 싸움터를 포기하지 않았다. 언젠가 용기를 내어 그의 속내를 떠본 결과 그로부터 이런 얘기를 들을 수 있었다.

올리버 양은 이미 몇 번이나 내 집을 방문했기 때문에 나는 그녀가 어떤 성품을 가졌는지 알 수 있었다. 그녀는 꾸미거나 내숭을 떠는 성격은 아니었다. 애교를 부리기는 했지만 매정하지는 않았다. 엄격하지만 감당할 수 없을 만큼 자기중심적이지도 않았다. 태어나면서부터 사랑받고 자랐지만 제멋대로 구는 성격은 아니었다. 약간 조급한 성격이기는 했지만 쾌활하고, 허영심이 없지는 않았으나(거울로 늘 자신의 아름다운 모습을 볼 테니 그럴 수밖에 없었으리라) 거만하지는 않았다. 너그러운 성격에 재력을 내세우지도 않았고, 순진하고 영리하고 명랑하고 활발했지만 생각이 깊은 여자는 아니었다. 한마디로 나 같은 여자가 봐도 매력적이었지만 더 이상 마음이 끌리거나 인상 깊은 여자는 아니었다. 이를테면 세인트 존의 여동생들하고는 전혀 다른 성격이었다. 그러나 나는 아델을 좋아하듯 그녀를 좋아했다. 관심이 가는 어른 친구보다 책임지고 가르친 아이에게 더 친밀감을 느끼기는 하겠지만 말이다.

그녀는 나한테도 애교를 부리며 내가 리버스 씨와 비슷하다고 했다.(물론 그녀는 "당신은 참 깔끔하고 좋은 분이지만 천사인 리버스 씨의 아름다움에 비하면 그 10분의 1도 안 되요."라고 말했다.) 선하고 총명하고 침착하고 의지가 강한 점이 닮았다는 것이다. 그녀는 내가 시골 학교 선생치고는 별난 사람이고, 잘 모르지만 지금까지 내가 겪어온 일들이 재미있는 소설거리가 될 거라고 말했다.

어느 날 저녁 그녀는 늘 그렇듯이 어린애처럼 멋대로 굴고 생각 없이 행동하기는 했지만 거슬리지 않을 정도의 호기심을 가지고 작은 부엌을 여기저기 뒤적이고 다녔다. 그녀는 찬장과 책상 서랍을 열어보다가 프랑스어 책 두 권과 실러 책 한 권 등을 발견했다. 그리고 그림 도구와 스케치 몇 장을 꺼냈다. 내가 가르치는, 작은 천사처럼 사랑스러운 소녀의 얼굴 스케치와 모턴 계곡과 주변의 벌판을 그린 풍경화 등이었다. 그것들을 처음 봤을 때 그녀는 깜짝 놀라 굳은 듯 가만히 있더니 곧 전류에 닿기라도 한 듯 흥분했다.

"어머나, 정말 선생님이 그린 거예요? 프랑스어와 독일어도 할 줄 아세요? 정말 대단해요! 정말 놀라워요. S시의 우리 학교 선생님보다 더 잘 그리는걸요. 내 초상화도 좀 그려주세요. 아빠한테 보여드리게요?"

"그럼요. 당연히 그려드리지요."

나는 흔쾌히 대답했다. 이처럼 완벽하고 아름다운 모델이 어디
있겠는가. 나는 화가로서의 희열이 밀려와 등줄기로 전율을 느꼈
다. 그녀는 팔과 목을 훤히 드러낸 쪽빛 비단옷 차림이었다. 장식이
라고는 물결치듯 자연스럽게 어깨 위로 흘러내린 밤빛 곱슬머리뿐
이었다. 나는 두껍고 좋은 종이 한 장을 놓고 정성을 다해 스케치했
다. 색칠까지 할 생각에 마음이 조급했지만 날이 저물어 내일 다시
와달라고 했다.

다음 날 저녁에 그녀는 아버지와 함께 왔다. 집에 가서 내 얘기를
꽤 한 모양이었다. 올리버 씨는 키가 크고 풍채가 좋은 반백의 중년
신사였다. 이 사람 곁에 있으니 아름다운 로저먼드 양은 마치 잿빛
의 오래된 탑에 핀 화려한 꽃 한 송이 같았다. 그는 과묵하고 자존
심이 강해 보였으나 나한테는 꽤 친절하게 대해주었다. 그는 딸의
초상화 스케치를 보고 매우 흡족해하며 꼭 완성해달라고 부탁했다.
그리고 내일 베일 장원에서 저녁을 보내자고 했다.

다음 날 나는 그의 집을 방문했다. 부유한 집주인의 성향이 곳곳
에 드러난 크고 훌륭한 저택이었다. 로저먼드 양은 내가 있는 내내
더할 나위 없이 기뻐했다. 그녀의 아버지는 사교적인 사람이었다.
차를 마시면서 이야기를 주고받았는데, 그는 모턴 학교 교사로서
나를 입에 침이 마르도록 칭찬했다. 또 그가 보고 듣자 하니 이 마
을에 있기에는 너무 훌륭한 사람이어서 더 좋은 곳으로 가지 않을

까 걱정스럽다고 말했다.

"정말이에요, 아빠! 상류층 가정교사로도 손색이 없어요."

로저먼드가 말했다.

나는 속으로 말했다. 이 나라에서 가장 부유한 집안의 가정교사
가 되는 것보다 여기 있는 것이 더 좋다고.

올리버 씨는 존경심을 가지고 리버스 가문에 대해 이야기했다.
리버스 가문은 이 지방에서 꽤 유서 깊은 집안으로 선대부터 부유
했다는 것, 옛날에는 모턴 땅 대부분이 리버스 집안 소유였고, 지금
도 리버스 가문의 자제가 마음만 먹으면 가장 훌륭한 가문의 여자
와 결혼할 수 있다는 것, 그런데 그토록 훌륭하고 능력이 뛰어난 청
년이 전도를 위해 외국으로 떠나는 것은 귀중한 인생을 방기하는
거나 마찬가지라며 몹시 가엾고 안타깝다고 했다.

이 말을 듣고 나는 올리버 씨가 로저먼드 양과 리버스 씨의 결혼
을 반대하는 것은 아니라고 생각했다. 올리버 씨는 젊은 목사가 좋
은 가문과 신성한 직업을 가지고 있으니 재산이 없는 것쯤은 극복
하고도 남는다고 생각하는 듯했다.

11월 5일은 일요일이었다. 심부름하는 아이는 집 청소를 하는 대
가로 1페니를 받자 한껏 기분이 좋아서 집으로 돌아갔다. 깨끗하게
쓸고 닦은 마루, 윤이 나도록 잘 닦은 쇠창살과 의자 등 집 안은 티
끌 하나 없이 반질반질했다. 나도 깔끔하게 차려입고 자유롭게 오
후를 즐길 생각이었다.

독일어 책을 번역하기 시작했는데 몇 페이지 하는 데 한 시간이나 걸렸다. 그런 다음 팔레트와 연필을 들고 로저먼드 올리버 양의 초상화를 마무리할 준비를 했다. 독일어 번역보다 쉽고 기분 전환도 될 터였다. 머리는 이미 채색까지 끝냈고, 남은 부분을 색칠하면 되었다. 배경을 칠하고, 옷 주름에 명암을 주고, 도톰한 입술을 더 붉게 덧칠하고, 부드러운 곱슬머리는 더욱 물결치게, 푸른 눈꺼풀 아래 속눈썹을 좀더 짙게 칠하면 되었다. 나는 세밀한 부분까지 마무리하는 데 온 신경을 쏟고 있었는데, 다급하게 문 두드리는 소리가 들리더니 세인트 존 리버스가 들어왔다.

"휴일에 뭐 하시나 해서 와봤습니다. 명상 중인 건 아니죠? 아, 다행히 아니군요. 그럼 그럴 때는 외로움 같은 거 못 느끼겠죠. 말하자면 아직은 당신을 완전히 못 믿겠어요. 하기야 여태까지는 잘 견뎌왔지만. 그래서 저녁에 적적할까 봐 책 한 권 갖고 왔습니다."

그는 탁자 위에 새로 나온 시집 한 권을 올려놓았다. 현대 문학의 황금기였던 당시 행운의 독자들만이 가질 수 있었던 진본 중 하나였다. 슬프게도 우리 시대의 독자들은 이런 혜택을 받지 못하고 있다. 그러나 힘내자! 비난과 불평으로 시간을 보낼 수는 없으니까. 시(詩)는 죽지 않고, 천재 시인도 사라지지 않는다. 부귀의 신도 이 두 가지를 구속하고 죽일 수는 없다. 시와 시인은 언젠가는 다시 그들의 생명을, 그들의 존재를, 그들의 자유와 힘을 펼칠 것이다. 시와 시인, 그 강력한 천사들이여, 하늘에서 편안히 쉬시라! 미천한 영혼이 승리를 누리고 나약한 영혼이 패배를 슬퍼할 때 그들은 미소 짓는다. 시는 사라졌는가? 시인은 죽었는가? 아니다! 평범한 인간이여, 그것은 질투심이 부른 잘못된 생각이다. 시와 시인은 죽지 않고 살아남아 권력과 지위를 되찾을 것이다. 그리고 이 세상에 그 거룩한 힘이 없다면 너희는 비천함이라는 지옥에 떨어질 것이다!

내가 《마미온》(18세기 월터 스콧의 서사시—옮긴이)의 화려한 시구를 읽는 동안 세인트 존은 허리를 숙이고 내 그림을 바라보았다. 그는 흠칫 놀라며 큰 키를 펴고 일어났으나 아무 말도 하지 않았다. 내가 그를 쳐다보자 그는 내 시선을 피했다. 나는 그가 무슨 생각을 하고 있으며, 그의 마음이 어떤지 정확히 알 수 있었다. 그 순간 나는 그보다 더 침착하고 냉정한 상태였다. 잠시나마 그보다 나은 감정 상태였으므로 뭔가 도움을 주고 싶었다.

나는 생각했다.

'아무리 굳은 의지와 강한 자제력을 가지고 있다 해도 스스로 감당하기에는 너무 무거운 짐을 지고 있다. 모든 감정과 괴로움을 억누르면서 어떤 표현도 고백도 하지 않는다. 나에게 얘기하지도 않는다. 자신은 결코 결혼해서는 안 된다고 생각하는 것이다. 사랑스러운 로저먼드 양의 이야기를 조금이라도 들려주면 이 사람에게 위안이 될 것이다. 얘기를 꺼내보자.'

"앉으세요, 리버스 씨."

내가 먼저 말했다. 그러나 그는 늘 그렇듯 입버릇처럼 오래 머물 수 없다고 말했다. 나는 마음속으로 대답했다.

'좋습니다. 서 있고 싶으면 그렇게 하세요. 하지만 당신을 못 가게 할 거예요. 나에게도 그렇지만 당신에게도 외로움은 좋지 않은 거예요. 당신이 간직하고 있는 마음의 비밀을 알아낼 작정이에요. 대리석처럼 단단한 그 마음에 연민의 향유가 한 방울이라도 스며들 틈이 있는지 알아봐야겠어요.'

"이 초상화 말이에요, 좀 닮긴 했나요?"

나는 불쑥 이렇게 물어보았다.

"닮았다고요? 누구요? 자세히 보지 않아서 모르겠네요."

"자세히 보셨잖아요, 리버스 씨."

뜻밖에도 당돌하게 묻자 그는 펄쩍 뛸 듯이 놀란 듯한 눈빛으로 나를 바라보았다.

나는 혼자 속으로 중얼거렸다.

'이건 시작에 불과해요. 당신이 좀 세게 나와도 절대 당황하거나 물러나지 않을 거예요. 시간을 두고 서서히 파고들 작정이니까요.'

"분명 가까이에서 자세히 보셨잖아요. 하지만 한 번 더 보세요."

나는 일어나 그에게 그림을 건네주었다.

"훌륭한 솜씨네요. 부드러우면서 선명한 색채예요. 명료하게 잘 그렸어요."

"네, 그건 저도 알아요. 그런데 얼마나 닮았냐고요? 이 그림하고 닮은 사람 모르겠어요?"

망설이던 그가 드디어 대답했다.

"올리버 양 아닌가요?"

"맞아요. 알아맞힌 대가로 이것과 똑같은 초상화를 한 장 더 그려서 드릴게요. 물론 받으시겠다면요. 필요 없는 선물에 시간과 노력을 낭비하고 싶지 않거든요."

그는 그림을 계속 응시하고 있었다. 그림을 볼수록 더욱 세게 움켜쥐는 것을 보면 점점 더 갖고 싶은 모양이었다.

"닮았어! 특히 눈을 참 잘 그렸어. 색감, 명도, 표정까지 완벽해. 미소가 살아 있는 것 같아!"

그는 혼잣말처럼 중얼거렸다.

"똑같은 그림을 가지면 마음의 위안이 될까요? 아니면 마음의 상처가 될까요? 대답해주세요. 목사님께서 마다가스카르나 희망봉, 인도에서 사역하실 때 이 기념품이 힘이 될까요? 그렇지 않으면 그림을 보면서 안타까움에 힘이 빠지고 슬픈 추억이 떠올라 괴로울까요?"

이때 그는 갑자기 눈을 들어 어떻게 대답해야 할지 몰라 곤혹스러운 눈빛으로 나를 보았다. 그리고 다시 그림을 쳐다보았다.

"이 그림을 갖고 싶어요. 그렇지만 옳은 일인지는 잘 모르겠네요."

로저먼드가 진실로 그를 사랑한다는 것, 그녀의 아버지가 두 사람의 결혼을 반대하지 않는다는 것을 확인한 뒤부터 세인트 존만큼 숭고한 정신을 가지지 못한 나는 두 사람을 맺어주고 싶은 생각이 간절했다. 그가 올리버 씨의 막대한 유산을 물려받는다면, 열대의 태양 아래서 타고난 재능을 소진하고 에너지를 허비하는 것 못지않게 좋은 일을 더 많이 할 수 있다. 나는 이러한 믿음으로 대답했다.

"저는 지금 당장 그 그림의 주인공을 목사님의 배필로 만드시는 일이 훨씬 더 현명하고 옳은 일이라고 생각해요."

그는 이미 의자에 앉아 두 손으로 이마를 받치고 탁자 위에 올려놓은 그림을 보느라 정신이 없었다. 당돌한 나의 제안에 놀라지도 않았다. 스스로는 감히 꺼낼 수 없는 문제를 솔직히 털어놓고 자유롭게 이야기하는 것이 오히려 기쁜 듯했다. 그동안 감히 바랄 수도 없는 일이었는데 큰 위안이 되는 듯했다.

내성적인 사람은 외향적인 사람보다 자기의 감정이나 슬픔 같은 것을 터놓고 얘기하는 시간을 가지는 것이 좋다. 아무리 엄격한 금욕주의자도 결국 어쩔 수 없는 인간이다. 그러므로 좋은 뜻으로 용기를 내어 그들이 빠져 있는 '침묵의 바다로 뛰어드는' 것이 그 어떤 것보다 큰 도움이 된다.

나는 그의 뒤에 서서 말했다.

"그분도 목사님을 사랑하는 게 분명해요. 그리고 그분의 아버지는 목사님이 훌륭한 사람이라고 생각하고요. 게다가 두 분 다 너무 친절한 분들이세요. 생각이 좀 없긴 하지만요. 그러나 목사님은 생각이 깊은 분이시니까 두 분 몫까지 생각할 수 있을 거예요. 그분과 결혼하세요."

"그녀가 나를 좋아한다고요?"

"그럼요. 그 누구보다 목사님을 좋아해요. 항상 목사님 얘기만 해요. 목사님 얘기 말고는 별로 하지 않아요."

"기분 좋은 얘기군요. 15분만 더 해봐요."

그는 고지식하게 회중시계를 꺼내 탁자 위에 놓고 시간을 재는 것이었다.

"이야기한들 무슨 소용 있겠어요. 목사님께서는 이미 반박할 준비를 마치고 마음을 가둘 쇠사슬까지 마련해놓으셨는데요."

"그건 좀 지나친 생각이군요. 이처럼 마음이 녹아내린 적도 없어요. 마음 가는 대로 내버려둔 적도 없다고요. 내 마음에는 샘물처럼 인간다운 애정이 새로 용솟음쳐, 온갖 정성을 다해 일구고 의미 있는 목적과 절제의 씨를 뿌려놓은 밭에 온통 그 물이 넘쳐흘러 기분 좋은 홍수가 났습니다. 물에 잠긴 새싹처럼 내 마음은 꿀물의 홍수로 달콤한 독이 퍼져 썩어가고 있습니다. 나는 지금 베일 장원의 거실에서 로저먼드 양의 발께에 놓인 나지막하고 긴 의자에 드러누운 내 모습이 아른거리는군요. 그녀는 사랑스럽고 감미로운 목소리로 나에게 이야기하고 있어요. 당신이 여기에 멋지게 그려놓은 그 눈으로 나를 내려다보며 산호 같은 입술로 미소 짓고 있어요. 그녀는 내 것이고 나는 그녀의 것입니다. 나는 현실의 삶과 덧없는 세계에 만족합니다. 쉿! 아무 말 말아요. 내 마음은 기쁨으로 넘치고 있으니까. 내 온몸의 감각이 황홀경에 빠져 있어요. 내가 정한 15분 동안만 조용히 내버려두세요."

나는 그가 원하는 대로 해주었다. 시계는 재깍거리고, 그는 소리 없이 가쁜 숨을 쉬었다. 나는 우두커니 서 있었다. 침묵 속에서 15분이 흘렀다. 그는 시계를 다시 집어넣고 그림을 내려놓았다. 그리고 일어나 난로 앞으로 가더니 말했다.

"자, 이 짧은 시간 동안 망상과 공상에 빠졌습니다. 나는 유혹의 가슴에 내 머리를 누이고, 내 목에는 화환으로 만들어진 유혹의 멍에를 씌우고, 유혹의 술잔을 받아 들어 한 모금 마셨습니다. 베개는 불타고, 꽃다발 속에 독사가 똬리를 틀고 있고, 술은 쓰디쓴 맛이었습니다. 유혹의 약속은 헛된 것이었고, 유혹의 제안은 거짓이었습니다. 나는 이 모든 걸 눈으로 보는 듯이 알 수 있는 겁니다."

나는 의아한 표정으로 그를 바라보았다.

"참 이상하죠. 이처럼 열렬히, 첫사랑의 모든 정열을 불태워 로저먼드 올리버 양을 사랑하는데 말이에요. 더구나 비할 데 없이 아름답고 우아하고 매혹적인 여성이죠. 그러나 그녀는 좋은 아내가 될 수 없고, 나에게 어울리는 배우자도 아니에요. 결혼한 지 1년이 채 안 돼서 이것을 깨닫고 환희 속에 열두 달을 보낸 뒤 평생 동안을 후회하며 살 게 뻔하다는 것을 냉정하고 분명하게 깨닫고 있다는 겁니다."

"참 이상하네요!"

나는 소리치지 않을 수 없었다. 그는 계속 말했다.

"내 마음 한편이 그녀에게 강렬하게 매혹되면서도 다른 한편으로는 그녀의 단점에 강한 거부감을 느끼는 겁니다. 단점이란 내가 열망하는 일을 그녀는 조금도 공감하지 못한다는 거예요. 내가 가려는 길을 따라오지 못한다는 것입니다. 로저먼드 양이 노동자, 수난자, 하느님의 사도가 될 수 있다고 생각해요? 선교사의 아내가 될수 있다고 생각하느냐 말입니다. 천만에요!"

"그러나 목사님은 무슨 일이 있어도 선교사가 되어야 하는 건 아니잖아요. 선교사가 되려는 계획을 포기하면 되죠."

"포기하다니, 내 천직을 포기한단 말입니까? 내 위대한 과업을, 천국의 집을 짓기 위해 이 땅 위에 깔아놓은 내 주춧돌을 말입니까? 개인의 야망을 영광스러운 포부에 모두 녹여버린 선택받은 사람들 중의 하나가 되고 싶은 희망 말인가요? 인류의 발전을 이끌고, 무지한 땅에 진리를 보급하고, 전쟁 대신 평화를, 억압 대신 자유를, 미신 대신 종교를, 지옥의 공포 대신 천국의 희망을 심어주고자 하는 포부를 말인가요? 나더러 그것을 포기하라고요? 그건 내 혈관을 타고 흐르는 피보다도 소중한 겁니다. 그것은 내 삶의 목적이자 살아가는 보람이에요."

한참 뒤 내가 말했다.

"그럼 올리버 양은, 그분의 절망과 슬픔은 당신께 아무것도 아니란 말씀이에요?"

"올리버 양은 항상 구혼자와 그녀를 찬미하는 사람들에게 둘러싸여 있어요. 한 달도 지나기 전에 나라는 존재는 그녀의 마음에서 흔적도 없이 사라질 겁니다. 그녀는 나를 잊고 나보다 훨씬 자신을 행복하게 해주는 남자와 결혼할 거예요."

"참 냉정하게 말씀하시네요. 하지만 계속 갈등하며 괴로워하시잖아요. 많이 야위셨어요."

"아닙니다. 그렇다면 앞으로의 계획이 확실하게 정해지지 않아 불안해서 그런 겁니다. 출발일이 자꾸만 늦어지고 있거든요. 오랫동안 후임자가 오기만을 기다렸는데 3개월 안으로는 올 수 없다는 통보가 왔어요. 어쩌면 6개월이 걸릴지도 모르고요."

"올리버 양이 교실에 들어오기만 하면 목사님 얼굴이 빨개지고 몸이 떨리는 것 같던데요."

또다시 그의 얼굴에 당황한 기색이 떠올랐다. 그는 여자가 남자에게 이런 얘기를 서슴없이 하리라고는 생각지 못했던 것이다. 그러나 나는 아무렇지도 않았다. 나는 남자든 여자든 성격이 강하고 주관이 뚜렷하고 고상한 사람들과는 겸손이라는 세속적인 장벽을 뚫고 신뢰의 문턱을 넘어 마음의 화롯가에 다가가기 전에는 조심스럽게 이야기하기 쉽지 않았다.

"당신은 참 이상한 사람이에요. 겁도 없고. 사람을 꿰뚫어보는 눈과 함께 대범한 마음을 가졌나 봅니다. 당신은 내 감정을 조금 오해하고 있는 것 같군요. 실제보다 더 깊고 강렬하다고 말이에요. 그리고 당신 처지에서 지나치게 나를 동정하고요. 올리버 양 앞에서 얼굴을 붉히거나 떨어도 나 자신을 가엾게 여기지 않아요. 다만 나약함을 책망할 뿐이죠. 그건 창피한 일이니까요. 그저 육체의 떨림일 뿐 영혼의 떨림은 아니에요. 영혼은 거센 물결이 흐르는 깊은 바닷속에 깊이 뿌리박힌 바위처럼 절대 흔들리지 않아요. 내가 이러한 인간이라는 것을, 냉정하고 철저한 인간이라는 점을 알아주세요."

나는 못 믿겠다는 듯 미소 지었다.

"당신은 내 비밀을 알아챘어요. 대부분의 비밀을 당신에게 들키고 말았습니다. 인간적인 결함을 가려주는 그리스도의 피로 씻은 법의를 벗으면 나라는 사람은 그저 냉정하고 몰인정한 야심가일 뿐이에요. 인간의 모든 감정 중에 내게 있어 변하지 않는 것은 혈육에 대한 애정뿐이에요. 나는 감정이 아닌 이성에 따라 움직이고 있어요. 내 야망은 끝이 없어요. 남보다 더 높이 올라가고, 더 많은 과업을 하고 싶다는 욕망은 멈출 줄을 모른답니다. 나는 인내, 성실, 노력, 근면, 재능을 무엇보다 중요하게 생각해요. 왜냐하면 위대한 목적을 달성하고 높은 영광에 이르는 데 꼭 필요한 것이기 때문이죠. 나는 당신의 삶을 주의 깊게 살펴보고 있어요. 지난 과거의 일로 아직까지 괴로워하고 있는 당신을 진심으로 동정해서 그런 것은 아니에요. 당신은 부지런하고 규칙적인 생활을 하며 끈기 있는 여자의 모범이기 때문이죠."

"당신은 꼭 이교도 철학자처럼 말씀하시네요."

"아니요. 나는 이교도 철학자와 전혀 달라요. 나는 하느님을 믿고,

복음을 믿어요. 당신의 비유는 틀렸소. 나는 이교도 철학자가 아니라 예수 종파를 신봉하는 기독교 철학자예요. 예수그리스도의 제자로서 순수하고 자비와 은총으로 가득한 교리를 믿습니다. 나는 이교리를 보호하고 널리 전파하기로 맹세했어요. 내 본성은 어릴 때부터 믿은 종교에서 비롯된 겁니다. 혈육에 대한 사랑이라는 아주 작은 싹이 박애라는 울창한 거목으로 자라난 거죠. 인간의 정직이라는 야생초 뿌리에서 하느님의 정의라는 올바른 의식이 자라난 겁니다. 미천한 자신을 위해 권력과 명성을 갈구하는 개인의 야망이 주님의 나라를 확장하고 승리의 십자가 깃발을 움켜쥐고자 하는 크나큰 포부로 발전한 거예요. 종교는 나에게 많은 것을 주었어요. 타고난 소재를 십분 활용해 본연의 모습을 깎고 단련할 수 있게 해주었죠. 그러나 '이 죽을 것이 죽지 아니함을 입으리로다'(《고린도전서》 15장 53절—옮긴이)라고 했듯이 아무리 종교라도 본연의 모습을 뿌리 뽑을 수는 없을 겁니다."

그는 말을 마치고 나서 탁자 위의 팔레트 옆에 놓인 모자를 집어 들었다. 그리고 한 번 더 초상화를 쳐다보았다.

"정말 아름답군. 로저먼드, 세계의 장미! 정말 잘 어울리는 이름이야!"

그가 중얼거렸다.

"똑같은 그림을 그려드릴까요!"

"무슨 의미가 있겠습니까? 그만두세요."

그는 내가 도화지에 얼룩이 묻지 않게 하려고 손 밑에 까는 얇은 종이로 초상화를 덮었다. 하얀 종이에서 무엇을 보았는지는 알 수 없었으나 그의 눈길이 거기에 머물렀다. 그는 재빨리 종이를 집어 들고 가장자리를 살펴보았다. 그러고는 도무지 알 수 없는 기묘한 눈빛으로 나를 보았다. 나의 몸매와 얼굴, 옷차림 등을 빠짐없이 흘 끗 보는 것이었다. 그의 눈길이 전광석화와도 같이 빠르고 예리하 게 내 온몸을 스쳐갔다. 무슨 말을 하려는 듯 그의 입술이 달싹거렸 으나 그는 나오려는 말을 삼켜버렸다.

"무슨 일이세요?"

"아니, 아무것도 아닙니다."

그는 대답했다. 나는 그가 종이를 제자리에 놓으면서 한쪽 끝을 재빨리 떼어내는 것을 보았다. 그는 그것을 장갑 속에 넣었다. 그는 고개를 끄덕여 서둘러 작별 인사를 하고 사라졌다.

"아이참! 신경 쓰이게. 도대체 무슨 일인지 모르겠네."

나는 이 지방 특유의 말투로 소리쳤다.

나는 얇은 종이를 자세히 살펴보았다. 하지만 색조를 확인하려고 붓으로 칠한 부분에 거무튀튀한 물감 얼룩이 몇 개 보일 뿐 다른 건 없었다. 이 이상한 일에 대해 잠시 생각해보았으나 도무지 짚이는 것이 없었다. 그리고 어쨌든 특별한 일도 아니라고 생각하고 금방 머릿속에서 지워버렸다.

제33장

세인트 존이 가고 나서 눈이 내렸다. 밤새 눈보라가 휘몰아쳤다. 다음 날은 살을 에는 듯한 눈보라가 앞을 분간할 수 없을 만큼 몰아쳤다. 해거름에는 계곡이 완전히 묻히고 사람들이 걸어 다닐 수 없을 만큼 눈이 쌓였다. 나는 눈이 들이치지 않도록 매트를 가져다 출입문에 대었다. 그리고 난롯불을 더 피우고 그 앞에 앉아 한 시간째 미친 듯이 휘몰아치는 폭풍이 조금 잦아드는 소리에 귀를 기울였다. 그러다 촛불을 켜고 《마미온》을 꺼내 읽었다.

해가 지네, 노햄 성벽에
트위드의 넓고 깊은 강물에
체비어트의 산그늘에.
높이 솟은 탑들, 난공불락의 성,
그것들을 둘러싼 성벽이
황금빛으로 물드네.

나는 폭풍이 몰아치는 것도 잊고 시의 운율에 빠졌다.

그런데 돌연 무슨 소리가 들렸다. 처음에는 바람에 문이 흔들리는 소리라고 생각했다. 그러나 걸쇠를 벗기고 차가운 눈보라와 칠흑 같은 어둠 속에서 들어온 것은 세인트 존 리버스였다. 키가 큰 그의 몸에 두른 외투는 마치 빙하처럼 하얗게 얼어붙어 있었다. 그를 보는 순간 나는 깜짝 놀랐다. 이 밤에 온통 눈으로 뒤덮여 길도 분간할 수 없는 골짜기를 걸어 여기까지 오리라고는 생각지도 못했기 때문이다.

"안 좋은 일이라도 생겼나요? 무슨 일이죠?"

"아닙니다. 왜 그리 놀라십니까!"

그는 외투를 문에 걸어놓고 들어오면서 밀어놓았던 매트를 원래 자리로 천천히 되돌려놓았다. 그리고 발을 굴러 장화에 묻은 눈을 털어냈다.

"깨끗한 바닥이 저 때문에 더러워졌군요. 용서하세요."

그는 난롯가로 다가와 활활 타는 난롯불에 손을 녹이면서 말했다.

"여기 오느라 정말 혼났습니다. 허리까지 눈에 묻히는 곳도 있더군요. 눈이 얼지 않아서 다행이었죠."

"그런데 어쩐 일이세요?"

나는 이렇게 묻지 않을 수 없었다.

"손님한테는 좀 불손한 질문이군요. 하지만 물으니 대답하겠습니다. 얘기를 나누고 싶어서 왔습니다. 텅 빈 방에서 말 없는 책과 있

자니 지긋지긋해서 말이에요. 게다가 어제부터 이야기를 반밖에 듣
지 못해서 나머지를 듣고 싶어 미칠 지경이더군요."

그는 의자에 앉았다. 나는 어제 그가 이상한 행동을 했던 것을 떠
올리고, 그의 정신이 약간 이상해진 것이 아닌지 은근히 걱정되었
다. 그러나 정신이 이상해졌다 해도 지극히 침착했다. 그가 눈에 젖
은 머리카락을 이마 위로 쓸어 올리자 하얀 이마와 뺨이 불빛에 비
쳤다. 이때 그의 모습은 마치 대리석 조각상처럼 아름다웠다. 나는
지금처럼 아름다운 그의 모습을 본 적이 없다. 그러나 그의 모습에
서 근심과 슬픔의 쓸쓸한 흔적을 보고 가슴이 아팠다. 내가 알아들
을 수 있는 이야기를 하리라 기대하며 그가 입을 열기를 기다렸다.
그러나 그는 한 손으로 턱을 괴고 손가락을 입술에 댄 채 생각에 잠
겼다. 그 손도 얼굴처럼 야위었다. 달갑지 않은 연민이 복받쳐 올라
나는 이렇게 말했다.

"여동생들을 부르셔서 같이 사시는 게 좋을 것 같아요. 혼자 생활
하시는 모습이 너무 안돼 보여요. 더구나 목사님은 건강을 전혀 챙
기지 않는 것 같아요."

"천만에요. 안 좋다 싶을 때는 몸 생각을 합니다. 지금은 건강해
요. 어디 안 좋아 보이나요?"

그가 냉담하게 말했다. 쓸데없는 걱정이라는 투여서 나는 더 이
상 말하지 않았다.

그는 여전히 손가락으로 윗입술을 비볐다. 그는 몽상에 잠긴 듯한

멍한 눈으로 벽난로 쇠살대를 응시했다. 나는 무슨 말이든 해야 할 것 같아 그에게 뒤쪽 문으로 찬바람이 스며들지 않느냐고 물었다.

"아니, 아닙니다."

그는 조금 짜증스러운 듯 짧게 대답했다.

그래서 나는 속으로 말했다.

'그래요? 입을 떼기 싫으면 그냥 계시든가요. 나는 당신한테 관심 끊고 읽던 책이나 마저 읽을 테니까요.'

나는 촛불 심지를 자르고 나서 《마미온》을 읽었다. 잠시 후 나는 그가 움직이는 것을 느끼고 곧바로 그에게 시선을 돌렸다. 그는 모로코가죽 수첩에서 편지 한 통을 꺼내 읽더니 다시 집어넣고는 또 생각에 골몰했다. 이처럼 무슨 생각을 하는지도 모르는 사람이 박힌 듯 조금도 움직이지도 않고 앉아 있으니 글이 눈에 들어올 리 없었다. 그렇다고 안절부절못하는 마음으로 그냥 있을 수도 없어서 대답하기 싫어하든 말든 이야기하지 않을 수 없었다.

"여동생들에게 무슨 소식 온 거 없나요?"

"일주일 전에 보여드린 게 다입니다."

"목사님 계획에는 무슨 변화 없나요? 예정보다 일찍 떠나시게 되었다든가 하는 거 말이에요."

"그런 일은 없을 겁니다. 나 같은 사람이 그런 좋은 기회를 누릴 리 없죠."

나는 도저히 그를 이겨낼 재간이 없었다. 그래서 이번에는 학교와 학생들 얘기로 화제를 돌렸다.

"메리 개러트 어머니의 병환이 나으셔서 메리가 오늘 아침부터 학교에 다시 나오게 되었어요. 그리고 다음 주부터는 주물 공장에서 학생 4명이 새로 들어올 거예요. 눈만 오지 않았다면 오늘 왔을 텐데."

"그렇군요."

"올리버 씨가 두 사람 학비를 부담해주기로 하셨어요."

"그래요?"

"크리스마스에는 학생들 모두에게 음식을 대접하시겠다네요."

"그 얘기는 들었어요."

"목사님 제안이었나요?"

"아니에요."

"그럼……."

"그분 따님이겠지요."

"그분다운 생각이네요. 정말 친절한 분이세요."

"그래요."

다시 침묵이 흘렀다. 시계가 8시를 알렸다. 그 소리를 듣고 그가 정신을 차렸다. 그는 꼰 다리를 펴고 내 쪽으로 돌아앉았다.

"잠시 그 책을 놓고 난롯가로 가까이 오세요."

그가 말했다. 나는 무슨 일인지 의아했지만 고민해봐야 부질없다는 생각에 시키는 대로 했다.

"30분 전에 나머지 얘기를 마저 듣고 싶어 미칠 지경이라고 했지요. 그런데 곰곰이 생각해보니까 내가 얘기하고 당신이 듣는 게 더 나을 것 같군요. 좀 지루하더라도 이해해주세요. 그러나 예전에는 재미없게 들은 이야기를 다른 사람을 통해 들으면 새로운 재미가 생길 수도 있어요. 아무튼 들어본 것이든 처음 듣는 것이든 간에 얘기는 간단합니다.

20년 전 가난한 부목사가 있었습니다. 지금 그 사람 이름은 중요하지 않아요. 아무튼 그는 부잣집 딸을 사랑했어요. 그리고 그 처녀도 그를 사랑했고요. 두 사람은 모든 친척과 친지들의 반대를 물리치고 결혼했어요. 그 결과 모든 친척과 친지들은 그들과 인연을 끊었습니다. 경솔한 그 부부는 결혼한 지 2년도 채 되기 전에 둘 다 죽고 말았어요. 무덤 속에 나란히 묻혔죠. 나도 그들의 무덤을 본 적 있어요. ○○주의 큰 공업 도시에 있죠. 그을음으로 까맣게 된 음산하고 낡은 큰 교회를 둘러싼 넓은 묘지에 있었어요. 그들은 딸 하나만을 남기고 세상을 떠났습니다. 갓난아이는 세상에 나오자마자 자비의 품에 안겼죠. 오늘 밤 내가 거의 처박힐 뻔했던 눈구덩이와 같은 차가운 자비 말이에요. 의지할 곳 없는 어린애는 유복한 외가 친척 집으로 가게 되었고 외숙모, 이름을 말하지요, 게이츠헤드의 리드 부인에게 맡겨졌어요. 왜 놀라시죠? 무슨 소리라도 들렸나요? 쥐들이 교실 위쪽 서까래를 뛰어다니는 소리일 겁니다. 헛간을 개조해 교실을 만들었거든요. 헛간에는 흔히 쥐가 들끓으니까요. 계속하죠. 리드 부인은 10년 동안 그 고아를 길렀어요. 그동안 그 아이가 행복했는지 어쩐지는 듣지 못했어요. 아무튼 부인은 그 아이를 10년 동안 데리고 있다가 당신도 아는 곳으로 보냈어요. 당신이 오랫동안 몸담았던 로우드 학교요. 그곳에서 그녀는 우수한 학생이었나 봅니다. 당신처럼 학생으로 있다가 선생이 되었더군요. 그러고 보니 당신 이력이랑 놀라울 정도로 비슷하네요. 그 여자는 가정교사가 되기 위해 학교를 떠났어요. 이것 또한 당신과 비슷하군요. 여자는 로체스터 씨라는 사람이 데리고 있는 양녀의 교육을 맡게 되었죠."

"리버스 씨!"

내가 말을 끊었다.

"당신 기분은 알겠지만 조금만 참아주세요. 거의 다 끝났으니까. 로체스터 씨가 어떤 사람인지 나는 잘 모릅니다. 다만 그가 이 젊은 처녀에게 정식으로 청혼했고, 그 여자는 결혼식 당일 교회 성단 앞에서 그에게 정신병자인 부인이 살아 있다는 것을 처음으로 알게 되었습니다. 그 후에 그가 어떻게 행동했고 그녀에게 어떤 제안을 했는지는 추측할 수밖에 없습니다. 그런데 어떤 사건이 일어나서 그 가정교사에게 소식을 전해야 하는데, 그녀가 이미 그곳을 떠났다는 겁니다. 어디로 간다는 말도 없이 아무도 모르게 사라진 겁니다. 그녀는 모두 잠든 사이 손필드 저택을 빠져나간 것이었어요. 사방으로 수소문했지만 소용없었어요. 그 지방을 이 잡듯이 뒤져보았지만 아무런 단서도 찾지 못했답니다. 그런데 그 여자를 찾는 것이 매우 중요하고 긴급한 일이라는군요. 모든 신문에 사람을 찾는다는 광고를 냈고요. 나도 지금 말한 내용이 소상하게 적힌 편지를 브리그스라는 변호사한테 받았습니다. 참으로 이상한 일 아닙니까?"

"한 가지만 말씀해주세요. 그 일에 대해 많은 것을 알고 계시니 대답해주실 수 있을 거예요. 로체스터 씨는 어떻게 되셨나요? 어떻게 지내시는지요? 지금 어디서 무얼 하고 계신가요? 병이 난 건 아닌가요?"

"로체스터 씨에 관해서는 아는 것이 전혀 없습니다. 조금 전에 말했듯이 내가 받은 편지에는 남을 속이고 법에 위배된 계획만 적혀 있을 뿐입니다. 다른 건 없었어요. 그보다 당신은 그 가정교사의 이름이 더 궁금하지 않나요? 무슨 일로 그녀를 급하게 찾는지 그게 더 궁금할 것 같은데요?"

"손필드에 직접 가보지는 않았나 봐요? 로체스터 씨를 만나지 않았나요?"

"그런 것 같습니다."

"하지만 로체스터 씨한테 편지는 보냈겠죠?"

"그랬겠죠."

"그래, 뭐라고 답장이 왔나요? 답장은 누가 받았죠?"

"브리그스 씨 말로는 로체스터 씨한테 온 것이 아니라 '앨리스 페어팩스'라고 서명된 여자한테 왔다더군요."

나는 소름이 돋고 가슴이 철렁 내려앉았다. 그렇다면 내가 생각한 최악의 상황이 들어맞은 것이었다. 결국 자포자기하는 심정으로 영국을 떠나 그전에 머물렀던 유럽 대륙으로 건너갔으리라. 그 극심한 아픔을 잊으려고 어떤 진통제를 구했을까? 그는 강렬한 열정을 쏟아부을 대상으로 무엇을 찾았을까? 차마 이 물음에 대답할 엄두가 나지 않았다. 오, 나의 가여운 주인님, 한때 남편이 될 뻔한, 수없이 '사랑하는 에드워드'라고 불렀던 사람!

"그 사람, 참 고약한 친구인가 보네요."

리버스 씨가 말했다.

"잘 모르면서 그런 말씀하지 마세요. 목사님은 그분에 대해 잘 몰라요."

나는 격한 감정으로 말했다.

그러자 그가 차분하게 대답했다.

"그러지요. 신경 쓰이는 다른 일이 있으니까요. 내 얘기를 하죠. 당신이 그 가정교사 이름을 묻지 않으니 내가 말하겠습니다. 잠시만요. 여기 있을 텐데. 중요한 것들은 적어놓는 것이 좋거든요."

그는 다시 수첩을 조심스럽게 꺼내 뒤적이더니 급하게 찢은 듯한 꼬깃꼬깃한 종잇조각을 꺼냈다. 나는 종이 질감이나, 감색, 진홍색, 주홍색 물감이 얼룩진 것으로 보아 어제 초상화 위에 덮여 있던 얇은 종이라는 것을 알았다. 그는 의자에서 일어나더니 종잇조각을 내 앞으로 내밀었다. 내가 먹으로 '제인 에어'라고 쓴 것이었다. 아아, 내가 무심중에 쓴 것이었다.

"브리그스 씨의 편지에는 제인 에어라는 사람에 대해 적혀 있었어요. 광고는 제인 에어라는 사람을 찾는 것이었고요. 내가 아는 사람은 제인 엘리엇이지만, 사실 나는 의구심을 갖고 있었어요. 그러나 바로 어제 오후에 그 의심이 사실이라는 것을 확인했어요. 당신본명이 제인 에어 맞죠?"

"네네, 그래요, 제가 제인 에어예요. 브리그스 씨는 어디 계신가요? 그분이 로체스터 씨 소식을 더 잘 알겠군요."

"브리그스 씨는 런던에 있어요. 하지만 로체스터 씨에 관해서는 아무것도 모를 겁니다. 그의 관심은 로체스터 씨가 아닙니다. 그건그렇고 당신은 사소한 일만 궁금해하고 정작 자신에 관한 중요한일을 잊고 있군요. 브리그스 씨가 당신을 찾는 이유도 물어보지 않고요. 당신한테 무슨 볼일이 있는지 말입니다."

"그분이 왜 저를 찾는 거죠?"

"당신 숙부인 마데이라의 에어 씨가 돌아가셨어요. 그리고 그 숙부가 전 재산을 당신에게 상속했어요. 그래서 당신은 부자가 되었다는 소식을 전하려는 겁니다. 그것뿐이에요. 다른 건 없어요."

"제가요? 제가 부자가 됐다고요?"

"그래요. 당신은 유산을 상속받아 부자가 되었어요."

잠시 침묵이 흐른 뒤 그가 덧붙였다.

"물론 당신은 본인이 제인 에어라는 사실을 증명해야 해요. 지극히 간단한 절차예요. 그것만 확인되면 곧바로 상속할 수 있어요. 당신의 재산은 영국 국채로 되어 있고, 브리그스 씨가 유언장이랑 필요한 서류를 가지고 있어요."

이렇게 새로운 카드가 나타났다. 독자 여러분, 가난한 사람이 하루아침에 부자가 되다니, 이보다 더 신나는 일이 어디 있겠는가. 참으로 멋진 일이다. 그러나 당장 실감이 나지 않는 일이었다. 그래서 그 소식을 듣자마자 기뻐할 수 없었다. 인생에는 이보다 더 가슴 벅차고 기쁨에 들뜨는 일들이 얼마든지 있다. 그러나 이것은 관념적인 것이 아니라 실제로 일어난 사건이었다. 이 일에 따르는 모든 생각과 표현도 확고하고 진지해야 한다. 부자가 되었다는 소식에 다짜고짜 기뻐서 펄쩍펄쩍 뛰거나 흥분해서 소리치지는 않는다. 거기에 따른 책임과 사무적인 절차를 먼저 생각하게 된다. 흡족한 마음과 더불어 진중한 고민이 따르게 마련이고, 감정을 억제하고 자신에게 닥친 행운에 대해 진지하게 생각해보게 된다. 그리고 상속이니 유산이라는 단어에는 죽음과 장례라는 단어가 따라붙게 마련이다. 일찍이 말로만 듣던 유일한 혈육인 숙부가 돌아가셨다. 숙부가 계시다는 말을 들은 뒤부터 늘 언젠가는 뵐 수 있으려니 생각했다. 그러나 더 이상 만날 수 없게 되었다. 그리고 그분의 전 재산을 내가 물려받게 되었다. 함께 기뻐할 가족도 없는, 천애의 고아인 나 한 사람에게 남겨진 것이다. 두말할 것도 없이 그것은 엄청난 축복이었다. 혼자 살아갈 수 있을 만큼 재산이 있다는 것은 정말 기쁜 일이었다. 그렇다, 나는 그렇게 느꼈다. 이런 생각이 들자 가슴이 벅차오르는 듯했다.

"드디어 이마의 주름이 펴지는군요. 메두사를 쳐다보고는 돌이 된 줄 알았습니다. 그럼 이번에는 유산받는 액수가 얼마인지 궁금하지 않나요?"

"얼마나 되나요?"

"뭐, 얼마 안 되는 것 같더군요! 얘기하고 말고 할 것도 없어요. 고작 2만 파운드라던가. 별 대단치도 않은 액수잖습니까?"

"2만 파운드요?"

나는 또 한 번 놀랐다. 4천에서 5천 파운드쯤 되려니 생각했던 것이다. 이 말을 듣는 순간 나는 숨이 턱 막히는 것 같았다. 그러자 세인트 존이 소리 내어 웃었다. 그의 웃음소리를 들은 것도 그때가 처음이었다.

"이봐요. 당신이 사람을 죽이고 그 사실이 들켰다고 알려주어도 이보다 더 놀라지는 않을 겁니다."

"어마어마한 금액이네요. 잘못 알고 계신 건 아닌가요?"

"천만에요. 확실합니다."

"숫자를 잘못 보셨겠죠. 2천 파운드가 아닌지요!"

다시금 나는 남들 먹는 만큼 먹는 사람이 1백 인분의 음식이 차려진 식탁에 혼자 앉아 있는 기분이었다. 이때 세인트 존이 자리에서 일어나 외투를 입었다.

"날씨만 괜찮으면 말동무할 한나를 보낼 텐데, 쓸쓸하게 혼자 두고 가려니 마음이 무겁네요. 한나가 오기는 힘들 겁니다. 다리가 짧아서 나처럼 눈 쌓인 길을 헤치고 올 수 없어요. 할 수 없이 슬픔에 잠긴 당신을 혼자 두고 가야겠네요. 편히 쉬세요."

그가 걸쇠를 올렸을 때 나는 돌연 어떤 생각이 떠올라 그를 불러 세웠다.

"잠깐만요!"

"무슨 일이죠?"

"그런데 브리그스 씨가 어떻게 목사님한테 그런 편지를 보낸 거죠? 그분이 어떻게 목사님을 아시는 거죠? 이런 산골짜기 외딴 마을에 사는 분한테 어떻게 사람을 찾아달라고 부탁할 수 있죠?"

"아! 나는 목사예요. 목사들한테는 가끔 이해할 수 없는 부탁을 해오는 경우가 많죠."

걸쇠가 다시 한번 덜컥했다.

"그 대답으로 충분하지 않아요. 그 정도 설명으로는 호기심이 채워지기는커녕 더욱 의구심이 들 뿐이에요."

나는 대뜸 소리쳤다. 그리고 잠시 뒤 덧붙였다.

"정말 이해할 수 없어요. 자세히 알아야겠어요."

"차차 말씀드리죠."

"아뇨, 오늘 꼭 들어야겠어요! 지금 당장요!"

이렇게 말하고 나는 돌아서는 그와 문 사이를 막아섰다. 그는 어쩔 줄 모르는 표정을 지었다.

"다 말씀해주시기 전까지 절대 못 가요!"

"지금은 말하기가 뭣하네요."

"꼭 말씀해주세요! 꼭이요."

"다이애나와 메리를 통해 알려드릴게요."

이렇게 거절하니 나는 더욱 궁금해 미칠 지경이었다. 나는 이야기를 듣지 않고는 견딜 수 없을 것 같았다. 그것도 지금 당장 말이다. 그러자 그가 말했다.

"일전에 말씀드렸듯이 내 고집을 꺾기 쉽지 않을 겁니다. 좀처럼 생각을 바꾸는 사람이 아니라서요. 쉽게 설득되지 않을 거예요."

"고집이라면 저도 만만치 않아요. 절대 어영부영 넘어가지 않을 거예요."

"저는 냉정한 사람이라 어떤 정열로도 녹일 수 없을 거예요."

"저는 어떤 얼음도 녹일 만큼 뜨겁답니다. 얼음은 불에 녹게 마련이죠. 목사님 외투에 얼어붙은 눈도 난롯불에 다 녹았잖아요. 눈 녹은 물이 바닥에 흘러 진창 같은 길거리처럼 되었네요. 리버스 씨, 부엌 바닥을 더럽힌 대역죄를 용서받으시려면 제 질문에 대답해주세요."

"그렇게 말하다니, 내가 졌습니다. 당신 열정이 아니라 끈기에 졌어요. 낙숫물이 댓돌을 뚫는다더니. 더구나 곧 당신도 알게 될 일이기도 하니까요. 당신이 제인 에어 맞죠?"

"네, 아까 맞다고 말씀드렸어요."

"내가 당신과 같은 성이라는 건 모르겠죠. 내 이름은 세인트 존 에어 리버스입니다."

"전혀 몰랐어요! 그러고 보니 가끔 빌려주신 책에 이름 머리글자 'E'자가 적혀 있던데. 하지만 그것이 어떤 성인지는 몰랐어요. 제가 물어보지도 않았고 미리 알려주시지도 않았으니까요. 그런데 어떻게 된 일이죠? 설마⋯⋯."

나는 말을 끝맺지 못했다. 갑자기 뭔가가 머릿속에 떠올랐던 것이다. 강한 확신으로 떠오른 그 생각을 묻어둘 수도, 그렇다고 말로 꺼낼 수도 없었다. 여러 가지 상황이 짜 맞춰지고 맞아떨어지더니 곧 정리가 되었다. 낱개로 떨어져 있던 고리 더미가 완전히 연결되면서 하나의 긴 쇠사슬이 되었다. 세인트 존의 얘기를 더 듣기도 전에 나는 직감적으로 알아챘다. 그러나 독자 여러분은 나와 같은 직감이 발동하지 않을 수 있으므로 그의 설명을 여기 적겠다.

"내 어머니의 성이 에어입니다. 어머니한테는 남동생이 둘 있었어요. 한 분은 목사였는데 게이츠헤드의 제인 리드 양과 결혼했고, 또 한 분은 마데이라의 푼샬에서 무역을 했던 존 에어 씨입니다. 에어 씨의 변호사가 바로 브리그스 씨인데, 그가 지난 8월 우리에게 외삼촌이 돌아가셨다는 소식을 전해주었어요. 서로 다툼이 있었던 외삼촌과 아버지는 결국 화해하지 못하고 두 분 다 돌아가셨어요. 그래서 외삼촌은 자기 형인 목사의 딸에게 전 재산을 상속했죠. 그런데 몇 주일 전에 브리그스 씨가 편지를 보내왔는데 상속인이 행방불명되었다는 거예요. 그러면서 혹시 그녀에 대해 아는 것이 없냐고 물어보더군요. 그러다 우연히 종이에 적힌 이름을 보고 그 상속인을 찾아낸 겁니다. 그다음은 당신도 아는 것이고요."

그는 다시 나가려고 했으나 내가 문을 등진 채 가로막고 있었다.

"잠깐 제 얘기도 들어주세요. 생각할 시간도 좀 주시고요."

그는 내 앞에서 모자를 든 채 차분한 표정으로 서 있었다. 나는 말을 이었다.

"목사님 어머니가 제 아버지의 누님이지요?"

"그래요."

"그럼, 고모님이신 거네요?"

그가 고개를 끄덕였다.

"존 숙부님이 곧 당신의 외삼촌이고요? 목사님과 다이애나와 메리는 그분의 누님이 낳으셨고요. 나는 그분 형님 딸이고요."

"그렇습니다."

"그럼, 세 분은 저의 고종사촌이네요. 절반은 같은 핏줄이고요."

"우리는 사촌 형제요."

나는 그를 유심히 보았다. 나는 오빠 한 사람을 찾은 것 같았다. 자랑할 수도 있고 사랑할 수도 있는 오빠와 두 언니. 서로 전혀 모르고 사귀었을 때도 그들은 나로 하여금 진심으로 좋아하고 존경하는 마음을 품게 했다. 비가 내려 축축한 땅바닥에 무릎 꿇고 무어 하우스 부엌의 낮은 창문을 통해 궁금증과 절망감이 교차하는 처연한 심정으로 바라보았던 두 젊은 아가씨들이 나와 피를 나눈 친척이었다. 그 집 문 앞에서 초주검이던 나를 발견한 젊고 근엄한 신사가 나의 혈육이었다. 외롭고 가여운 고아에게 이보다 더 근사한 일이 있을 수 있겠는가! 이것이야말로 진정한 부(富)였다! 순수하고 따뜻한 애정의 광맥이야말로 빛나는 황금과는 다른 찬란하게 살아있는 가슴 벅찬 축복이었다. 황금을 얻는 것은 기쁘기는 하지만 무게에 짓눌려 마음조차 어둡고 무거운 법이다. 나는 너무 기뻐서 손뼉을 쳤다. 내 심장은 고동치고 혈관 속으로 전율이 흘렀다.

"너무 기뻐요. 정말 좋아요!"

나는 소리쳤다.

세인트 존은 미소 짓더니 말했다.

"사소한 일에 신경 쓰느라 정작 중요한 일을 잊고 있다고 말하지 않았나요? 재산을 상속받게 되었다고 말했을 때는 심각한 표정을 짓더니 지금은 별 중요하지도 않은 일에 뛸 듯이 기뻐하는군요."

"무슨 말씀을 그렇게 하세요? 목사님한테는 대수롭지 않은 일일지 몰라요. 누이동생이 두 분이나 있으니까 사촌 동생쯤은 있어도 그만 없어도 그만이겠죠. 하지만 저는 달라요. 저한테는 아무도 없어요. 그런데 어느 날 갑자기 세 사람이, 당신은 포함하지 말라고 하면, 둘이 어른이 되어 내 앞에 나타났어요. 저는 정말이지 너무너무 기뻐요!"

나는 잰걸음으로 정신없이 방 안을 왔다 갔다 했다. 내가 수용하고 이해하고 정리할 틈도 없이 생각들이 끊임없이 솟아났다. 앞으로 어떻게 될 것인지, 뭘 해야 하고, 뭘 할 수 있는지, 끊임없이 솟아나는 생각들로 숨이 막힐 것 같아 나는 멈춰 섰다. 내가 바라보는 텅 빈 벽이 마치 반짝이는 별들이 가득한 하늘 같았다. 모든 별들이 앞으로 나아가야 할 방향과 기쁨으로 넘치는 나를 비추는 듯했다. 지금까지 아무런 보답도 하지 못하고 마음으로 사랑하기만 했던 생명의 은인들에게 은혜를 갚을 수 있게 되었다. 나는 멍에를 지고 있는 그들을 자유롭게 풀어줄 수 있다. 뿔뿔이 흩어져 있는 그들이 다시 모여 살게 할 수 있다. 독립이라는 부가 내 것인 동시에 그들의 것이기도 했다. 우리 네 사람이 2만 파운드를 똑같이 나누면 한 사람이 5천 파운드씩 가지게 된다. 그것으로 충분하지 않은가. 공평하게 나누면 모든 사람이 행복할 것이다. 재산도 내게는 더 이상 무거운 짐이 아니다. 나는 단순히 돈을 상속받은 것이 아니라 새로운 삶과 희망과 기쁨을 물려받은 것이다.

내 머릿속에서 이러한 생각들이 휘몰아칠 때 내가 어떤 표정을 짓고 있었는지는 알 수 없다. 그러나 리버스 씨가 내 뒤에 의자를 갖다 놓고 나를 거기에 앉히려고 하는 것을 느꼈다. 그는 나한테 차분히 앉아서 생각하라고 했다. 그는 내가 맥이 풀리고 혼이 나간 듯하다는 것을 그렇게 표현한 것이었다. 그러나 나는 그의 태도에 화가 나서 손을 뿌리치고 다시 방 안을 서성였다.

"내일 다이애나와 메리에게 편지하세요. 빨리 집으로 돌아오라고요. 다이애나는 천 파운드만 있으면 부자라고 했는데, 5천 파운드가 생기면 충분히 만족할 거예요."

"찬물 좀 마시고 정신 차려요. 어디 있죠? 좀 진정해야겠어요."

세인트 존이 말했다.

"지금 그게 중요해요? 그런데 그 유산으로 목사님은 뭘 하실 거죠? 영국에 남아 올리버 양과 결혼해서 보통 사람처럼 사시겠어요?"

"무슨 잠꼬대 같은 소리요? 당신은 지금 너무 흥분했어요. 내가 너무 갑작스러운 소식을 전해 어찌할 바를 모르는 거예요."

"리버스 씨! 그런 말 마세요. 제 정신은 말짱하다고요. 당신이 잘못 알고 있는 거예요. 아니면 그런 척하는 건지."

"내가 알아듣기 쉽게 자세히 설명해봐요."

"설명이라니요! 더 이상 무슨 설명이 필요하죠? 2만 파운드, 삼촌의 유산을 조카 넷이 똑같이 나누면 각자 5천 파운드씩 가지게 된다는 걸 모르시겠어요? 얼른 여동생들에게 편지를 보내 유산을 물려받게 되었다는 소식을 전해달라는 말이잖아요."

"당신한테 생긴 거요."

"제가 말씀드렸잖아요. 다른 생각은 더 이상 할 필요 없어요. 저는 혼자만 잘살고 싶은 이기주의자도 아니고, 불공평한 처사로 어리석은 짓을 하는 사람도 아니고, 악마처럼 배은망덕한 사람은 더더욱 아니에요. 게다가 저는 가족들과 함께 살기로 결심했어요. 저는 무어 하우스가 정말 좋아요. 거기서 살 거예요. 내가 좋아하는 다이애나와 메리랑 평생 함께 살 거예요. 5천 파운드는 저에게 기쁨과 도움을 주지만 2만 파운드는 고통과 부담만 줄 뿐이에요. 더구나 법적으로는 제 것일 수 있지만 도의적으로는 저 혼자 가질 수 없어요. 그래서 제 몫 말고 나머지를 드리는 것이니 받아주세요. 거절하지도 마시고 의논도 필요 없어요. 모두 찬성하고 일을 매듭지어요."

"충동적인 생각으로 일을 처리해서는 안 돼요. 며칠을 두고 진지하게 생각해본 다음에 확신이 서야만 진심이라고 할 수 있는 겁니다."

"제 진심을 의심하는 거라면 다행이네요. 그렇다면 제 결정이 옳다는 건 인정하시겠지요?"

"어느 정도 올바른 행동이라는 건 인정하지만 일반적인 관례는 아니에요. 그리고 모든 유산은 당신 겁니다. 외삼촌이 자기 혼자 힘으로 모은 재산을 누구에게 상속하건 그건 외삼촌 자유예요. 그분은 그 재산을 당신에게 물려주었어요. 당신은 정당하게 받은 겁니다. 그 모든 재산을 당신이 다 가진다 해도 양심에 조금도 거리낄 것이 없어요."

"제게 이 일은 양심의 문제이자 감정의 문제예요. 저는 하고 싶은 대로 하고 싶어요. 그동안 그렇게 살고 싶어도 그럴 기회가 전혀 없었거든요. 당신이 1년에 걸쳐 의논하고 반대하고 가로막아도 저는

제33장 285

일단 맛본 엄청난 기쁨을 절대 포기하지 않을 거예요. 크나큰 은혜를 조금이나마 갚고 평생 함께할 친구들을 얻는 기쁨을 말이에요."

"지금은 그런 생각이 들 수도 있어요. 왜냐하면 당신은 재산을 소유할 줄도, 또 그것을 즐길 줄도 모르니까요. 2만 파운드가 얼마나 큰돈인지, 그 돈으로 어떤 사회적 지위를 얻을 수 있고, 또 어떤 미래를 보장받을 수 있는지 전혀 모르는 거예요. 그리고 또⋯⋯."

"목사님!"

나는 그의 말을 끊었다.

"당신은 형제간의 사랑에 목마른 저를 전혀 이해하지 못하고 있어요. 지금까지 저는 내 집은 물론 형제자매를 가져본 적이 없어요. 하지만 이제는 가지고 싶어요. 저를 누이동생으로 받아들이기 싫으신 건가요?"

"에어 양, 나는 당신의 오빠요. 내 누이동생들은 당연히 당신 언니고. 당신의 정당한 권리를 희생하고 안 하고는 상관없이 그건 엄연한 사실이에요."

"오빠요? 그래요, 천 리나 떨어져 사는 언니들? 그래요, 낯선 사람들 속에서 하인처럼 아등바등하는 언니들! 그리고 나 혼자만 부자고요. 내가 번 것도 아니고 받을 자격도 없는 돈을 잔뜩 쥐고서 말이죠. 세 분은 가진 것이 하나도 없는데? 참 평등하고 우애로운 일이네요. 참 화목하고 돈독한 사랑이에요!"

"그러나 에어 양, 당신이 갈망하는 가족 간의 사랑과 유대는 다른 방법으로도 얼마든지 얻을 수 있어요. 결혼하면 되지 않소?"

"별말씀을 다 하시네요! 저는 결혼하고 싶지 않아요. 평생 절대 안 할 거예요."

"그건 지나친 생각이에요. 무엇이든 무턱대고 단정하는 것 자체가 지나치게 흥분했다는 증거죠."

"아니요. 저는 제 마음을 알아요. 결혼은 생각만 해도 몸서리가 난다고요. 저를 사랑해서 결혼할 사람은 없을 거예요. 돈 보고 결혼하는 사람은 싫어요. 더구나 기질이나 생각이 전혀 다른 사람하고 가족이 되고 싶지 않아요. 저와 피를 나눈 형제, 서로 마음이 잘 맞고 공감할 수 있는 사람들을 원해요. 다시 한번 제 오빠가 되어주겠다고 말씀해주세요. 조금 전에 그렇게 말씀하셨을 때 얼마나 기쁘고 행복했는지 몰라요. 제발 한 번만 더 말해주세요. 진심으로 말이에요."

"물론이오. 나는 언제나 누이동생들을 사랑했어요. 그 사랑의 뿌리가 무엇인지도 알고 있고. 그것은 그들의 가치를 알아주고, 그녀들의 재능을 찬탄하는 것이지. 당신도 신념을 굽히지 않고 의지가 강한 사람이에요. 다이애나와 메리와 습성이나 취미도 비슷하고. 당신하고 있으면 즐겁고, 당신과 얘기하면서 많은 위안을 얻어요. 그러니 자연스럽게 당신을 나의 셋째이자 막냇동생으로 받아들일 수 있어요. 그리고 기꺼이 그러고 싶어요."

"감사합니다. 오늘 밤은 그 정도로 만족해요. 그럼 이제 돌아가시는 게 좋겠어요. 더 있다가는 미심쩍은 생각이 어쩌고저쩌고 하면서 저를 괴롭히실지도 모르니까요."

"그럼 에어 양, 학교는 어떻게 하죠? 문을 닫아야 하나요?"

"아니요. 저 대신 맡아줄 사람을 구할 때까지 계속할게요."

그는 알겠다는 듯이 미소 지었다. 우리는 악수를 했다. 그리고 그는 밖으로 나갔다.

유산 상속 문제를 내가 원하는 대로 매듭지으려고 얼마나 많은 논의와 언쟁을 벌였는지는 일일이 말하지 않아도 될 것이다. 결코 쉬운 일이 아니었다. 그러나 마침내 사촌들은 재산을 똑같이 분배하려는 내 결심이 확고부동하다는 것을 알아주었다. 그들도 마음속으로는 그것이 공정한 처사라고 느끼고, 또 자기들이 내 입장이라도 그렇게 했을 것이라고 생각했는지도 모른다. 아무튼 그들은 이 문제를 중재재판에 일임하는 데 동의했다. 판사는 올리버 씨와 유능한 한 변호사였는데, 두 사람이 내 손을 들어줌으로써 내 주장이 받아들여졌다. 양도증서에 서명하고, 세인트 존, 다이애나, 메리, 나, 네 사람은 각각 상당한 재산을 갖게 되었다.

제34장

일이 모두 마무리되었을 때는 크리스마스 며칠 전이었다. 모두가
즐기는 축제의 계절이었다. 나는 그제서야 모턴 학교를 닫았는데,
헤어지면서 뭔가 해주고 싶었다. 행운은 묘하게도 마음뿐 아니라 손
까지 열어놓는다. 큰 행운을 얻었을 때 그중 일부를 남에게 베푼다
는 것은 특별히 솟아오르는 감정의 배출구를 마련해준다. 오래전부
터 나는 우리 시골 학생들 대부분이 나를 좋아한다는 사실에 몹시
흡족해했다. 그런데 이런 생각은 헤어질 때 더욱 굳어졌다. 학생들
은 나에 대한 강한 애정을 확실하게 드러냈다. 내가 순박한 그들의
마음 한쪽을 차지하고 있다는 사실에 진심으로 기뻤다. 그래서 앞으
로 일주일에 한 번씩 학교를 찾아와 수업을 해주겠다고 약속했다.

세인트 존이 학교에 왔을 때 나는 60명에 이르는 학생이 줄지어
내 앞을 지나가고 나서 문을 잠그고 열쇠를 든 채로 수제자 대여섯
명과 각별한 인사를 나누고 있었다. 그녀들은 영국 소작농 자녀들
가운데 가장 고상하고 예의 바르고 단정하고 교양이 있었다. 이것

은 굉장한 칭찬이다. 왜냐하면 영국 농민은 유럽 어느 나라 농민보다 많은 교육을 받고 가장 예의 바르며 자존심이 강하기 때문이다. 그 뒤로 나는 프랑스와 독일의 시골 여자들을 만나봤지만 그들 중 가장 나은 사람도 내가 가르친 모턴의 소녀들에 비해 아는 것이 없고 상스럽고 우매했다.

학생들이 돌아가고 나서 세인트 존이 물었다.

"한 학기 동안 고생한 보람이 있었나? 젊은 시절 아주 좋은 일을 했다는 사실이 기쁘지 않아?"

"그럼요. 정말 기뻐요."

"몇 달 일하고도 그런데 인류의 진보를 위해 평생을 바친다면 얼마나 보람 있는 삶일까?"

"그렇죠. 하지만 저도 항상 이럴 수만은 없어요. 남의 재능을 개발하는 것도 좋지만 내 재능을 좀 써먹고 싶네요. 이제부터 해야겠으니 제 마음이든 몸이든 간에 다시는 학교로 불러들이지 말아주세요. 이제 학교에는 손을 뗐으니 휴식을 만끽할 거예요."

그러자 그가 진지한 표정으로 말했다.

"왜 그래? 왜 갑작스럽게 들떠서 그러지? 무얼 하려고?"

"이제 좀 활발히 움직여야죠. 할 수 있는 한 말이에요. 무엇보다 오빠는 한나를 좀 놓아주셔야겠어요. 다른 사람을 구하고요."

"한나가 필요해?"

"네, 한나랑 무어 하우스에 가서 살려고요. 일주일 뒤에 다이애나와 메리 언니들이 오기 전에 모든 준비를 끝내려고요."

"그래. 난 또 어디 여행이라도 떠나는 줄 알았지. 그래 좋아. 한나를 보내지."

"그럼 한나한테 내일까지 떠날 채비를 마치라고 일러두세요. 이건 교실 열쇠예요. 집 열쇠는 내일 아침에 드릴게요."

그가 열쇠를 받았다.

"무척 기쁜 듯이 돌려주는구나. 왜 그렇게 들떠 있는지 이유를 모르겠어. 학교를 그만두고 이제 뭘 하려는지 알 수가 없으니 말이야. 도대체 목표와 목적과 야망이 뭐지?"

"제 목표는 첫째, 무어 하우스의 침실부터 지하실까지 집 안 구석구석 깨끗이 청소하는 거예요. 청소라는 게 진짜 어떤 건지 아실지 모르겠지만요. 둘째, 헝겊에 밀랍과 기름을 잔뜩 발라서 반들반들 윤이 날 때까지 닦는 거예요. 셋째, 의자, 탁자, 침대, 카펫 등을 정확히 계산해서 배치하고 오빠 재산이 거덜날 만큼 석탄을 때서 온 집 안을 따뜻하게 지필 거예요. 마지막으로 언니들이 도착하기 이틀 전부터 한나랑 같이 달걀을 풀고 건포도를 고르고, 양념을 다지고, 크리스마스 케이크를 반죽하고, 민스파이 재료를 잘게 썰 거예요. 그리고 오빠처럼 문외한인 사람들에게 말해도 도무지 알 수 없는 다양한 부엌일을 할 거예요. 간단히 말해서 다음 주 목요일까지 다이애나와 메리 언니들을 맞이하기 위한 모든 준비를 마치는 거예요. 제 야망은 가장 완벽하게 두 분을 환영하는 거예요."

세인트 존은 살짝 미소 지었지만 뭔가 부족한 듯했다.

"지금이야 그것만으로 좋아하겠지만, 들뜬 기분이 한풀 꺾이고 나면 가족의 사랑이나 가사의 기쁨보다 좀더 고상한 것을 찾지 않겠어?"

"이 세상에서 이보다 더 좋은 게 어딨어요."

나는 그의 말을 가로막았다.

"아니야, 제인, 그렇지 않아. 이 세상은 열매를 맺는 곳이 아니야. 그렇게 하면 안 돼. 또한 쉬는 곳도 아니지. 그러니 게으름 피워서는 안 돼."

"정반대로 엄청 바쁘게 움직일 거예요."

"당분간은 용서해주지. 제인이 새로운 환경을 즐기고 뒤늦게 찾은 혈육과 즐거운 시간을 보내는 기쁨을 만끽하도록 두 달 정도는 참아주지. 그러나 그다음에는 무어 하우스와 모턴, 그리고 자매들과 나누는 사랑, 풍족한 문화생활 속에서 편안한 감정에 빠지지 말고 더 가치 있는 것을 추구하기 바라. 그때 다시 한번 감당할 수 없을 정도로 기운이 넘치기를 바라."

나는 놀란 표정으로 그를 보았다.

"그런 말씀을 하시다니 오빠도 참 심술궂어요. 저는 지금 여왕이라도 된 것처럼 흐뭇한데 오빠는 또 저를 불안하게 만드시네요! 왜 그래요?"

"하느님이 주신 재능을 보다 나은 일을 위해 쓰게 하려는 거지.

언젠가는 하느님께서 철저하게 결과 보고를 받으실 테니까. 제인, 미리 말해두지만, 나는 너를 가까이서 유심히 살펴볼 거야. 평범하고 가정적인 분위기에서 낙을 찾으려고 하지 마. 그런 것에 열정을 쏟는 것은 너에게 어울리지 않아. 혈육의 관계에 다 쏟아부으면 안돼. 너의 불굴의 의지와 치열한 열정은 좀더 높은 목표를 위해 아껴두어야 해. 보잘것없고 아무 의미 없는 일에 힘을 낭비해서는 안돼. 제인, 듣고 있니?"

"네, 마치 그리스어로 말하는 것 같아요. 무슨 말인지 하나도 못 알아듣겠어요. 저는 행복할 이유가 충분하고, 또 행복한 시간을 보낼 거예요. 안녕히 가세요!"

나는 무어 하우스에서 행복하게, 열심히 일했다. 한나도 그랬다. 어지럽혀져서 엉망진창인 집 안을 이리저리 뛰어다니며 신나게 먼지를 털고, 쓸고, 닦고, 훔치고, 요리하는 나를 보며 그녀는 매우 재미있어 했다. 하루 이틀은 온통 뒤죽박죽으로 어질러져 있어 정신이 없었지만 차츰 정리해나가는 즐거움이 있었다. 그 전에 이미 나는 S시에서 새 가구를 사두었다. 내가 하고 싶은 대로 집을 꾸며도 좋다는 허락을 사촌들에게 받아두었고, 가구 살 돈도 따로 빼놓았다. 나는 늘 사용하는 안방과 침실은 예전처럼 그냥 두었다. 다이애나와 메리는 최신 가구보다 낡고 소박한 탁자와 의자 그리고 침대 등을 더 그리워하리라 생각했기 때문이다. 그러나 다시 고향에 돌아온 그녀들에게 깜짝 선물을 하려면 아무래도 새로운 것들이 필요했다. 새로 산 짙은 색의 아름다운 카펫과 커튼, 심혈을 기울여 고른 도자기와 청동으로 만든 골동품, 새 시트, 새 거울, 화장대에 놓인 화장품 상자 등을 새로 장만했다. 지나치게 화려하지 않고 산뜻한 것으로 골랐다. 가끔 쓰는 거실과 손님용 침실은 오래된 마호가니 가구를 놓고 진홍빛으로 실내를 꾸며 분위기를 완전히 바꾸었다. 복도에는 굵은 실로 짠 캔버스 천을 깔고 계단에는 카펫을 깔았다. 모든 정리가 끝났을 때 집 안과 바깥 분위기는 뚜렷한 대조를 보였다. 겨울철의 거칠고 메마른 황야가 펼쳐진 바깥 풍경은 쓸쓸함 그 자체였지만, 무어 하우스 안은 환하고 소박하면서도 아늑한 분위기 그 자체였다.

마침내 목요일이 되었다. 그녀들은 해 질 녘에 도착할 예정이었다. 해가 지기 전에 2층 아래층 할 것 없이 모든 난로에 불을 피우고, 부엌은 깔끔하게 정리되어 있었다. 한나와 나는 옷을 갈아입고 그녀들을 맞이할 만반의 준비를 끝냈다.

먼저 세인트 존이 도착했다. 나는 모든 준비가 끝날 때까지 무어 하우스에 얼씬도 하지 말라고 그에게 당부했었다. 사실 지루하고 소소한 북새통이라 그는 생각만으로도 질려서 뒷걸음질했을 것이다. 내가 부엌에서 차에 곁들일 쿠키가 구워지는 것을 보고 있을 때 그가 들어왔다. 그가 난로 앞으로 다가와서 물었다.

"결국 식모 일에 만족한 건가?"

나는 내가 노력한 결과물을 함께 둘러보지 않겠냐고 했다. 그는 선뜻 내키지 않는 듯했으나 그를 설득해서 함께 집 안을 둘러보았다. 내가 문을 열면 그는 문 앞에서 방 안을 둘러볼 뿐이었다. 그리고 2층과 아래층을 전부 둘러보고 나서 그리 짧은 기간에 어쩜 이리 멋지게 꾸몄냐면서 고생 많이 했겠다고 말했다. 그러나 그는 아주 새롭게 꾸며진 집을 보고 기쁜 듯한 표현은 한 마디도 없었다.

그래서 나는 기분이 안 좋았다. 혹시나 새로 집을 꾸미면서 그가 소중히 여기는 옛 추억을 없애버린 것이 아닌가 생각되었던 것이다. 조금 침울한 목소리로 그에게 그렇지 않냐고 물었더니 그가 이렇게 대답했다.

"천만에! 오히려 내가 갖고 있던 다양한 추억거리를 세심하게 잘 챙겨주었어. 이런 부분에 필요 이상으로 신경을 많이 써줬어. 예를 들어 가구 배치를 정하면서도 얼마나 오래 고민했을까 싶네. 그건 그렇고 찾을 책이 있는데, 그게 어디 있을까?"

나는 책꽂이를 가리켰다. 그는 책을 꺼내더니 늘 앉던 창가의 우묵한 곳으로 가서 읽기 시작했다.

독자 여러분, 나는 이런 점이 마음에 들지 않았다. 세인트 존은 분명 좋은 사람이다. 하지만 그가 스스로 자기는 냉혹한 사람이라고 말했는데, 그 말이 맞다는 것을 느끼기 시작했다. 그는 인간관계나 삶에서 느끼는 소소한 즐거움에 아무 흥미를 느끼지 못했다. 그렇다고 화려한 생활에도 관심이 없었다. 말 그대로 오직 선하고 위대한 것만 추구하며 사는 것이다. 더구나 자기 자신은 물론 주위 사람들이 쉬는 것도 달가워하지 않았다. 나는 돌처럼 하얗고 넓은 이마, 책 읽는 데 몰두하고 있는 그의 멋진 외모를 바라보면서, 문득 '이 사람은 좋은 남편감은 아니야. 그의 아내로 산다는 건 괴로운 일이야.'라는 생각이 들었다. 그리고 올리버 양에 대한 그의 사랑이 어떤 것인지 직감할 수 있었다. 그것이 관능적인 사랑일 뿐이라는 데는 공감한다. 열병에라도 걸린 듯 그런 관능적인 사랑에 들떠 있는 자신을 얼마나 경멸했는지, 그러한 감정을 얼마나 억누르고 지워버리려 했는지, 그런 사랑으로는 올리버 양과 오래도록 행복하기 힘들다는 것을 얼마나 뼈저리게 느꼈는지 알 수 있었다. 대자연은 그를 영웅들(기독교든 이교도든)이나 법률가, 정치가, 정복자들과 같은 재료로 만들었다는 사실을 깨달았다. 그러므로 어마어마한 이익이 걸린 큰 사업에는 도움을 줄 수 있는 단단한 성채가 되겠지만, 집 안의 난롯가에는 어울리지도 않고 어둡고 차갑고 불편한 기둥 같은 존재였다.

나는 생각했다.

'이 거실은 그에게 어울리지 않아. 히말라야산맥이나 카피르족이 사는 산악지대나 흑사병으로 저주받은 기니 해안의 늪지대가 차라리 그에게 어울려. 안정적인 가정생활을 원하지 않는 것도 알 만해. 그의 활동 무대가 될 수 없으니까. 거기서는 그의 재능을 발휘할 수 없을뿐더러 더 발전하거나 돋보일 수도 없지. 지도자로서 그리고 탁월한 능력자로서 말하고 행동할 곳은 위험한 싸움터 한복판이야.

용기를 보여주고 온 힘을 발휘하고 불굴의 정신이 필요한 곳. 그러나 이 난롯가에서는 명랑한 어린애가 더 잘 어울리지. 그는 선교사의 길을 잘 선택한 거야. 이제야 나는 그걸 깨달았어.'

"오셨어요! 지금 오고 계세요!"

한나가 거실 문을 열어젖히며 외쳤다. 덩달아 늙은 카를로도 기쁜 듯이 짖어댔다. 나는 밖으로 뛰어나갔다. 벌써 어둑어둑했지만 마차 바퀴 소리가 또렷이 들려왔다. 한나는 곧 초롱불을 켰다. 쪽문 앞에서 마차가 멈추자 마부가 마차 문을 열어주었다. 눈에 익은 모습이 마차에서 내리고, 또 한 사람이 내렸다. 잠시 뒤 나는 보닛을 쓴 메리의 보드라운 뺨과 역시나 보닛을 쓴 다이애나의 물결치는 곱슬머리 사이에 내 얼굴을 묻었다. 그녀들은 환하게 웃으며 나와 한나에게 차례로 키스했다. 또 그녀들은 기뻐 날뛰는 카를로를 쓰다듬은 다음 안부를 묻고 모두 잘 있다는 대답을 듣고 나서야 얼른 집 안으로 들어갔다.

오랜 시간 덜컹거리는 마차에 있었던 그녀들은 차가운 밤공기에 몸이 뻣뻣하게 얼어 있었다. 그러나 활활 타오르는 따뜻한 난롯불에 몸을 녹이자 그녀들의 얼굴은 다시 생기발랄해졌다. 마부와 한나가 짐을 나르는 동안 자매는 세인트 존을 찾았다. 이때 그가 거실에서 나왔다. 두 사람은 동시에 그의 목을 그러안았다. 그는 한 사람씩 차분하게 키스하고 낮은 목소리로 환영 인사를 했다. 그러고는 잠깐 그들의 이야기를 듣다가 곧 거실에서 다 함께 보자는 말을 남기고 도망이라도 가듯 얼른 거실로 들어갔다. 나는 그녀들이 2층으로 올라갈 수 있게 촛불을 밝혀주었다. 다이애나가 마부를 대접해주라고 지시한 다음 두 사람은 내 뒤를 따라 올라왔다. 그녀들은 새 장식품이며 새 카펫, 화려한 채색의 도자기 화병 등으로 새롭게 꾸민 자기들 방을 보고 굉장히 좋아했다. 고맙다는 인사를 아낌없이 했다. 내 마음대로 꾸며놓았는데 그들이 흡족해하고, 집으로 돌아온 그들에게 새로운 즐거움을 주게 되어서 나는 더없이 기뻤다.

그날 밤은 정말 즐겁고 행복했다. 기쁨이 절정에 달한 사촌 언니들의 끊임없는 얘기는 세인트 존의 침묵을 채우고도 남았다. 그는 누이동생들과 다시 만나게 되어 진심으로 기쁘기는 했지만, 그녀들의 활활 타오르는 열정과 주체할 수 없는 기쁨에는 공감할 수 없었다. 그는 다이애나와 메리가 집으로 돌아와서 기뻤지만, 거기에 따르는 즐거운 소동이나 반가운 마음에 쏟아내는 수다는 지루해했던 것이다. 나는 그가 내일은 좀더 조용했으면 한다는 것을 알고 있었다. 차를 마시고 한 시간쯤 지나 그날 밤의 즐거운 분위기가 최고조에 이르렀을 때 현관문 두드리는 소리가 들렸다. 한나가 나갔다가 들어오더니 말했다.

"초라한 행색의 남자아이가 목사님을 찾아왔어요. 자기 어머니가 돌아가시려고 한다면서 목사님을 모시러 왔다네요."

"어디 사는 아이지?"

"위트크로스 브라우에서 한참 위쪽이오. 4마일(약 6.5킬로미터—옮긴이)쯤 떨어진 곳인데 가는 길에 황무지와 늪 천지예요."

"가겠다고 얘기해요."

"안 가시는 게 좋겠어요. 해가 지면 걷지도 못할 험한 길이에요. 늪지대에는 길도 나 있지 않은걸요. 더구나 이렇게 추운 밤에요. 이렇게 매서운 바람도 없을 거예요. 아침에 가신다고 하시는 게 좋겠어요."

그러나 그는 이미 복도에 나가서 외투를 걸치고 있었다. 그는 싫은 기색 하나 없이 집을 나섰다. 그때가 9시였다. 그는 자정 넘어 집으로 돌아왔다. 지치고 배도 고팠지만 떠날 때보다 표정이 좋아 보였다. 의무를 다했기 때문이다. 그는 자신의 자제력에 스스로 만족했던 것이다.

그다음 일주일은 그의 인내력이 시련기에 놓이는 한 주였다. 크리스마스가 있었던 것이다. 우리는 특별한 일 없이 여러 가지 집안일을 하며 즐겁게 보냈다. 들판의 공기, 내 집이라는 자유로움, 풍요로운 삶에 대한 희망 등은 다이애나와 메리에게 마치 생명을 되살리는 명약과도 같은 듯했다. 그들은 아침부터 밤까지 하루 종일 쾌활했다. 그들은 끊임없이 이야기했다. 재치 넘치고 명쾌하고 기발한 그녀들의 이야기에 나는 폭 빠져서, 그들과 같이 이야기를 나누는 것이 무엇보다 좋았다. 세인트 존은 와자지껄하게 구는 우리에게 잔소리를 하지는 않았지만 끼어들지도 않았다. 그는 대부분의 시간을 밖에서 보냈다. 그의 교구는 넓었고 주민들은 이곳저곳에

흩어져 살았다. 그는 교구에 사는 환자와 가난한 사람들을 방문하느라 하루하루 바쁘게 보냈다.

어느 날 아침 식사를 하는 중에, 다이애나가 잠깐 뭔가를 생각하더니 세인트 존에게 말했다.

"오빠의 계획은 지금도 변함없는 거예요?"

"변하지도 않았고 변할 수도 없어."

그는 대답하고는 내년에 떠나는 것은 확정되었다고 말했다.

"그럼 로저먼드 올리버 양은요?"

메리가 말했다. 부지불식간에 튀어나온 말인 듯했다. 그러고는 뱉은 말을 도로 주워 담으려는 듯한 몸짓을 했다. 세인트 존은 읽고 있던 책을 덮고 고개를 들었다. 책을 읽으면서 밥을 먹는 것은 사교적이지 못한 버릇이었다.

"로저먼드 올리버 양은 그랜비 씨와 결혼할 거야. S시에서도 가장 훌륭하고 가장 존경받는 집안사람이지. 프리드리히 그랜비 경의 손자이자 상속인이야. 어제 올리버 양의 아버지한테 들었어."

누이동생들은 서로 얼굴을 마주 보더니 나를 쳐다보았다. 우리 셋은 그에게 얼굴을 돌렸다. 그의 얼굴은 유리처럼 고요했다.

"급하게 결정했을 거예요. 사귄 지도 얼마 안 되었을 거고."

다이애나가 말했다.

"두 달 되었지. 두 사람은 지난 10월 S시가 주최한 자선 무도회에서 만났거든. 그러나 아무런 걸림돌이 없고 여러모로 바람직한 결혼은 오래 끌 필요 없지. 두 사람은 프리드리히 경이 물려준 S시 내에 있는 저택 개축 공사가 끝나는 대로 곧 결혼식을 올릴 거야."

이 소식을 듣고 맨 처음 든 생각은 세인트 존에게 혼자 있을 때이 일로 힘들지 않느냐고 물어보고 싶다는 것이었다. 그러나 그를 동정할 필요는 없는 것 같았다. 동정은커녕 지난번 큰맘 먹고 꺼낸얘기가 생각나서 민망할 정도였다. 더구나 요즘은 그와 얘기를 거의 나누지 않았다. 그는 다시금 얼음처럼 굳은 침묵에 빠졌고, 나의솔직한 마음도 그 밑에서 얼어버렸다. 그는 나를 누이동생들처럼대하겠다던 약속을 지키지 않았다. 그가 계속 나와 어색한 거리를두는 바람에 친해질 수가 없었다. 요컨대 내가 그의 친척으로서 한지붕 아래 살면서 전에 시골 학교의 평범한 교사로 알고 지내던 때보다 더 멀게 느껴졌던 것이다. 한때 서로 속내를 터놓고 얘기하던때를 생각하면 지금 그가 왜 이렇게 냉담하게 구는지 이해할 수 없었다.

그러다 보니 그가 책상 앞에서 몸을 숙이고 뭔가를 읽고 있다가갑자기 몸을 들고 말을 건넸을 때 꽤 많이 놀랐다.

"제인, 드디어 전쟁에서 승리를 거뒀어."

나는 순간적으로 너무 놀라 곧바로 대꾸하지 못했다. 나는 잠시머뭇거리다 말했다.

"하지만 상처뿐인 영광이라고, 너무나 값비싼 대가를 치른 정복자 같은데요? 한 번만 더 승리했다가는 아주 멸망해버리겠어요."

"그건 아냐. 설령 그렇더라도 무슨 상관이야. 다시는 그런 승리를 위해 싸울 일 없을 텐데. 결정적인 싸움이었어. 내가 가야 할 길이 확실해졌으니까. 이 점에 대해 하느님께 감사해."

그는 다시 침묵에 빠져 책을 읽었다.

우리(다이애나, 메리, 나) 사이에 한층 더 조용한 행복이 찾아오면서 우리는 여느 때의 습관처럼 규칙적으로 공부하기 시작했다. 그러자 세인트 존이 집에 머무는 시간도 늘어났다. 때로는 몇 시간씩이나 우리와 함께 있기도 했다. 메리는 그림을 그리고, 다이애나는 진작부터 시작한 백과사전 통독(정말 대단한 일이다)에 몰두하고, 나는 독일어 공부에 매진할 때 그는 신비스러운 어학에 몰입하고 있었다. 내가 모르는 동양어였는데, 그는 자신의 계획을 이행하는 데 꼭 필요하다고 생각하는 것 같았다.

이처럼 그는 늘 찾는 후미진 자리에 앉아 말없이 연구에만 몰두하는 것 같았다. 그러나 그의 파란 눈은 종종 신기한 외국어 문법책을 벗어나서 이리저리 두리번거리기도 하고, 때로는 같이 공부하는 우리를 이상하리만큼 유심히 보곤 했다. 눈이 마주치면 금세 시선을 돌렸지만 조금 있다가 다시 뭔가를 찾는 듯 우리를 보는 것이었다. 또 나한테는 별 대수롭지 않은 일, 즉 매주 한 번씩 모턴의 학교에 아이들을 가르치러 나가는 것을 이상하리만큼 흐뭇해했다. 게다가 눈이 내리거나 비바람이 몰아칠 때 누이동생들은 극구 가지 말라고 하는데도, 그는 동생들이 말리는 것을 무시하고 날씨에 얽매이지 말고 의무를 다하라고 나를 부추기는 것은 더더욱 알 수 없는 일이었다.

그는 언제나 이렇게 말하는 것이었다.

"제인은 너희처럼 나약하지 않아. 우리 가운데 어느 누구보다 강하지. 눈보라와 비바람을 너끈히 헤쳐 나갈 수 있어. 건강할 뿐 아니라 적응력도 뛰어나서 더 건장한 사람보다 기후 변화를 더 잘 이겨내지."

그러다 보니 가끔 학교에 다녀오느라 몹시 피곤하고, 거친 날씨 때문에 지쳤을 때도 투덜거릴 수 없었다. 그러면 그가 싫어하리라는 것을 알기 때문이었다. 그게 어떤 일이라도 그는 힘든 것을 참고 이겨내면 기뻐했고, 그렇지 않으면 못마땅해했다.

그러던 어느 날 오후, 나는 감기에 걸려 집에 있게 되었다. 그의 누이동생들은 나 대신 모턴의 학교에 갔고, 나는 실러의 책을 읽고 있었다. 그는 어려운 동양의 두루마리 책을 읽고 있었다. 나는 번역을 중단하고 잠시 연습 문제를 풀려다 우연히 그를 보았다. 그런데 그가 나를 골똘히 쳐다보고 있었던 것이다. 얼마나 오래 그러고 있었는지는 모른다. 참으로 매섭고 냉정한 눈빛이어서 나는 문득 무시무시한 어떤 것과 한방에 있는 것처럼 소름이 끼치도록 무서운 기분이 들었다.

"제인, 무슨 공부를 하고 있지?"

"독일어요."

"독일어 대신 힌두스타니어 공부를 했으면 하는데."

"진심은 아니죠?"

"아니, 진심이야. 그 이유를 알려주지."

그는 자기가 지금 공부하고 있는 것이 힌두스타니어인데, 공부할수록 기초를 잊어버리게 된다, 누군가를 가르치면서 기초를 반복하다 보면 확실하게 외울 수 있는데, 며칠 전부터 나와 여동생들 중 누구를 제자로 삼을까 고민했으나 그나마 내가 한 가지 일에 끈기 있게 매달릴 수 있다는 것을 알고 나로 결정했다는 것이었다. 그러면서 제발 자기 부탁을 들어달라고 했다. 계속 해달라는 것이 아니라 3개월 뒤에 떠나니 그때까지만 자기 제자가 되어달라는 것이었다.

세인트 존이라는 사람의 부탁은 쉽게 거절하기 힘들었다. 괴로운 일이든 즐거운 일이든 한번 감명받은 것은 그의 마음속에 각인되어 영원히 지워지지 않는다. 나는 그렇게 해주겠다고 했다. 다이애나와 메리가 왔을 때 다이애나는 자기 학생이 오빠의 학생이 되었다는 사실을 알고 깔깔대며 웃었다. 그리고 두 자매는 한목소리로 자기들 같으면 절대 설득당하지 않았을 거라고 했다. 그는 태연하게 대답했다.

"나도 그렇게 생각한다."

그는 아주 끈기 있고, 인내심이 강하고, 엄격한 선생이었다. 그는 나에게 많은 것을 기대했고, 내가 그 기대에 부응하면 나름의 방식으로 칭찬을 아끼지 않았다. 차츰 그는 영향력을 발휘해 자유로운 내 정신을 옭아매기 시작했다. 그의 칭찬과 조언은 냉담한 취급보다 더 불편했다. 그가 옆에 있으면 마음대로 얘기하거나 웃을 수도 없었다. 그는 (적어도 내가) 쾌활하게 구는 것을 못마땅해한다는 사실이 나를 끊임없이 괴롭혔던 것이다. 그저 진지한 마음으로 성실하게 일하는 것만을 좋아하는 그 앞에서 다른 기분으로 다른 일을 하려 해봤자 소용없다는 것을 십분 알고 있었다. 나는 마법에 걸려 몸과 마음이 얼어붙은 듯했다. 그가 '가라' 하면 가고, '오라' 하면 왔다. '이것을 하라'고 하면 했다. 나는 하인처럼 순종하기 싫어서 차라리 나를 무시해버리면 좋겠다는 생각을 몇 번이나 했다.

어느 날 밤 잠자리에 들 시간이 되었을 때, 그의 누이동생들과 나는 그의 옆에 서서 잘 자라는 인사를 나누었다. 그는 평소처럼 누이동생들에게는 키스를 하고 나한테는 악수를 건넸다. 때마침 장난기가 발동한 다이애나가(그녀는 오빠의 말을 곧이곧대로 따르는 편이 아니었다. 또 다른 의미에서 주관이 뚜렷했다) 말했다.

"오빠는 항상 제인을 셋째 동생이라고 하면서 왜 동생처럼 대하지 않는 거예요? 우리한테 했던 것처럼 제인한테도 키스해줘야죠."

그러면서 다이애나가 나를 그에게 떠밀었다. 나는 그녀가 정말로 얄미웠다. 그리고 감출 수 없으리만큼 당황했다. 내가 그러는 동안 세인트 존은 머리를 숙여—그리스 조각 같은 얼굴을 내 얼굴 앞으로 바싹 들이대더니 내 눈을 뚫어질 듯이 쳐다보는 것이었다—나에게 키스했다. 대리석 같은 키스나 얼음 같은 키스란 있을 수 없다고 생각했다. 그런데 성직자인 사촌 오빠의 키스는 그중 하나였다. 시험적인 키스라는 것이 있다면 바로 그것이라고 할 수 있었던 것이 그는 키스를 한 다음 결과를 알아보려는 듯이 나를 쳐다보았다. 그러나 나는 특별한 감흥이 없었고, 얼굴도 붉히지 않았다. 되레 얼굴이 창백해지는 듯했다. 왜냐하면 그의 키스는 마치 족쇄에 새겨진 봉인처럼 느껴졌기 때문이다. 그 뒤부터 그는 마치 의식을 치르듯 매일 빠짐없이 잘 자라는 키스를 했다. 몸이 굳은 듯이 서서 키스를 받는 나의 태도에 흥미를 느끼는 듯했다.

나는 매일매일 조금 더 그의 마음에 드는 행동을 하고 싶었다. 그러나 그러려면 내 성격의 절반을 고쳐야 하고, 내 재능의 절반을 억누르고 있어야 하며, 취향을 바꿔야 하고, 소질도 없는 일을 마지못해 해야 했다. 그는 내가 아무리 애써도 도달할 수 없는 수준까지 나를 끌어올리려고 훈련시켰다. 그가 정해놓은 높은 수준까지 이르려면 끊임없는 고통을 감내해야 했다. 그것은 마치 나의 못생긴 이목구비를 그의 정확하고 고전적인 형틀에 맞추려 하고, 냉정하지 못한 초록빛 내 눈동자를 자기 눈처럼 엄숙한 눈빛의 파란 눈동자로 바꾸려는 것처럼 무모한 일이었다.

그러나 나를 옭아매고 있는 것은 단지 그의 지배력뿐만이 아니었다. 요즘 나는 시시때때로 우울한 표정을 짓곤 했다. 마음을 갉아먹는 독, 즉 불안이라는 독이 내 가슴에 스며들어 내 행복의 뿌리부터 말라 죽게 했던 것이었다.

독자 여러분은 내가 이러한 환경과 운명적인 변화에 쓸려가느라
그만 로체스터 씨를 잊어버렸을 것이라고 생각할지 모르겠다. 그러
나 나는 잠시도 그를 잊은 적이 없다. 그는 늘 내 마음속에 있다. 햇
빛에 공중으로 사라지는 수증기도 아니고 폭풍에 휩쓸려 흔적도 없
이 지워지는 모래 위의 초상도 아니다. 그것은 대리석에 아로새긴
이름이며, 대리석이 없어지지 않는 한 영원히 지워지지 않는 내 운
명 같은 이름이었다. 나는 늘 그가 어떻게 지내는지 궁금해 미칠 지
경이었다. 모턴에 살 때는 매일 밤 집으로 돌아가면 그 사람 생각만
했다. 그리고 지금 무어 하우스에서도 매일 밤 침실로 들어가면 어
김없이 그 사람 생각을 했다.

　상속 문제로 브리그스 씨와 서신을 주고받으면서 혹시 로체스터
씨가 지금 어디에 있으며 건강은 어떤지 아느냐고 물어보았다. 그러
나 세인트 존의 예상대로 브리그스 씨는 로체스터 씨에 대해 아는
것이 전혀 없었다. 그래서 나는 페어팩스 부인 앞으로 로체스터 씨
의 근황과 안부를 묻는 편지를 보냈다. 나는 곧 알게 될 거라고 생각
하며 답장이 오기를 기다렸다. 그러나 2주일이 지나도 답장이 없어
나는 적잖이 당황했다. 우편배달부는 매일 오는데 내가 기다리는 편
지는 두 달이 지나도 오지 않았다. 나는 불안해지기 시작했다.

　나는 또다시 편지를 보냈다. 앞에 보낸 편지가 분실되었을 수도
있다고 생각했던 것이다. 새로운 노력은 새로운 희망을 가져다주었
다. 지난번처럼 수주일 동안 나는 희망에 부풀어 있었다. 그러나 시

간이 지날수록 희망의 빛은 점점 흐려졌다. 글 한 줄, 단 한 마디도 없었다. 헛된 기대 속에서 6개월이 지났을 때 마침내 희망은 사라졌다. 그리고 나는 어두운 절망에 빠졌다.

화창한 봄날, 나를 둘러싼 풍경들은 온통 찬란하게 빛났건만 나는 그것을 즐길 여유가 없었다. 여름이 다가왔다. 다이애나는 풀죽은 내 기운을 북돋워주려고 애썼다. 기력이 떨어진 것 같으니 바닷가로 여행을 가자는 것이었다. 그런데 세인트 존은 안 된다고 했다. 그의 말로 나는 기분 전환보다 일에 매달리는 게 훨씬 도움이 된다는 것이었다. 지금 아무런 목적 없이 살고 있으니 확실한 목표부터 세울 필요가 있다고 했다. 그러면서 지금 나에게 부족한 부분을 메우기라도 하려는 듯 힌두스타니어 공부 시간을 늘리고 하루빨리 그 언어를 통달하라고 몰아붙였다. 나는 바보처럼 그의 뜻을 따랐다. 사실 따르지 않을 수 없었던 것이다.

어느 날 나는 여느 때보다 더 우울한 기분으로 공부를 시작했다. 심한 절망감에 맥이 빠져 있었던 것이다. 그날 아침 한나가 내 앞으로 편지가 왔다고 하기에 손꼽아 기다리던 소식이라고 철석같이 믿고 단숨에 아래층으로 달려갔다. 그러나 그것은 브리그스 씨로부터 온 별 중요하지 않은 사무적인 편지였다. 기대가 무너지자 눈물이 쏟아졌다. 그리고 인도 필경사가 쓴 어려운 글자와 장황한 형용사를 보고 있으려니 또다시 눈물이 고였다.

세인트 존은 나를 부르더니 자기 옆으로 와서 읽어보라고 했다.

그러나 목이 메어 목소리가 나오지 않았다. 흐느낌이 말을 삼켜버린 것이다. 방에는 둘뿐이었다. 다이애나는 응접실에서 피아노를 치고 있었고, 메리는 정원일을 하고 있었다. 활짝 갠 5월 어느 날이었다. 구름 한 점 없는 하늘에서 밝은 햇빛이 내리쬐고 바람은 부드러웠다. 내 스승은 억눌렸던 내 감정이 폭발한 것을 보고 놀라기는커녕 왜 그러냐고 묻지도 않았다. 다만 이렇게 말했다.

"마음이 가라앉을 때까지 가만히 있어, 제인."

그러고는 내가 터져 나오는 울음을 간신히 참고 있는 동안 책상에 기대어 가만히 앉아 있었다. 마치 병세가 악화되리라고 예상하고 있던 환자를 의학적인 시선으로 바라보고 있는 의사처럼 말이다. 나는 겨우 울음을 삼키고 눈물을 닦았다. 오늘 아침부터 기분이 별로 좋지 않았다고 중얼대며 공부를 다시 시작했다. 마침내 공부가 끝나자 세인트 존은 내 책과 자기 책을 정리하고 책상 서랍을 잠그고 말했다.

"제인, 나와 함께 산책이나 나가지."

"다이애나와 메리 언니들도 같이 가요."

"아니, 오늘은 둘이서 산책하고 싶어. 꼭 제인하고 말이야. 준비를 하고 부엌문으로 나가서 마시 글렌 위쪽 길로 걸어가고 있어. 곧 따라갈 테니."

나는 중용의 미덕을 잘 모른다. 지금까지 살아오면서 내 성격과 정반대인 독단적이고 냉정한 사람들을 대할 때 절대 복종과 단호한 거절 중간의 행동을 취한 적이 없다. 가끔 활화산처럼 맹렬하게 반항할 때도 있었지만 대부분 묵묵히 복종했다. 그리고 지금은 상황도 그렇고 내 기분도 그래서 나는 조심스레 그의 말을 따랐다. 10분 뒤 나는 그와 어깨를 나란히 하고 들판과 계곡의 오솔길을 걸었다.

부드러운 서풍이 불어왔다. 히스와 골풀 향기를 품은 바람이 언덕을 넘어 불어왔다. 구름 한 점 없이 파란 하늘이었다. 지난 봄비로 불어난 골짜기 개울물은 태양의 황금빛과 하늘의 쪽빛을 받아 맑고 세차게 흘러갔다. 오솔길을 벗어난 우리는 이끼처럼 보드랍고 에메랄드처럼 짙은 초록빛의 폭신한 잔디를 밟으며 걸어갔다. 잔디에는 아주 작고 하얀 꽃과 별 모양의 노란 꽃이 흩뿌려지듯 피어 있었다. 계속 걸어갈수록 언덕 한가운데 계곡으로 들어갔기 때문에 점점 더 언덕이 우리를 병풍처럼 둘러싸고 있었다.

"이쯤에서 쉬지."

산길을 지키는 바위 수비대에서 낙오한 듯한 첫 번째 바위에 이르자 세인트 존이 말했다. 바위 너머로 개울물이 폭포처럼 쏟아졌다. 조금 더 나아가면 산은 잔디와 꽃 대신 히스로 장식된 옷으로 갈아입고 바위로 몸치장을 했다. 그곳에서 산은 황량함에 무서움을 더하고, 산뜻한 분위기는 우울한 분위기로 바꾸고, 고독이라는 버림받은 희망과 침묵을 위한 마지막 피난처가 되었다.

나는 앉고 세인트 존은 내 옆에 섰다. 그는 위로는 산길을 아래로는 계곡을 바라보았다. 저 멀리까지 시냇물을 좇던 그의 눈길은 다시 개울물을 파랗게 물들인 맑은 하늘을 쳐다보았다. 그가 모자를 벗자 부드러운 바람이 이마를 스치고 머리카락을 휘날렸다. 그는 늘 오는 이곳의 수호신과 교감하고, 그의 눈은 무언가와 작별 인사를 하는 듯했다.

그가 소리 높여 말했다.

"난 이 풍광을 다시 보게 될 거야. 갠지스 강변에서 잠들면 꿈속에서 다시 볼 거야. 그리고 먼 훗날 또 다른 잠이 나를 덮치면 지금보다 더 어두운 저승의 시냇가에서 다시 보게 될 거야."

이상한 사랑이 깃든 이상한 언어! 엄숙한 애국자의 조국에 대한 열정이었다! 그가 앉았다. 30분 동안이나 우리는 아무 말도 하지 않았다. 우리는 서로 아무 말도 건네지 않았다. 그러다 긴 침묵을 깨뜨린 것은 그였다.

"제인, 나는 6주 뒤에 떠날 거야. 6월 20일에 출항하는 동인도행 배를 예약했어."

"하느님께서 지켜주시리라 믿어요. 하느님의 과업을 수행할 테니까요."

"그렇지. 그곳에 내 영광과 기쁨이 있어. 나는 전능하신 주님의 종이니까. 나는 인간들에 이끌려 나와 같은 연약한 인간들이 만든 허점투성이 법률과 허위투성이 통치에 의해 떠나는 것이 아니야. 내 주인, 내 입법자, 내 선장은 전능하신 하느님이지. 내 주위의 모든 사람들이 이 깃발 아래에서 함께 과업을 수행하고는 정열에 불타오르지 않다니, 참 이상한 일이야."

"모든 사람들이 당신과 같은 힘과 의지를 가지지는 않았으니까요.
약한 사람이 강한 사람과 함께 걸어가는 것은 바보 같은 짓이에요."

"약한 사람들을 두고 하는 말이 아니야. 그런 사람들은 염두에 두
지도 않고. 이 일을 할 자격이 있고 그것을 충분히 완수할 능력이
있는 사람을 두고 하는 말이야."

"그런 사람은 그리 많지 않아요. 찾을 수도 없고요."

"그렇기는 하지. 하지만 일단 찾아내면 그들을 일깨워줄 거야. 그
일에 힘쓰도록 권하고 독려하는 것뿐 아니라 자신이 어떤 재능을
가지고 있으며, 무엇 때문에 그러한 재능을 부여받았는지 알려줄
거야. 그리고 그들의 귀에 하느님의 소명을 전달하고, 하느님이 선
택하신 지위를 하느님의 명령으로 그들에게 부여해야 해."

"하지만 그들에게 그만한 자격이 있다면 그들 스스로 느끼지 않
겠어요? 자기 마음이 알려주는 거죠."

나는 마치 섬뜩한 마력에 둘러싸여 그것이 나를 덮치는 듯했다.
듣자마자 꼼짝달싹 못하는 어떤 치명적인 주문이 들릴 것만 같아
몸서리를 쳤다.

"그럼 제인의 마음은 뭐라고 하던?"

"제 마음은 아무 말도 하지 않아요. 아무 말도……."

나는 깜짝 놀라 몸을 떨면서 대답했다.

"그럼 내가 대신 말하지."

나지막한 목소리가 거침없이 말했다.

"제인, 나와 함께 인도로 가자. 거기서 서로 도우며 함께 일하자."

골짜기와 하늘이 뱅뱅 돌고 언덕은 위로 솟구치는 것 같았다. 나는 마치 하늘의 계시를 들은 것 같았다. 마케도니아의 사자(使者)가 사도 바울의 머리맡에 나타나 "와서 우리를 도우라!"고 말한 것처럼 말이다. 그러나 나는 사도가 아닐뿐더러 사자를 보지도 못했으니 그 부름을 받을 수 없었다.

"오, 세인트 존! 용서하세요!"

나는 소리쳤다.

자신의 의무라고 믿는 일을 함에 있어서 어떤 자비와 연민도 용납하지 않는 사람에게 나는 애원했다. 그가 계속 말했다.

"하느님과 자연은 제인을 전도사의 아내로 이 땅에 보낸 거야. 그들은 너에게 미모가 아니라 정신적 재능을 부여했어. 너는 사랑하려고 태어난 것이 아니라 과업을 수행하려고 태어난 거야. 너는 전도사의 아내가 되어야 해. 내가 그렇게 만들 거야. 내 아내가 되는 거지. 나는 너를 원해. 내 기쁨을 위해서가 아니라 하느님께 봉사하기 위해서 말이야."

"저는 그 일에 적합한 사람이 아니에요. 저는 하느님의 계시를 받지 못했다고요."

그는 내가 거부하리라는 것을 이미 알았던 듯 불쾌해하지 않았다. 그가 굳은 표정으로 팔짱을 끼고 바위에 등을 기대고 있는 것을 보고 나는 그가 강력하고 끈기 있는 반대에 대비해 마음의 준비를 하고 있다고 생각했다. 끝까지 포기하지 않는 인내심을 끌어내면서 결국은 승리할 것이라고 확신하는 듯했다.

"겸손은 기독교적인 미덕의 바탕이지. 네가 이 일에 적합하지 않다고 말한 것은 좋아. 그러나 그 일에 적합한 사람이 누구일까? 하느님의 부름을 받은 사람 중에 자신이 그만한 자격이 있다고 생각한 사람이 누가 있을까? 이를테면 나 같은 건 먼지나 재 같은 존재야. 사도 바울처럼 나는 스스로를 죄인 중의 괴수(《디모데전서》 1장 15절—옮긴이)라고 생각해. 그러나 나 스스로 천한 몸일 뿐이라는 것을 알기 때문에 결코 위축되지 않아. 나를 인도하는 하느님을 잘 알고 있고, 전지전능하고 공정한 분이라는 것도 알고 있지. 하느님은 당신의 대역사를 성취하기 위해 나약한 인간을 선택하셨지만, 무한한 섭리로 인간의 부족함을 채워주시는 거야. 제인, 나처럼 믿어봐. 나처럼 주님을 믿어. 제인이 의지해야 하는 것은 '영원한 반석'(《이사야》 26장 4절—옮긴이)이야. 그것이 나약함이라는 무거운 짐을 대신 짊어진다는 것을 굳게 믿어야 해."

"저는 전도 활동에 대해 아는 것이 없어요. 전도 사업에 대해 진지하게 생각해본 적도 없고요."

"그건 보잘것없지만 내가 도와줄 수 있어. 뭘 해야 할지 알려주고, 언제나 옆에서 도와줄 거야. 처음에는 그렇겠지만, 곧 당신은 나처럼 능력을 키우며 적응해나갈 것이고, 나중에는 내가 도와주지 않아도 너끈히 해낼 수 있을 거야."

"하지만 저한테 그런 일을 할 수 있는 능력이 어디 있다는 거예요? 그런 능력이 있다고 생각해본 적 없어요. 당신이 말씀하시는 동안 제 마음은 조금도 동요되거나 공감하지 않았다고요. 정열이 끓어오르지도 않았고 생기에 가득 차지도 않았어요. 권고의 소리도, 격려의 말씀도 안 들렸다고요. 오, 지금 이 순간 제 마음이 빛 한 줄기 스며들지 않는 토굴과 같다는 것을 아셔야 할 텐데. 그 토굴 맨 밑바닥에 족쇄를 채운 공포가 움츠리고 있어요. 제가 할 수 없는 일을 하라고 억지로 강요하고 거기에 설복할지도 모른다는 두려움 말이에요."

"내가 대신 대답할 테니 들어봐. 나는 너를 처음 만났을 때부터 계속 주의 깊게 지켜보았어. 열 달 동안 연구한 셈이지. 그동안 다양한 방법으로 너를 시험했어. 그 결과 나는 무엇을 알아내고 무엇을 끌어냈을까? 너는 모턴의 시골 학교에서 자기 습성이나 성격에 맞지 않는 일을 훌륭하게 해냈어. 재능과 요령으로 별 문제 없이 잘 해냈지. 학생들을 장악하면서도 신임을 얻었고. 갑자기 부자가 되었다는 소식을 듣고도 냉철한 태도를 보면서 나는 네가 데마의 죄(〈디모데후서〉 4장 10절, 데마는 속세에 마음이 끌려 사도 바울의 말씀을 어겼다.―옮긴이)에 오염되지 않을 사람이라는 것을 알았어. 너는 정당하지 않는 부에 종속되지 않았지. 재산을 4등분해서 4분의 1만 자기가 가지고 개념상의 정의에 따라 나머지 4분의 3을 포기하는 너의 단호한 태도를 보면서 희생의 정열과 흥분에 기쁨을 느낀다는 것을 알았어. 또한 자기가 좋아하는 공부를 포기하고 나를 위해 내가 흥미를 느끼는 공부를 시작한 것을 보면서 순종적인 성품을 알았어. 그 뒤로도 계속 게으름 피우지 않고 꾸준히 공부하는 모습에서 근면함을, 어려운 문제를 풀 때는 끈질긴 정력과 흔들림 없는 정신력을 보았지. 이 모든 것을 보면서 네가 바로 내가 찾던 모든 성격을 한꺼번에 가진 사람이라는 것을 알았어. 제인, 너는 착하고 부지런하며 탐욕이 없고 성실하고 신념과 꿋꿋한 의지를 가진 용기 있는 사람이야. 그러면서도 온화하고 또 과감하지. 자기를 부정하지는 마. 나는 전적으로 너를 믿어. 인도의 학교 선생으로서 그리고 인도 여성들의 후원자로서 너는 더없이 소중한 내 협력자가 될 거야."

무쇠로 만든 수의가 내 몸을 조이는 듯했다. 그는 천천히 그리고 확고하게 설득해나갔다. 눈을 감고 있는데도 마지막 말이 가로막힌 것 같던 길을 비춰주었다. 그가 계속 이야기할수록 그동안 막막하고 희망 없이 흩어져 있던 내 일이 하나로 모아지면서 그에 의해 또렷한 모양을 이루는 것이었다. 그는 내가 대답하기를 기다렸다. 나는 15분 정도 시간을 달라고 했다.

"물론이지."

그는 대답하고는 일어나 오솔길을 조금 올라가서 히스가 무성한 둔덕에 조용히 누웠다.

나는 생각했다.

'나는 그가 지시하는 일을 할 수는 있다. 그건 확실하다. 말하자면 내가 살아 있는 한 말이다. 하지만 내 목숨은 인도의 뜨거운 태양 아래서 그리 오래 버틸 수 없을 것 같았다. 그럼 어떻게 되는 것인가. 그는 그런 생각은 조금도 하지 않는다. 내가 죽으면 그는 다만 침착하고 경건하게 나를 주신 하느님 손에 넘겨주겠지. 그건 확실하다. 영국을 떠난다는 것은 사랑하지만 공허한 땅을 떠나는 것이다. 왜냐하면 로체스터 씨가 내 옆에 없으니까. 하지만 설령 로체스터 씨가 내 옆에 있다 한들 무슨 상관이랴. 그분 없이 살아나가는 것이 내 할 일인데. 다시 그와 함께 결혼할 수 있다는 가망 없는 변화를 기대하면서 하루하루를 우울하게 보내는 것처럼 어리석은 짓은 없다. 물론 나는 (세인트 존도 말했듯이) 새로운 흥밋거리와 목표를 찾아야 한다. 방금 그가 내게 제안한 일은 인간이 선택할 수 있는, 하느님이 부여하신 것 가운데 가장 영광스러운 일이 아닐까? 성스러운 노동과 숭고한 결과는 깨진 사랑과 산산조각 난 희망으로 뚫린 마음의 구멍을 메워줄 가장 훌륭한 일이 아닐까? 그럼 '네'라고 대답해야겠지. 그러나 나는 두렵다. 아, 세인트 존과 함께 간다면 내 자신의 반은 포기해야 한다. 인도로 가면 내 수명은 단축될 것이다. 그리고 영국을 떠나 인도로 가서, 그곳에서 다시 무덤으로 갈 때까지 무엇을 어떻게 해야 한다는 말인가? 나는 잘 알고 있다. 눈에 선하니까. 세인트 존이 흡족해할 때까지 팔다리가 부러지도록 일할 것이다. 그의 기대의 중심부터 가장자리까지 하나도 빠짐없이 충족하도록. 그와 함께 가서 그가 요구하는 희생적인 삶에 내 몸을 바친다면 그야말로 나는 철저히 희생될 것이다. 그가 억지로 권하는 대로 희생한다면 나는 철저히 희생을 각오해야 한다. 내 온몸과 마음을 제물로 바치는 것이다! 그는 나를 사랑하지 않을 것이다. 다만 내 노력을 인정해주겠지. 나는 그가 모르는 능력을 보여주리라. 상상조차 못했던 수완을 발휘하리라. 그렇고말고. 나는 그에 못지않게 조금도 몸을 아끼지 않고 열심히 일할 수 있다.

그렇다면 그의 제안을 받아들일 수 있겠지. 그러나 한 가지, 두려운 부분이 있다. 그건 결혼하자고 말한 것이다. 그는 저쪽 골짜기에서 거품을 일으키며 떨어지는 시냇물 위로 불쑥 얼굴을 내민 침울하고 거대한 바위처럼 아무런 애정 없이 나를 대하겠지. 그는 마치 군인이 훌륭한 무기를 다루듯 나를 존중하겠지. 그뿐이다. 그의 아내가 되지 않는다고 해도 나는 결코 슬프지 않을 것이다. 그러나 과연 그가 이것저것 따져보고 세운 계획대로 내가 무심하게 결혼할 수 있을까? 결혼반지를 받고, 무엇보다 중요한 영혼 없는 결혼식을 할 수 있을까? 그 모든 형식적인 사랑을(그는 틀림없이 모든 사랑의 형식을 지켜나갈 것이다) 꾹 참고 견딜 수 있을까? 그의 애정 표현은 모두 다 도의를 다하기 위한 희생이라는 것을 알고도 참을 수 있을까? 그럴 수는 없다. 그건 그야말로 기괴한 순교다. 그런 일을 당할 수는 없다. 그의 여동생으로 함께 갈 수는 있다. 그러나 그의 아내로 갈 수는 없다. 그렇게 말해야겠다.'

둔덕을 바라보니 그가 쓰러진 둥근기둥처럼 가만히 누워 있었다. 그는 나를 보고 있었다. 날카로운 두 눈에 긴장의 빛이 서렸다. 그는 일어나 나에게 다가왔다.

"자유의 몸이라면 인도에 가겠어요."

"설명이 필요한 대답이군. 확실하게 대답해줘."

"당신은 저의 사촌 오빠예요. 저는 당신의 사촌 여동생이고요. 앞으로도 계속 그렇게 지내요. 우리는 결혼하지 않는 것이 좋아요."

그는 머리를 가로저었다.

"남매로서 같이 갈 수는 없어. 네가 내 친동생이라면 얘기는 달라지겠지만. 너를 데리고 가고, 결혼하지 않을 거니까. 그러나 지금 상황에서는 둘 중 하나야. 신성한 결혼으로 맺어지든지, 아니면 아예 그만두든지. 다른 건 생각할 수 없어. 현실적으로 장애가 많거든. 알아듣겠어, 제인? 잠깐 시간을 줄 테니 생각해봐. 너는 분별력이 뛰어나니까."

나는 생각해보았다. 그러나 내 분별력으로는 우리가 아내와 남편으로서 서로 사랑하지 않는다는 사실만 명확하게 드러날 뿐이었다. 따라서 우리 두 사람은 결혼할 수 없다. 나는 그대로 말했다.

"세인트 존, 저는 당신을 오빠로 생각해요. 당신은 저를 누이동생으로 생각하고요. 그냥 이대로 지내면 좋겠어요."

"그럴 수는 없어. 절대 안 돼."

이 짧은 말에 그의 날카로운 결의가 담겨 있었다.

"그렇게는 안 돼. 너는 나하고 같이 인도로 가겠다고 말했어. 잊지 않았겠지. 분명히 그렇게 말했으니까."

"조건이 있었잖아요."

"그렇지. 하지만 핵심적인 제안은 받아들인 거야. 나와 같이 영국을 떠나는 것, 앞으로 내 과업을 도와주겠다는 것 말이야. 이미 너는 이 일을 시작한 거나 마찬가지야. 너처럼 굳은 신념을 가진 사람이 한번 했던 말을 번복하지는 않겠지. 한 가지 목표만 바라봐. 어떻게 하면 자신에게 주어진 일을 가장 훌륭하게 해낼 수 있을지만 생각하면 돼. 번잡스러운 취미, 감정, 의식, 소원, 목적 등을 간단히 정리해보고, 모든 생각을 하나의 목적 안에 녹여버리는 거야. 위대한 하느님의 사명을 효과적으로 완수하는 데 온 힘을 다하겠다는 목적 말이야. 그러려면 너도 오빠가 아니라 조력자가 필요하지. 남매간의 유대는 그처럼 끈끈하지 않아. 남편이 있어야 해. 나도 여동생은 필요 없어. 언제 다른 남자한테 갈지 모르잖아. 나한테 필요한 건 아내야. 죽을 때까지 절대 내 곁을 떠나지 않을 유일한 협력자 말이야."

그의 말에 온몸에 전율이 일었다. 그가 내 골수까지 영향력을 뻗치고, 내 팔다리를 꽉 붙들고 있는 기분이었다.

"다른 사람을 찾아봐요. 세인트 존, 당신에게 적합한 사람이 있을 거예요."

"내 목적에 부합하는 사람, 하느님이 내려주신 직분에 적합한 사

람. 다시 한번 말하지만 내가 원하는 배우자는 그저 보잘것없고 이
기적인 사람이 아니라 선교사야."

"그러시다면 내 자신이 아니라 내 정력을 드린다고요. 당신이 바
라는 것은 오직 그것뿐이니까요. 저 자신을 드린다는 건 알맹이 없
이 껍데기를 드리는 것밖에 되지 않아요. 껍데기는 아무 필요 없는
거잖아요. 그러니 그건 제가 가지고 있을게요."

"그건 안 돼. 그럴 수 없어. 하느님께서 반쪽짜리 제물에 만족하
실 거라고 생각해? 팔다리가 잘린 제물을 받아들이실까? 내가 옹호
하는 것은 하느님의 대의(大義)야. 나는 너를 하느님의 깃발 아래로
데려가려는 거야. 나는 하느님을 대신해 반쪽짜리 충심을 받아들일
수 없어. 완전한 하나가 아니면 안 돼."

"그럼 제 마음을 하느님께 바치겠어요. 당신은 제 마음 같은 건
필요 없을 테니까요."

독자 여러분, 이때 내 말투와 감정에서 조롱 같은 것이 없었다고
할 수는 없다. 나는 이때까지 속으로 세인트 존을 두려워하고 있었
다. 왜냐하면 그가 어떤 사람인지 알 수 없었기 때문이다. 본성을
확실하게 이해할 수 없는 사람이었기 때문에 공경하면서도 두려웠
던 것이다. 얼마만큼 성인인지, 어느 정도 속인인지 알 수가 없었다.
그러나 지금 대화를 나누면서 알게 되었다. 그의 본성을 파악할 수
있었던 것이다. 그도 어쩔 수 없이 오류에 빠지게 마련인 인간이었
다. 그리고 그 점을 이해한다. 그때 히스가 무성한 언덕에서 아름다

운 남자와 나란히 앉아 있을 때, 나처럼 과오를 범하기 쉬운 한 남자의 발치에 내가 앉아 있다는 것을 깨달았다. 냉혹하고 전제적인 성격을 감추고 있던 베일이 벗겨졌다. 그러한 본성을 느끼고 그 역시 불완전한 인간일 뿐이라는 것을 깨닫자 용기가 솟았다. 나는 같은 인간과 함께 있었다. 서로 논쟁을 벌일 수 있고 정당한 이유가 있으면 대항해도 되는 그런 사람 말이다.

마지막으로 내가 말한 뒤부터 그는 입을 다물고 있었다. 나는 마음을 단단히 먹고 눈을 들어 그의 얼굴을 똑바로 쳐다보았다.

나를 내려다보는 그의 눈에는 당황스러우면서도 날카로운 의혹의 빛이 서려 있었다.

그의 눈빛은 이렇게 말하고 있는 것 같았다.

'이 여자가 지금 조롱한 건가? 나를 빈정거리는 거야? 무슨 의미지?'

이윽고 그가 말했다.

"이건 엄숙한 문제라는 것을 명심해. 경솔하게 생각하고 말하는 것은 큰 죄악이 될 수 있어. 제인, 네 마음을 하느님께 바치겠다는 말이 진심이라는 걸 알아. 내가 바라는 건 그것뿐이야. 일단 인간에게 향하고 있던 마음을 하느님께 돌리면, 지상에서 하느님의 왕국을 넓혀나가는 것이 더없는 기쁨이자 영광이 될 거야. 그리고 그 목적을 향해 나아가는 일이라면 무슨 일이든 당장 하고 싶어질 거야. 결혼함으로써 우리가 정신적으로나 육체적으로 하나가 되면 나와 당신의 노력에 어떤 원동력이 가해질지 알게 될 거야. 결혼은 인간의 운명과 계획에 영원히 부합하는 유일한 결합이지. 그러니 사소한 기분이나 쓸데없는 감정의 장애, 미묘하고 복잡한 감정은 벗어던지고, 단순한 개인적 취미의 깊이, 종류, 강도, 취약성 등에 대한 의심을 일체 버리고 하루빨리 결합하는 거야."

"그럴까요?"

나는 짧게 대꾸했다. 그리고 균형미가 있으나 냉혹한 표정이 이상하리만큼 무섭게 느껴지는 그의 얼굴을 바라보았다. 위엄은 있지만 시원하지 않은 이마와 맑고 깊으며 꿰뚫어보는 듯하지만 조금도 부드럽지 않은 두 눈과 훤칠하고 당당한 몸집을 보면서 그의 아내가 된 내 모습을 상상해보았다. 아아! 도저히 그럴 수 없었다. 부목사나 동료가 되는 것은 괜찮다. 그런 자격이라면 그와 함께 바다를 건너리라. 그런 직책이라면 그와 함께 동방의 불타는 태양 아래서도, 아시아 사막 한가운데서도 일할 수 있다. 그의 용기와 헌신과 정력에 감탄하며 나도 그 못지않게 노력하고, 그에게 순순히 복종하리라.

뿌리 깊은 그의 야망에 의연히 미소 지으며, 기독교적인 면과 인간적인 면을 구분해서, 전자는 마음 깊이 존경하고 후자는 관대하게 용서하리라. 오로지 이러한 자격으로 그의 밑에서 일한다면 괴로울 일이 없을 것이다. 내 몸은 무겁고 가혹한 멍에를 매고 있어도 내 마음과 영혼만은 자유로울 것이다. 때때로 시들지 않은 자아에 의지할 수도 있을 것이다. 또 외로울 때 얘기를 나눌 수 있고, 그 어디에도 종속되지 않은 내 본연의 감정을 간직할 수 있다. 그는 결코 들어올 수 없고 오직 나 혼자만 들어갈 수 있는 은신처를 내 마음속에 만들어, 그곳에서 그의 가혹함에도 시들지 않고, 절도 있는 병사들의 군홧발에도 짓밟히지 않는 내 감정을 신선하고 안전하게 키울 것이다. 그러나 그의 아내가 되면 늘 그의 곁에서 늘 틀에 갇혀, 늘 감정을 억제해야 할 것이다. 또한 내 본성의 불은 최소한으로 억누르고, 갇혀버린 그 불길이 내 장기를 하나씩 태워 없애도 결코 밖으로 분출해서는 안 되며, 그러면서도 소리 한 번 지르지 못한다는 것은 아무리 생각해도 참을 수 없었다.

"세인트 존!"

여기까지 생각이 미쳤을 때 나는 소리쳤다.

"왜?"

그가 차갑게 대꾸했다.

"거듭 말씀드리지만, 저는 아내가 아닌 동료 선교사로서 간다면 모를까 당신의 아내로서 함께 가지는 않을 거예요. 나는 당신과 결혼할 수 없고, 당신의 일부가 될 수 없어요."

"너는 내 일부가 되어야 해. 그렇지 않으면 내 제안은 아무 의미가 없어. 어떻게 채 서른 살도 안 된 내가 결혼도 하지 않은 열아홉 살 처녀를 인도에 데려갈 수 있겠어? 아무도 살지 않는 곳에 가기도 하고, 야만족들이 사는 한복판에 가야 할 때도 있는데, 어떻게 결혼하지 않고 항상 붙어 다닐 수 있겠어?"

그가 끈질기게 말했다.

하지만 나는 간단히 말했다.

"좋아요. 그럴 때는 친동생이나 아니면 같은 남자 목사라고 하면 되잖아요."

"네가 내 친동생이 아니라는 사실은 변할 수 없는 거야. 나는 너를 친동생으로 소개할 수 없어. 의혹만 커질 뿐이지. 이로울 게 하나도 없어. 또한 네가 남자와 같은 강한 두뇌의 소유자라 하더라도 마음은 어쩔 수 없이 여자야. 그래서 그것도 안 돼."

나는 조금 조롱하는 투로 딱 잘라 말했다.

"할 수 있어요. 그것도 아주 잘할 수 있다고요. 저는 여자의 마음을 갖고 있으나 그 대상은 당신이 아니에요. 당신에 대한 내 감정은 동료로서 변함없는 의리뿐이에요. 전우로서 참된 신의와 우정 같은 것이죠. 그리고 견습 목사의 존경심과 복종심 말고 없을 테니 걱정 말아요."

그러자 그가 혼잣말처럼 중얼거렸다.

"그것이야말로 내가 바라는 거야. 내가 원하는 바지. 하지만 우리가 나아가는 길에는 장애가 있어. 그걸 없애야 해. 제인, 나와 결혼하면 절대 후회하지 않아. 믿어도 돼. 무슨 일이 있어도 우리는 결혼해야 해. 다시 말하지만 다른 길은 아무 의미 없어. 결혼한다면 이 선택을 후회하지 않을 만큼 우리 둘 사이에 사랑이 생길 거야."

나는 벌떡 일어나서 바위에 등을 대고 그의 앞에 바로 서면서 이렇게 소리쳤다.

"저는 당신의 사랑관을 경멸해요. 당신이 말하는 가식적인 사랑을 경멸한다고요. 세인트 존, 그런 사랑을 준다면 당신도 경멸할 거예요."

그는 잘생긴 입술을 지그시 깨물고 뚫어지게 나를 바라보았다. 화가 났는지 당황했는지는 알 수 없었다. 그는 얼굴 표정을 마음대로 제어할 수 있는 사람이었기 때문이다.

"그런 말을 할 줄은 상상도 못 했어. 비웃음당할 만한 행동이나 말은 안 했다고 생각하는데."

나는 부드러운 그의 말투에 가슴이 저릿했고, 그의 고상하고 침착한 태도에 위축되었다.

"죄송해요, 그런 말을 해서. 하지만 제가 흥분해서 그렇게 말한 데는 당신 책임도 있어요. 우리 두 사람 성격상 의견이 일치할 수 없는 문제를 꺼냈잖아요. 꺼내서는 안 되는 문제였다고요. 우리 사이에 사랑이라는 단어 자체가 다툼의 소지가 있는 거예요. 정말 사랑하냐고 물으면 어떻게 하죠? 어떤 기분이 들겠어요? 결혼은 제발 포기하세요. 단념하시라고요."

"안 돼. 오래전부터 계획했던 일이야. 더구나 나의 종국적인 목적을 이루기 위한 유일한 방법이지. 하지만 지금은 이쯤에서 끝내지. 난 내일 케임브리지로 가. 작별 인사를 나눠야 할 친구들이 많거든. 2주일 정도 집을 비울 거야. 그동안 내 제안을 잘 생각해봐. 그래도 변함이 없다면 그건 내가 아니라 하느님을 거부하는 것이라는 점을 명심해. 하느님은 나를 통해 너에게 숭고한 삶을 열어주시는 거야. 내 아내가 되어야만 그 길에 들어설 수 있어. 나와의 결혼을 거부하는 것은 이기적인 안일함과 불모의 어둠 속에 영원히 자신을 가두는 행위야. 신앙을 거부한 자로서 이교도보다 더 나쁜 사람이 될지도 모른다는 두려움을 가져야 할 거야."

그가 말을 마쳤다. 그는 돌아서며 한 번 더 '강을 바라보고, 언덕을 둘러보았다.'(월터 스콧의 〈마지막 음유시인의 노래〉의 한 구절―옮긴이)

그러나 그의 감정은 자기 안에 갇혀 있었다. 나는 들려달라고 할 자격이 없었다. 그를 따라 집으로 돌아오는 길에 그의 무쇠 같은 침묵에서 나의 태도에 그가 어떤 기분을 느꼈는지 알 수 있었다. 냉혹하고 전제적인 사람이 무조건 받아들일 거라고 생각했던 일에서 거절당하고는 크게 낙담한 것이었다. 융통성이라고는 없는 사람이 자신의 감정이나 의견을 공감하지 못하는 사람을 비난하는 것이었다. 말하자면 그는 남자로서 여자인 나를 억지로라도 복종시키고 싶은 것이었다. 그런 성격을 가진 그가 끝까지 고집을 부리는 내 말을 참을성 있게 들어주고, 다시 한번 깊이 생각하고 마음을 돌릴 기회를 준 것은 독실한 기독교인이기 때문이다.

그날 밤, 그는 누이동생들에게 키스하고 나서 나한테는 악수조차 건네지 않았다. 그는 아무 말 없이 방에서 나가버렸다. 그를 사랑하지는 않지만 우애하고 있던 나는 이렇게 대놓고 외면하자 서운하고 서글픈 마음에 눈물이 고일 지경이었다.

"제인, 낮에 산책하다가 오빠랑 다퉜어? 오빠를 따라가 봐. 혹시 제인이 따라 나올까 하고 복도에서 서성거리고 있어. 화해하려나 봐."

다이애나가 말했다.

나는 그런 일에는 자존심을 내세우지 않았다. 내 위신이 깎이더라도 마음 편한 게 더 좋기 때문이었다. 방을 나가보니 그가 계단 밑에 서 있었다.

"안녕히 주무세요, 세인트 존."

"제인도 잘 자."

그는 나지막이 말했다.

"우리 악수라도 해요."

내가 말했다.

그때 그의 손가락이 얼마나 차고 힘이 없었던지. 낮의 일로 몹시 속상했던 것이다. 다정하게 대해도 얼어붙은 그의 마음을 녹일 수 없었고, 눈물로도 그의 마음을 움직일 수 없었다. 서로 좋게 화해하기는 틀렸다. 그에게서 밝은 미소와 너그러운 말을 기대할 수도 없었다. 그러나 역시 이 기독교인은 인내심이 강하고 침착했다. 내가 용서를 구하자 자기는 오래도록 화를 품고 있는 사람이 아니며, 기분 나쁠 일이 없었으니 용서할 것도 없다고 말했다. 그러고는 그는 가버렸다. 나는 차라리 그가 나를 한 대 치는 게 낫다는 생각이 들었다.

제35장

다음 날 그는 이미 말한 것과 달리 케임브리지로 떠나지 않았다. 그는 일주일 뒤에 떠나기로 했다. 그리고 그는 선하지만 엄격하고, 양심적이지만 고집 센 사람이 자기의 제안을 거절한 상대에게 얼마나 끔찍한 형벌을 내릴 수 있는지 그 일주일 내내 보여주었다. 노골적으로 적대시하거나 비난하지는 않았다. 다만 자기한테는 내가 안중에도 없는 사람이라는 것을 철저히 보여주었고, 나는 그것을 뼈저리게 느꼈다.

그러나 세인트 존이 기독교인답지 않게 복수심 같은 것을 품었다는 것은 아니다. 능히 그럴 수 있었는데도 털끝만큼도 나를 건드리지 않았다. 그의 천성도 그렇거니와 신념으로 봐서도 비겁한 복수심 따위로 만족하는 사람은 아니었다. 내가 그와 그의 애정을 경멸한다고 말했던 것을 용서해주었지만 그 말은 결코 잊지 않았다. 그리고 살아 있는 한 절대 잊지 않을 것이다. 나를 보고 있을 때 그의 표정을 보면 항상 우리 둘 사이의 공간에 그 말이 씌어 있는 것 같왔다. 내가 무슨 말을 하든 그 말이 내 목소리를 타고 그의 귀로 들어갔고, 그의 대답에도 그 말이 메아리가 되어 들리는 듯했다.

그는 나와 이야기하려고 하지 않는다거나 하지는 않았다. 오히려 평소처럼 매일 아침 자기 책상으로 나를 불렀다. 인간적으로 야비한 면이 바로 이런 것이었다. 그의 마음속에 비도덕적인 일면이 있어서 진정한 기독교인들하고는 나눌 수도 즐길 수도 없는 어떤 쾌락을 느끼는 것은 아닌가 하는 생각이 들었다. 말하자면 그는 겉으로는 아무렇지 않은 듯 행동하고 말하면서도 모든 언행에서 지금까지 근엄한 매력으로 비쳤던, 나에게 보여준 호의와 나를 인정해주는 말 등을 교묘하게 빼버린 것 같았다. 이제 나는 그가 사람이 아닌 대리석처럼 느껴졌다. 눈은 차갑게 빛나는 파란 보석이었고, 혀는 말하는 기계 같았다.

이런 모든 것들이 내게는 참을 수 없는 고통이었다. 끝없이 이어지는 고상한 고문이라고나 할까? 내 마음속에는 분노의 불길이 줄기차게 타오르고, 끊임없이 슬픔에 몸부림쳤다. 그것은 나를 괴롭히고 짓뭉개버렸다. 내가 그의 아내였다면 햇빛도 들지 않은 깊은 샘물처럼 순결하고 착한 목사가, 내 핏줄에서 피 한 방울 흘리지 않고 또 수정처럼 맑은 그의 양심은 털끝만큼도 다치지 않고도 나를 죽일 수 있으리라고 생각했다. 그의 비위를 맞추려고 애쓸 때 더욱 그것을 느꼈다. 내 슬픔은 조금도 동정해주지 않았다. 그는 서먹서먹한 분위기도 전혀 불편하지 않는 듯했다. 화해하려고도 하지 않왔다. 툭하면 눈물이 흘러서 함께 읽고 있던 책을 적신 적이 한두 번이 아니었건만 그의 마음은 돌이나 무쇠로 되었는지 도무지 동요되지 않았다. 한편 누이동생들한테는 한층 더 다정다감하게 대했다. 마치 냉대하는 것만으로는 내가 따돌림을 당하고 있다는 사실을 충분히 깨닫지 못할 거라고 생각했는지, 확고한 대비를 덧붙였던 것이다. 이것도 분명 악의적이 아니라 자신의 신념에 따라 한 일일 것이다.

그가 출발하기 전날, 해 질 녘에 우연히 그가 정원을 산책하는 모습을 보았다. 나는 그를 바라보면서 지금은 소원해졌지만 한때 내 생명의 은인일 뿐만 아니라 나와 가까운 친척이라는 것을 떠올리고, 마지막으로 우정을 되찾기 위해 노력해보자는 생각이 들었다. 나는 쪽문에 기대서 있는 그에게 다가갔다. 나는 바로 말을 건넸다.

"세인트 존, 아직도 저에 대한 노여움이 풀리지 않아 저는 너무너무 슬프고 불행해요. 우리 친하게 지내면 안 돼요?"

"친하게 지내지 않나?"

그가 쌀쌀맞게 대답했다. 내가 다가갈 때부터 바라보던 떠오르는 달을 계속 쳐다보고 있었다.

"아니에요. 전처럼 사이좋은 건 아니죠. 아시잖아요."

"아니라니? 그건 오해야. 나는 너에게 아무런 나쁜 감정이 없어. 잘 지내기를 바라."

"그건 저도 믿어요. 다른 사람이 잘 못 지내기를 바랄 분이 아니니까요. 하지만 저는 사촌이니 남에게도 베푸는 박애 말고 좀더 깊은 애정을 받고 싶어요."

"물론이지. 네가 그렇게 말하는 것도 당연해. 나도 너를 남이라고 생각한 적 없어."

냉정하지만 차분한 어조에 나는 몹시 분하고 화가 났다. 내가 자존심과 분노에 내 몸을 맡겼다면 당장 자리를 떠났을 것이다. 그러나 내 마음속에는 어떤 감정이 좀더 강하게 꿈틀대고 있었다. 나는 사촌 오빠의 재능과 신념을 존경했다. 나는 그와의 소중한 우정을 잃고 싶지 않았다. 참을 수 없을 만큼 슬플 것이기 때문이다. 그래서 쉽사리 우정을 포기할 수 없었던 것이다.

"이렇게 헤어져야 하나요? 다정한 말 한 마디 남기지 않고, 이렇게 저를 두고 인도로 떠나실 건가요?"

달을 바라보던 그가 시선을 돌려 나를 보았다.

"제인, 너를 두고 간다고? 그게 무슨 말이야? 인도에 가지 않다니?"

"당신과 결혼하지 않고서는 갈 수 없다고 했잖아요?"

"그럼 나와 결혼하지 않겠다는 말인가? 결심을 굽히지 않았군."

독자 여러분, 이런 냉혹한 사람들이 던지는 차디찬 질문 속에 얼마나 잔인한 공포가 담겨 있는지 아는가? 그들의 분노가 얼마나 무시무시한 눈사태 같은지, 그들의 언짢은 감정이 얼어붙은 바다를 깨뜨릴 만큼 강력한 힘을 가졌다는 것을 아는가?

"세인트 존, 저는 당신과 결혼하지 않을 거예요. 제 결심은 확고

해요."

눈사태로 쌓인 눈덩이가 미끄러지듯 그가 약간 앞으로 밀려왔다. 그러나 아직 무너지지는 않았다.

"다시 묻는데, 거절하는 이유가 뭐지?"

"지난번에는 당신이 저를 사랑하지 않기 때문이었고, 지금은 당신이 저를 미워하기 때문이에요. 결혼하면 당신은 저를 죽일 거예요. 지금도 죽이려고 하시잖아요."

그의 입술과 뺨이 백짓장처럼 하얗게 질렸다.

"내가 너를 죽인다? 지금도 죽이려고 한다? 너는 지금 차마 입에 담지 못할 말을 하고 있어. 여성스럽지 못한 폭력적인 말이야. 더구나 거짓말이고. 그건 불행한 정신 상태야. 엄한 꾸중을 받아 마땅해. 인간이라면 무릇 일흔 번씩 일곱 번 용서하라고 했지만 도저히 용서할 수 없는 말이야."

이제 끝났다. 그에게 준 상처를 씻어주고자 했으나 오히려 그의 고집스러운 마음에 더욱 깊은 상처를 내고 말았다. 마치 낙인을 찍듯이 말이다.

"이젠 정말 저를 미워하시겠군요. 당신 마음을 풀어주려고 애써 봐야 소용없네요. 당신을 평생 원수로 만들어버린 것 같아요."

나는 또 말실수를 하고 말았다. 진심이기 때문에 더욱 나쁜 것이었다. 그의 창백한 입술이 잠시 떨렸다. 그의 마음속에 강철 같은 분노가 끓어오르는 것을 알았다. 나는 가슴이 아팠다.

나는 그의 손을 잡으며 말했다.

"당신은 제 말을 완전히 오해하셨어요. 저는 당신을 가슴 아프게 하거나 괴롭히고 싶은 생각이 추호도 없어요. 진심이에요."

그는 더없이 씁쓸한 미소를 지었다. 그리고 단호하게 내 손을 뿌리쳤다. 그는 오랜 침묵 끝에 말했다.

"그럼 약속을 어기고 인도에 가지 않겠다는 말이지?"

"조수로 갈 수는 있어요."

한동안 침묵이 흘렀다. 그의 마음속에서 본성과 도덕심이 갈등을 빚었는지는 알 수 없었다. 다만 그의 눈빛이 기괴하게 번쩍이고 알 수 없는 어둠이 그의 얼굴을 스쳐갔다. 마침내 그가 입을 열었다.

"지난번에 제인 또래의 젊은 여자가 나 같은 독신 남자와 함께 해외로 나가는 건 있을 수 없다고 말했어. 두 번 다시 그런 말을 하지 못하게 하려고 한 말이었는데 지금 또 하다니."

나는 그의 말을 끊었다. 직접적인 비난을 들으니 참을 수 없었던 것이다.

"세인트 존, 분별을 잃지 마세요. 지금 무슨 말을 하는지 모르겠네요. 제가 한 말에 충격받은 척하지만 사실은 그렇지 않아요. 당신처럼 똑똑한 사람이 제 말뜻을 오해하거나 이상하게 생각할 리 없어요. 또한 그렇게 생각하실 이유도 없으니까요. 한 번 더 말씀드리지만 당신의 부목사가 될 수는 있어도 아내가 되지는 않겠어요."

그의 얼굴은 다시 하얗게 질렸으나 여전히 감정을 자제했다. 그는 나지막하지만 힘주어 말했다.

"아내 말고 부목사는 필요 없어. 그러니 나와 함께 가지는 못하겠
군. 하지만 진심으로 갈 생각이 있다면 런던에 갔을 때 결혼한 선교
사한테 얘기하지. 그분의 부인이 조수를 찾고 있으니까. 제인이 가
진 재산이라면 전도협회의 지원을 받지 않아도 될 거야. 그러면 함
께 가기로 계약한 선교단에 끼이지 못해 약속을 어기는 불명예를
입을 일도 없지."

그런데 독자들도 알다시피 나는 어떤 약속도, 어떤 계약도 한 적
이 없다. 이것은 지극히 일방적이고 독단적인 것이었다. 나는 대답
했다.

"불명예니, 계약을 어겼느니 하는 것 따위는 이 문제와 아무 상
관 없어요. 제가 인도에 가야 할 의무, 더구나 알지도 못하는 사람
과 가야 할 의무는 없어요. 당신과 함께라면 갈 수 있어요. 당신을
존경하고 신뢰하고, 동생으로서 사랑하는 오빠니까요. 하지만 언제
누구와 함께 가더라도 그런 기후에서는 그리 오래 살 수 없을 것 같
아요."

"아, 자기 몸 생각을 해서 그러는 거로군."

그는 입술을 비쭉이며 비꼬았다.

"그래요. 함부로 내던져버리라고 하느님께서 주신 생명이 아니니
까요. 당신의 뜻대로 따르는 건 자살과 다름없다고 생각해요. 그리
고 영국을 떠나기로 결심하기 전에 이 나라에 머무는 것과 떠나는

것 중에 어느 편이 나을지를 확실히 생각해봐야겠어요."

"무슨 뜻이지?"

"설명할 수 없어요. 하지만 오랫동안 힘들게 간직해온 문제가 하나 있어요. 무슨 수를 쓰더라도 이 의문이 명쾌하게 풀릴 때까지는 아무 데도 못 가요."

"지금 네 마음이 어디에 있는지 무엇에 집착하는지 짐작하고 있어. 그런데 네가 관심을 두는 그것은 법에도 어긋날 뿐만 아니라 하느님도 용서하지 않을 거야. 그런 생각은 진작 없었어야 해. 지금 그 말을 다시 입에 올리다니 부끄러운 일이야. 너는 로체스터 씨를 생각하고 있지?"

그렇다. 나는 침묵으로 인정했다.

"로체스터 씨를 찾고 싶은 거지?"

"그분이 어떻게 지내는지 알아야겠어요."

"그렇다면 나는 하느님께 너를 버리지 말라고 진심으로 기도해야겠군. 나는 네가 하느님이 선택한 사람이라고 생각했어. 그러나 하느님께서 보시는 것은 사람이 보는 것과 달라. 나는 하느님 뜻에 따를 거야."

그는 쪽문을 열고 나가 성큼성큼 골짜기로 내려갔다. 곧 그의 모습이 보이지 않았다.

거실로 들어가니 다이애나가 창가에 서서 깊은 생각에 잠겨 있었다. 나보다 키가 훨씬 더 큰 다이애나는 내 어깨에 손을 얹고 고개 숙여 내 안색을 살폈다.

"제인, 요즘 늘 불안해하더니 지금은 얼굴이 창백해. 무슨 일이 있는 게 분명해. 오빠하고 무슨 일이 있었는지 얘기해봐. 난 30분 넘게 두 사람을 지켜보았어. 몰래 본 건 미안해. 하지만 난 한동안 생뚱맞은 생각을 했어. 오빠가 좀 이상해."

그녀가 말을 끊었다. 내가 아무 말도 하지 않자 그녀가 말을 이었다.

"오빠가 제인한테 특별한 마음을 품고 있는 게 분명해. 오래전부터 제인한테 지금까지 한 번도 보이지 않았던 각별한 관심을 쏟고 주의 깊게 쳐다보니 말이야. 이유가 뭘까? 난 오빠가 제인을 사랑하기를 바라는데. 제인은 어떻게 생각해?"

나는 그녀의 차가운 손을 잡아 내 뜨거운 이마에 갖다 댔다.

"전혀 사랑하는 것 같지 않은데요."

"그럼 왜 오빠가 제인에게서 한시도 눈을 떼지 못할까? 왜 늘 제인하고 단둘이 있으려 하고, 자기 곁에만 두려고 할까? 메리와 나는 오빠가 제인과 결혼하고 싶어 한다고 단정 지었어."

"네, 저한테 결혼하자고 말했어요."

다이애나가 기쁜 듯이 손뼉을 쳤다.

"우리가 바라던 바야. 결혼할 거지, 제인? 그러면 오빠도 계속 영국에 머물 거야."

"그게 아니에요. 나와 결혼하려는 이유는 인도에 가서 사역하는

데 조수가 필요하기 때문이에요."

"제인을 인도로 데려간다고? 말도 안 돼."

"하지만 그랬어요!"

"제정신이 아닌가 봐! 제인은 그곳에서 석 달도 못 살 거야. 절대
가면 안 돼. 물론 허락하지 않았겠지, 제인?"

"결혼은 거절했어요."

"그래서 오빠가 화난 거야?"

"네, 아주 많이 화났죠. 저를 절대 용서하지 않을 거예요. 하지만
저는 여동생으로는 따라가겠다고 했어요."

"말도 안 되는 소리하지 마. 제인, 거기서 무슨 일을 해야 하는지
생각해봐. 쉬지 않고 일해야 해. 건강한 사람도 쓰러지고 말 거야.
더구나 제인처럼 허약한 사람이 어떻게 거기서 버틸 수 있겠어. 오
빠가 어떤 사람인지는 너도 잘 알잖아. 극한의 일까지 시킬걸. 오빠
와 함께 있으면 한낮의 뜨거운 땡볕 아래서도 쉬지 못할 거야. 더구
나 내가 보기에 너는 안타깝게도 오빠가 지시하는 건 무조건 억지
로라도 하는 것 같아. 오빠의 청혼을 거절하다니, 용기가 대단하다.
그럼 너는 오빠를 사랑하지 않아?"

"남자로 사랑하지는 않아요."

"오빠처럼 잘생긴 사람도 없을 텐데도?"

"하지만 저는 못생겼잖아요. 그러니 어울리지 않는 거죠."

"제인이 못생겼다니, 말도 안 돼. 너는 캘커타(지금의 콜카타—옮긴이)

의 뜨거운 태양빛에 타 죽기에는 너무나 예쁘고 착한 아이야."

다이애나는 세인트 존과 함께 갈 생각은 아예 하지 말라고 신신 당부했다.

"그래야겠어요. 조금 전에 부목사 자격으로 따라가겠다고 하니까 말도 안 되는 일이라며 펄쩍 뛰는 거예요. 결혼은 하지 않고 함께 가는 것이 무슨 몹쓸 짓이라도 되는 양 생각하시는 것 같아요. 마치 제가 처음부터 줄곧 오빠로 생각하지 않은 것처럼 말이에요."

"오빠가 제인을 사랑하지 않는다는 건 어떻게 알았어?"

"그건 오빠한테 직접 물어보세요. 저와 결혼해서 함께 가려는 이유가 자신이 아니라 자기 과업을 위해서라고 몇 번이나 말했거든요. 그리고 저는 사랑이 아니라 일을 위해 태어났다고 했어요. 그건 맞는 말이에요. 하지만 제가 생각하기에는 사랑을 위해 태어난 게 아니라면 결혼할 몸도 아닌 거잖아요. 저를 자기한테 필요한 도구쯤으로 여기는 사람과 한평생을 같이 산다는 건 정말 우스꽝스러운 일 아니에요?"

"있을 수 없는 일이야. 말도 안 되지."

나는 계속 말했다.

"지금은 오빠로서 사랑할 뿐이지만, 그래도 할 수 없이 오빠의 아내가 된다면 저는 어쩔 수 없이 기이하고 고통스러운 사랑을 하게 될 거예요. 오빠는 그처럼 재능이 뛰어나고 외모와 태도와 말솜씨까지 매력적이니 저는 더없이 비참해지겠죠. 제 사랑을 바라지도 않을뿐더러 제가 사랑 표현을 해도 쓸데없고 어울리지 않는 짓이라고 여길 거예요. 틀림없이 그럴 거예요."

"오빠는 착한 사람이야."

"착하고 위대한 사람이죠. 그러나 자신의 원대한 야망을 추구하느라 보통 사람들의 감정이나 권리 같은 건 고려하지 않아요. 그러니까 보통 사람들은 그분이 걸어갈 때 발에 채이지 않도록 비켜서는 게 나아요. 오셨어요. 저는 그만 가볼게요."

나는 그가 정원에 들어서는 것을 보고 얼른 2층으로 올라갔다.

그러나 우리는 어쩔 수 없이 저녁 식사 자리에서 다시 만났다. 식사하는 내내 그는 평소처럼 차분하게 행동했다. 그가 내게 말을 건네지는 않을 것으로 생각했다. 그리고 결혼 얘기도 더 이상 꺼내지 않으리라 믿었다. 그러나 조금 뒤 그 둘 다 내 착각이었다는 것을 알았다. 그는 평소처럼 아주 정중하게 나한테 말을 걸었다. 나로 인한 분노를 성령의 도움으로 가라앉히기라도 한 듯 또다시 나를 용서한 것 같았다.

기도하기 전 성경 봉독 내용으로 그는 〈묵시록〉 제21장을 택했다. 나는 그의 입을 통해 성경 말씀을 듣는 것을 좋아했다. 하느님의 말씀을 전달할 때만큼 그의 목소리가 부드럽고 힘이 넘치는 때도 없었고, 이때만큼 그의 표정이 밝고 기품 있어 보인 적이 없었다. 그날 밤, 온 가족이 모인 가운데 그의 목소리는 더없이 장엄하고 그의 태도는 더욱 감동적이었다. (커튼을 치지 않은 창문으로 스며든 5월의 달빛에 탁자 위의 촛불이 빛을 잃을 정도였다.) 그가 자리를 잡고 앉아 커다란 성경책 위로 고개를 숙이고 새로운 하늘과 새로운 땅을 묘사하고, 하느님이 인간들 속에 머물면서 인간의 눈물을 닦아주시고, 과거의 하늘과 땅은 사라졌으니 더 이상 죽음도 슬픔도 아픔도 없으리라 약속하셨다고 이야기했다.

나는 그다음 말을 듣고 묘한 감명을 받았다. 목소리가 미묘하게 변하면서 그가 나를 바라보며 이야기할 때는 더욱 그랬다. 그는 또 박또박 천천히 봉독했다.

"이기는 자는 이를 유업으로 삼으리라. 나는 저희 하느님이 되고 그는 내 아들이 되리라. 그러나 두려워하는 자들과 믿지 아니하는 자들과…… 불과 유황으로 타는 못에 참예하리니 이것이 두 번째 죽음이니라."

이로써 나는 세인트 존이 나로 인해 어떤 운명을 두려워하는지 알았다.

이 장 마지막 구절을 봉독할 때 그의 목소리에는 간절한 소망이 담긴 은근한 승리감이 배어 있었다. 이 성경 봉독자는 이미 자기 이름이 어린양의 생명책(《요한계시록》 21장 8절—옮긴이)에 적혀 있음을 믿었다. 그리고 땅 위의 왕들이 자기들의 영광과 명예를 가지고, 하느님의 영광이 비치고 어린양이 그 등불이 되어 해와 달이 필요 없는 성도(聖都)로 들어갈 날을 고대하고 있었다.

성경 봉독 후 그는 온 힘을 다하고, 모든 엄숙한 열의를 다해 기도

했다. 그는 열의를 다해 하느님께 기도하고 승리를 다짐했다. 나약한 자들에게는 힘을 주고, 우리로 들어가지 못하고 방황하는 양을 인도해주시기를 기원했다. 현세와 육체의 유혹에 끌려 좁은 문(〈마태복음〉 7장 13절—옮긴이)에서 떨어져 나가는 사람들을 위해 마지막 순간이라도 올바른 길로 돌아오기를 빌었다. 그는 불속에서 부지깽이를 꺼내는(〈아모스〉 4장 11절—옮긴이) 것과 같은 은혜를 간절히 원했다. 열의란 원래 엄숙한 것이다. 처음에 그가 기도할 때 나는 그의 열의를 의심했다. 그러나 기도가 한창 무르익었을 때 나는 감명받았고 끝날 무렵에는 외경심을 느꼈다. 그는 자신의 목적이 진심으로 올바르고 위대하다고 믿었고, 그 기도를 듣는 사람도 그것을 느꼈다.

기도가 끝난 뒤 우리는 작별 인사를 했다. 그는 다음 날 아침 일찍 출발할 예정이었다. 다이애나와 메리는 그에게 키스하고 먼저 방을 나갔다. 그가 슬며시 어떤 눈치를 준 모양이었다. 나는 손을 내밀고 즐거운 여행이 되라고 인사했다.

"고마워, 제인. 지난번에 말했듯이 케임브리지에 갔다가 2주일 뒤에 돌아올 거야. 그때까지 다시 한번 생각해봐. 내가 인간의 자존심을 내세우는 사람이라면 더 이상 결혼 얘기는 꺼내지 말아야겠지. 그러나 나는 의무를 떠받들고, 하느님의 영광을 위한 것이라면 무슨 일이든 한다는 원대한 목표를 늘 생각하는 사람이야. 하느님께서는 오랫동안 참으시지. 나도 그럴 거야. 나는 너를 '분노의 그릇'(〈로마서〉 9장 22절—옮긴이)으로 파멸에 빠뜨릴 수 없어. 더 늦기 전에 회개하고 결심을 굳혀. 해가 있는 동안 일을 하라는 지시를 명심해. '밤이 오리니 그때는 아무도 일할 수 없으리라'(《요한복음》9장 4절—옮긴이)는 경고를 기억해. '살았을 때 좋은 것을 소유했던 부자의 운명'을 잊지 마. 하느님께서 너에게 '빼앗기지 않을 좋은 선택'(《누가복음》10장 42절—옮긴이)을 할 힘을 주시기를 빌게."

그는 마지막 말을 하면서 내 머리에 손을 얹었다. 차분하지만 열 띤 목소리였고, 사랑하는 여인을 바라보는 표정이 아니었다. 길을 잃고 헤매는 양을 부르는 목자의 표정이었다. 그보다는 책임져야 할 사람을 지키는 수호천사 같았다. 뛰어난 재능을 가진 사람이라면 누구나 감정이 있건 없건, 광신자이건 야심가이건 폭군이건 간에 성실하기만 하다면 사람들을 억누르고 지배하는 순간이 있게 마련이다. 나는 세인트 존에 대해 외경심을 가지고 있었다. 그리고 그 것은 내가 극구 피하고자 했던 곳으로 나를 밀어 넣을 만큼 강력한 것이었다.

나는 더 이상 그와 싸우지 않고, 그의 의지에 나를 맡기고, 그라는 존재의 심연에 빠져들어 나 자신을 버리고 싶은 유혹을 느꼈다. 일찍이 다른 남자에게 다른 방식으로 마음을 빼앗겼듯이 나는 그에게 마음을 빼앗기고 있었다. 지난번이나 지금이나 나는 어리석었다. 지난번에 굴복했다면 그건 잘못된 신념 탓이고, 지금 굴복한다면 잘못된 판단 탓이다. 시간이 흐른 뒤에 지난날의 위기를 돌이켜보니 그런 생각이 들었다. 그러나 그때는 내가 얼마나 어리석었는지 깨닫지 못했다.

나는 목사의 손 밑에서 꼼짝달싹도 못하고 그대로 서 있었다. 거부하지도 못하고, 두려움과 맞서 싸울 힘도 없이 굳어버린 듯했다.

'불가능'했던 세인트 존과의 결혼이 시시각각 '가능'으로 변하고 있었다. 모든 것이 한꺼번에 돌변할 기세였다. 신앙이 부르고 천사가 손짓하며 하느님이 명하셨다. 생명은 두루마리처럼 돌돌 말리고 죽음의 문이 열리고 영원한 세계가 보였다. 내세의 평안과 더없는 행복을 위해서는 현세의 모든 것을 한꺼번에 포기해도 좋을 것 같았다. 캄캄한 방 안에 온통 환영이 들어차 있었다.

"이젠 결심이 섰나?"

전도사가 감미로운 목소리로 물었다. 그리고 그가 부드럽게 나를 끌어당겼다. 그 부드러움! 힘보다 강한 부드러움이었다. 나는 세인트 존의 분노에는 저항했지만 부드러운 태도에는 갈대처럼 순응했다. 그러나 지금 굴복하면 언젠가는 지난날 로체스터 씨를 거절한 일을 반드시 후회할 거라는 생각이 들었다. 한 시간 동안 엄숙하게 기도했지만 그는 변하지 않았다. 부드러워졌을 뿐이다.

"확신할 수 있다면 결심하겠어요. 당신과 결혼하는 것이 하느님의 뜻이라는 확신만 서면 지금 바로 결혼을 약속하죠. 나중에 어떻게 되더라도 말이에요."

"내 기도에 답하셨어!"

세인트 존이 소리쳤다. 그는 마치 자기 것이라도 되는 양 내 머리를 힘껏 눌렀다. 그리고 마치 사랑하는 듯이 다른 팔로 나를 끌어안았다. (나는 '사랑하는 듯이'라고 표현했다. 그 차이를 알기 때문이다. 사랑받는다는 느낌이 어떤 것인지 알고 있으니까. 그러나 그가 그렇듯이 나도 이때는 사랑 따위 제쳐두고 의무만 생각했다.)

나는 아직도 내 안에서 소용돌이치는 검은 환영과 싸우고 있었다. 나는 진심으로 옳은 일을 하기를 열망했다. 그것뿐이었다.

"가르쳐주세요. 제 갈 길을 보여주세요!"

나는 하느님께 탄원했다. 나는 전에 없이 흥분했다. 그러므로 다음 일이 흥분 탓인지 독자 여러분들의 판단에 맡기겠다.

집 안은 조용했다. 세인트 존과 나 말고는 모두 잠들었다. 한 자루 남은 촛불마저 꺼져가고 있었다. 방 안은 달빛으로 가득했다. 내 심장의 박동은 크게, 그리고 빨리 뛰었다. 그 고동 소리가 들릴 정도였다. 그러다 문득 심장 박동이 멈췄다. 형언할 수 없는 전율이 심장을 뚫고 나와 머리를 거쳐 손끝과 발끝까지 퍼져 나갔다. 그것은 감전과는 다른 것이었다. 그러나 그것 못지않게 아주 날카롭고 기묘하고 화드득거리는 충격이었다. 마치 그때까지 내 온몸이 마비되어 있었다는 듯이 그것이 내 모든 감각기관을 온통 흔들어 깨우는 것이었다. 귀는 쫑긋 들리고, 눈은 휘둥그레졌으며, 뼈에 붙은 근육이 파르르 떨렸다.

"무슨 소리 들려? 뭐가 보여?"

세인트 존이 물었다. 아무것도 보이지 않았다. 다만 어디선가 부르는 소리가 들렸다.

"제인! 제인! 제인!"

오로지 그 말뿐이었다.

"오오, 하느님, 저것은 무엇인가요?"

나는 숨을 가쁘게 몰아쉬며 소리쳤다.

"저기는 어딘가요?"

나는 이렇게 물었다. 왜냐하면 그 목소리는 방 안도 집 안도 정원도 아닌 다른 곳에서 들려오는 것 같았기 때문이다. 그것은 하늘에서 들린 것도 아니고 땅속에서 들려온 것도 아니었다. 그리고 바로 머리 위 허공에서 들린 것도 아니었다. 나는 분명히 그 소리를 들었다. 그러나 어디서 들려온 것인지는 영영 알 수 없을 것이다. 그러나 그것은 사람의 목소리였다. 내가 너무나 잘 아는, 그리고 잊을 수 없는 목소리, 바로 에드워드 페어팩스 로체스터의 목소리였다. 그것은 고통과 슬픔에 겨운, 굵고 두려움에 가득 차 다급하게 외치는 목소리였다.

"갈게요! 기다려요. 지금 당장 갈 테니!"

나는 소리쳤다.

나는 얼른 뛰어가 문을 열고 복도를 둘러보았다. 어두컴컴했다. 나는 정원으로 뛰쳐나갔다. 그러나 역시 아무도 없었다.

"어디 계세요?"

나는 소리쳤다.

마시 글렌 너머 산에서 희미하게 메아리가 울렸다.

"어디 계세요?"

나는 귀를 기울여보았다. 그러나 전나무 숲에서는 한숨 같은 바람 소리만 들릴 뿐이었다. 사방은 온통 황야의 정적과 한밤의 고요뿐이었다.

"망령이여, 사라져라!"

나는 대문 옆의 검은 주목 앞에 시커먼 유령이라도 나타난 듯 소리쳤다.

"이것은 너의 속임수나 마법도 아니다. 그것은 '자연'이 한 일이다. '자연'이 기적을 일으킨 것이 아니라 뛰어난 재주를 부린 것이다."

나는 뒤따라와서 붙잡는 세인트 존의 손을 뿌리쳤다. 이번에는 내가 더 강하게 밀어붙일 차례였다. 나는 온 힘을 끌어 모았다. 나는 그에게 묻지도 말고 말하지도 말라고 했다. 아무 간섭도 하지 말라고 했다. 나는 혼자 있고 싶었고, 또 그래야 했다. 그는 곧 말없이 물러갔다. 온 힘을 다해 강하게 명령하면 복종하게 마련이다. 나는 내 방으로 올라가 문을 잠근 뒤 무릎 꿇고 앉아 내 방식대로 기도를 올렸다. 세인트 존의 기도와 다르지만 웬만큼 효험이 있을 것이다. 나는 성령 바로 곁에 다가간 기분이었다. 나는 감사한 마음으로 충만해 그 발밑에 엎드리고 말았다. 나는 감사의 기도를 마치고 일어나 결심했다. 이제 어떤 두려움도 없었다. 나는 활짝 트인 마음으로 날이 새기만을 기다리며 자리에 누웠다.

제36장

여명이 비쳐들 때 나는 일어났다. 잠시 집을 비우기 전에 방을 치우고 싶었던 나는 서랍과 옷장을 부지런히 정리했다. 그렇게 한두 시간쯤 지나자 세인트 존이 방에서 나오는 소리가 들렸다. 그는 내 방문 앞에서 걸음을 멈췄다. 그가 문을 두드릴 줄 알았는데 그 대신 종이쪽지 하나를 아래쪽 문틈으로 들이밀었다. 종이쪽지를 집어 들고 보니 그것은 편지였다.

어젯밤 너는 너무 갑자기 가버렸어. 조금 더 있었더라면 그리스도의 십자가와 천사의 금관을 손에 쥐었을 거야. 2주 후에 돌아와 너의 확고한 결심을 듣기를 기대하겠어. 그동안 '유혹에 빠지지 않게 깨어 있어 기도하라. 마음으로는 원하되 육신이 약하도다'(《마태복음》 26장 41절—옮긴이)〉라는 말씀을 잊지 않기를 바랄게. 늘 너를 위해 기도할 거야.

너의 세인트 존

나는 마음속으로 대답했다.

'내 마음이 진심으로 올바른 일을 하고자 하고, 내 육신이 하느님의 뜻을 명확하게 깨닫는다면, 그 뜻을 이룰 수 있다. 아무튼 혼란스러운 의문에서 벗어날 길을 찾고—구하고—손으로 더듬어서 확신에 찬 밝은 희망을 발견할 수 있을 것이다.'

6월 1일 아침은 구름 낀 쌀쌀한 날씨였다. 빗줄기가 창문을 세차게 때렸다. 나는 현관문이 열리고 세인트 존이 나가는 소리를 들었다. 그리고 창밖으로 정원을 가로질러 가는 그의 뒷모습을 바라보았다. 그는 위트크로스 방향으로 안개가 자욱한 황야를 걸어가고 있었다. 거기서 합승마차를 기다릴 것이다.

나는 마음속으로 말했다.

'몇 시간 후에는 나도 당신이 가고 있는 그 길을 갈 거예요. 나도 위트크로스에서 합승마차를 타야 해요. 영원히 영국을 떠나기 전에 꼭 만나서 어떻게 사는지 확인해야 할 사람이 있어요.'

아침 식사를 하려면 2시간 더 있어야 했다.

그동안 나는 방 안을 조용히 거닐면서 지금 내 계획을 한순간에 바꾸게 한 간밤의 그 목소리를 곰곰이 생각해보았다. 그때의 기분을 다시 떠올려보았다. 말로 표현할 수 없는 기이한 느낌이 아직도 생생했다. 내 귀에 들려온 그 소리를 생각해보았다. 어디서 들려온 소리인지 생각해보아도 여전히 알 수 없었다. 그것은 외부가 아니라 내 마음속에서 들려온 소리 같았다. 그렇다면 그저 너무 신경을 쓴 나머지 환청이 들린 것인가? 나는 알 수도 없고 믿을 수도 없었다. 오히려 그것은 일종의 영감 같은 것이었다. 그 신비로운 충격은 바울과 실라가 갇힌 감옥 밑바닥을 뒤흔드는 지진처럼 다가온 것이었다. 그리고 마음의 감옥 문을 열고 묶여 있던 영혼을 풀어주었다. 잠든 영혼을 깨운 것이다. 영혼은 벌벌 떨면서 귀를 기울이더니 깜짝 놀랐다. 그러고는 놀란 내 귀에, 떨리는 가슴에, 그리고 내 마음을 관통하며 외치는 소리가 세 번이나 울렸다. 내 영혼은 두려워하거나 떨지도 않았고, 마치 거추장스러운 육신에서 빠져나와 오직 마음만으로 이룬 성공에 기쁨으로 가득 찼다.

"머지않아 어젯밤 나를 부른 목소리의 주인이 어떻게 지내는지 알 수 있을 거야. 편지는 소용없어. 내가 직접 가서 알아봐야지."

아침 식사를 하면서 나는 다이애나와 메리에게 여행을 떠날 것이고, 나흘 이상 집을 비울 것이라고 말했다.

"혼자 가는 거야, 제인?"

그녀들이 물었다.

"오랫동안 소식을 듣지 못한 친구한테 가보려고요. 만나지 못하더라도 어떻게 지내는지는 알아볼 수 있을 거예요."

그녀들이 나한테 자기들 말고 다른 친구가 있는 줄은 몰랐다고 말했다. 그럴 만도 했다. 내가 몇 번이나 그런 말을 했으니 말이다. 그러나 원래 조용한 그들은 더 이상 이러니저러니하지 않았다. 다이애나는 다만 그 몸으로 여행할 수 있겠냐고 물어볼 뿐이었다. 그녀는 내 안색이 좋지 않다고 말했다. 나는 마음이 좀 불안해서 그렇지 별달리 아픈 데는 없으며, 불안감도 곧 사라질 거라고 했다.

나는 가벼운 마음으로 여행 준비를 했다. 그녀들이 온갖 질문과 억측으로 나를 괴롭히지 않았기 때문이다. 지금 내가 어떤 계획을 갖고 있는지 확실히 설명할 수 없다고 하자, 현명한 그녀들은 무슨 뜻인지 알아차리고 그저 말없이 그 계획을 인정해주었다. 내 마음대로 자유롭게 행동할 수 있게 해준 것이다. 내가 그녀들 입장이라도 그랬을 것이다.

나는 오후 3시에 무어 하우스를 나와 4시 조금 지나서 위트크로스의 이정표 밑에 도착해 저 먼 손필드로 나를 태워줄 합승마차를 기다렸다. 지나가는 사람 하나 없는 쓸쓸한 길과 외딴집 하나 없는 산밖에 없었으므로 고요한 가운데 아주 멀리서 달려오는 마차 소리가 들렸다. 1년 전 여름날 오후에 바로 이곳까지 나를 데려다 준 그 마차였다. 얼마나 외롭고 막막한 여행이었던가! 손짓을 하자 마차가 멈췄다. 나는 올라탔다. 지금은 가진 돈을 다 털어내지 않아도 찻삯을 줄 수 있었다. 다시 손필드를 향해 길을 달리면서 나는 마치 집으로 돌아가는 통신용 비둘기가 된 것 같은 기분이었다.

장장 36시간에 걸친 여행이었다. 화요일 오후에 위트크로스를 출발해 이틀 뒤 목요일 이른 아침에 마차는 여관에 잠시 멈춰 말에게 물을 먹였다. 녹색 산울타리와 넓은 들판 그리고 나지막한 언덕의(영국 중북부 모턴의 거칠고 황량한 들판에 비해 얼마나 완만하고 푸른 들판인가!) 풀밭이 마치 낯익은 사람의 얼굴 같았다. 그렇다. 나는 익히 이 특징적인 풍경을 알고 있었다. 목적지 가까이 온 것이다.

"여기서 손필드까지 얼마나 걸리나요?"

나는 여관 마부에게 물었다.

"저 들판 너머인데 꼭 2마일(약 3.2킬로미터—옮긴이)이에요."

나는 '드디어 다 왔다'고 생각했다. 나는 마차에서 내려 다시 찾으러 올 테니 짐을 맡아달라고 여관 마부에게 부탁했다. 그리고 마차삯을 넉넉히 주고 걸어갔다. 눈부신 햇살에 비친 여관 간판에는 금색 글자로 '로체스터 암스'라고 씌어 있었다. 내 가슴은 마구 뛰기 시작했다. 나는 벌써 주인의 영지를 밟고 있었다. 그러나 이런 생각이 들자 가슴이 차분하게 가라앉았다.

'주인님이 혹시 해협을 건너 유럽 대륙으로 떠나셨는지도 모른다. 지금 네가 걸음을 재촉하며 걸어가고 있는 손필드에 주인님이 계시더라도 그의 곁에 누가 있나? 정신병자 아내가 있지 않은가. 주인님과 너는 아무 관계가 없다. 너는 감히 주인님께 말을 건넨다든지 찾아가서는 안 된다. 너는 지금 헛된 노력을 하고 있는 거야. 이제 그만 가는 게 좋겠어.'

내 마음의 훈계자가 이렇게 말하는 것이었다.

'궁금하면 여관에 가서 사람들에게 그분 소식을 물어봐. 네가 궁금해하는 것을 모두 말해줄 테니. 네 모든 의문을 풀어줄 거야. 저

기 가서 로체스터 님이 집에 있는지만 물어봐.'

그야말로 현명한 조언이었다. 그러나 나는 그럴 엄두가 나지 않았다. 절망적인 대답을 들을까 두려웠던 것이다. 질문을 유보하는 것은 희망 또한 유보하는 것이다. 나는 희망의 별빛 아래서 손필드를 볼 수 있을 것이다. 내 앞에 산울타리 층계가 보였다. 손필드 저택을 빠져나온 그날 아침, 원한을 품은 혼령에게 쫓겨, 아무것도 보지 못하고 아무 소리도 듣지 못한 채로 미친 듯이 달렸던 들판이었다. 어느 길인지 미처 깨닫기도 전에 나는 벌써 들판의 밭 한가운데 있었다. 얼마나 빨리 걸었던가! 그리고 얼마나 뛰었던가! 저 낯익은 숲을 빨리 보고 싶어 내 시선은 얼마나 앞을 헤맸던가! 기억에 생생한 나무숲과 풀밭이며 그 사이에 있는 언덕을 나는 어떤 마음으로 반겼는가!

드디어 숲이 보였다. 시커먼 땅까마귀 떼의 시끄러운 울음소리가 아침의 적막을 깨뜨렸다. 나는 묘한 기쁨으로 한껏 들떴다. 나는 걸음을 재촉했다. 또다시 밭을 지나고 오솔길을 거침없이 걸어가자 안마당 담장과 창고가 보였다. 그러나 저택은 땅까마귀 떼에 가려 보이지 않았다.

나는 생각했다.

'우선 저택 앞쪽으로 가자. 그러면 높이 솟은 흉벽의 당당한 자태를 볼 수 있을 거야. 그리고 주인님이 계시는 방의 창문도 보이겠지. 일찍 일어나니까 어쩌면 창가에 서 계실지도 몰라. 아니면 지금쯤 과수원이나 집 앞 도로를 산책하고 계실지도 몰라. 잠깐이라도 볼 수 있다면! 그러면 미친 듯이 그에게 달려가는 짓을 하지 않을 수 있을까? 그것을 참을 수 있을까? 모르겠다. 자신 없다. 그렇게 한들 뭐 어떤가? 아아, 그러면 어떻게 될까? 내가 그분의 눈길을 받는 기쁨을 맛본다 한들 어느 누구한테 해가 되겠는가. 아아, 이건 잠꼬대 같은 소리야. 아마 지금쯤 피레네산맥 위로 솟아오르는 아침 태양이나 조수 간만이 없는 남쪽 바다에서 떠오르는 아침 해를 바라보고 계실지도 몰라.'

나는 과수원 낮은 담장을 끼고 걸어가다가 모퉁이를 돌았다. 바로 그곳에 문이 있고, 공처럼 둥근 돌을 얹은 2개의 돌기둥 사이로 나가면 풀밭이 나온다. 나는 한쪽 돌기둥 뒤에 몸을 숨기고 저택의 정면을 볼 수 있을 것이다. 나는 얼굴을 내밀고 덧문이 걷힌 방이 있는지 살펴보았다. 내가 숨어 있는 곳에서 흉벽, 창문, 길쭉한 저택의 정면이 다 보인다.

내가 이렇게 바라보는 동안 머리 위를 날아다니는 까마귀들은 나를 지켜보았을 것이다. 그들은 나를 어떻게 생각했을까? 틀림없이 녀석들은 내가 처음에는 겁쟁이처럼 몹시 조심스러워하다가 점점 앞뒤 없이 대담해진다고 생각했으리라. 몰래 살짝 엿본 다음에는 한동안 똑바로 쳐다보고, 그러고는 숨어 있던 곳에서 나와 풀밭을 걸어가고, 우람한 저택 정면 앞에서 문득 걸음을 멈추고, 대담하게도 한없이 건물을 바라보는 것이다. 까마귀들은 이렇게 생각할지 모른다. '어찌 된 일이야, 처음에 주저하던 그 태도는? 그리고 지금 저렇게 무턱대고 대담한 건 또 뭐야?'

독자 여러분, 한 가지 예를 들어 이야기하겠다. 한 남자가 이끼 낀 둑 위에 잠들어 있는 사랑하는 여자를 발견한다. 남자는 그녀를 깨우지 않고 아름다운 그 얼굴을 바라보기만 할 생각이었다. 그는 소리 내지 않으려고 조심스럽게 사뿐사뿐 풀밭을 걸어간다. 갑자기 그가 걸음을 멈춘다. 여자가 몸을 움직인 듯했던 것이다. 절대 들키고 싶지 않은 그는 슬며시 물러난다. 조용해지자 그가 다시 그녀에게 다가간다. 그는 몸을 숙여 그녀를 바라본다. 그녀는 얼굴에 얇은 베일을 쓰고 있다. 그는 베일을 걷어 올리고 몸을 더욱 숙인다. 그는 기대에 찬 눈으로 바라본다. 온화하고, 한창 피어나는 꽃처럼 청초하고, 편안하게 잠들어 있는 아름다운 모습을 보게 되리라. 그 얼마나 성급한 시선인가! 그러나 그의 시선은 충격으로 마비된다. 조금 전까지만 해도 손끝조차 대어보지 못한 그 몸을 돌연 와락 껴안는다. 어느 이름을 부르짖고, 안고 있던 그녀의 몸뚱이를 놓고, 황망하게 응시하는 것이다. 이처럼 그는 그녀를 부둥켜안고 그녀의 이름을 소리쳐 부르고 그녀를 바라본다. 이미 그의 어떤 동작이나 어떤 목소리도 그녀를 깨우지 못한다. 달콤한 잠에 빠진 줄 알았던 그녀는 이미 주검이 되어 있었던 것이다.

나는 망설여지면서도 기쁜 마음으로 우뚝 선 저택을 바라보았다. 그러나 내 눈앞에 보이는 것은 시커먼 폐허였다. 나는 문기둥 뒤에

숨을 필요도 없었다. 일찍 잠이 깬 사람한테 들키지 않을까 하고 몰래 창문을 들여다볼 필요도 없었다! 혹시 문소리가 나지 않나 하고 귀를 기울일 필요도 없었다. 포석이 깔린 길과 자갈길에 사람 발소리가 나지 않는지 귀를 쫑긋 세울 필요도 없었다! 황폐한 잔디밭과 마당, 문짝이 떨어져 나간 정문. 저택의 정면은 언젠가 꿈에서 본 것처럼 창문 대신 구멍이 뚫려 있었고, 골조만 있는 벽 하나만이 유일하게 솟아 있었는데 그마저 금방이라도 무너져 내릴 것 같았다. 지붕도 흙벽도 굴뚝도 모두 무너져 내린 것이다.

그 일대에 감도는 것은 죽음과도 같은 고요함과 쓸쓸한 황야의 적막함뿐이었다. 이곳으로 보낸 편지에 회답이 없는 건 당연한 일이었다. 마치 교회 옆 납골당으로 편지를 보낸 것과 같았다. 무서울 정도로 새까맣게 그슬린 돌들이 저택에 몰아친 운명을 말해주었다. 큰 화재가 난 것이다. 그런데 어쩌다 불이 났을까? 무슨 일로 이런 재앙을 맞았는가? 모르타르와 대리석, 그리고 목조 건물이 불타거나 무너진 것 말고 또 어떤 피해를 입었을까? 인명 피해도 있었던 걸까? 그랬다면 누구일까? 끔찍한 궁금증이었다. 여기서는 어떤 대답도 찾을 수 없었다. 그것을 말해주는 무언의 표시나 단서도 없었다.

무너진 담벼락 주위와 못 쓰게 된 집 안으로 들어가 보니 최근에 일어난 화재가 아니라는 증거들이 여기저기 널려 있었다. 겨울 눈보라가 아치문으로 날아들었고 겨울비는 텅 빈 창틀을 때렸으리라. 젖은 쓰레기 더미에서 봄 식물이 자랐고, 여기저기에 무너져내린 석재와 서까래 사이에 잡초가 무성했다. 아아, 그런데 이 폐허의 불행한 주인은 지금 어디에 있을까? 어느 곳에? 누구의 보살핌을 받으며? 내 눈은 저절로 이 저택의 대문 가까이 있는 교회의 탑을 향했다. 그리고 물었다.

'그분은 조상인 데이머 드 로체스터 씨와 함께 좁은 대리석 집에 계시나요?'

무슨 일이 있어도 이 질문의 답을 들어야 했다. 그 대답을 들을 수 있는 곳은 여관밖에 없었다. 곧 나는 여관으로 돌아갔다. 여관 주인 남자가 직접 아침 식사를 방까지 날라주었다. 나는 그에게 몇 가지 물어볼 말이 있으니 문을 닫고 앉아보라고 했다. 그러나 주인이 막상 내 앞에 앉자 나는 뭐부터 물어봐야 할지 몰랐다. 무서운 대답을 들을까 두려웠기 때문이다. 그러나 방금 저 황폐한 광경을 보고 온 탓에 비참한 이야기를 들을 준비가 웬만큼 되어 있었다. 주인은 점잖아 보이는 중년 남자였다.

"손필드 저택을 아시죠?"

나는 겨우 이 말부터 꺼냈다.

"네, 전에 거기 살았습니다."

"그러세요?"

'내가 떠난 뒤겠지. 처음 보는 얼굴인데.'라고 나는 생각했다.

"돌아가신 로체스터 씨의 하인장이었습니다."

그가 덧붙였다. '돌아가신.' 나는 그렇게 피하려고 애썼던 타격을 세게 맞은 듯했다.

"돌아가셨다고요? 돌아가셨어요?"

나는 숨이 가빠지는 것 같았다.

"지금 주인인 에드워드 님의 선친을 말하는 겁니다."

그의 설명에 나는 다시 숨을 돌렸다. 잠시 굳어졌던 피가 다시 돌기 시작했다. 지금 그 말은 에드워드 님, 나의 로체스터 님은(어디 계시든 지켜주소서!) 살아 있다는 뜻이었다. 지금도 여전히 '주인'인 것이다. 이 얼마나 기쁜 말인가! 그러자 나는 이제부터 여관 주인이 무슨 말을 하든지 비교적 차분하게 들을 수 있을 것 같았다. 그분이 무덤 속에 있는 것만 아니라면 지구의 반대편에 계신다고 해도 견딜 수 있었다. 나는 물었다.

"로체스터 씨는 지금 손필드에 계신가요?"

물론 나는 어떻게 대답할지 알고 있었지만 그분이 계신 곳을 직접 묻고 싶지는 않았다.

"천만에요. 그럴 리가! 거긴 아무도 살지 않습니다. 손님께서는 이곳에 처음 오셨나 봅니다. 그렇지 않으면 작년 가을에 일어난 사건을 들으셨을 텐데요. 손필드는 완전히 폐허가 되었어요. 바로 추수기에 끔찍한 화재로 타버렸어요. 무시무시한 일이었죠. 가재도구 하나 못 건지고 그처럼 귀중하고 어마어마한 재산이 재가 돼버렸죠. 불이 한밤중에 일어났기 때문에 밀코트에서 소방차가 도착하기도 전에 저택은 이미 불에 완전히 휩싸였어요. 참으로 끔찍한 광경이었어요. 제가 직접 목격했지요."

"한밤중에요."

나는 중얼거렸다. 그렇다. 손필드에서 흉흉한 사건이 일어나는 것은 언제나 한밤중이었다.

"화재의 원인은 밝혀졌나요?"

"정확한 건 모르지만 대부분의 사람들이 짐작으로 이러구저러구 하는 게 있죠. 하지만 내 생각에는 확실해요. 아마 잘 모르시겠지만……."

그는 탁자 쪽으로 의자를 좀더 끌어당기며 목소리를 낮춰 얘기했다.

"그 댁에 여자가…… 미친 여자가 살고 있었다네요."

"그 비슷한 얘기를 들어보기는 했어요."

"그 여자는 아주 비밀리에 갇혀 있었어요. 그래서 사람들은 몇 년 동안이나 그 집에 그런 여자가 있다는 걸 눈치 못 챘답니다. 그 여자를 본 사람이 없었으니까요. 그저 떠도는 소문으로 들어 알 뿐이었죠. 그게 누구인지 어떤 사람인지 아무도 몰랐어요. 에드워드 님이 외국에서 데려왔다는 소문도 있었고, 또 한때 그분의 정부였다는 말도 있었습니다. 그런데 1년 전에 참으로 알 수 없는 일이 생겼어요. ……아주 요상한 일이."

이제 나는 내 이야기를 들을 것 같았다. 그래서 본래 이야기를 계속하도록 유도했다.

"그럼, 그 여자는 누군가요?"

"글쎄, 로체스터 님의 숨겨진 부인이었어요! 정말 기이한 사건으로 드러나게 됐습니다. 그 댁에 젊은 가정교사 아가씨가 있었는데, 로체스터 님이 그 아가씨에게……."

"그런데 불은 어떻게 난 거죠?"

"이제 말씀드리죠. 로체스터 님이 그 가정교사에게 반한 겁니다. 하인들 말로는 주인님처럼 사랑에 푹 빠진 사람도 처음 봤다더라고요. 항상 그 아가씨를 곁에 두셨대요. 하인들이란, 아시겠지만, 으레 주인님을 주시하게 마련이잖아요. 그분은 그 아가씨를 끔찍이 여기셨답니다. 그분 말고는 아무도 예쁘다고 생각하지 않을 여자를 말이에요. 몸집이 자그마한, 소녀 같은 여자였답니다. 저는 한 번도 본 적이 없지만 당시 그 댁에서 일하던 리어라는 하녀가 그러더군요. 리어는 그 아가씨를 꽤 좋아했어요. 로체스터 님은 마흔 살인데, 그 아가씨는 스무 살도 안 되었어요. 그 나이의 남자가 어린 처녀에게 빠지면 귀신에 홀린 것처럼 되게 마련이죠. 그래서 그분은 그 처녀와 결혼하려고 하셨답니다."

"그 이야기는 나중에 들려주세요. 하여간 지금은 화재에 관해 자세히 알고 싶어요. 그럴 만한 이유가 있어서요. 그 정신병자인 로체스터 부인이 화재와 어떤 관련이 있었나요?"

"바로 그겁니다. 불을 지른 사람이 그 여자 말고 누구겠습니까? 틀림없어요. 풀 부인이라고 미친 부인을 시중드는 여자가 있었는데 그런 일에 뛰어나고 믿을 만한 사람이었대요. 그런데 한 가지 나쁜 버릇이 있었어요. 보통 보모나 간호사들이 흔히 가지는 결점인데, 그 부인은 언제나 술병을 몰래 숨겨놓고 마시다가 가끔 너무 많이 마실 때가 있답니다. 1년 내내 워낙 힘든 일을 계속하니까 이해는 하지만 사실 굉장히 위험한 일이지요. 풀 부인이 술에 취해 잠들면 마녀처럼 영악한 그 미친 여자가 풀 부인의 호주머니에서 열쇠를 꺼내 자기 방에서 나와서는 온 집 안을 돌아다니며 닥치는 대로 못된 짓을 했지요. 들리는 소문으로는 언젠가 한 번은 로체스터 님이 밤에 자다가 불에 타 죽을 뻔했다더군요. 그 일은 잘 모릅니다만. 어쨌든 그날 밤에는 미치광이가 바로 자기 옆방 커튼에 불을 붙이고 그다음에는 2층으로 내려와 가정교사가 쓰던 방으로 들어가 침대에 불을 질렀답니다. 모든 상황을 다 알고 있는 것처럼 말이에요. 가정교사를 미워해서 그런 것 같았어요. 그런데 다행히 그 방에는 아무도 없었어요. 가정교사는 두 달 전에 집을 떠나버렸거든요. 로체스터 님은 이 세상에서 가장 소중한 것을 잃어버린 듯이 그 처녀를 찾아다녔지만 어디에서도 그 아가씨의 소식을 듣지 못했지요. 그 뒤로 그분이 난폭해지셨어요. 낙담한 나머지 그렇게 된 거죠. 본래 그렇게 험한 분이 아니었는데, 그 아가씨를 잃고 나서 매우 위험한 사람이 되었어요. 더구나 사람을 싫어하기 시작하더니 가정부인 페어팩스 부인마저 멀리 사는 부인의 친구 집으로 보내버렸죠. 그 부인한테 잘 대해주기는 했어요. 평생 먹고살 연금을 주셨으니까요. 하긴 페어팩스 부인은 그걸 받을 자격이 충분했지요. 참으로 친절한 부인이었거든요. 그리고 로체스터 님이 돌보던 아델 양은 학교로 보내버렸어요. 그다음부터 그분은 상류층 양반들하고도 일체 왕래를 끊고 저택에서 혼자 은둔 생활을 하셨어요."

"어머나! 그럼 영국을 떠나지 않으셨군요?"

"영국을 떠나시다니요? 무슨 말씀을! 해가 떠 있는 동안은 그 집섬돌도 넘지 않으셨답니다. 그러다 밤만 되면 마치 유령처럼 정원과 과수원을 배회했답니다. 제가 보기에는 그분도 정신이 온전한 것 같지 않았어요. 어린 가정교사에게 빠져 망가지기 전에는 그렇게 위엄 있고 용감하며 똑똑한 분도 없었으니까요. 다른 신사들처럼 술이나 도박 또는 경마 같은 것도 즐기지 않았고요. 그리고 그리 잘생긴 얼굴은 아니지만 누구에게도 뒤지지 않는 용기와 의지가 강한 분이었어요. 저는 그분이 어릴 때부터 잘 알고 있었죠. 저로서는 에어 양이라는 여자가 손필드에 오기 전에 바닷속에 빠져버렸더라면 좋았을 거라고 가끔 생각할 정도였어요."

"불이 났을 때 로체스터 씨는 집 안에 계셨나요?"

"당연히 그러셨죠. 위층과 아래층이 완전히 불에 휩싸였을 때 주인님은 다락방으로 올라가 잠자는 하인들을 깨워 아래로 내려오도록 잡아주기도 했대요. 그러고는 미친 부인을 구하려고 위층으로 다시 올라가셨어요. 그때 사람들이 지붕 위에 부인이 있다고 소리쳤지요. 그 미치광이 여자는 흉벽 위에 올라가서 칼을 휘두르며 1마일 밖에서도 들릴 만큼 크게 소리 질렀답니다. 제가 그걸 직접 보고 들었어요. 부인은 몸집이 크고 머리가 검었어요. 그 여자가 불길을 등지고 서서 머리칼을 휘날리고 있는 것을 보았죠. 나하고 몇몇 사람들은 로체스터 님이 천창을 통해 지붕 위로 올라가는 것을 보았어요. 모두 그분이 '버사!' 하고 부르시는 걸 들었지요. 그리고 부인쪽으로 다가갔어요. 그런데 그 순간 부인이 고함을 내지르더니 풀쩍 뛰어내렸답니다. 포석에 떨어졌죠."

"죽었나요?"

"죽었냐고요? 당연하죠. 머리가 깨지고 피가 사방에 튀고, 참으로 끔찍했지요."

"아아, 끔찍해!"

"그럼요. 참 끔찍한 일이죠!"

여관 주인은 몸서리를 쳤다.

"그러고는요? 그다음에 어떻게 됐어요?"

나는 재촉하듯 물었다.

"네, 그러고는 집은 완전히 타서 무너져 내렸지요. 지금은 담벼락만 일부 남아 있어요."

"죽은 사람은 더 없나요?"

"없습니다만…… 죽는 편이 오히려 나았을지도 모르겠어요."

"그건 또 무슨 말이에요?"

"가여운 에드워드 님."

문득 그는 소리쳤다.

"그리 되실 줄은 정말 몰랐어요! 상상도 못 할 일이죠. 그건 로체스터 님이 첫 결혼을 비밀에 부치고, 부인이 멀쩡히 살아 있는데도 이중 결혼을 하려고 한 데 대한 응당한 벌이라고 하는 사람도 있지만, 저는 그분이 너무 가여워요."

"조금 전에 그분이 살아 있다고 말씀하셨죠?"

나는 목소리를 높여 물었다.

"네, 네, 살아 계시고말고요. 하지만 그분은 차라리 돌아가시는 편이 나았을 거라고들 하죠."

"왜요? 어떻게 되셨는데요?"

또다시 내 몸의 피가 서늘하게 식어갔다.

"지금 어디 계세요? 영국에 계신가요?"

"네, 네, 영국에 계십니다. 아마 영국을 떠나시기 어려울 겁니다. 에드워드 님은 이제 움직일 수도 없는 몸이 되셨으니까요."

이 얼마나 살을 에는 고통인가! 그리고 여관 주인은 그 고통이 끝이 아니라고 말하려는 것 같았다.

"그분은 앞을 못 보게 되었습니다. 장님이 되신 거죠."

나는 더 참혹한 얘기도 각오하고 있었다. 그도 미쳐버린 것이 아닌지 두려웠던 것이다. 나는 겨우 용기를 내어 어쩌다 그런 불행한 일을 겪었는지 물어보았다.

"그것도 다 용기 있는 성품 때문이에요. 너무 착해서 그렇게 되었다는 사람도 있고요. 그분은 집 안에 있던 사람들이 모두 빠져나갈 때까지 밖으로 나오지 않았으니까요. 로체스터 부인이 흉벽에서 뛰어내리고 나서 간신히 큰 층계를 내려왔을 때 어마어마한 소리가 나더니 집 전체가 무너져 내리기 시작했어요. 로체스터 님은 그 무너진 더미 밑에서 겨우 끌려 나왔어요. 살아 계시긴 했지만 끔찍한 부상을 입으셨어요. 서까래 하나가 떨어지면서 몸의 일부를 막아준 게 다행이었죠. 그러나 한쪽 눈은 튀어나오고, 한쪽 팔은 외과 의사 카터 씨가 즉시 절단하지 않으면 안 될 만큼 바스러졌지요. 또 다른 쪽 눈은 염증으로 결국 실명하고 말았고요. 로체스터 님은 지금 정말로 어쩔 수 없는 신세, 장님에 팔도 불구인 폐인이나 마찬가지예요."

"어디 계세요? 지금 어디 살고 계시나요?"

"펀딘에 계세요. 30마일 정도 떨어진 그분의 영지 내 농장에 있는 저택이에요. 아주 삭막한 곳이죠."

"누가 돌보나요?"

"존 할아범 부부요. 로체스터 님은 그들 말고는 아무도 같이 있고 싶어 하지 않는답니다. 지금은 몸이 많이 쇠약해지셨다더군요."

"거기까지 타고 갈 마차가 있나요?"

"이륜마차가 한 대 있죠. 아주 좋은 마차예요."

"지금 바로 준비해주세요. 그리고 댁의 마부가 오늘 저녁 해 지기 전에 저를 펀딘까지 데려다 주신다면 댁과 마부에게 두 배의 요금을 지불하지요."

제37장

펀딘의 저택은 상당히 오래된 집이었다. 별로 크지도 않고 이렇다 할 특징도 없는 건물이 숲에 폭 파묻혀 있었다. 나는 전에 이 저택에 관해 들은 적이 있다. 로체스터 씨가 가끔 얘기했고, 때때로 방문하기도 했기 때문이다. 그의 부친이 사냥물을 보관할 장소로 사들였던 것이다. 로체스터 씨는 이 집을 세놓고 싶었으나 살기 불편하고 건강에 좋지 않은 환경 탓에 들어오겠다는 사람이 없었다. 그래서 펀딘의 저택은 수렵기에 주인이 머무는 방 몇 개 말고는 가구 하나 없이 텅 비어 있었다.

나는 어둑어둑해지기 전에 도착했다. 구름 낀 잿빛 하늘은 쓸쓸해 보였고, 찬바람은 세차게 불어왔으며, 옷 속까지 스며드는 듯한 차가운 이슬비가 끊임없이 내렸다. 미리 약속한 두 배의 삯을 주어 마부를 돌려보내고 나는 남은 1마일을 걸어갔다. 저택 바로 앞에 왔을 때도 건물이 보이지 않을 만큼 어둡고 울창한 숲이었다. 화강암 기둥 사이에 있는 철문을 지나자 빽빽이 들어선 나무 그늘이 나타났다. 하얗게 벗겨진 마디투성이 나무들 사이, 엉킨 나뭇가지로 만들어진 아치 밑으로 숲을 향해 난 풀이 무성한 길이 있었다. 나는 곧 건물이 보이겠거니 생각하며 그 길을 걸어갔다. 그러나 구불구불한 길은 끝이 없었고 꽤 멀리 왔는데도 집 건물이나 마당 같은 것이 전혀 보이지 않았다.

나는 길을 잘못 들어선 줄 알았다. 밤의 어둠과 숲의 어둠이 함께 나를 덮쳤다. 나는 다른 길을 찾아 두리번거렸으나 길은 하나밖에 없었다. 어디나 얽히고설킨 나뭇가지와 기둥처럼 둥그런 나무, 그리고 여름철의 짙은 나뭇잎이 가득해 트인 곳이라고는 없었다.

나는 계속 걸어갔다. 마침내 길이 넓어지더니 나무도 드문드문했다. 곧 울타리에 이어 집이 보였다. 이 희끄무레한 빛 속에서는 수목과 거의 분간하기 어려울 만큼 그 집 벽은 축축하게 썩어가면서 녹색을 띠었다. 걸쇠만 걸어놓은 문을 들어서자 울타리로 둘러친 마당이었다. 나무들이 이곳을 반원형으로 둘러싸고 있었다. 꽃도, 화단도 없었고, 풀밭 둘레로 폭이 넓은 자갈길이 나 있었는데, 이것은 마치 묵직한 숲에 끼워져 있는 것 같았다. 건물 정면에 뾰족한 박공 2개가 붙어 있었고, 좁은 창문에는 창살이 달려 있었다. 현관문도 좁고, 그 앞에 한 단짜리 층계가 있을 뿐이었다. 로체스터 암스의 주인 표현대로 '아주 삭막한 곳'이었다. 그곳은 마치 평일의 교회처럼 조용했다. 숲 속 나뭇잎에 떨어지는 빗방울 소리밖에 들리지 않았다.

'이런 곳에 어떻게 살지?'

마음속으로 이렇게 중얼거리고 있는데, 무언가가 살고 있는 기척이 들렸다. 살아 있는 뭔가가 움직이는 소리였다. 좁은 현관문이 열리더니 사람의 형체가 어른거렸다.

천천히 문이 열리고 한 사람이 어스름한 빛 속에 나타나 계단 위에 섰다. 그 사람은 모자도 쓰지 않았다. 그는 비가 오는지 알아보려고 한 손을 내밀었다. 어둑하기는 했지만 나는 그를 알아볼 수 있었다. 그 사람은 다름 아닌 내 주인, 에드워드 페어팩스 로체스터였다.

나는 걸음을 멈추고 숨조차 쉬지 않고 가만히 그를 지켜보았다. 나를 숨기고 그를 살펴보았다. 아아! 그의 눈에는 내가 보이지 않았다. 정말 예기치 않은 만남이었다. 슬픔이 기쁨을 억누르는 순간이었다. 나는 격한 감정에 못 이겨 튀어나오려는 목소리를 삼키고, 그에게 달려가고 싶은 내 발길을 붙들었다.

그의 몸은 여전히 튼튼하고 건강해 보였다. 자세도 당당했고 머리칼도 검었다. 외모도 변하거나 마르지 않았다. 1년이란 세월 동안 그 어떤 슬픔도 기운 넘치는 그의 체력과 활력을 갉아먹지 못했던 것이다.

그러나 그의 표정은 변해 있었다. 절망과 깊은 근심이 드리워 있었다. 쇠사슬에 묶여 학대를 당하고, 너무 위험해서 가까이 다가갈 수도 없을 만큼 화가 난 야수나 맹수 같았다. 황금빛 테를 두른 두 눈이 뽑힌 채로 새장에 갇힌 독수리가 저 눈먼 삼손과 같을 것이다.

그러나 독자 여러분, 장님이 된 저 광포한 로체스터 씨를 내가 두려워했다고 생각하는가? 그렇다면 여러분은 나라는 사람을 전혀 모르는 것이다. 머지않아 저 바위 같은 이마와 그 아래 굳게 다문 입술에 키스할 생각을 하니 슬픔 속에서 달콤한 희망이 떠올랐다. 그러나 아직 그에게 말을 건네서는 안 된다.

그는 한 단짜리 층계를 내려섰다. 그리고 천천히 더듬어가며 풀밭으로 걸어갔다. 그 당당하던 걸음걸이는 지금 어디로 가버렸는가? 그는 갑자기 걸음을 멈췄다. 어느 쪽으로 가야 할지 모르는 듯했다. 그는 한 손을 들고 눈꺼풀을 떴다. 보이지 않는 눈으로 멍하니 하늘과 주위를 둘러싼 숲을 쳐다보았다. 그를 지켜보고 있으려니 그에게는 온통 암흑뿐이라는 것을 알 수 있었다. 그는 오른손을 뻗었다. (잘린 왼팔은 품속에 감추고 있었다.) 주위에 뭐가 있는지 만져보고 싶은 듯했다. 그러나 여전히 텅 빈 허공만 휘저을 뿐이었다. 나무는 몇 미터나 떨어져 있었다. 그는 포기하고 비를 맞으며 팔짱을 낀 채 우두커니 서 있었다. 모자를 쓰지 않아 머리 위로 비가 쏟아졌다. 그때 어디선가 존이 나타나 그에게 다가가며 말했다.

"제 팔을 잡으세요, 주인님. 비가 제법 내릴 것 같네요. 들어가시는 게 좋겠어요."

"괜찮아."

존은 나를 보지 못하고 물러갔다. 그러자 로체스터 씨는 이리저리 걸어보려고 했으나 잘되지 않았다. 모든 것이 불안해 보였다. 그는 길을 더듬어 집 안으로 들어가 문을 닫았다.

그제야 나는 현관문을 두드렸다. 존의 아내가 나왔다.

"잘 있었어요, 메리?"

그녀는 마치 유령이라도 나타난 듯 화들짝 놀랐다. 나는 그녀의 흥분을 누그러뜨렸다.

"정말 선생님 맞으세요? 이 외진 곳에 이렇게 늦은 시각에 오시다니."

나는 허둥거리는 그녀의 손을 잡고 대답한 다음 부엌으로 따라 들어갔다. 활활 타는 난롯불 앞에 존이 앉아 있었다. 나는 두 사람에게 내가 떠난 뒤 손필드에 어떤 일이 있었는지 다 들어 알고 있으며, 로체스터 씨를 만나러 왔다고 말했다. 나는 존에게 마차를 돌려보낸 통행세 요금소에 가서 내가 맡겨둔 짐을 갖다 달라고 부탁했다. 그러고는 보닛과 숄을 벗고 오늘 밤 여기서 잘 수 있냐고 물었다. 그리고 불편할 텐데 괜찮겠냐는 말을 듣고 나는 그녀에게 묵게 해달라고 했다.

그때 거실에서 종이 울렸다.

"들어가거든 주인님을 뵙고 싶다면서 누가 찾아왔다고 전해주세요. 나라고는 하지 말고."

"만나지 않을 거예요. 아무도 만나려고 하지 않으시거든요."

메리가 다시 들어오자 나는 그가 뭐라시더냐고 물었다.

"이름하고 무슨 일로 왔는지 물어보셨어요."

그녀가 대답하고는 물을 따른 유리잔과 촛불을 쟁반에 올려놓았다.

"이것 때문에 부르셨어요?"

"네, 앞이 보이지 않는데도 어두워지면 꼭 촛불을 가져오라고 하세요."

"그 쟁반, 이리 줘요. 내가 갖고 갈게요."

나는 쟁반을 받아 들었다. 그러자 그녀가 거실 문을 가리켰다. 손과 함께 쟁반이 떨리고 유리잔에 담긴 물이 조금 쏟아졌다. 내 심장이 크게 고동치며 갈비뼈를 치는 것 같았다. 메리가 문을 열어주었다. 내가 안으로 들어가자 그녀는 다시 문을 닫아주었다.

거실은 어둠침침했다. 난롯불은 힘없이 타면서 서서히 꺼져가고 있었다. 앞을 보지 못하는 방 주인은 높다랗고 오래된 벽난로에 머리를 기댄 채 난롯불 위로 몸을 숙이고 있었다. 늙은 개 파일럿이 발에 채이지 않도록 조금 떨어져 누워 있었다. 밟힐까 봐 두려운 듯 몸을 잔뜩 옹그리고 있었다. 내가 들어가자 파일럿이 귀를 쫑긋 세웠다. 그러고는 컹컹 짖더니 킁킁거리며 나한테 뛰어왔다. 나는 자칫 쟁반을 떨어뜨릴 뻔했다. 나는 쟁반을 탁자 위에 놓고, 개를 쓰다듬으며 다정하게 "앉아!"라고 말했다. 로체스터 씨는 무슨 일인가 하고 반사적으로 돌아보았다. 그러나 아무것도 보지 못하는 그는 이내 다시 몸을 돌리더니 한숨을 쉬었다.

"물을 줘, 메리."

나는 물이 겨우 반밖에 남지 않은 잔을 들고 그의 곁으로 다가갔다. 파일럿은 아직 흥분해서 나를 쫓아다녔다.

"무슨 일이야?"

그가 물었다.

"파일럿, 앉아!"

나는 다시 말했다. 로체스터 씨는 입술까지 가져갔던 물을 마시려다 말고 귀를 기울였다. 그는 물을 다 마시고 나서 잔을 내려놓더니 말했다.

"메리 맞아?"

"메리는 부엌에 있어요."

그 순간 그는 얼른 손을 뻗었다. 그러나 나는 그의 손이 닿지 않는 곳에 서 있었다.

"누구야? 거기 누구야?"

그는 마치 앞을 보려는 듯한 자세로 말했다. 아아, 얼마나 부질없고 가슴 아픈 일인가!

"대답해. 다시 말해봐!"

그가 위엄 있게 소리쳤다.

"물을 좀더 드시겠어요? 절반이나 쏟아서요."

내가 말했다.

"누구야? 뭐 하는 사람이야? 대답해!"

내가 말했다.

"파일럿은 저를 알아보더군요. 존과 메리도 벌써 만났고요. 조금 전에 도착했거든요."

"젠장! 이제는 환청까지 들리는 건가? 광기가 나를 덮치는 건가?"

"환청이 아니에요. 정신이 이상해진 것도 아니고요. 환청에 시달리기에는 너무나 튼튼해요. 광기에 사로잡히기에는 너무나 건강하다고요."

"그렇게 말하는 사람은 어디 있는 거요? 목소리만 있는 거요? 아아, 나는 앞이 보이지 않아. 만져봐야겠소. 그렇지 않으면 내 심장은 터지고 머릿속은 폭발할 거요. 당신이 누구든 어떤 사람이든 간에 만져보게 해줘요. 그렇지 않으면 미쳐버릴 것 같으니까!"

그가 손을 더듬었다. 나는 마구 내두르는 그의 손을 잡고 두 손으로 감싸 쥐었다.

"그녀의 손이야! 작고 가느다란 그녀의 손가락! 그렇다면 그녀의 다른 몸도 있겠지."

그가 흥분해서 외쳤다.

억센 그의 손이 내 손을 뿌리치더니 내 팔을 잡았다. 그리고 내 어깨를 목을 허리를 만지더니 힘껏 껴안았다.

"제인이지? 이게 누구야? 그녀의 몸매야. 그녀의 몸집이야."

"그리고 제인의 목소리예요. 제인이 여기 온전히 와 있어요. 마음도 함께. 아아, 정말 하느님의 은혜예요! 다시 당신 곁에 오다니, 정말 너무너무 기뻐서 어쩔 줄을 모르겠어요."

"제인 에어…… 제인 에어."

그의 입에서는 이 말밖에 나오지 않았다.

"그리운 주인님, 제인 에어예요. 마침내 당신을 찾아왔어요. 다시 당신 곁으로 돌아왔어요."

"정말이오? 살아 있는 제인 맞소? 살아 있는 제인?"

"만져보고 계시잖아요. 껴안고 계시잖아요. 주검처럼 차갑지도 않고 공기처럼 가볍지도 않잖아요."

"살아 있는 나의 귀여운 사람! 틀림없이 이것은 그녀의 팔다리, 그녀의 눈, 코, 입, 귀야. 그러나 불행에만 빠져 있던 나에게 이런 축복이 내릴 줄이야. 이건 꿈일 거야. 밤마다 그런 꿈을 꾸거든. 그녀를 껴안고 있는 꿈을 꾸는 거야. 그리고 이렇게 키스하고, 그녀가 나를 사랑한다는 것을 느끼고, 다시는 나를 떠나지 않으리라 굳게 믿는 그런 꿈."

"이제 절대 떠나지 않을 거예요."

"절대 떠나지 않겠다고? 환영이 말하는 건가? 늘 깨어나면 그것은 아무 의미도 없는 헛소리에 지나지 않았지. 버림받고 잊혀진 사람이 되어 어둡고 외롭고 절망적으로 살아가지. 내 목마른 영혼은 목을 축일 수가 없고, 굶주린 마음은 배를 채울 수 없었소. 내 팔에 안긴 부드럽고 아름다운 꿈이여, 너도 너의 자매들처럼 사라지겠지. 그러나 사라지기 전에 키스해줘요. 나를 꼭 껴안아줘, 제인."

"예, 주인님, 그래요!"

한때 찬란하게 빛났으나 지금은 그 빛을 잃은 그의 두 눈에 나는 입맞춤을 했다. 머리칼을 쓸어 올리고 이마에 키스했다. 그는 갑자기 확신이 든 것 같았다. 이 모든 것이 현실이라는 확신이.

"당신이 제인이오? 정말 제인이오?"

"네, 제인이에요."

"그렇다면 당신은 어느 개울 바닥에 죽은 채 누워 있는 게 아니었소? 낯선 사람들 틈에서 집을 그리워하며 방황하는 것이 아니었단 말이지?"

"네, 제 힘으로 살아가고 있어요."

"자기 힘으로 살아간다고? 그게 무슨 말이오, 제인?"

"마데이라에 계시던 숙부께서 돌아가시면서 저한테 5천 파운드를 남겨주셨어요."

그러자 그가 소리쳤다.

"아, 그래, 이건 현실적인 이야기야. 현실이 틀림없어. 이런 꿈을 꿀 리 없지. 더구나 달콤하고 생기를 불어넣는 그녀의 목소리가 있어. 말라죽은 내 마음에 생기와 활력을 불어넣는 목소리. 그런데 제인, 당신 혼자 힘으로 살아갈 수 있다고? 그리고 부자가 되었다고?"

"정말 부자예요. 당신이 저하고 같이 살기 싫다면 바로 옆에 집을 지어서 살 수도 있어요. 저녁에 말동무가 필요하면 우리 집 거실로 오세요."

"그러나 제인, 당신이 부자가 되었다면 주위에 친구들이 많겠지.

당신을 위하는 그들은 나처럼 장님에 불구자를 위해 희생하는 것을 두고 보지 않을 거야."

"부자이고, 독립했어요. 그러니까 저는 자유로운 몸이라고요. 누구한테 얽매이지 않아도 된다고요."

"그렇다면 내 곁에 있어주겠소?"

"그럼요, 물론이죠. 당신이 반대하지 않는다면요. 저는 당신의 이웃, 간호사, 가정부가 되어줄게요. 외로운 당신에게 말동무가 되어주고, 책도 읽어주고, 같이 산책하고, 나란히 앉아 있고, 보살펴주고, 당신의 눈과 손이 될게요. 이제 우울한 표정 짓지 말아요. 제가 살아 있는 동안 저는 당신을 떠나지 않을 거예요."

그는 대답이 없었다. 침울한 표정으로 생각에 잠겨 있었다. 그는 한숨을 쉬더니 무슨 말을 하려다 다시 입을 다물었다. 나는 마음에 걸리는 것이 있었다. 내가 너무 쉽게 세속적 관습에 따라 말했다는 생각이 들었다. 그는 세인트 존처럼 조심성 없는 나를 불쾌하게 여겼으리라. 사실 그가 나를 아내로 맞아들이기를 바라고, 또 그렇게 말할 거라고 생각했다. 그래서 그런 제의를 했던 것이다. 그가 말하지는 않았지만 나를 자기 것으로 만들겠다고 말하리라는 기대에 내 마음은 한껏 들떴던 것이다. 그런데 그의 얼굴에서 그런 기색을 찾아보기는커녕 낯빛이 점점 더 어두워졌다.

나는 내가 오히려 착각하고 바보 같은 짓을 한 것이 아닌가 하는 생각이 문득 들었다. 나는 슬그머니 그의 품에서 빠져나오려고 했다. 그러나 그는 한층 더 힘껏 껴안았다.

"안 돼, 안 돼, 제인. 가지 마. 나는 당신을 만지고, 당신의 목소리를 듣고, 당신이 내 곁에 있어서 정말 기쁘고, 당신한테 달콤한 위안을 얻었소. 나는 이 황홀한 기쁨을 포기할 수 없소. 나에게는 아무런 기쁨도 없소. 나는 당신을 내 사람으로 만들고 싶소. 세상 사람들은 비웃겠지. 자기밖에 모르는 이기적인 놈이라고. 하지만 아무래도 상관없어. 내 영혼이 당신을 원하니까. 내 영혼을 충족시켜야겠어. 그렇지 않으면 내 영혼은 내 몸에 무시무시한 복수를 할 테니까."

"네, 제가 당신 곁에 있을 거예요. 아까 말씀드렸잖아요."

"하지만 당신이 내 곁에 있겠다는 것은 내가 생각하는 것과 의미가 다른 것 같소. 아마 당신은 내 손이 되고 의자가 되고, 말하자면 친절한 간호사로서 나를 돌봐주겠다는 거겠지. 당신은 착하고 마음이 더없이 넓으니까. 불쌍한 사람을 위해 기꺼이 자기를 희생할 수 있는 사람이지. 물론 나는 그것만으로 만족하고, 아버지처럼 당신을 아껴주면 되겠지. 그런 의미요? 어서 말해봐요."

"저는 당신이 원하시는 대로 할 거예요. 간호사가 되어달라고 하면 그걸로 만족할게요."

"그러나 당신은 평생을 내 간호사로 일할 수는 없어, 제인. 당신은 젊고, 앞으로 결혼도 해야 해."

"결혼 생각은 없어요."

"결혼 생각을 해야지. 예전의 나라면 당신의 생각을 바꿔놓았을 텐데……. 그러나 지금의 나는 눈먼 허수아비일 뿐이니!"

그의 얼굴이 다시 어두워졌다. 반대로 나는 한층 기분이 좋았고 용기가 생겼다. 그의 마지막 말에서 문제의 본질을 깨달았던 것이다. 그러나 그것은 조금도 어려운 문제가 아니었으므로 꺼림칙한 기분을 떨쳐버릴 수 있었다. 나는 밝은 목소리로 말했다.

"누군가가 당신을 본래의 모습으로 만들어드릴 거예요."

나는 풍성하고 긴 그의 머리를 가르며 말했다.

"당신은 마치 사자 같아요. 들판으로 쫓겨난 느부갓네살(《다니엘서》 4장 33절, 바빌론 왕—옮긴이) 같아요. 정말이에요. 머리털은 독수리 깃털 같고, 발톱은 아직 못 봐서 새의 발톱 같은지는 모르겠지만."

"이쪽 팔에는 손도 손톱도 없소."

그는 품에서 잘린 팔을 꺼내 보여주었다.

"나무토막일 뿐이지. 끔찍한 몰골이야! 그렇지 않소, 제인?"

"손을 봐도 가엾고, 눈을 봐도, 이마에 난 화상 흉터를 봐도 가여워요. 하지만 무엇보다 딱한 것은 그 모든 것과 상관없이 당신을 사랑하고 소중히 여기는 사람이 있다는 거예요."

"나는 당신이 잘린 내 팔과 화상 흉터투성이인 내 얼굴을 보면 질겁을 하고 뒷걸음칠 줄 알았소."

"그런 생각을 하다니요? 그런 말씀 마세요. 그렇게 사람 볼 줄 모르냐고 얕볼지도 모르니까요. 그리고 잠깐만 놓아주세요. 불도 좀

더 피우고 난로도 청소해야겠어요. 불이 잘 타오르는지는 알 수 있나요?"

"오른쪽 눈에 밝은 빛이 느껴지지. 붉은 안개처럼 말이야."

"촛불은요?"

"아주 희미하게 보여. 각각이 하얀 구름처럼."

"저는 보이나요?"

"아니, 요정 아가씨. 그러나 당신 목소리를 듣고 당신을 만질 수 있는 것만으로 더없이 기쁘고 감사해."

"저녁은 언제 드세요?"

"저녁은 먹지 않소."

"하지만 오늘 저녁은 좀 드세요. 제가 배고프거든요. 미처 생각을 못 하고 있어서 그렇지 당신도 배고플 거예요."

나는 메리를 불러서 방을 깨끗이 청소하고 식사도 준비해달라고 했다. 나는 기쁨에 들떠서 식사를 할 때나 식사를 마친 뒤에도 한동안 편안하고 즐겁게 이야기했다. 그와 같이 있을 때는 애써 품위 따위 지킬 필요도 없고 유쾌한 기분을 억누를 필요도 없었다. 서로 마음이 통한다는 것을 믿고 있으니 마음이 편했던 것이다. 내 모든 말이나 행동이 그에게 위안을 주고 생기를 북돋워주었다. 얼마 만에 느끼는 기쁨이란 말인가! 그 기쁨이 내 온몸에 생기와 밝은 빛을 불어넣었다. 그는 내 존재의 이유였고, 나는 그의 존재의 이유였다. 그의 얼굴에 미소가 퍼졌고, 그의 이마는 기쁨으로 반짝였으며, 그의 표정은 다정하고 부드러웠다.

저녁 식사가 끝나자 그는 내가 지금까지 어디서 어떻게 지냈고, 또 어떻게 자기를 찾게 됐느냐는 등 그동안 있었던 일들을 물었다. 그러나 나는 간단하게 대답했다. 긴 이야기를 하기에는 밤이 늦었다. 뿐만 아니라 그의 마음에 파문을 일으키고 싶지 않았고, 그의 가슴속에 새로운 감정이 샘솟게 하고 싶지 않았다.

지금 내가 할 일은 오직 그의 기운을 북돋워주는 것이었다. 지금까지 말했듯이 그는 기운을 차리기는 했으나 일시적인 흥분으로 그런 것일 뿐이었다. 어쩌다가 이야기가 끊어지면 금세 안절부절못하며 내 손을 잡고 나를 불렀다.

"제인, 확실히 당신 맞소? 틀림없이 당신이오?"

"그래요, 로체스터 님."

"그건 그렇고, 이렇게 어둡고 음산한 저녁에 어떻게 나 혼자 있는 난롯가에 나타난 거요? 내가 하녀한테 물 잔을 받으려고 손을 뻗었을 때 당신이 그걸 건네주었소. 존의 아내인 줄 알고 한 마디 물었는데, 당신 목소리가 들리는 것 아니겠소!"

"메리가 아니라 제가 쟁반을 들고 들어갔어요."

"난 마치 마법에 걸린 것 같소. 지금 이렇게 당신과 같이 있다는 게 믿어지지 않아. 지난 몇 개월 동안 내가 얼마나 참담하고 외롭고 절망적인 생활을 했는지 아무도 모를 거야. 아무것도 하지 않고 아무 기대도 없이 낮인지 밤인지도 모르고 난롯불이 꺼지면 춥고 끼니를 잊으면 배고픔을 느꼈지. 그러다 문득 미칠 듯이 당신이 보고 싶었지. 나는 다시 앞을 보고 싶은 마음보다 당신을 보고 싶은 마음이 더 간절했소. 당신이 다시 내 곁으로 돌아와 나를 사랑한다고 말하다니, 감히 상상조차 할 수 없는 일이었소. 당신은 올 때처럼 어느 날 갑자기 떠나버리지 않을까? 내일 아침이 되면 당신이 사라질 것만 같아."

불안하고 혼란스러운 그의 마음을 누그러뜨리고 안심시키는 데는 일상적이고 현실적인 대답이 더 효과적이라는 것을 나는 알고 있었다. 그래서 나는 손가락으로 그의 눈썹을 쓰다듬으면서 눈썹이 타버렸으니 전처럼 굵고 검게 자랄 수 있도록 뭔가를 발라주겠다고 했다.

"평소에 친절하게 대해주는 건 아무 소용 없소, 인정 많은 요정 아가씨. 어차피 결정적인 순간에 나를 버릴 텐데. 어디로 어떻게 사라졌는지도 모르게 그림자처럼 말이오. 결국 나는 당신을 찾을 수 없지."

"작은 머리빗 있어요?"

"그건 왜?"

"텁수룩한 머리칼을 빗어드리려고요. 가까이서 보니 좀 무서워요. 당신은 저를 요정이라고 부르지만 당신은 브라우니(스코틀랜드의 전설에 나오는 갈색 괴물로 한밤중에 나타난다고 한다.─옮긴이) 같아요."

"무섭게 보여?"

"그럼요. 예전에도 그랬지만."

"어디에서 지냈는지는 모르지만 그 독설은 여전하군."

"저는 정말 좋은 분들하고 함께 있었어요. 당신보다 훨씬 훌륭한 분들과 함께 지냈죠. 당신은 한 번도 가져보지 못한 생각과 의견을 가진, 정말 고상하고 교양 있는 분들이에요."

"도대체 어떤 놈들이오?"

"그렇게 몸을 비틀면 머리카락이 뽑힐 거예요. 뭐, 머리가 뽑히면 내가 옆에 있는 것이 꿈이 아니라 현실이라는 것을 깨닫게 되겠지만요."

"어떤 사람들과 함께 지냈소, 제인?"

"오늘 밤에는 얘기하지 않을래요. 내일까지 기다리세요. 끝까지 얘기하지 않고 절반쯤 남겨놓는다는 것은 내일 아침 식탁에 제가 다시 나타난다는 증거예요. 그때는 물 한 잔만 가지고 오지 않을 거예요. 달걀 프라이와 구운 햄을 가져올게요."

"사람을 갖고 노는 장난꾸러기. 분명 요정이 사람이랑 바뀌치기 한 거야. 인간으로 자란 요정이지! 당신은 내가 지난 열두 달 동안 경험하지 못한 기분을 느끼게 해주는군. 사울이 다윗 대신 당신을 곁에 두었더라면 하프 없이도 악귀를 물리쳤을 거야."

"이것 보세요. 이제야 깔끔하네요. 그럼 저는 가서 자야겠어요. 사흘 동안 마차를 타고 왔더니 너무 피곤해요. 안녕히 주무세요."

"하나만 더 대답해줘, 제인. 당신이 살던 집에 여자만 있었소?"

나는 웃으면서 뛰쳐나왔다. 계단을 올라가는 내내 웃음이 멈추지 않았다.

나는 생각했다.

'좋아! 당분간 이렇게 골려주면서 우울한 기분을 떨치게 해야지.'

다음 날 아침 일찍, 그가 이방 저방 돌아다니며 수선 피우는 소리가 들렸다. 그는 메리가 아래층으로 내려가기 바쁘게 이렇게 물었다.

"에어 양이 여기 있나? 어느 방에 있지? 습기 없는 방이어야 하는데? 불편한 건 없는지 물어봐. 언제 아래층으로 내려오는지도 물어보고."

아침 식사가 거의 준비되었을 때 나는 아래층으로 내려갔다. 나는 그가 알아차리지 못하도록 그의 방에 몰래 들어가 그를 쳐다보았다. 육체적인 결함 때문에 씩씩한 그의 정신이 무너지는 것을 보고 있으려니 가엾기 짝이 없었다. 그는 의자에 앉아 있었다. 조용히 뭔가를 기다리고 있었다. 하지만 편해 보이지는 않았다. 선 굵은 그의 얼굴에 슬픔이 짙게 배어 있었다. 그의 표정은 마치 불이 켜지기를 기다리는 등잔 같았다. 그러나 그 스스로는 환하게 불을 밝힐 수 없었다. 누군가가 해주지 않으면 안 되었다! 나는 쾌활하고 아무렇지도 않게 대하려고 했으나 한때 건강하던 남자의 무기력함에 가슴이 찢어지는 듯 아팠다. 그러나 나는 가능한 유쾌하게 이야기했다.

"화창한 날씨예요. 비가 그치고 따뜻한 해가 나고 있어요. 조금 뒤에 산책 나가요."

내가 불을 밝히자 그의 얼굴이 환해졌다.

"아아! 정말 여기 있군. 귀여운 나의 종달새! 이리로 와요. 정말 가지 않았네. 한 시간 전에 숲에서 당신 친구가 지저귀는 소리를 들었소. 그러나 솟아오르는 태양이 나에게 아무런 빛을 주지 않듯이 종달새의 지저귐도 노래로 들리지 않았소. 나에게는 지상의 모든 아름다운 노래가 제인의 혀끝에서 나오는 거였소. 말을 할 수 있는 사람으로 태어난 게 다행이지. 내가 느끼는 햇빛은 제인이 있는 곳에 있소."

나에게 모든 것을 의지한다는 이 고백을 듣는 순간 내 눈에 눈물이 고였다. 하늘의 왕 독수리가 쇠사슬에 묶여서 할 수 없이 참새에게 먹이를 갖다 달라고 애원하는 것과 같았다. 그러나 공연히 눈물만 흘리지는 않았다. 짭짤한 눈물을 얼른 닦아내고 아침 식사 준비를 서둘렀다.

오전에 우리는 거의 밖에서 시간을 보냈다. 나는 그를 이끌고 비에 젖고 울창한 숲을 벗어나 밝은 들판으로 나왔다. 들판이 얼마나 푸르게 빛나며 꽃과 산울타리가 얼마나 싱싱하며, 하늘이 얼마나 파란지 그에게 설명해주었다.

나는 사람들 눈에 띄지 않는 아늑한 장소에서 그를 위한 휴식처를 찾았다. 마른 나무 그루터기였다. 그가 나를 무릎에 앉히려는 것을 굳이 사양하지 않았다. 서로 몸을 맞대고 있는 것이 더 좋은데 내가 무엇 때문에 거부하겠는가? 파일럿도 우리와 함께 나왔다. 사방이 고요한 가운데 그가 갑자기 두 팔로 나를 껴안으며 말했다.

"매정한 사람! 나를 버리고 가다니! 오, 제인, 당신이 손필드를 떠난 것을 알았을 때, 백방으로 찾아봤지만 당신은 어디에도 없었고, 당신 방을 살펴보니 돈이 될 만한 물건은커녕 한 푼도 없이 떠난 것을 알았을 때 내 마음이 어땠는지 알아? 내가 선물해준 진주 목걸이는 그대로 상자 속에 있었고, 신혼여행을 위해 꾸린 트렁크는 줄로 묶어 자물쇠를 채운 채로 있더군. 의지할 곳 없고 돈 한 푼 없이 나의 사랑하는 제인은 도대체 어떻게 하려는 건가 하고 생각했소. 그동안 당신은 어떻게 지냈소? 어서 얘기해줘요."

그가 재촉하자 나는 지난 한 해 동안 있었던 일들을 들려주었다. 사흘 동안 아무것도 먹지 못하고 헤맸던 이야기는 적당히 넘어갔다. 있는 그대로 얘기해서 그의 마음을 아프게 할 필요는 없었다. 그러나 그렇게 줄여서 얘기했는데도 선량한 그는 내가 예상했던 것보다 더 가슴 아파했다.

살아갈 방법 하나 없이 그렇게 도망쳐서는 안 될 일이었다는 것이었다. 내 생각을 솔직히 털어놓았어야 했다는 것이다. 그랬다면 자기의 정부가 되어달라고 강요하지 않았을 거라고 했다. 자신은 절망한 나머지 겉으로 보기에는 난폭해 보이지만 진심으로 나를 사랑하기 때문에 독재적으로 굴 수는 없다고 했다. 그리고 찾아갈 친구 하나 없는 내가 이 넓고 험한 세상에 뛰어들려고 했다면 차라리 그 대가로 키스 한 번 받지 못하더라도 자기 재산의 절반을 나한테 주었을 거라고도 했다. 그리고 내가 그에게 얘기한 것보다 더 힘들고 괴로웠을 거라고 했다.

"아니에요. 고생하기는 했지만 잠깐이었어요."

나는 어떻게 해서 '무어 하우스'로 들어가게 되었고, 또 어떤 연유로 학교 선생을 맡게 되었는지, 그리고 많은 유산을 상속받고 친척을 찾게 된 경위도 차례로 이야기했다. 물론 말하는 도중에 세인트 존 리버스의 이름이 여러 번 언급되었다. 이야기가 끝났을 때 그의 입에서 바로 세인트 존이라는 이름이 튀어나왔다.

"그럼 세인트 존이 당신의 사촌 오빠였단 말이오?"

"네."

"그 남자 얘기를 자주 하던데 혹시 그를 좋아한 것은 아니오?"

"정말 훌륭한 분이에요. 좋아할 수밖에 없어요."

"훌륭한 사람이라? 신사적이고 예의 바른 50대 남자라는 뜻이오? 아니면 뭐지?"

"세인트 존은 스물아홉 살이에요."

"프랑스 말로 '죈 앙코르'(Jeune encore, '아직 젊다'는 뜻—옮긴이)로군. 키가 작고 맥없고 못생긴 남자요? 성숙한 미덕을 가진 정도가 아니라 그저 나쁜 짓을 하지 않을 정도의 인물이오?"

"그분은 지칠 줄 모르는 활동가예요. 위대하고 숭고한 사역이야말로 그분 인생의 최대 목표죠."

"그렇지만 머리는 좀 둔한 편이겠지? 그럴듯하게 지껄이지만 듣다 보면 어이없는 그런 사람 아닌가?"

"좀처럼 말이 없어요. 말할 때는 굉장히 논리적이고 핵심만 말하죠. 머리가 매우 비상해요. 감동적이지는 않지만 힘을 북돋우기는 해요."

"그럼 유능한 사람이로군."

"네, 유능한 분이에요."

"교육을 제대로 받은 사람이오?"

"세인트 존은 지식이 뛰어난 학자예요."

"당신 말을 들어보면 그 사람 태도가 당신 취향은 아닌 것 같은데. 까다로운 목사 느낌이 나."

"그분의 태도에 대해서는 아직 말씀드리지 않았어요. 하지만 제가 악취미를 갖지 않은 다음에야 제 취향이 아닐 리는 없어요. 고상하고 과묵하고 점잖은 신사예요."

"외모는 어때? 그 사람을 어떻게 묘사했는지는 잊어버렸지만, 아무튼 하얀 넥타이를 목이 조일 정도로 바짝 졸라매고 밑창이 두껍고 목이 긴 구두를 신고, 잔뜩 거드름 피우는 신출내기 부목사 같은데, 어때?"

"세인트 존의 옷차림은 근사해요. 잘생겼고요. 파란 눈에 키가 크고 피부도 하얗고 그리스인처럼 얼굴선이 미끈하고 균형미가 넘치는 미남이에요."

"빌어먹을!"

그가 혼잣말로 내뱉더니 나에게 물었다.

"그러니까 당신은 그 사람을 좋아하는군, 제인?"

"네, 그래요, 로체스터 님. 아까도 물어보셔서 대답했잖아요."

물론 나는 이 질문의 속뜻을 알고 있었다. 그는 질투하는 것이다.
질투심에 사로잡힌 것이다. 그의 마음이 괴롭겠지만 오히려 그것이
나았다. 그의 가슴을 후벼 파는 우울이라는 독니(毒牙)에서 풀려나
마음을 편하게 가질 수 있기 때문이다. 그래서 나는 그의 질투심을
누그러뜨리고 싶지 않았다. 오히려 더욱 자극하고 싶었다.

"이제 당신은 더 이상 내 무릎에 앉아 있고 싶지 않겠지, 제인?"

이것은 뜻밖의 질문이었다.

"왜요, 로체스터 님?"

"당신은 너무나 대조적인 초상화를 묘사해주었소. 당신은 아름다
운 아폴로를 그려놓았소. 당신의 머릿속에는 키가 크고 살갗이 희
고 파란 눈을 가진 그리스인의 얼굴선을 가진 사람이 있소. 그러나
지금 당신이 실제로 보고 있는 것은 불카누스(로마신화에 나오는 불과
대장간의 신─옮긴이)요. 검은 얼굴에 어깨가 떡 벌어진 진짜 대장장이.
게다가 장님에 불구자."

"그런 생각은 아직 해본 적 없는데, 사실 좀 대장간의 신 같네요."

"자, 이제 떠나도 좋아. 그러나 가기 전에 물어볼 것이 있소. 꼭 대
답해줬으면 해."

그는 더욱 으스러지도록 나를 껴안았다.

"뭔데요, 로체스터 님?"

그러자 심문이 시작됐다.

"세인트 존은 당신이 자기의 사촌 여동생이라는 걸 모르고 당신에게 모턴의 선생 자리를 맡긴 거요?"

"네."

"자주 만났소? 종종 학교에 왔겠지?"

"매일요."

"그 사람은 당신이 세운 다양한 계획을 동조했겠지? 당신은 재주가 뛰어나니까 좋은 계획이었겠지."

"네, 동조했어요."

"그는 당신한테서 생각지도 못했던 여러 가지 장점을 알게 됐겠지? 당신은 비범한 재능을 가졌으니까."

"그건 잘 모르겠어요."

"당신은 학교 옆에 작은 집이 딸려 있었다고 했지. 그 사람이 당신을 만나러 그 집에 온 적도 있소?"

"가끔요."

"밤에 왔소?"

"한두 번은 밤이었어요."

"당신은 사촌 간이라는 걸 알고 난 뒤에 그 사람과 여동생들과 얼마나 오래 같이 살았소?"

"다섯 달쯤요."

"리버스 씨는 많은 시간을 가족들과 보냈소?"

"네, 거실이 그의 서재지만 우리도 거기서 책을 읽고 공부했어요.
그분은 늘 창가에 앉았고 우리는 탁자에 앉곤 했지요."

"그 사람은 공부를 많이 했소?"

"굉장히 많이 했어요."

"무슨 공부를 했소?"

"힌두스타니어요."

"그럼 당신은 뭘 했소?"

"처음에는 독일어를 공부했어요."

"그가 가르쳐줬소?"

"그분은 독일어를 몰라요."

"그럼 그가 당신한테 뭘 가르쳤소?"

"힌두스타니어 조금요."

"리버스 씨가 당신에게 힌두스타니어를 가르쳤소?"

"네."

"자기 누이동생들에게도?"

"아뇨, 저만 가르쳐줬어요."

"당신이 부탁해서?"

"아뇨."

"그가 먼저 가르쳐주겠다고 한 거요?"

"네."

잠시 침묵이 흘렀다.

"무엇 때문에 그랬을까? 힌두스타니어가 당신에게 무슨 필요가 있다고?"

"그분은 저와 함께 인도에 갈 계획이었어요."

"아! 이제야 핵심에 이르렀군. 그는 당신과 결혼하고 싶었던 거야."

"그가 청혼했어요."

"그건 사실이 아니야. 나를 골려주려고 꾸며낸 거짓말이야."

"미안하지만 사실이에요. 그것도 몇 번이나 청혼했어요. 그리고 언젠가 당신이 그랬던 것처럼 자기의 의지를 끝까지 관철하려고 했어요."

"제인, 다시 말하지만 나를 떠나도 좋아. 대체 몇 번이나 같은 말을 해야 알아듣겠소? 떠나도 좋다는데 왜 내 무릎에 계속 앉아 있는 거요?"

"여기 있으면 기분이 좋아서 그래요."

"아니오, 제인. 여기 있으면서 기분 좋을 리 없잖소. 당신 마음은 딴 데 가 있지 않소. 그 사촌 오빠, 세인트 존 말이오. 아, 바로 이 순간까지 나는 당신을 나만의 제인이라고 생각했소. 나를 버리고 갔을 때도 나를 사랑한다고 믿었소. 그것이 쓰디쓴 고통 속에서 유일하게 맛보는 한 방울의 꿀물이었지. 오래 헤어져 있는 동안 나는 헤어진 슬픔에 뜨거운 눈물을 흘리고 당신이 죽은 줄 알고 비탄에 빠져 있었는데, 당신은 다른 남자를 사랑하고 있는 줄은 생각지도 못했소! 그러나 이젠 소용없는 일이지. 제인, 나를 두고 가시오. 어서 가서 리버스 씨와 결혼해요."

"그럼 저를 뿌리치세요. 밀어서 내동댕이치라고요. 제 발로는 절대 당신을 두고 가지 않을 거예요."

"제인, 나는 당신의 목소리를 좋아해. 들을 때마다 희망이 되살아나고, 진심이 전해지거든. 그 목소리를 들으면 바로 1년 전의 나로 돌아가는 것 같소. 당신이 새로운 인연을 맺었다는 걸 잊어버리고 말이오. 그러나 나는 바보가 아냐. 어서 가시오."

"어디로 가죠?"

"당신이 선택한 길로, 당신이 선택한 남편한테."

"그게 누군데요?"

"알지 않소. 세인트 존 리버스."

"그분은 제 남편이 아니에요. 앞으로도 영원히 그럴 거예요. 그분은 저를 사랑하지 않아요. 저도 그분을 사랑하지 않고요. 그분은 로저먼드라는 아름다운 아가씨를 사랑해요. 그분도 사랑할 줄은 알지만 당신의 사랑과는 다르죠. 그분은 저를 단지 선교사의 아내로 적합하다는 이유로 저와 결혼하기를 원했던 거예요. 로저먼드 양에게는 맞지 않는 자리니까요. 그분은 선량하고 훌륭한 사람이지만 엄격해요. 저한테는 얼음장처럼 차가운 사람이고요. 당신과 많이 달라요. 저는 그분 곁에 있어도 행복하지 않아요. 저에 대한 애정이 넘친다거나 예뻐해주지도 않아요. 저에게는 어떤 매력도 느끼지 않아요. 저의 젊음조차도요. 정신적인 면에서 몇 가지 쓸모 있는 장점을 가졌다는 건 인정해주지만요. 그런데도 당신을 떠나 그분한테 가라고요?"

나도 모르게 몸서리를 쳤다. 그리고 비록 눈이 멀긴 했지만 다시없이 사랑하는 주인에게 본능적으로 매달렸다. 그의 얼굴에 미소가 흘렀다.

"이봐, 제인! 그게 정말이오? 당신과 리버스 씨는 그것밖에 안 되는 관계였단 말이오?"

"정말이에요. 질투할 필요도 없어요! 당신의 우울한 기분을 조금이라도 덜어주려고 일부러 골려준 거예요. 화내는 것이 슬퍼하는 것보다 나은 것 같아서요. 이러나저러나 제가 당신을 사랑하기를 원하신다면, 또한 제가 당신을 얼마나 사랑하는지 아시면 당신은 분명 흡족하고 뿌듯해할 거예요. 제 마음은 오로지 당신 거예요. 당신 소유예요. 설령 운명이 제 몸을 당신한테서 빼앗아 간다 해도 마음은 영원히 당신 곁에 머물 거예요."

그가 내게 키스하면서 다시 괴로운 생각이 그의 얼굴을 덮쳤다.

"화상으로 일그러진 내 눈, 불구가 된 내 팔!"

그는 분하고 억울한 듯 중얼거렸다. 나는 그를 위로하기 위해 어루만져주었다. 이때 나는 그가 무슨 생각을 하고 있는지 알고 있었다. 대신 말하고 싶었지만 차마 꺼낼 용기가 없었다. 그가 잠시 고개를 돌렸을 때 굳게 감긴 그의 눈꺼풀 밑으로 눈물이 고이더니 남자다운 뺨에 흘러내렸던 것이다. 나는 가슴이 벅차오르는 것 같았다.

잠시 뒤 그가 말했다.

"나는 손필드 과수원의 벼락 맞은 마로니에 고목이야. 그런 썩은 나무가 어떻게 이제 막 싹트는 인동덩굴에게 싱싱한 잎으로 자기를 감싸달라고 할 수 있겠소?"

"당신은 고목이 아니에요. 벼락 맞은 나무도 아니고요. 당신은 젊고 싱싱해요. 당신이 명령하든 안 하든 간에 당신 뿌리 근처에서 갖가지 새싹이 돋아날 거예요. 새싹들은 당신의 드넓은 그늘을 좋아하기 때문이에요. 그것들은 당신을 의지하고 칭칭 감으면서 자라나겠죠. 주인님의 강인한 뿌리가 그것들에게 더없이 안전한 기둥이 될 테니까요."

또다시 그가 미소 지었다. 내 말이 위로가 된 것이다.

"당신은 친구 얘기를 하는 거요?"

그가 물었다.

"네, 친구에 대해 얘기한 거예요."

나는 주저하면서 대답했다. 나는 친구 이상을 뜻한 것이지만, 달리 표현할 말이 없었다. 그러자 그가 거들어주었다.

"아아! 제인, 나는 아내가 필요하오!"

"그런가요?"

"그렇소. 당신은 처음 듣는 얘기요?"

"물론이에요. 그런 말씀은 하신 적이 없어요."

"반갑지 않은 얘기요?"

"상황에 따라서요. 당신의 선택에 달렸어요."

"나 대신 선택해주오, 제인. 당신 결정에 따르겠소."

"그럼 다른 누구보다 당신을 사랑할 여자를 선택하세요."

"아니, 나는 내가 가장 사랑하는 여자를 택할 거요. 제인, 나와 결혼해주겠소?"

"네."

"당신이 이끌어주지 않으면 아무 데도 갈 수 없는 이 불쌍한 장님하고 말이오?"

"네."

"당신보다 스무 살이나 많고, 게다가 당신이 평생 시중을 들어줘야 할 불구자하고?"

"네."

"정말이오, 제인?"

"그럼요. 정말이고말고요."

"아아! 나의 사랑하는 사람이여! 하느님의 축복과 은총이 당신에게 내리기를!"

"로체스터 님, 가령 제가 오늘날까지 무슨 좋은 일을 한 적이 있다면, 어떤 착한 생각을 가진 적이 있다면, 그리고 진심으로 올바른 기도를 했다면, 분에 넘치지 않은 소망을 품었다면, 지금 저는 그

보상을 받고 있는 거예요. 당신의 아내가 되는 일은 저에게는 이 세상에서 가장 큰 행복이에요."

"당신은 희생을 마다하지 않기 때문이지."

"희생요? 제가 희생을 한다고요? 굶주림 대신에 식량을 얻고 기대 대신에 만족을 얻었는데요? 소중한 사람을 그러안거나 사랑하는 사람의 입술에 키스할 수 있고, 제가 믿는 사람에게 의지할 수 있게 된 것을 희생이라고 하나요? 그것이 희생이라면 저는 기꺼이 희생하겠어요."

"그리고 제인, 내 결함을 견뎌내고, 내 장애를 아무렇지 않게 받아들여야 하오."

"그런 건 대수롭지 않아요. 대견하게도 당신은 여전히 독립적이고, 도움을 주거나 보호해주는 의무 말고 어떤 의무도 경멸하던 때보다는 제가 당신을 도울 수 있는 지금, 더욱 당신을 사랑해요."

"지금까지 나는 다른 사람의 도움을 받거나 남에게 끌려다니는 걸 싫어했소. 하지만 이제부터는 그러지 않겠소. 내 손이 제인의 조그만 손가락에 잡힐 걸 생각하니 무척 행복하오. 하인의 손에 잡히는 것은 싫지만. 하인들이 붙어 다니기보다 차라리 나 혼자 있는 것이 좋았소. 그러나 제인의 부드러운 시중을 받으면 영원한 기쁨을 누릴 수 있을 것이오. 이렇게 제인은 나한테 꼭 맞는 사람인데, 나는 과연 제인에게 그럴까?"

"제 기질 하나하나까지 다 맞으니 걱정 말아요."

"그렇다면 더 이상 기다릴 이유가 없소. 바로 결혼합시다."

그는 흥분한 표정과 목소리로 말했다. 과거에 조급했던 성격이 되살아난 것이다.

"우리는 지체 없이 하나가 되어야 해, 제인. 결혼 허가만 받으면 돼. 그러면 결혼하는 거지."

"로체스터 님, 태양이 정오를 훨씬 넘어선 걸 이제야 알았네요. 파일럿은 점심을 먹으러 벌써 집으로 돌아갔어요. 시계 좀 봐요."

"자, 당신 허리띠에 차요, 제인. 오늘부터 당신이 가지고 다녀요. 이제 나는 필요 없으니까."

"오후 4시가 다 되어가네요. 배고프지 않으세요?"

"사흘 뒤에 결혼식을 올립시다, 제인. 이젠 옷이나 보석은 필요 없소. 아무 가치도 없는 것이지."

"햇볕이 빗방울을 모두 말려버렸네요. 바람이 없어 무척 더워요."

"제인, 내가 지금 넥타이 밑의 검붉은 목에 당신의 조그만 진주 목걸이를 하고 있다는 사실을 알고 있소? 나는 하나뿐인 내 보물을 잃어버린 날부터 줄곧 이걸 목에 걸고 있었소. 그녀의 사랑을 기념하려고."

"숲을 지나서 집으로 돌아가요. 그 길이 그늘져서 시원할 거예요."

그는 내 말에는 귀 기울이지 않고 자기 얘기만 했다.

"제인! 당신은 내가 신앙이 없는 사람이라고 생각하겠지. 그러나 지금 이 순간 내 가슴은 자비로우신 땅 위의 하느님께 감사한 마음

으로 가득하오. 하느님은 인간이 보는 것처럼 보시지 않지만 인간
보다 훨씬 명료하게 살피신다오. 하느님은 사람과 달리 훨씬 더 현
명하게 판단하시지. 나는 잘못을 저질렀소. 때 묻지 않고 순수한 꽃
을 짓밟을 뻔했소. 그 순결함에 죄악의 입김을 불어넣으려 했소. 그
래서 전능하신 하느님께서는 그걸 내게서 빼앗아 가셨지. 완고하고
반항심에 불타오른 나는 하늘의 섭리를 저주하려고 했소. 하느님의
뜻을 거부하고 반항했소. 그래서 하느님은 예정대로 심판하셨지.
재앙이 내 몸에 켜켜이 쌓여 나는 죽음의 골짜기를 지나지 않을 수
없었소. 하느님은 엄중하게 벌하셨소. 한 번 심판을 받은 뒤 영원히
하찮은 인간으로 전락했지. 당신도 알고 있듯이 나는 내가 가진 힘
을 자랑했지만 지금은 어떻소? 연약한 아이에게 도움의 손길이 필
요하듯이 다른 사람의 부축을 받아야 하는 지금 말이오. 최근에, 극
히 최근에 나는 내 운명을 쥐고 흔드는 하느님의 손길을 느꼈소. 그
래서 하느님을 인정하게 되었지. 처음으로 자책감을 느끼고 회개
했고, 하느님과의 화해를 갈망했소. 나는 가끔 기도 올리지. 짧지만
아주 진지하게. 며칠 전, 아니, 정확하게 나흘 전 지난 월요일 밤, 나
는 기묘한 기분에 휩싸였소. 미칠 듯한 마음이 우울로 변하고 우울
함이 슬픔으로 이어졌지. 백방으로 수소문해도 당신을 찾을 수 없
자 꽤 오래전부터 당신이 죽었다고 생각했소. 그날 밤 늦게, 11시에
서 12시 사이였을 거야. 쓸쓸히 잠자리에 들기 전에 하느님께 간절
히 기도를 올렸지. 하느님의 뜻에 어긋나지 않는다면 제발 하루속

히 나를 이 세상에서 부르셔서 다시 제인과 만날 수 있는 저세상으로 보내달라고 말이오. 나는 내 방에서 창문을 열고 창가에 앉아 있었소. 상쾌한 밤공기가 내 마음을 어루만져주었지. 내 눈에는 별빛 하나 보이지 않았지만 다만 희뿌연 안개 같은 빛으로 미루어 달이 떠 있다고 짐작했지. 난 정말 당신이 그리웠소, 제인! 아아, 내 영혼과 육체가 모두 당신을 그리워했소. 나는 슬프지만 공손한 마음으로 하느님께 물어봤소. 지금까지 버림받고 고통당하고 괴로워한 것으로는 충분하지 않은지, 그리고 또다시 행복과 평안을 누릴 수는 없는지. 내가 겪은 모든 고통과 슬픔은 마땅히 받아야 할 것이라고 인정하지만, 이젠 더 이상 견딜 수 없을 것 같다고 호소했소. 그러자 내 마음속의 모든 소망이 '제인! 제인! 제인!'이라는 말로 내 입에서 튀어나왔소."

"큰 소리로 부르셨어요?"

"그랬소. 누가 들었으면 내가 미쳤다고 생각했을 거요. 미친 듯이 목이 터져라 부르짖었소."

"지난 월요일 밤, 한밤중에 그랬다고요?"

"그렇소. 하지만 시간 같은 건 중요하지 않아. 그다음에 이상한 일이 일어났단 말이오. 당신은 미신을 믿는다고 말하겠지. 예전부터 미신은 어느 정도 내 핏속에 흐르고 있었지만, 이건 분명 실제로 일어난 일이오. 내 귀로 분명히 들었으니까. 내가 '제인! 제인! 제인!' 하고 부르짖자 어디서 들려왔는지, 누구의 목소리인지는 알 수 없으나 '갈게요! 기다려요!'라고 대답했소. 그리고 뒤이어 '어디 계세요?'라는 말이 바람의 속삭임처럼 들려왔소. 이 말을 듣는 순간 내 머릿속에 어떤 생각과 그림이 펼쳐졌는지 이야기해주고 싶지만 표현할 길이 없소. 펀딘은 알다시피 깊은 숲에 파묻히다시피 자리 잡고 있어서 어떤 소리도 메아리가 되지 못하고 그대로 묻혀버리지. '어디 계세요?'라는 목소리는 산과 산 사이에서 말하는 것 같았소. 왜냐하면 메아리를 들었기 때문이오. 그 순간 차가운 바람이 한층 더 상쾌하게 내 이마에 닿는 것 같았소. 나는 어느 황폐하고 적적한 곳에서 우리가 만나고 있는 거라고 생각했소. 틀림없이 우리 두 사람의 영혼이 만난 거요. 물론 당신은 그 시각에 아무것도 모른 채 자고 있었을 거요. 아마 당신의 영혼이 내 영혼을 위로하기 위해 육신을 빠져나온 것 같소. 그건 당신 목소리였으니까. 틀림없이 당신 목소리였소!"

독자 여러분, 내가 '제인'이라고 부르는 신비스러운 목소리를 들은 것이 월요일 밤 자정이 가까운 시각이었다. 그가 들었다는 소리는 내가 그 목소리에 대답한 소리였다. 나는 로체스터 씨의 이야기에 귀를 기울이고 있었으나 아무 말도 하지 않았다. 이 우연의 일치는 따져보거나 토론하기에는 너무 소름 돋고 설명할 수 없는 영역이었기 때문이다. 내가 겪었던 일들을 조금이라도 이야기한다면 그는 매우 깊은 감명을 받았을 것이다. 그러나 지금까지의 고뇌로 인해 그의 마음은 쉽게 어두워질 수 있는데, 여기에 초자연적인 이야기를 덧붙이면 더욱 짙은 그늘이 드리울 것이다. 그래서 나는 그 이야기를 나 혼자 간직하기로 했다.

그가 계속 이야기했다.

"그랬기 때문에 어젯밤 당신이 뜻하지 않게 내 앞에 나타났을 때 나는 당신 목소리를 환청이라고 생각할 수밖에 없었소. 그날 한밤중의 속삭임과 메아리가 사라져버렸듯이 침묵 속으로 사라져버리는 줄로만 알았던 거요. 지금 나는 하느님께 감사하오! 이제 꿈이나 환청이 아니라는 걸 알았소. 하느님께 감사드려야겠소!"

그는 그렇게 말한 후 나를 무릎에서 일으켜 세우고 자신도 일어섰다. 그는 공손하게 모자를 벗고 보이지도 않는 눈을 땅으로 내려뜨리고 마음속으로 기도를 올렸다. 내 귀에 기도의 마지막 부분이 들리는 것 같았다.

'저의 창조주께서 심판하시는 가운데 은혜로움을 잊지 않으신 것에 감사합니다. 바라건대 지금까지 살아온 것보다 더 순결한 삶을 살 수 있는 힘을 주시기를 간절히 바라옵니다.'

그리고 그는 자신을 이끌어달라고 손을 내밀었다. 나는 사랑하는 그 손을 잡고 거기에 입맞춤한 뒤 그의 팔을 내 어깨에 둘렀다. 나는 그보다 키가 훨씬 작아서 그가 의지하는 지팡이가 될 수도 있고 안내자가 될 수도 있었다. 우리는 숲을 지나 집으로 걸어갔다.

제38장

독자 여러분, 우리는 결혼했다. 우리 두 사람과 목사님과 서기만 참석한 조촐한 결혼식이었다. 그와 함께 교회에서 돌아와 나는 부엌으로 들어갔다. 메리는 점심 준비를 하고, 존은 칼을 갈고 있었다.

"메리, 오늘 아침 나는 로체스터 씨와 결혼했어요."

가정부와 그녀의 남편은 점잖고 신중한 사람들이어서 아무리 놀랄 만한 이야기를 들어도 귀청이 터질 듯 소리 지르거나 폭포처럼 수다를 늘어놓아 귀가 먹먹하게 하지 않았다. 메리는 고개를 들고 나를 물끄러미 쳐다보았다.

그녀는 버터를 바르면서 닭 두 마리를 굽고 있었는데 그녀가 들고 있던 국자가 3분가량 허공에 멈춰 있었다. 같은 순간 칼을 갈던 존의 손이 2분쯤 그대로 멈춰 있었다.

그러나 메리는 굽던 고기 쪽으로 몸을 숙이면서 단지 이렇게 말할 뿐이었다.

"그러셨군요! 역시!"

잠시 뒤 그녀가 말했다.

"주인님과 함께 나가시는 건 보았지만 결혼식을 올리러 교회에 가시는 줄은 전혀 몰랐어요."

그녀는 다시 닭에 버터를 바르기 시작했다. 내가 고개를 돌리자 존은 입이 귀에 걸릴 정도로 벙글벙글 웃고 있었다.

"저는 진작부터 메리에게 이렇게 될 거라고 말했어요. 저는 에드워드 님을(존은 이 집안에 오래 있었던 하인이었고, 그의 주인이 로체스터 가문의 차남일 때부터 알고 있었기 때문에 주로 이렇게 불렀다) 잘 알거든요. 에드워드 님이 이러실 줄 알았죠. 오래 걸리지도 않을 거라는 걸 알았어요. 잘하셨습니다. 축하합니다!"

이렇게 말하고 그는 앞머리에 손을 대고 공손히 인사했다.

"고마워요, 존. 그리고 로체스터 씨가 이걸 두 사람에게 주라고 하시더군요."

나는 그의 손에 5파운드짜리 지폐를 쥐어주었다. 나는 어떤 말을 기다릴 필요 없겠다 싶어 곧바로 부엌에서 나왔다. 잠시 후에 부엌 앞을 지나가는데 이런 말이 들려왔다.

"어느 귀부인들보다 에드워드 님의 시중을 잘 들어드릴 거야."

그러고는 이런 말이 이어졌다.

"뛰어난 미인은 아니지만 그렇다고 못생긴 건 아니야. 게다가 마음씨가 고운 분이야. 주인님 눈에는 굉장한 미인으로 보일 거야. 그건 분명해……."

나는 즉시 무어 하우스와 케임브리지에 편지를 보내 결혼 소식을 알렸다. 결혼을 하게 된 이유도 상세하게 썼다.

다이애나와 메리는 내 선택에 전적으로 동의했다. 다이애나는 우리가 신혼여행이 끝나면 만나러 오겠다고 했다.

내가 다이애나의 편지를 읽어주자 로체스터 씨가 말했다.

"그때까지 기다릴 수 없을걸, 제인. 기다리다가는 너무 늦을 테니까. 왜냐하면 우리 신혼여행은 일생 동안 이어지다가 당신과 내가 무덤 속에 들어가는 순간 끝날 테니까."

세인트 존은 이 소식을 어떻게 받아들였는지 알 수 없었다. 그의 답장이 없었던 것이다. 그에게 편지가 온 것은 6개월이 지난 뒤였다. 하지만 로체스터 씨의 이름이나 우리의 결혼에 대해서는 한 마디도 언급하지 않았다. 평범한 내용이었고 딱딱한 문투였지만 친절한 말도 잊지 않았다. 그 뒤부터 잦은 것은 아니었지만 그는 정기적으로 편지를 보내왔다. 그는 나의 행복을 빌며, 내가 이 세상에서 하느님의 존재를 모르고 다만 세상의 물욕에만 급급한 그런 사람은 아니라는 걸 믿는다고 썼다.

독자 여러분은 어린 아델을 잊지 않았을 것이다. 나 역시 잊지 않았다. 나는 로체스터 씨의 허락을 받아 아델이 있는 학교로 갔다.

아델은 나를 보고 미친 듯이 기뻐했다. 나는 그 모습에 다시금 벅찬 감동을 느꼈다. 아델은 창백하고 야위었다. 그 애는 행복하지 않다고 했다. 교칙이 너무 엄하고 학과 수준도 아델 또래의 아이들에게는 무리라는 사실을 알고 그녀를 집으로 데리고 왔다. 나는 다시 그 애의 가정교사가 될 생각이었으나 어렵다는 사실을 깨달았다. 이젠 내 시간과 보살핌을 더 필요로 하는 사람이 있었던 것이다. 남편에게 모두 주어야 했다. 그래서 나는 교칙이 까다롭지 않고, 내가 가끔 찾아갈 수 있고, 집에서도 가까운 학교를 찾아냈다. 나는 아델이 부족함 없이 편하게 학교 생활을 할 수 있도록 최대한 신경 썼다. 아델은 새 학교에 적응하자 더 행복해했고, 학업 성적도 훨씬 더 좋아졌다.

건전한 영국 교육은 아델이 성장함에 따라 프랑스인 특유의 결점을 확실하게 바로잡아 주었다. 그리고 아델이 학교를 졸업했을 때, 그녀는 나에게 살갑고 친절한 친구, 온순하고도 상냥하며 지조 있는 친구가 되었다. 그리고 일찍이 내가 힘닿는 대로 아델에게 베풀어주었던 사소한 친절까지 충분히 보상하고도 남을 만큼 나와 나의 아이들을 성심성의껏 보살펴주었다.

내 이야기도 마지막을 향해 달려간다. 내 결혼 생활에 대해 한마디 하고 이 이야기에서 가장 많이 등장한 사람들의 운명을 간단히 살펴보는 것으로 대단원의 막을 내릴 것이다.

지금 나는 결혼한 지 10년째다. 나는 이 세상에서 가장 사랑하는 사람을 위해 살고, 또 가장 사랑하는 사람과 함께 산다는 것이 어떤 것인지를 잘 알고 있다. 나는 이 세상에서 가장 큰 축복을 받은 사람, 어떤 말로도 형용할 수 없는 축복을 받은 사람이라고 생각한다.

왜냐하면 그는 내 생명인 동시에 나는 그의 생명이기 때문이다. 어느 여성도 나보다 남편 가까이 있지는 못할 것이다. 나는 그야말로 남편에게 '뼈 중의 뼈요, 살 중의 살'(《창세기》 2장 23절—옮긴이)이 되었다. 나는 에드워드와 오래 살면서도 권태를 느낀 적이 없다. 마치 우리가 자신의 심장 박동에 싫증을 느끼지 않듯이 우리는 함께 있으면서 싫증이라고는 느껴본 적이 없다. 우리는 언제 어디서나 함께했다. 우리는 함께 있을 때도, 혼자 있을 때처럼 자유롭고 많은 사람들과 함께 어울릴 때처럼 즐거웠다.

우리는 온종일 이야기를 했다. 우리가 서로 이야기한다는 건 우리의 마음을 좀더 생생하게 서로의 귀에 전달하는 것일 뿐이다. 내 모든 믿음을 그에게 바쳤고, 그의 모든 믿음을 나에게 주었다. 우리의 성격은 서로 잘 맞았고, 완벽하게 일치했다.

로체스터 씨는 결혼하고 처음 2년 동안은 전혀 보이지 않는 장님이었다. 우리를 이처럼 가깝게 만든 것은, 이렇게 꼭 결합시킨 것은 아마 그 때문인지도 모른다! 왜냐하면 아직도 나는 그의 오른손인 것처럼 그때는 그의 눈동자였기 때문이다.

글자 그대로 나는 그의 소중한 눈동자였다(평소에 그는 나를 그렇게 불렀다). 나는 그에게 자연을 보여주고 책을 읽어주었다. 나는 그를 대신해서 들판과 나무와 마을과 강과 구름과 햇빛을 바라보고, 눈앞에 펼쳐진 풍경과 날씨 등을 그에게 묘사해주었다. 빛이 그의 눈에 비출 수 없는 것을 나는 말로써 그의 귀에 새겨주었다. 나는 그에게 책을 읽어주는 것이 즐거웠고, 그가 하고 싶어 하는 일은 기꺼이 했다. 그리고 이러한 나의 봉사는 비록 슬프지만 가장 만족스럽고 소소한 기쁨을 느낄 수 있는 것이었다. 그가 고통스러운 수치심이나 자존심 상하는 굴욕감 없이 나에게 당당하게 요구하기 때문이었다.

그는 진정으로 나를 사랑하기 때문에 내 시중을 기꺼이 받아들였다. 또한 그는 내가 진심으로 자기를 사랑하고 있다는 것을 알기에 나의 시중을 받아주는 것은 나의 간절한 소망을 이루어주는 것과 같다고 생각했다.

그렇게 2년이 지나가는 어느 날 아침, 그가 옆에서 불러주는 대로 편지를 쓰고 있을 때 그가 내 곁으로 오더니 허리를 굽히고 이렇게 말했다.

"제인, 당신 목에 번쩍번쩍 빛나는 목걸이를 걸고 있소?"

나는 금 시곗줄을 걸고 있었다. 나는 그렇다고 대답했다.

"그리고 하늘색 옷을 입고 있소?"

그의 말대로 나는 하늘색 옷을 입고 있었다. 이때 그는 한쪽을 덮고 있던 희뿌연 안개가 조금 엷어지는 것 같더니 지금은 확실하다고 말했다.

나는 그와 함께 런던으로 갔다. 그는 그곳에서 유명한 안과 의사의 치료를 받고 마침내 한쪽 눈의 시력을 찾았다. 선명하게 보이지는 않고, 글을 많이 읽거나 쓸 수는 없었지만 다른 사람의 손을 잡지 않고 걸어 다닐 수 있었다.

하늘은 그에게 이미 허공이 아니었다. 땅은 이제 공허한 것이 아니었다. 그가 첫 아기를 팔로 안았을 때 그는 사내아이가 자신의 눈을, 지난날 자기 눈처럼 크고 빛나는 검은 눈을 닮았다는 것을 자기 눈으로 똑똑히 확인할 수 있었다. 이때 그는 하느님이 은혜를 베풀어 심판을 가볍게 해주셨다는 사실을 진정으로 깨달았다.

지금 나는 에드워드와 행복하게 살고 있다. 그리고 우리가 가장 사랑하는 사람들도 행복하므로 우리는 더 이상 행복할 수 없을 것이다. 다이애나와 메리 리버스 둘 다 결혼했다. 1년에 한 번씩 그들은 번갈아 우리를 방문하고 우리도 그들을 만나러 갔다.

다이애나의 남편은 해군 대령으로 훌륭한 장교이고 건실한 사람이다. 메리의 남편은 목사인데 그녀의 오빠와 대학 동창이다. 그녀의 학식과 신념으로 미루어 보아 어울리는 배필이었다. 피츠 제임스 대령과 워튼 씨 모두 아내를 사랑하고 또 아내의 사랑을 받았다.

세인트 존 리버스는 영국을 떠나 인도로 갔다. 그는 자신이 선택한 길로 들어섰고, 지금도 그 길을 가고 있다. 온갖 고난과 위험 속을 그분처럼 단호하고 꿋꿋하게 헤쳐 나간 개척자도 없을 것이다. 확고한 신념을 가졌으며 성실하고 헌신적인 그는 정력과 열정과 진심으로 인류를 위해 일하고, 인류의 발전을 위한 길을 닦고, 마치 거인처럼 인류의 발전을 방해하는 교리와 낡은 계급제도의 편견을 깨부웠다. 그는 여전히 가혹하고 강압적이며 야심가인지 모른다.

그러나 그의 가혹한 기질은 사탄의 공격으로부터 순례자를 수호하는 용사 그레이트하트(버니언의 《천로역정》에 나오는 충실한 길잡이—옮긴이)의 그것이었다. 그의 강압적인 성향은 "나를 따르려거든 자기를 부인하고 자기의 십자가를 지고 나를 좇으라."고 오직 예수만을 위해 설교하는 사도의 그것이었다. 그의 야망은 이 세상에서 구원받고 죄를 씻은 사람으로서 하느님의 보좌 앞에 서는 것이었고, 하느님의 최후의 위대한 승리를 같이 나누고, 하느님의 부름을 받고, 신앙심이 두터운 선택된 사람들 중에 으뜸이 되고자 하는 고결하고 위대한 정신을 가진 사람의 그것이었다.

세인트 존은 결혼하지 않았다. 앞으로도 결혼하지 않을 것이다. 지금까지 그는 혼자서 사역을 감당해냈다. 그리고 그 사역은 완성되어 가고 있었다. 그의 찬란한 태양은 마지막 황혼을 불사르고 있었다. 그가 최근에 보낸 편지를 보고 내 눈에서는 인간적인 눈물이 흘렀지만, 내 가슴은 성스러운 기쁨으로 가득 찼다. 그는 자기가 받을 확고한 보답인 불멸의 면류관을 기대하고 있었다. 다음 편지에서는 낯선 사람이 저 선량하고 충직한 하느님의 종이 마침내 하느님의 부름을 받아 하느님의 기쁨으로 돌아갔다는 소식을 전해주리라 생각한다.

그런데 왜 그것을 슬퍼하겠는가? 죽음의 두려움도 세인트 존의 임종에 어두운 그늘을 드리우지 못할 것이다. 그의 정신은 한 점 티끌도 없이 맑을 것이고 마음은 두려움을 모를 것이다. 그의 희망은 영원하고 신앙은 더욱 굳건할 것이다. 그의 말이 그것을 확실하게 보여준다.

"주님 그리스도는 제게 미리 알려주셨습니다. 주님은 날마다 더욱 명확하게 알려주십니다. '분명히 나는 속히 찾아가리라.' 그러면 저는 매시간 더욱 간절히 대답합니다. '아멘, 주 예수여, 부디 임하옵소서!'라고."

〈끝〉

샬럿 브론테

Charlotte Brontë, 1816. 4. 21~1855. 3. 31

　샬럿 브론테는 영국 잉글랜드 북부 요크셔의 손턴에서 패트릭 브론테와 마리아 브랜웰 사이에서 여섯 남매 중 셋째로 태어났다.《폭풍의 언덕》의 저자 에밀리 브론테가 그녀의 동생이다. 아버지 패트릭 브론테는 아일랜드 농부의 집안에서 10남매 가운데 맏이로 태어나 고학으로 케임브리지대학을 졸업한 후 영국 국교회 목사가 되었다. 원래 성은 브런티(Brunty)였으나 1799년 넬슨 제독이 시칠리아 왕국으로부터 브론테 공작 작위를 받은 것을 기념해 자신의 성을 브론테라고 바꿨다. 신앙심이 깊고 다정한 성품을 가졌던 어머니 마리아 브랜웰은 영국 남서부 콘월 출신 상인의 딸로 일찍이 부모를 여의고 친척 집에서 기거했다. 두 사람은 1812년 결혼해서 맏딸 마리아, 둘째 딸 엘리자베스, 셋째 딸 샬럿, 장남 패트릭 브랜웰, 넷째 딸 에밀리, 다섯째 딸 앤 등 모두 여섯 자녀를 낳았다.

　1820년(4세) 패트릭 브론테가 호어스의 목사로 부임하면서 이들

부부는 여섯 자녀를 데리고 요크셔의 산악지대 웨스트라이딩의 벽촌 호어스에 정착했다. 호어스는 가까운 도시가 6.5킬로미터나 떨어져 있을 만큼 외진 곳이었으나 이 황량한 곳은 브론테 남매의 문학적 토양이 되었다.

그러나 호어스에 정착하면서부터 브론테 가족에게는 암울한 그림자가 드리웠다. 1821년(5세) 9월 브론테 부인이 암에 걸려 서른여덟 살의 나이로 세상을 뜬 것이다. 어머니가 죽은 뒤 이모인 엘리자베스 브랜웰이 집안을 돌보며 브론테 남매를 키웠다. 원래 자기중심적이었던 아버지는 아내가 죽은 뒤로 신경질적인 성격이 더욱 강해져 서재에 혼자 있는 때가 많았다. 완고한 감리교 신자인 이모의 엄격하고 종교적인 교육은 브론테 남매의 성향에 큰 영향을 미쳤다. 브론테 남매는 양친 부모의 사랑도 받지 못하고 이모 밑에서 조용히 유년 시절을 보내면서 공상이나 글쓰기를 삶의 낙이자 위안으로 삼았다. 아버지 패트릭은 적극적으로 재혼하려고 했으나 아이들이 여섯이나 딸린 중년의 시골 목사에게 시집 오겠다는 여자가 없어 평생 독신으로 살았다.

브론테 가족의 비극적인 운명은 어머니의 죽음으로 그치지 않았다. 1824년(8세) 랭커셔 주 코언 브리지에 목사의 딸들을 위한 기숙학교가 마련되었는데, 여기에 네 자매가 입학했다. 그러나 그곳의 허술한 설비, 형편없는 식사, 엄격한 규율 때문에 맏딸 마리아와 둘째 딸 엘리자베스가 영양실조와 결핵에 걸려 1825년 5월과 6월에 차례로 세상을 떠났다.《제인 에어》에 등장하는 로우드 기숙학교의 배경이 된 곳이 바로 코언 브리지 기숙학교이며, 그 학교에서 선생과 학생들의 냉대 속에서 병으로 죽은 제인 에어의 친구 헬렌 번스는 언니 마리아를 모델로 한 것이라고 한다. 그해 6월에 집으로 돌아온 샬럿과 에밀리는 이후 6년여 동안 집에서 책을 읽거나 글을 쓰면서 나름대로 학문을 익혀나갔다.

아버지 패트릭이 젊을 때부터 문학에 관심이 많아 시와 소설을 즐겨 썼기 때문에 자녀들도 그 영향을 받아 글쓰기를 좋아해 10대 초반에 공상 이야기를 산문과 시로 엮기 시작했다. 에밀리와 앤은 '곤달'이라는 가상의 왕국을 배경으로 하는 이야기를 지어냈고, 샬럿과 남동생 브랜웰은 '앵글리아 왕국'을 만들어 이야기를 꾸며냈다. 1831년(15세) 샬럿이 마거릿 울러가 교장으로 있는 로헤드 사립학교에 입학하면서 공상 이야기는 중단되었다. 1835년(19세) 7월 샬럿이 로헤드의 교사가 되었을 때 에밀리도 입학했는데, 에밀리는 향수병에 걸려 3개월 만에 집으로 돌아왔고, 다음 해에 앤이 그 학교에 입학했다. 한편 점점 문학에 심취한 샬럿은 1836년(20세) 틈틈이 써왔던 자신의 시를 계관시인 로버트 사우디에게 보내 비평을 부탁했으나 답신을 받지 못했다.

1838년(22세) 로헤드 학교가 이전하면서 샬럿은 학교를 그만두었다. 그녀는 이 학교에서 학생 겸 교사로 있으면서 메리 테일러와 엘렌 너시를 사귀어 오랫동안 우정을 나눴다. 특히 그녀가 엘렌에게 보낸 4백 통에 이르는 편지는 오늘날까지 전해져 샬럿에 대한 귀중한 자료가 되고 있다. 학교를 나온 뒤에 샬럿은 가정교사로 일했으나 자의식이 너무 강한 나머지 그 생활을 몹시 힘들어했다. 1839년 (23세) 샬럿은 친구 엘렌 너시의 오빠이자 부목사였던 헨리에게 청혼을 받았으나 마음이 끌리지 않는다는 이유로 퇴짜를 놓았다. 《제인 에어》에서 주인공 제인에게 나타난 두 번째 남자 세인트 존 리버스는 헨리를 모델로 한 듯하다.

아버지의 수입만으로 살아가기 힘들었던 샬럿은 1841년(25세) 3월 화이트 가에 가정교사로 들어갔다. 그러나 원래 자존심이 강한 그녀는 그 생활에 적응하지 못하고 그해 12월에 그 집을 나왔다. 자매들과 학교를 세우기로 계획한 샬럿은 1842년(26세) 2월 좀 더 공부하기 위해 에밀리와 함께 벨기에 브뤼셀의 에제 기숙학교에 들어갔다. 그 학교는 에제 부인이 운영하고 있었는데, 그녀의 남편 에제 씨가 가끔 학생들을 가르치러 오곤 했다. 에제 씨는 브론테 자매의 재능을 알아보고 각별한 애정과 열의로 가르쳤다. 샬럿은 그런 에제 씨를 존경하다가 차츰 사랑하기에 이르렀다. 브론테 자매가 에제 씨로부터 교사 제의를 받을 무렵이었던 그해 10월 자신들을 키워준 이모가 세상을 떠나자 자매는 집으로 돌아왔다.

이후 향수병이 심했던 에밀리는 집에 머물렀고, 1843년 1월에 샬럿은 교사 자격으로 다시 학교로 돌아갔다. 그곳에서 스승인 에제 씨에 대한 샬럿의 사랑은 나날이 깊어갔다. 그러나 에제 부인이 그녀를 노골적으로 미워했고, 에제 씨 또한 예전처럼 그녀를 살갑게 대해주지 않자 그녀는 고독에 몸부림치며 방황하다 집으로 돌아왔다. 아내가 있는 남자와의 이루어질 수 없는 사랑을 그린 처녀작 《교수(The Professor)》(샬럿 사후 1856년 출간)에 에제 씨를 향한 짝사랑 경험이 녹아 있고, 《제인 에어》에 등장하는 로체스터의 모습에 에제 씨의 모습이 어느 정도 투영되었다고 한다. 샬럿은 집으로 돌아온 1844년(28세) 에밀리와 함께 집에서 사설학교를 열려고 했으나 지원자가 하나도 없어 실패로 끝났다.

한편 장남 브랜웰은 1843년 막냇동생 앤이 가정교사로 있던 집에 가정교사로 들어갔는데, 열일곱 살 위인 그 집 부인과 사랑에 빠져 1년 6개월여 만에 쫓겨났다. 실의에 빠진 그는 매일같이 술과 아편에 빠져 빚에 시달리는 생활을 했다. 브랜웰은 브론테 두 자매에게 가려지기는 했지만 문학과 그림에서 그녀들보다 훨씬 더 뛰어난 재능을 가지고 있었다. 하지만 외아들로 아버지의 편애를 받고 자란 탓에 이기적이고 자존심이 강한 데다 방탕하고 자유로운 생활을 즐겼다.

학교를 열려던 계획이 실패한 뒤 브론테 자매는 작가의 길에 희망을 걸고 글을 쓰기 시작했다. 샬럿은 우연히 에밀리의 시를 읽고 크게 감명받아 1846년(30세) 세 자매의 시를 엮어서 《커러, 엘리스, 액턴 벨의 시집(Poems by Currer, Ellis and Acton Bell)》(각각 세 자매의 필명)을 자비로 출판했다. 처음에 에밀리가 심하게 반대했으나 샬럿이 설득했다. 그러나 이 시집은 단 2부밖에 팔리지 않았다. 이후 샬럿은 소설 창작에 더욱 열정을 불태웠다. 그녀는《교수》를 탈고하고 출판 사를 찾아다녔으나 일곱 군데에서 거절당했다. 그나마 호의를 보였 던 스미스 출판사는 좀더 장편의 소설을 쓰면 좋겠다는 편지를 보내 왔다. 같은 해 8월 샬럿은 백내장 수술을 받아야 하는 아버지를 모 시고 맨체스터로 갔다. 그곳에서 그녀는《제인 에어》를 탈고해 스미 스 출판사로 보냈다. 출판사의 윌리엄스라는 사원이 그녀의 소설을 읽고 감명받아 스미스 사장에게 출판을 권유했다고 전해진다.

1847년(31세) 영국 소설사상 기념비적인 사건이 벌어졌다. 궁벽 한 시골 마을에서 자란 무명의 작가 세 자매의 소설이 출간되었고, 그중 10월에 출간된《제인 에어(Jane Eyre)》와 12월에 출간된《폭풍 의 언덕(Wuthering Heights)》이 후세에 길이 남을 명작이었던 것이다. 앤의 작품은《아그네스 그레이(Agnes Gray)》다.

《제인 에어》는 커러 벨이라는 필명으로 출간되자마자 문학계의 호평을 받았으며, 당대의 소설가 윌리엄 새커리의 찬사를 받기도 했다.《제인 에어》가 성공을 거둔 것과 달리 다른 두 자매의 작품은 별다른 반응을 얻지 못했는데, 한때는《폭풍의 언덕》이 샬럿 브론 테의 작품이라는 소문이 나돌기도 했다.

그 무렵 브론테 가족에게는 또다시 어두운 그림자가 드리웠다. 1848년 9월 알코올중독과 아편중독에 빠졌던 브랜웰이 반미치광 이 상태에서 사망했고, 책 출간 이후 건강이 나빠졌던 에밀리는 오빠의 장례식 때 걸린 감기로 인해 폐결핵에 걸려 그해 12월 19일에 세상을 떠났다. 그리고 에밀리가 죽은 지 5개월도 채 되지 않아 앤도 세상을 떠났다. 형제들을 모두 떠나보내고 시력을 잃어가는 아버지와 둘이 살게 된 샬럿은 정신적 고통과 슬픔을 극복하려는 듯소설 창작에 온 힘을 쏟았다. 1849년(33세) 《셜리(*Shirley*)》, 1853년(37세) 《빌레트(*Villette*)》를 출간하고 호평을 받으면서 작가로서 입지를 굳혔다.

1850년(34세) 샬럿은 런던을 여행하면서 나중에 자신의 전기를 쓴 개스켈 부인(1856년 《샬럿 브론테의 전기(*Life of Charlotte Brontë*)》가 출간되었다)을 만나 교류했고, 출판사 직원 제임스 테일러의 청혼을 받았으나 거절했다.

몇 차례 다른 남자들로부터 청혼을 받았으나 번번이 거절했던 샬럿은 아서 벨 니콜스의 청혼을 받아들였다. 1845년부터 그녀 아버지의 교회 부목사로 있었던 니콜스는 1852년(36세) 12월 샬럿에게 청혼했다가 아버지의 반대에 부딪혔다. 그러다 1854년(38세) 1월 다시 청혼했고, 샬럿이 아버지의 반대를 무릅쓰고 6월에 결혼식을 올렸다. 그러나 그녀가 행복한 결혼 생활을 누린 것은 9개월밖에 되지 않았다. 임신한 상태에서 몇 가지 병이 겹쳐 자리에 누운 그녀는 남편의 지극 정성에도 결국 1855년(39세) 3월 31일 생을 마쳤다. 단명한 천재들이었던 브론테 남매의 아버지 패트릭은 여섯 자녀를 모두 보내고 여든네 살의 나이로 세상을 떠났다.

샬럿 브론테의 생애에서 주목해야 할 것은 그녀의 성격이다. 그녀는 현실적인 성향과 낭만적인 성향을 동시에 가졌으며 그러한 성격이 그녀의 일생에 나타나는 것은 물론 그녀의 작품에도 고스란히 녹아 있기 때문이다. 어머니와 언니들이 일찍 죽고 장녀로서 집안을 꾸려나가면서 먹고사는 방편으로 학교를 세우는 것은 현실주의적인 성향이었다. 반면 단조로운 일상에서 벗어나기 위해 동생들과 함께 공상을 하며 그것을 책으로 엮은 것은 낭만적인 일면이라고 할 수 있었다. 형제자매들 가운데 가장 적극적이었던 것도 샬럿이었다. 동생들과 함께 학교를 세울 계획을 하고 이를 위해 에밀리를 데리고 과감히 유학을 떠난 것도 그녀였고, 자매들의 시를 엮어 책으로 출판한 것도 그녀였다. 샬럿은 시집이 거의 팔리지 않았을 때도 동생들을 계속 독려해 글을 쓰게 하고, 자신도 소설 쓰기를 멈추지 않았다.

주인공이 10년간에 걸친 자신의 삶을 회상하는 일인칭 형식으로 쓰여진《제인 에어》는 어느 정도 작가의 자전적 이야기라고 할 수 있다. 성실하고 내성적인 동시에 개척 정신이 강하고 솔직한 제인 에어의 성격에는 샬럿의 성격이 그대로 반영되어 있다고 할 수 있다. 추위와 굶주림에 시달려야 했던 로우드 학교는 브론테 자매들이 다녔던 코언 브리지 기숙학교의 체험을 상당 부분 담은 것이다. 샬럿의 언니 둘이 그 학교의 열악한 환경에서 결핵에 걸려 죽었는데,

샬럿은 평생 잊을 수 없는 충격이라며 분노를 금치 못했다. 이 소설에서 가장 중요한 부분을 차지하는 로체스터와의 사랑은 에제 학교의 에제 교수에 대한 사랑의 경험을 바탕으로 한 것이다. 샬럿은 현실에서 표출할 수 없었던 사랑에 대한 감정을 소설에서 격렬한 열정과 질투로 표현했다. 사회 경험이 전무하다시피 했던 샬럿이 오늘날 독자들도 가슴 뛰게 하는 열정적인 사랑을 그릴 수 있었던 것은 자신의 경험에 뛰어난 상상력이 더해졌기 때문이라고 할 수 있다.

일찍이 부모를 여의고 외삼촌에게 맡겨졌던 제인 에어는 외삼촌마저 일찍 죽자 외숙모 밑에서 갖은 구박을 당하며 자란다. 사촌들과 하녀들까지 가세해 미워하고 멸시하는 가운데 외롭게 지내는 제인은 모진 폭력을 견디다 못해 한 번씩 격하게 반항하는 성격으로 더욱 미움을 받는다. 그러다 열 살 되던 해 외숙모 리드 부인은 고아들이 다니는 자선학교로 제인을 보낸다. 말하자면 제인을 끝까지 키우겠다는 남편과의 약속을 어기고 어린 조카를 버린 셈이다.

새롭고 자유로운 생활을 꿈꾸며 로우드 학교에 도착한 제인은 그곳에서 외롭지는 않으나 궁핍한 생활에 시달린다. 가끔 먹을 수도 없는 음식이 나오는가 하면 그나마 너무 적어서 늘 굶주려야 하고 겨울이면 손발이 동상에 걸리기 일쑤였다. 그곳에서 제인은 학생으로서 6년, 교사로서 2년을 보낸다. 그러던 어느 날 자신의 정신적 지주였던 템플 선생이 결혼으로 학교를 떠나자 제인 에어에게도 정신적 변화가 찾아온다. 더 넓은 세계로 떠나고 싶은 욕구가 솟았으나 현실적으로 가능하지 않자 차선책으로 새로운 일자리를 찾게 된다.

그렇게 해서 들어간 곳이 손필드 저택이다. 이곳에서 제인은 가정교사로 일하면서 마흔 살의 집주인인 로체스터에게 사랑의 감정을 품게 된다. 고독한 기질 속에서도 마음속에는 열정이 살아 숨 쉬고, 그러면서도 순수하고 정의롭고 솔직한 제인의 성격에 매료된 로체스터도 그녀를 사랑하게 된다. 로체스터는 리드 부인의 장례식을 마치고 돌아온 제인에게 청혼하고, 두 사람은 관습과 신분의 장벽을 뛰어넘어 결혼을 약속한다. 그러나 결혼식 현장에서 로체스터에게 아내가 있다는 사실이 밝혀지면서 두 사람의 결혼은 깨지고 만다. 로체스터는 자신에게 유산을 상속하지 않으려는 아버지와 형의 농간으로 서인도제도 갑부의 딸과 결혼했으나 아내의 집안은 미치광이 유전자를 가지고 있었다. 형이 죽자 모든 재산을 물려받은 로체스터는 정신병자 아내를 데리고 영국으로 돌아와 10년째 손필드 저택 3층에 간호사를 붙여 감금해둔 상태였다.

사랑에 대한 열정과 이중 결혼이라는 죄악 사이에서 갈등하던 제인은 결국 양심의 선택에 따라 한밤중에 도망치다시피 손필드 저택을 떠난다. 이틀 가까이 마차를 타고 달려온 마을에서 며칠 동안 노숙을 하던 제인은 거의 쓰러져 가는 상태에서 무어 하우스에 들어가 도움을 청한다. 그곳은 세인트 존 리버스라는 목사의 집으로 두 자매가 함께 살고 있었다. 제인은 마음 좋은 무어 하우스 사람들의 도움으로 건강을 회복하고, 가난한 집 아이들을 교육하기 위해 리버스 목사가 세운 학교를 맡는다. 신분을 속이고 지내던 제인은 우연히 리버스 목사에게 자신의 본명을 들키고, 두 사람은 사촌 간이라는 사실이 밝혀진다. 리버스의 어머니가 바로 제인의 고모였던 것이다. 그리고 마데이라에 있던 자신의 숙부가 죽으면서 전 재산을 제인에게 남겼다는 소식을 듣게 된다. 제인은 이 재산을 나머지 사촌 셋과 똑같이 나눠 가진다. 그동안 제인의 성격과 행동을 유심히 관찰하던 세인트 존 리버스는 제인이야말로 자신이 평생의 목표로 생각했던 선교사의 꿈을 실행하는 데 더없이 좋은 동반자라고 판단하고 그녀에게 청혼한다. 그는 결혼해서 함께 인도로 떠나 하느님의 사역을 하자고 제안한다. 어느 날 밤 세인트 존이 계속 거절하는 제인을 기도를 통해 설득하던 중 그녀는 꿈결이나 메아리처럼 로체스터가 자신을 부르는 소리를 듣고 손필드 저택을 찾아가 그의 안부를 확인하고자 한다.

그러나 제인이 찾아간 손필드 저택은 화재로 잿더미가 되어 있었다. 로체스터의 미치광이 아내가 한밤중에 집에 불을 질렀던 것이다. 화재로 아내는 죽고 로체스터는 한쪽 손이 잘리고 두 눈이 실명된 채로 숲 속의 외딴 펀딘 저택에서 은둔 생활을 하고 있었다. 로체스터를 찾아간 제인은 평생 그의 곁에서 그의 눈이 되고 손이 되고자 맹세하고 두 사람은 결혼함으로써 사랑의 결실을 맺는다.

《제인 에어》가 출간되자마자 사회적 파장을 일으키며 독자들의 사랑을 받은 비결은 바로 19세기 중반에는 찾아볼 수 없었던 여자 주인공의 독특한 성격이다. 이 소설은 전반적으로 사회적 통념과 관습에 저항하는 주인공의 시각으로 이야기를 풀어나가고 있다. 의지가지없고 가진 재산도 전혀 없는 한낱 고용된 가정교사에 지나지 않는 제인은 상류층인 자신의 고용주 로체스터와 동등한 관계를 주장하며 솔직하고 대범하게 대화를 나눈다. 또한 그와의 사랑에 관습이나 신분의 장벽은 전혀 없다고 생각하며 당당하게 자신의 감정을 고백한다.

샬럿은 자신의 소설 속에 등장하는 여자 주인공은 지극히 평범하고 소박할 것, 현실을 직시할 것, 남자의 경우 미녀나 상류층 여성하고 결혼하지 않을 것 등 자신이 정한 원칙에서 벗어나지 않으려고 노력했다고 말했다.

아름다운 외모를 내세우는 것이 아니라 진실한 마음과 삶을 향한 정열로 사람들의 마음을 사로잡는 제인은 여성이 남성에게 의지하는 존재라는 기존의 낡은 관념을 타파하고 정신적으로는 남자들보다 더 자유롭고 자신의 감정을 있는 그대로 표현하는 새로운 여성상을 제시했다. 실제로 소설 속에서 제인 에어는 여자들도 남자들처럼 능력을 발휘하고 활동할 무대가 필요하며, 여성들을 제한된 영역에 가두는 것은 편협한 사고방식이라고 주장하고 있다. 이러한 점에서 《제인 에어》를 최초의 근대 소설이라고 부르기도 한다.

당시 여성들의 가장 큰 소망은 좋은 교육을 받고 남자들 못지않은 교양을 갖추고 남자들과 대등한 위치에서 결혼하는 것이었다. 그런 점에서 제인 에어는 시대의 선구자와 같은 모습을 보여주고 있다. 참고로 근대 여성 해방의 선언서라고 할 수 있는 존 스튜어트 밀의 《여성의 종속》이 《제인 에어》보다 20년 후에 나왔다. 여자 주인공이 시대에 앞서서 자유 의지로 자신의 사랑을 이루고 삶을 개척해나갔다는 점에서 《제인 에어》는 현대에도 강한 호소력을 지니며, 영원한 고전으로 사람들의 사랑을 받는 것이다.

The Classic Books

제인 에어 2

초판 1쇄 인쇄 2013년 12월 10일
초판 1쇄 발행 2013년 12월 15일

지은이 샬럿 브론테 | **옮긴이** 북트랜스 | **펴낸이** 신경렬 | **펴낸곳** (주)더난콘텐츠그룹

상무 강용구 | **기획편집부** 차재호 · 민기범 · 남은영 · 성효영 · 윤현주 · 서유미 | **디자인** 서은영 · 박현정
마케팅 김대두 · 견진수 · 홍영기 · 서영호 | **교육기획** 함승현 · 양인종 · 지승희 · 이선미 · 이소정
디지털콘텐츠 최정원 · 박진혜 | **관리** 김태희 · 김이슬 | **제작** 유수경 | **물류** 김양천 · 박진철
기획 추지영

출판등록 2011년 6월 2일 제25100-2011-158호 | **주소** 121-840 서울시 마포구 서교동 395-137
전화 (02)325-2525 | **팩스** (02)325-9007
이메일 book@ibookroad.com | **홈페이지** http://www.ibookroad.com
ISBN 979-11-85051-30-7 04840
      979-11-85051-28-4 (세트)